Von Heinz G. Konsalik
sind als Heyne-Taschenbücher erschienen:

Die Rollbahn · Band 01/497
Das Herz der 6. Armee · Band 01/564
Sie fielen vom Himmel · Band 01/582
Der Himmel über Kasakstan · Band 01/600
Natascha · Band 01/615
Strafbataillon 999 · Band 01/633
Dr. med. Erika Werner · Band 01/667
Liebe auf heißem Sand · Band 01/717
Liebesnächte in der Taiga · Band 01/729
Der rostende Ruhm · Band 01/740
Entmündigt · Band 01/776
Zum Nachtisch wilde Früchte ·
Band 01/788
Der letzte Karpatenwolf · Band 01/807
Die Tochter des Teufels · Band 01/827
Der Arzt von Stalingrad · Band 01/847
Das geschenkte Gesicht · Band 01/851
Privatklinik · Band 01/914
Ich beantrage Todesstrafe · Band 01/927
Auf nassen Straßen · Band 01/938
Agenten lieben gefährlich ·
Band 01/962
Zerstörter Traum vom Ruhm ·
Band 01/987
Agenten kennen kein Pardon ·
Band 01/999
Der Mann, der sein Leben vergaß ·
Band 01/5020
Fronttheater · Band 01/5030
Der Wüstendoktor · Band 017/5048
Ein toter Taucher nimmt kein Gold ·
Band 01/5053
Die Drohung · Band 01/5069
Eine Urwaldgöttin darf nicht weinen ·
Band 01/5080
Viele Mütter heißen Anita · Band 01/5086
Wen die schwarze Göttin ruft ·
Band 01/5105
Ein Komet fällt vom Himmel ·
Band 01/5119
Straße in die Hölle · Band 01/5145
Ein Mann wie ein Erdbeben ·
Band 01/5154
Diagnose · Band 01/5155
Ein Sommer mit Danica · Band 01/5168
Aus dem Nichts ein neues Leben ·
Band 01/5186
Des Sieges bittere Tränen ·
Band 01/5210
Die Nacht des schwarzen Zaubers ·
Band 01/5229
Alarm! – Das Weiberschiff ·
Band 01/5231
Bittersüßes 7. Jahr · Band 01/5240
Engel der Vergessenen · Band 01/5251
Die Verdammten der Taiga ·
Band 01/5304
Das Teufelsweib · Band 01/5350
Im Tal der bittersüßen Träume ·
Band 01/5388
Liebe ist stärker als der Tod ·
Band 01/5436
Haie an Bord · Band 01/5490
Niemand lebt von seinen Träumen ·
Band 01/5561
Das Doppelspiel · Band 01/5621
Die dunkle Seite des Ruhms ·
Band 01/5702
Das unanständige Foto · Band 01/5751
Der Gentleman · Band 01/5796
Konsalik – Der Autor und sein Werk ·
Band 01/5848
Der pfeifende Mörder / Der gläserne Sarg ·
Band 01/5858
Die Erbin · Band 01/5919
Die Fahrt nach Feuerland ·
Band 01/5992
Der verhängnisvolle Urlaub / Frauen verstehen mehr von Liebe · Band 01/6054
Glück muß man haben · Band 01/6110
Der Dschunkendoktor · Band 01/6213
Das Gift der alten Heimat ·
Band 01/6294
Das Mädchen und der Zauberer ·
Band 01/6426
Frauenbataillon · Band 01/6503
Heimaturlaub · Band 01/6539
*Die Bank im Park/
Das einsame Herz* · Band 01/6593
Eine Sünde zuviel · Band 01/6691
Die schöne Rivalin · Band 01/6732
Der Geheimtip · Band 01/6758
Russische Geschichten · Band 01/6798
Nacht der Versuchung · Band 01/6903
Saison für Damen · Band 01/6946
Das gestohlene Glück · Band 01/7676
Geliebter, betrogener Mann ·
Band 01/7775

HEINZ G. KONSALIK

DAS GESTOHLENE GLÜCK

Roman

WILHELM HEYNE VERLAG
MÜNCHEN

HEYNE ALLGEMEINE REIHE
Nr. 01/7676

Das Buch erschien bereits unter dem Autoren-Pseudonym
Jens Bekker mit dem Titel »Die sündige Nacht«

3. Auflage

Printed in Germany 1989
Umschlagfoto: IFA-Bilderteam/Wolfgang Schmidt, München
Autorenfoto: Wolf Diepenseifen
Umschlaggestaltung: Atelier Ingrid Schütz, München
Gesamtherstellung: Presse-Druck Augsburg

ISBN 3-453-02536-9

Mit Pietro Bombalo war in diesen Minuten nicht mehr zu sprechen. Wer ihn anredete, wurde niedergebrüllt; um so mehr verlangte Bombalo von denen, die um ihn herumschwirrten. Er stand in der Mitte des Raumes, raufte sich die schwarzen, gelockten Haare und stieß dann die Arme anklagend nach oben.

»Diabolo!« schrie er. »Wo ist der Sekt? Und wo sind die Schnittchen?! Und wo ist der große Rosenstrauß für die Fernsehaufnahmen? Um alles muß man sich allein kümmern, um alles!«

Das Zimmer war voll von Fotografen, Reportern, Filmleuten, Herren im Frack und zwei Saaldienern, die in ihren goldbetreßten Uniformen würdevoll und unberührt von Bombalos Brüllen an der Tür standen und warteten, bis sie sie öffnen durften. Immer wieder wurden neue Blumenkörbe hereingetragen, Rosensträuße in großen Zellophanhüllen, Orchideenkästen. Man wußte nicht mehr, wohin man alles stellen sollte und stapelte sie einfach an der Längswand aufeinander.

An dieser Wand lehnte auch eine mittelgroße, schlanke, blonde Frau in einem hellroten, langen, im altgriechischen Stil geschnittenen Abendkleid. Niemand beachtete sie; man lief um sie herum, stapelte die Blumenkästen und Tüten neben ihr auf, nickte ihr vielleicht freundlich zu – aber in diesen Minuten kam es niemandem in den Sinn, sie anzusprechen und ihr zu sagen, wie glücklich sie sein dürfe, einen solchen Abend zu erleben. Sie erwartete es auch gar nicht, sie kannte diese hektische Aufregung seit Jahren, sie wiederholte sich immer wieder. Nur die Sprache der Anwesenden wechselte ständig, mal französisch, mal englisch, mal spanisch, mal japanisch. Früher hatte sie mit Pietro Bombalo die Blumen arrangiert und Interviews gegeben und mit einem fotogenen Lächeln gesagt: »O ja, ich bin so glücklich, mit einem Mann wie Bernd verheiratet zu sein. Es ist ein wundervolles Leben ...« Sätze, die ihr Bombalo als Interviewsprache vorgeschrieben hatte, weil sie nach seiner Ansicht »den Leser ins Herz trafen«. Später dann hatte sie sich abseits gestellt und geschwiegen. Es widerte sie an, mit einem Lächeln zu lügen.

Sie blickte auf den gestikulierenden, schreienden Bombalo, zündete sich eine Zigarette an und schüttelte den Kopf. Immer dasselbe, dachte sie. Ein Irrenhaus! Eine Aufregung, als ob die Welt unterginge. Und wenn dann alles vorbei war, wenn die Reporter ihre Interviews hatten, die Fotografen ihre Aufnahmen im Kasten, die Filmleute ihre Filmmeter abgekurbelt, saß Pietro Bombalo erschöpft, aber glücklich in einem Sessel, trank einen Campari und sagte stolz: »Na, Freunde, war das nicht wieder eine Inszenierung?! Man muß der Welt nur zeigen, wie berühmt man ist... dann glaubt sie es auch.«

Bombalo hob in diesem Augenblick wieder beide Arme. Das Stimmengewirr verstummte einen Moment. Er rannte zur Tür und lauschte.

Nur noch wenige Takte, dann war das Konzert zu Ende. Die Posaunen bliesen schon, die Kesselpauken rumpelten, die Geigen erklangen im Fortissimo. In ein paar Sekunden würde der Saal wie ein sturmgepeitschtes Meer sein, wildbewegt und donnernd, eine einzige Woge, die zum Podium brandete und »Bravo! Bravo!« schrie.

Bombalo trat von der Tür zurück. Die goldbetreßten Saaldiener nahmen Haltung an.

»Noch zehn Sekunden, meine Herren!« sagte Bombalo stolz.

Die Anwesenden verharrten schweigend. Durch die Tür, von dem riesigen Konzertsaal her, dröhnten jetzt die Blechbläser und Pauken.

»Er verzaubert das Orchester ...«, sagte jemand in die Stille hinein.

Die schlanke, blonde Frau zerdrückte die kaum angerauchte Zigarette in einem Blumentopf und strich sich dann mit beiden Händen durch die langen Haare. Die Reporter und Filmleute sahen zu ihr hinüber; es war, als bemerke man sie erst jetzt. Zwei Fotografen machten eine Blitzlichtaufnahme von ihr. Sie gab sich keine Mühe zu lächeln, sie sah geradeaus. Morgen wird darunter stehen und Tausende werden es lesen: Carola Donani, die schöne, strahlende Frau des berühmten Dirigenten Bernd Donani. Man sagt, allein ihr Halsschmuck sei 200000 Mark wert. Und Frau Meyer wird beim Kaffeetrinken seufzen und denken: Wie glücklich muß diese Frau sein...

Carola Donani wandte den Kopf weg und sah Bombalo an. Pietro Bombalo, der Impresario, der alles machte, was den Namen Bernd Donani zu einem Wertbegriff in der Welt der Musik werden ließ; der Verträge zwei Jahre im voraus abschloß; der Flugzeuge für Donani charterte; der Meldungen in die Presse gab, Donani sei verunglückt, aber wie durch ein Wunder gerettet worden; der Aufnahmen herstellen ließ, auf denen Donani Hand in Hand mit bekannten Filmsternen zu sehen war und die beschrieben waren mit: »Eine neue Affäre? Selten sah man Donani so glücklich...« Pietro Bombalo, der sein Geschäft virtuos verstand – nur von Carola Donani hatte er keine Ahnung; von dem, was sie dachte, was sie fühlte, was sie innerlich zerriß. Sie war in den Augen Bombalos eine reiche Frau – was verlangte sie mehr vom Leben?

Die Blicke Bombalos und Carolas trafen sich, kreuzten sich wie zwei Klingen... dann schnellte Bombalo herum zur Tür. Der letzte Takt, eine Sekunde Stille, dann das Aufdonnern von Tausenden klatschender Hände. Rufe, Füßegetrampel. Die Saaldiener rissen die Tür auf, die Reporter drängten nach vorn, Klatschen, Stimmengewirr, Getrampel drang in das Zimmer. Und dann sah man in der Menge an der Tür einen gebräunten Kopf auftauchen, umweht von weißen Haaren, bedeckt mit Schweißperlen, erschöpft und trotz der lachenden Augen voll Müdigkeit und Sehnsucht nach Ruhe.

»Er hat schon wieder die Frackschleife schief sitzen«, dachte Carola und löste sich aus dem Blumenmeer. »Niemand sieht es, auch nicht Bombalo, der sonst alles sieht. Und dabei hat er immer die Frackschleife schief, wenn das Konzert zu Ende ist... seit acht Jahren...«

Sie drängte sich durch die Menge, und als Donani sie sah, wußte er schon, was sie wollte. Er hob das Kinn und lächelte.

Carola zupfte die Schleife gerade und tupfte mit ihrem Taschentuch die letzten Schweißperlen von Donanis Nase.

»Danke, mein Engel«, sagte er leise.

Dann stellte er sich zurecht, sie trat zurück, und die Kameras blitzten und die Filmapparate surrten.

Premiere in Paris.

Ein Beethoven-Konzert mit Bernd Donani am Pult.

Das gesellschaftliche Ereignis der Theatersaison an der Seine.

Zehnmal mußte Donani hinaus in den Saal und sich verbeugen. Dann stand er den Reportern zur Verfügung und ergänzte das, was Bombalo schon erzählt hatte. Um Carola kümmerte sich niemand mehr; sie saß zwischen den Blumen und wartete.

Eine Stimme schreckte sie auf. Sie hatte sie schon vorher gehört, aber nicht geglaubt, daß die Worte ihr galten. Erst als die Stimme sagte: »Gnädige Frau! Darf ich auch gratulieren?« merkte sie, daß man sie ansprach.

Vor Carola stand ein junger, schlanker Mann mit dem leicht gebräunten, mädchenhaften Aussehen des Südfranzosen. Seine großen, dunkelbraunen Augen leuchteten. Die schlanken Hände faßten nach Carolas Hand und hoben sie zu einem hingehauchten Kuß an die weichen, geschwungenen Lippen.

»Sie kennen mich nicht?« fragte er. Sein Deutsch mit französischem Akzent war singend und weich wie sein Jungengesicht.

»Nein«, sagte Carola Donani gedehnt.

»Wie kann ein so kleiner Mann auch auffallen?« Er sah hinüber zu Donani, der in einem Kreis befrackter Herren stand und Sekt trank. »Neben ihm, da sind wir ja nur piepsende Mäuse.«

Carola lachte leise. Piepsende Mäuse, wie das klingt, dachte sie. Aber er trifft es genau, es gibt genau die Stimmung wieder, die um den großen Donani herrscht. Er ist die Sonne, und unter ihm ist die andere Kreatur, die sein Strahlen wachsen und gedeihen läßt.

»Ich heiße Jean Leclerc«, sagte der junge Mann.

»Leclerc?«

»Ich bin Geiger im Pariser Philharmonischen Orchester.« Leclerc lächelte bitter. »Ich glaube kaum, daß Ihr Mann als Chef unseres Orchesters mich überhaupt bemerkt hat. Er merkt mich nur, wenn ich statt f ein fis spiele. Donani, sagt man, hat das absolute Gehör.«

»Er hat es!« Carola strich die Haare aus der Stirn. »Sie können es in jedem Interview lesen. Bombalo vergißt nie, darauf hinzuweisen.«

»Sie machen keinen glücklichen Eindruck, gnädige Frau«, sagte Leclerc leise. Carola sah ihn abweisend an.

»Was wollen Sie von mir?« fragte sie fast grob zurück.

»Ich beobachte Sie schon seit Monaten.« Leclerc sah sich um. Donani erzählte Anekdoten aus seinem Leben, die Bombalo erfunden hatte. Am lautesten lachte Bombalo, der die Anekdoten schon hundertmal gehört hatte. »Seit unser Orchester mit Donani durch die Welt reist, habe ich Sie beobachtet.«

»Sie sollten sich mehr um Ihr fis als um mich kümmern«, sagte Carola und erhob sich von dem Polsterstuhl. Sie war ein klein wenig größer als Leclerc, aber das machten nur ihre hohen Absätze.

»Sie sind unglücklich, Madame«, sagte Leclerc.

»Was berechtigt Sie, so unverschämt mit mir zu sprechen?« Carola wollte zu Donani, um dem Gespräch ein Ende zu machen. Verwundert spürte sie, wie Leclerc sie am Arm zurückhielt. Die Berührung seiner Hand war wie ein heißer Druck. Sie blieb stehen und sah ihn mit wütenden, dunkelblauen Augen an.

»Was soll das?«

»Sie haben mich etwas gefragt, Madame. Ich möchte antworten: Wenn ein Mann eine sehr schöne Frau leiden sieht, ist er verpflichtet zu helfen. So wenigstens ist es die Ansicht der Männer unseres Landes. Unsere Ahnen waren die ritterlichen Troubadoure.«

»Sie stammen aus der Provence?«

»Ja. Aus Arles.«

»Sie sprechen ein gutes Deutsch.«

»Ich habe auf dem Konservatorium in Berlin studiert, Madame.« Jean Leclerc ließ Carola los, die keine Anstalten mehr machte, wegzugehen. Sie sah ihn an, und ihr Blick war nicht mehr wütend und abweisend; es war eine Mischung aus Erstaunen, stummer Frage und verhaltener Angst.

»Ich bin nicht unglücklich«, sagte sie plötzlich leise.

»Doch, Madame.«

»Sie irren.«

»Und Sie belügen sich selbst. Ich habe Sie angeschaut, wenn Sie glaubten, nicht gesehen zu werden. Der Glanz, der Sie umgibt, ist wie der Goldhimmel, der eine starre Buddhastatue einhüllt. Sie gehen wie eine Königin durchs Leben und beneiden die Bettlerin.«

»Dummheit!« Carola winkte ihrem Mann zu, der sein Sektglas hochhielt und ihr zuprostete.

»Komm doch zu uns!« rief er ihr zu.

Leclerc lächelte spöttisch. »Der große Meister winkt. Bitte, Madame, springen Sie! Es wird Ihnen ein Glas Champagner gegönnt...«

»Sie sind ein impertinenter Bursche!« Carola atmete heftig. »Ich weiß gar nicht, warum ich Ihnen länger zuhöre.«

»Weil Sie hören wollen, was Sie sonst nur denken, Madame. Carola Donani, die Frau des größten Dirigenten unserer Zeit. Das ist ein Traum von Millionen Frauen, nicht wahr? Sie haben in Deutschland eine schloßartige Villa. Sie fahren einen weißen Sportwagen. Sie tragen Brillanten und Saphire, Rubine und Smaragde. Sie haben Nerzmäntel und Chinchillas. Und Sie brauchen nicht zu fragen: Was kostet ein Steak? Geld hat für Sie den Nimbus des Besonderen verloren. Wer möchte nicht ein solches Leben führen?« Jean Leclerc machte eine kleine Pause und sah Carola an. Ihre Augen flimmerten. »Und wie ist es wirklich? Ihre Augen, Madame, verraten es, wenn Sie allein sind... Sie träumen davon, wieder ein Mädchen zu sein und von vorn beginnen zu können. Sie würden vieles anders machen. Vor allem würden Sie sich einen Mann suchen, der Zeit für Sie hat und der mit Ihnen verheiratet ist und nicht mit den Sinfonien von Beethoven bis Mozart.«

»Sie sind unverschämt!« sagte Carola Donani. Sie warf den

Kopf in den Nacken und ließ Leclerc stehen. Mit schnellen Schritten ging sie zu Bombalo und nahm ein Glas Sekt aus seiner Hand. Der Kreis der schwarzen Fräcke saugte sie in sich auf. Man hörte nur noch ihr Lachen. Es klang kalt und einstudiert.

Jean Leclerc blieb zwischen den Blumenbergen stehen, steckte sich eine Zigarette an, rauchte gierige Züge und zerdrückte sie dann wieder.

Es war gelungen. Er hatte Carola Donani angesprochen. Der erste Schritt war getan. Er hatte eine Tür aufgestoßen und gesehen, daß es die richtige war.

Unbemerkt verließ er das Künstlerzimmer.

Im Foyer des Konzerthauses traf er die letzten heimgehenden Besucher. Smokings, Pelze um nackte Schultern, erlebnisgerötete Gesichter.

»Er dirigiert wie ein Gott«, hörte er eine Frau sagen.

Leclerc lächelte böse. Auch Götter sind verwundbar, dachte er. Und Göttinnen sehnen sich nach dem Menschsein.

Über Paris, der Stadt an der Seine, lag eine warme, helle Sommernacht.

Das Hotelzimmer hatte, wie immer, Bombalo ausgesucht. Es war ein Schlafsaal mit großen Fenstertüren zu einem Balkon, der hinaus zur Seine ging. Die Türme von Notre Dame schwebten im Nachthimmel.

Bernd Donani saß schon ausgezogen im Bett und las noch in einer Partitur. Es war die Sinfonie eines modernen Komponisten, die ein Musikverlag zur Lektorierung an Donani geschickt hatte. Der Komponist hatte einen Namen, aber die Sinfonie war trotzdem schlecht. Außerdem hielt Donani nichts von moderner Zwölf-Ton-Musik. Für ihn war eine Sinfonie von Beethoven oder Tschaikowskij wie ein riesiger Berg, den man immer wieder erobern mußte und der sich ihm jedesmal mit neuen Schwierigkeiten entgegenstellte. Um so schöner war es dann, am Ende eines Konzertes den Taktstock auf den Rand des Notenpultes zu legen und sich erschöpft gestehen zu können, daß man mehr, als gehört worden war, aus der Musik nicht herausholen konnte. Was war dagegen die Musik der Modernen, die wie Instrumentestimmen klang?

Carola Donani kam vom Balkon ins Zimmer zurück. Sie war noch angezogen. Bernd Donani warf die Partitur auf die Bettumrandung und lehnte sich an die Rückwand. Er gähnte unter vorgehaltener Hand und streckte dann die Rechte aus. Es sah aus, als wolle er den Celli und Holzbläsern einen Einsatz angeben.

»Komm ins Bett, mein Engel«, sagte er und gähnte wieder. »Ich bin wie erschlagen. Immer diese Feierei am Ende eines solchen Tages...«

»Nein!« sagte Carola hart und lehnte sich an die offene Balkontür. Donani hob den Kopf.

»Was nein?«

»Ich komme nicht.«

»Ich nehme an, die Nacht über Paris ist zauberhaft. Sie wird es sicherlich auch noch morgen sein, mein Engel.« Donani rutschte unter die Steppdecke und seufzte. »Wenn du wüßtest, wie müde ich bin. Laß uns schlafen und nicht die Nacht ansehen.«

»Wer zwingt dich, so zu leben, wie du es seit Jahren tust?« Ihre Stimme war heiser vor Erregung.

»Welche Frage, Liebling, Bombalo...«

»Verdient er das Geld, oder verdienst du es? Ist er dein Angestellter, oder bist du sein Äffchen, das er ausstellt?«

»Er ist... mein Gott, Engelchen, komm schlafen!«

»Engelchen, Liebling, Prinzeßchen, Goldkind – ich habe diese Namen satt!« Carolas Stimme wurde laut. »Neun Jahre sind wir verheiratet...«

»Gott segne jede Stunde dieser 108 Monate!« Donani stützte sich wieder auf und lehnte sich an die Bettrückwand. »Was hast du eigentlich? Nervös? Migräne? Willst du einen Arzt?«

»Ich will keinen Arzt, ich will einen Mann!« schrie Carola. Plötzlich brach es aus ihr heraus. Sie nahm keine Rücksicht mehr auf die offene Balkontür, auf die Nebenzimmer, auf das Aussehen einer Frau, die ihr Glück nur wie einen Mantel getragen hat. Sie warf alles von sich ab; es war wie eine

Explosion, die ihr die Kleider vom Leib riß; alle Kostbarkeiten, mit denen ihr Mann sie in den vergangenen Jahren behängt hatte, verblichen in dem grellen Blitz, der durch ihr Herz zuckte.

Donani saß im Bett, mit den großen, fragenden Augen eines Kindes, das seine Umwelt nicht mehr versteht, mit der es immer gespielt hatte und die nun zu ihm sagt: Geh, ich will nicht mehr. Und das so plötzlich, so ohne Anzeichen.

»Was... was ist denn, Carola?« fragte er erschüttert.

»Was bin ich denn?« Sie schloß die Tür zum Balkon. Nach dem ersten Aufschrei kehrte die Vernunft zurück. »Sage bitte nicht: Du bist meine Frau. Natürlich bin ich es. Im Paß steht dein Name mit meinem Vornamen. Unsere beiden Kinder tragen den Namen Donani. In den Zeitungen lese ich es jeden Tag. Auf den Rechnungen steht er. Es läßt sich nicht leugnen: Ich bin Frau Carola Donani. Aber ist es genug, nur so zu heißen? Wenn du dir die Mühe machen würdest, neben dem zweiten Satz der ›Eroica‹ auch einmal an mich zu denken, müßtest du eine Antwort allein finden. Aber du denkst nur an deine Sinfonien.«

»Davon leben wir.«

»Ich möchte lieber hungern, aber wissen, daß ich eine Frau bin.«

Donani strich sich nervös über die weißen Haare. »Du weißt nicht, was Hunger ist, Carola.«

»Aber ich weiß, was es heißt, die Frau eines Mannes zu sein, der nie Zeit hat. Der heute in Paris und morgen in London dirigiert, übermorgen in Mailand und am Ende der Woche in Brüssel. Ich kenne alle Luxuszimmer der Grand-Hotels von Tokio bis Montreal, ich weiß, daß der Portier vom ›Miramar‹ in Palermo eine rote Nase hat und der Oberkellner vom ›Park-Hotel‹ in Kopenhagen drei Kinder ernähren muß... ich bin überall zu Hause, ich muß überall zu Hause sein... Nur dort, wo ich sein sollte, bei meinen Kindern, Alwine und Babette, da bin ich zwei Wochen im Jahr. Und einen Mann habe ich, der am Vormittag im Hemd Orchesterproben abhält, am Nachmittag Solistenproben, am Abend im Frack vor zweitausend Menschen steht und Brahms oder

Chopin zelebriert, und der dann müde und gähnend im Bett liegt und schon im Halbschlaf sagt: Komm ins Bett, mein Engelchen... Ist das ein Leben?«

Donani schwieg. Der kindliche Ausdruck in seinen Augen war verschwunden. Nachdenklich sah er seine Frau an. Carola stand in ihrem wundervollen, roten griechischen Kleid am Fenster und zitterte vor Erregung. Der fahle Nachthimmel hinter ihr rahmte sie ein... wie eine japanische Lackarbeit auf einem Onyx, dachte er unwillkürlich.

»Warum sagst du nichts?« rief sie, als er noch immer schwieg.

»Was soll ich dazu sagen, Carola?« Seine Stimme war ruhig. Er sah sie noch immer an und schüttelte jetzt den Kopf. »Ich verstehe das einfach nicht.«

»Du verstehst nicht, daß ich vom Leben mehr will als Schmuck, Pelze, Geld, Empfänge, leere, hohle Lobreden und volle Champagnergläser?« Sie machte ein paar schnelle Schritte, stand am Fußende des Bettes und beugte sich weit zu ihm vor. Er konnte in den Ausschnitt ihres Kleides sehen, und er lächelte jungenhaft. Wie schön sie ist, dachte er.

»Ich bin siebenundzwanzig Jahre alt«, sagte sie laut.

Donani nickte. »Wenn mir das einer von dir sagen würde, würde ich ihn ohrfeigen. Du siehst aus wie damals, als ich dich kennenlernte. Damals warst du achtzehn.«

»Ist man mit siebenundzwanzig Jahren nur noch ein Ständer, den man mit Geschmeide und Kleidern behängt?«

»Engelchen...«

»Ich kann nicht mehr, Bernd.« Carola setzte sich auf die Bettkante und schlug beide Hände vor die Augen. »Es mag sein, daß du mich wirklich nicht verstehst, daß die Musik allein das ist, was du mit deiner Seele begreifst, daß du mich liebst, auf deine Art – so, wie andere das Foto ihres Motorbootes herumreichen oder ihre Gäste durch ihren Park führen, so präsentierst du deine Frau als sichtbarsten Beweis deines Erfolges. Und du merkst gar nicht, wie schrecklich das ist, wie seelentötend, wie erstickend für eine Frau.« Sie wandte sich um und legte beide Hände gegen seine Brust. »Bernd, laß uns einmal, nur einmal in diesem Jahr Menschen sein. Laß uns in unser Haus fahren, vier, sechs Wochen lang. Wir wollen mit den Kindern spielen, Wanderungen machen, uns ausruhen, uns wieder kennenlernen, uns lieben, so wie früher, als du noch zweiter Kapellmeister in Bielefeld warst und ich dich trösten konnte, weil man dich die versprochene Butterfly-Premiere doch nicht dirigieren ließ. Weißt du noch... damals sind wir hinausgewandert und haben uns unter einen Apfelbaum gelegt...«

»Es war ein Birnenbaum, Engelchen.«

»Stimmt. Ein Birnenbaum. Du weißt es noch?«

»Ich vergesse nie, was wir zusammen erlebt haben.«

»Und wie ist es jetzt? Hast du noch Zeit, mit mir einmal hinauszugehen auf das Land und Hand in Hand wie zwei Kinder durch die Wälder zu streifen?«

»Die Termine, mein Liebling. Du kennst sie ja...«

»Sie fressen uns auf, Bernd!« Carola sprang auf. »Siehst du denn nicht, daß wir vom Ruhm gefressen werden? Ich hatte mich in deiner Liebe so geborgen gefühlt – jetzt friere ich! Was haben die Kinder von uns? Jede Woche eine Postkarte aus irgendeinem Land. Was habe ich von dir? Jeden Morgen ein paar Zeitungsartikel, in denen ich nachlesen kann, wie berühmt mein Mann ist und wie souverän er Béla Bartók dirigiert. Seit vier Jahren lebe ich als Frau fast wie eine Nonne. Weißt du, was das heißt, mit dreiundzwanzig Jahren schon wie abgeklärt leben zu müssen? Mein Gott, muß ich mich hinstellen und dich anflehen: Sieh mich an... ich bin eine Frau... faß mich an, nimm mich, ich gehöre dir doch... ich warte ja darauf, dir zu gehören. Aber wann soll ich das sagen? Selbst dazu habe ich keine Zeit. Empfänge, Partys, Soirées bis zum Morgengrauen, und dann die bleierne Müdigkeit und der Zwang zur Ruhe, denn am Morgen geht es ja weiter: Orchesterprobe, Solistenprobe, Tag für Tag, Nacht für Nacht... Bernd, ich halte das nicht mehr aus. Ich halte das nicht mehr aus!«

Sie schrie wieder und preßte die Hände gegen ihre Ohren, als könne sie ihre eigene Stimme nicht mehr hören.

Donani schwieg. Er war ein wenig bleich geworden, er suchte nach Erklärungen, nach beruhigenden Worten. Er war müde, mußte ein neues, drängendes Gähnen unterdrükken und sehnte sich ehrlich nach Ruhe. Sein Körper genoß schon das herrliche Gefühl, lang zu liegen und sich strecken zu können. »Dem unbekannten Erfinder des Bettes gebührt in jedem Haushalt eine Gedenkecke«, hatte er einmal gesagt. Das war ein echtes Donani-Bonmot, aber Bombalo ließ es für die Presse nicht zu. Ein Dirigent, der gern im Bett liegt, ist nicht werbewirksam. Es sei denn, er läge nicht allein im Bett.

»Wir machen morgen einen Spaziergang in den Bois de Boulogne. Zufrieden, Engelchen?« Er dehnte sich und reckte die Arme hoch. Morgen zwischen 11 und 12 Uhr würde es gehen. Das Adagio konnte das Orchester auch unter dem Ersten Konzertmeister durchspielen. »Eine ganze Stunde«, dachte er laut, »von 11 bis 12 Uhr... Und nun komm schlafen, Liebling.«

Carola stand vor dem Bett und starrte Donani an. Wie fremd er auf einmal ist, dachte sie erschrocken. Es ist, als ob mit den Worten alles aus mir herausgeschleudert wurde, was mich mit ihm verband. Nun bin ich leer... mit siebenundzwanzig Jahren eine brillantenblitzende Hülle, die nichts umschließt. Wenn er mich jetzt anfaßte, würde ich mich wehren, dachte sie. Ich würde um mich schlagen und kratzen und beißen, als wenn ein fremder Mann mich zwingen wollte. So gleichgültig ist er mir plötzlich... so... so... widerlich...

Sie atmete tief auf und spürte das Entsetzen über ihre innerliche Wandlung. Donani gähnte wieder und rutschte unter die Bettdecke. Wie mich das alles anekelt, dachte sie. Er ist nichts weiter als ein alter, verbrauchter Mann. Er ist mit seinen achtundvierzig Jahren schon ein Greis. Ich aber bin jung, ich habe noch das Leben vor mir, ich bin erst siebenundzwanzig Jahre... Einundzwanzig Jahre jünger als dieser Bernd Donani, dessen Namen ich trage. Vielleicht ist es wirklich so, daß man Altersunterschiede nicht einfach verleugnen kann, auch wenn man glaubt, es durch die Liebe doch zu können. Es ist ein Selbstbetrug, der sich einmal bitter rächt. Man kann ein paar Jahre überspringen – aber einundzwanzig Jahre, fast ein Vierteljahrhundert, das wiegt keine

Liebe auf, weil sie einfach einmal aufhören muß, stark genug zu sein, das Doppelte zu geben, was die Natur bereithält.

»Du hättest nie heiraten dürfen«, sagte sie leise, aber deutlich.

Donanis Kopf hob sich aus dem Kissen.

»Das sagt Bombalo auch. Sie haben alle nicht eine so herrliche Frau wie ich. Sieh mal...«

Donani tastete zu Carolas Bett, schob das Kopfkissen zur Seite und holte eine flache Schachtel hervor. Sie hätte sie finden müssen, wenn sie sich ins Bett gelegt hätte.

»Das solltest du entdecken, Engelchen«, sagte er mit müder Stimme. »Ich wußte nicht, daß du heute nacht so nervös sein würdest. Sieh es dir an!«

Er klappte das Etui auf und hielt es ihr hin. Auf einem roten Samtkissen lag eine Halskette aus Platin, besetzt mit Rubinen und Brillanten. Der Schmuck einer Königin.

Carola sah kurz auf die blitzende Kette. Sie rührte sich nicht, sie griff nicht zu, sie sah an dem Etui vorbei in das erwartungsvolle Gesicht Donanis.

»Wie wenig kennst du mich«, sagte sie endlich langsam. »Gold und Brillanten – was ist das? Ich könnte das alles verschenken, wenn ich mir damit unser früheres Glück zurückkaufen könnte; wenn alles wieder so werden könnte wie damals. Ich gäbe alles hin, wenn du mir gehören könntest und nicht nur deinem Beruf. Aber das begreifst du nicht. Vielleicht darfst du es nicht begreifen, um das zu bleiben, was du bist: der große Donani! Aber ich, ich kann so nicht mehr weiterleben. Ich kann es einfach nicht mehr.«

Sie drehte sich um und lief aus dem Zimmer. Auf dem Gang hörte sie noch seine fast klagende Stimme.

»Aber Engelchen... wo willst du denn hin?«

Dann klappte die Tür zu. Es war ihr, als schlüge die Pforte hinter einer Welt zu, der sie glücklich entflohen war.

Der Place de l'Opéra lag verlassen in der Nacht. Vereinzelte Taxis drehten ihre Kreise um die Springbrunnen, ein Betrunkener stand an einem der beleuchteten Becken und erbrach sich.

Über Paris lag eine warme, helle Sommernacht. Wie Samt war die Luft, wie Seide der Himmel, bestickt mit Diamanten. Carola Donani sah auf ihre Armbanduhr.

Drei Uhr morgens.

Sie war, nachdem sie das Hotel verlassen hatte, ziellos herumgelaufen. Erst am Seineufer entlang, von Brücke zu Brücke, wo unter den Bogen die Clochards schnarchten oder auf den Bänken lagen, zugedeckt mit auseinandergefalteten Zeitungen. Zwei Schutzmänner, die ihr begegneten, betrachteten sie kritisch und blieben stehen, bis sie aus ihrem Blickfeld entschwand. Eine Frau um diese Zeit an der Seine verhieß nichts Gutes, vor allem, wenn sie allein war. Oft genug sah man sie am Morgen dann wieder, im Leichenschauhaus der Polizei. Die Seine ist ein beliebtes Endziel für Liebeskranke.

Von den Flußbrücken war Carola Donani dann zurück in die Innenstadt gelaufen, bis zum Place de l'Opéra. Nun stand sie auf dem weiten Platz, sah hinüber zu der angestrahlten Oper und fror trotz der warmen Luft. Sie zog die Schultern zusammen und drückte das Nerzcape enger um ihren Oberkörper.

»Darf ich Ihnen meine Jacke anbieten, Madame?« fragte eine Stimme. Carola fuhr herum. Hinter ihr, umsprüht von den Kaskaden des beleuchteten Springbrunnens, stand Jean Leclerc. Er lächelte freundlich und machte Anstalten, den Rock auszuziehen. Carola hob abwehrend die Hand.

»Danke. Ich friere nicht.« Sie legte die Hand über ihre Brust und wandte sich wieder zur Oper um. »Ein merkwürdiges Zusammentreffen. Gehen Sie oft nachts spazieren?«

»Nicht öfter als Sie, Madame.«

»Ich konnte nicht einschlafen.«

»Ich ebensowenig. Und sicherlich hat der Arzt Ihnen, genau wie mir, frische Luft und Bewegung verordnet.«

Carola lachte, aber es klang gequält. »Sie haben eine freche Art der Konversation, Monsieur Leclerc. Gute Nacht.«

»Bitte!« Leclerc hob die Hand, aber er berührte Carola nicht.

»Ja?« Sie blieb stehen, obwohl sie es nicht wollte.

»Wo wollen Sie hingehen, Madame?«

»Zurück ins Hotel. Mein Quantum an frischer Luft und Bewegung ist erfüllt.«

»Sie laufen davon?«

»Ich wüßte nicht, vor wem.«

»Vor sich selbst. Sie sind vorhin davongelaufen, und jetzt tun Sie es wieder. Sie sind immer auf der Flucht vor sich selbst.«

»Es ist lächerlich, Ihnen zuzuhören.« Carolas Stimme klang gepreßt. Sie wandte sich ab und ging über den großen Platz. Leclerc folgte ihr, ging an ihrer Seite und schwieg. Erst als sie das Ende des Platzes erreicht hatte, blieb er stehen. Wie unter einem Zwang verhielt auch Carola Donani den Schritt.

»Was ist denn?« fragte sie, als Leclerc schwieg.

»Merken Sie nicht, daß Sie in völlig falscher Richtung gehen? Das Hotel liegt an der Seine ... hinter Ihnen ...«

»Ich liebe Umwege.«

»Ich nicht.«

»Was wollen Sie eigentlich von mir?«

»Sagte ich Ihnen nicht schon, daß meine Ahnen Troubadoure waren? Es ist uns unmöglich, eine Frau leiden zu sehen.«

»Und ich wiederhole Ihnen zum letzten Male: Lassen Sie mich in Ruhe. Ich habe Ihren Beistand nicht nötig.«

»Sie lügen schon wieder, Madame.«

Durch Carola lief ein Zittern. Sie bemühte sich, es nicht zu zeigen, aber ihre Hände verrieten sie. Die Finger krallten sich in den Pelz des Capes. Jean Leclerc sah sie aus seinen dunklen Augen fragend an. Sein jungenhaftes Gesicht war jetzt viel reifer und männlicher, seine weichen Lippen schmal und entschlossen.

»Es war kein Zufall, daß ich Sie auf dem Place de l'Opéra traf, Madame.«

»Ich weiß«, sagte Carola leise.

»Ich bin Ihnen den ganzen Weg gefolgt... vom Hotel, die Seine entlang, bis hierher... Ich ahnte, daß Sie aus dem Hotel kommen würden. Sie waren nicht in der Verfassung, sich hinzulegen und zu schlafen. Sie würden die Nacht suchen, das wußte ich.«

»Kennen Sie Frauen so gut?« Sie sah ihn groß an.

Leclerc lächelte leicht.

»Es ist uns angeboren, Madame.«

»Bei mir irren Sie sich.«

»Ich würde mich töten, wenn es wahr wäre.«

»Bitte, tun Sie es – aber erst, wenn ich weg bin. Adieu!«

Sie wollte gehen, aber Leclerc hielt sie wieder fest. Jetzt war sein Griff hart, fordernd, unausweichlich. Es durchzuckte sie wie ein elektrischer Schlag. Das Gefühl, von ihm festgehalten zu werden, nahm ihr fast den Atem.

»Lassen Sie mich los«, keuchte sie und riß an seiner Hand.

»Warum haben Sie Angst?« Seine Stimme war warm wie die Nacht, die sie umgab. Sie hatte den samtenen Ton einer verhängten Laute. »Ich kenne Sie besser als Sie sich selbst, Madame. Ich sehe Sie und Ihren Mann jeden Tag. Ich sehe die wundervolle Komödie von Glück und Liebe, die man der Öffentlichkeit vorspielt. Und ich fühle die Leere, die in Wahrheit um Sie ist. Sie verstehen es wie keine andere Frau, Madame, Schmuck, Pelze und Abendkleider zu tragen – aber noch besser stünde es Ihnen, wenn in Ihren Augen der gleiche Glanz funkelte wie aus den Brillanten. Aber diese Augen sind traurig, Madame, und niemand sieht es, weil jeder nur auf die Kleider und Pelze und Perlen schaut. Aber ich habe es gesehen; mich können Sie nicht belügen, Madame.«

»Und... und was soll das alles?« Carolas Stimme war tonlos vor Erregung.

»Ich will Sie glücklich machen, Carola.«

»Sie sind total verrückt, Leclerc!«

»Nicht verrückter, als Sie ängstlich sind. Sie sind schön wie eine seltsame Blume. Warum wollen Sie in der Dunkelheit Ihre Blüte verlieren, wo Sie für die Sonne geschaffen sind?«

»Lassen Sie mich sofort los!« Carola versuchte aus seinem Griff zu entkommen. Jean Leclerc hob den Kopf. Bewundernd sah sie, wie einige Strähnen seiner schwarzen Locken über seine hohe Stirn fielen.

Mit einem Ruck zerstörte er ihren Widerstand, zog sie an sich und küßte sie. Er spürte das Zittern ihres Körpers, die Kälte ihrer zusammengepreßten Lippen... da legte er die Arme wie schützend um sie und strich mit beiden Händen über ihre blonden Haare. Sie öffnete die Lippen, erwiderte seinen Kuß, aber in der nächsten Sekunde stieß sie mit beiden Fäusten gegen seine Brust, befreite sich aus seinen Armen und holte mit der rechten Hand weit aus. Es klatschte laut in der nächtlichen Stille, als Leclerc die Ohrfeige bekam – er hinderte sie nicht daran, obgleich er die Möglichkeit dazu gehabt hätte.

»Danke, Madame«, sagte er leise, als sie keuchend und bebend vor ihm stand. »Ich liebe Sie... und nun weiß ich, daß auch Sie mich lieben...«

Als fliehe sie vor etwas Entsetzlichem, rannte Carola davon. Sie rannte zurück. Über den riesigen Place de l'Opéra. Ein kleiner, goldblonder, flatternder Vogel, der in seiner Angst nicht mehr weiß, wohin er fliegen soll.

Bernd Donani saß noch wach in seinem Bett, als sie endlich ins Hotel zurückkam. Er warf die Partitur der Sinfonie wieder auf den Boden, als Carola ins Zimmer trat.

»Ist dir besser, Engelchen?« fragte er. Auf Carolas Kopfkissen lag das Etui mit dem Halsschmuck. »Hat dir die Nachtluft gutgetan?«

»Ja.« Sie warf den Pelz ab und löste die Verschlüsse des roten Abendkleides. »Hast du dir keine Sorgen gemacht?«

»Nein, mein Kleines.« Donani lächelte gütig. »Frauen haben manchmal Launen; da schweigt man besser. Ich weiß doch, daß alles nur eine dumme Stimmung ist... daß du mich liebst...«

»So, das weißt du?«

Sie stand nackt vor dem Spiegel und fuhr sich durch die Haare, ein weißer, schlanker Körper, wie eine gemalte Schönheit. Durch den Spiegel sah sie ihren Mann an.

»Ja, das weiß ich ganz sicher.« Donani gähnte und blickte auf die am Boden liegende Partitur. »Übrigens, was sich die modernen Komponisten da zurechtschreiben... ein unspielbarer Schmarren!«

Wortlos löschte Carola das Licht.

Das Etui mit dem Halsschmuck schob sie mit einer wilden Handbewegung zur Seite. Es fiel zwischen Donani und sie; er merkte es schon gar nicht mehr. Sein Atem ging ruhig und zufrieden. Mit der Dunkelheit hatte ihn der Schlaf überfallen.

Sie drückte den Kopf in das Kissen und begann zu weinen. Aber während sie weinte, sah sie wieder die schwarzen Locken vor sich, wie sie über die hohe, braune Stirn Leclercs fielen. Und sie sah die weichen Lippen, die näher und näher kamen und so riesengroß wurden, daß sie sie aufsaugten.

So schlief sie ein, im Traum lächelnd.

Sie schlief so gut wie lange nicht mehr.

Seit der Nacht in Paris sah Carola Donani den Geiger Jean Leclerc nur noch auf seinem Stuhl im Orchester, dritte Reihe der ersten Geigen, der vierte von links.

Er suchte nicht mehr ihre Nähe, und Carola war zu stolz, um ihm entgegenzukommen. Aber was sie nie getan hatte, wurde in diesen Tagen zur Gewohnheit: Durch einen Spalt der geöffneten Tür des Künstlerzimmers sah sie auf das spielende Orchester und beobachtete Leclerc während des Konzertes. Pietro Bombalo sah es anders. Er glaubte, Carola sehe sich ihren Mann an; ein Genuß, den er widerspruchslos verstand.

»Achten Sie einmal darauf, Signora, wie er beim Crescendo beide Arme ausbreitet, als wolle er das ganze Orchester umarmen. Das ist wirkungsvoll, da geht das Publikum von den Stühlen; da sieht man, wie man völlig in Musik aufgehen kann.«

Carola nickte und sah auf Jean Leclerc. Er schwitzte. Der Geigenbogen tanzte über die Saiten, die schlanken Finger der linken Hand griffen die Töne, vibrierten, lösten singende Melodien aus dem toten Material. Seine Blicke wanderten vom Notenblatt zu Donani und zurück zu den Noten, immer wieder, einmal fragend, dann kontrollierend, dann abwartend ... ein Mensch, untergeordnet dem Willen des einzigen Mannes, der vor ihm stand und die Tempi angab und unter seinen beschwörenden Händen aus aneinandergereihten Tönen ein Kunstwerk entstehen ließ. Ein Sklave des großen Bernd Donani, solange er hinter dem Notenständer saß und eine Geige an sein Kinn drückte. Ein Sklave, der küssen konnte, daß Härte wie Zärtlichkeit wirkte.

Auch Donani sprach nicht mehr über die laute Nacht von Paris. Allem Anschein nach hatte er sie vergessen oder maß ihr keinerlei Bedeutung bei. Er war wie immer: auf dem Podium, vor seinem Sinfonie-Orchester, ein souveräner Herrscher – zu Hause, das heißt in den Hotelzimmern, ein großes Kind, das sich nach Ruhe sehnte, mit einer Puppe im Arm, die Carola hieß. Allein mit seiner Frau fiel das Königliche, das man am Dirigentenpult an ihm bewunderte, völlig ab. In Pantoffeln und einem seidenen Morgenmantel saß er dann im Sessel, las oder diskutierte eine Operninszenierung, trank ein großes Glas Milch, aß mit Pudding gefüllten Kuchen, sogenannten Bienenstich, und war der glücklichste Mensch, wenn Carola ihm zuhörte und ihn lautlos bemutterte.

Carola tat ihre Pflicht wie bisher. Nur an den Aufführungsabenden überfiel sie eine nie gekannte Unruhe, die sich erst glättete, wenn sie am Türspalt stand und auf Jean Leclerc sah, auf seine schlanken Finger, auf die schwarzen Locken, die ihm immer wieder in die Stirn fielen, wie einem trotzigen Jungen.

Ich bin verrückt, sagte sie sich oft. Wirklich, ich bin verrückt. Ich habe einen berühmten Mann, ich habe zwei entzückende Kinder, ich habe alles, was eine Frau sich wünschen kann – und ich blicke auf einen jungen Geiger, schmachtend wie ein Schulmädchen.

Aber habe ich wirklich auch alles, was eine Frau sich wünschen kann? Bin ich nicht leer? Bin ich nicht an einen über zwanzig Jahre älteren Mann gefesselt, der müde ist, wenn ich erst erwache?

Sie saß dann, nach solchen Gedanken, wieder zwischen den Blumenbergen und wartete das Ende des Konzertes ab. Sie rückte wieder die Frackschleife gerade, ehe die Fotografen ihre Bilder machen durften. Sie tupfte Donani wieder die Schweißperlen von der Nase. Und sie hörte, wie seit acht Jahren, seinen mit strahlendem Lächeln hingeschmolzenen Dank: »Danke, mein Engel.« Worte, die sie dann in jeder Zeitung wiederfand. Das Glück der Donanis, stand einmal darunter.

Wie sie alle betrogen werden, dachte Carola bitter. Wie groß die Lüge ist, die wir jeden Tag erneuern. Wie ungeheuerlich der Betrug an uns selbst. Warum haben wir nicht den Mut, die Wahrheit hinauszuschreien? Warum müssen wir uns jeden Tag quälen, anstatt mit einem großen, mutigen Schritt in ein anderes Leben zu treten?

In Rom war es endlich soweit.

Bernd Donani kam von einer Probe zurück, wie immer erschöpft und angefüllt mit einer großen Sehnsucht: ein großes Glas kalte Milch. Er fand Carola bleich und mit zitternden Händen am Sofa sitzen, einen Zettel zwischen den weißen Fingern. Ihre Augen waren mit Tränen verschleiert.

»Welch eine Hitze, Engelchen«, sagte Donani und suchte in dem kleinen Zimmereisschrank nach seiner Milch. »Und der dritte Satz klappte noch immer nicht. Die Bratschen und Celli sind zu hart, und es ist den Jungen nicht beizubringen, daß man gerade ein Saiteninstrument streicheln kann...«

»Ein Telegramm ist gekommen, Bernd«, sagte Carola leise.

»Absagen!« Es war Donanis erste Reaktion auf Telegramme. Was bisher mit Depeschen gekommen war, waren nur Einladungen gewesen. »Haben wir keine Milch mehr, Goldkind?«

»Ein Telegramm von zu Hause, Bernd.«

»Ach!« Donani wandte sich um. Jetzt erst sah er, daß Carola weinte. Er starrte sie entgeistert an und strich sich hilflos über seine weißen Haare. »Engelchen... was ist denn? Unangenehmes?«

»Alwine ist krank.«

»Wir rufen sofort an und fragen was los ist.«

»Wir rufen nicht bloß an – wir fahren sofort hin!«

»Aber Engelchen«, Donani zupfte nervös an seiner Krawatte. »Heute abend, das Brahmskonzert...«

»Du dirigierst deinen Brahms oder Prokofieff auch noch, wenn deine Kinder im Sterben liegen!« schrie Carola. Sie warf das Telegramm auf den Boden und sprang mit einem wilden Satz auf. »Ich hasse dich und deinen Beruf! Ich hasse dich!«

»Aber Engelchen...«, stotterte Donani. »Laß uns doch erst anrufen.«

»Wenn man ein Telegramm schickt, ist es schlimm genug. Soll ich allein fahren?«

»Du wirst es müssen. Das Konzert...«

Carola hatte ihre Haltung wiedergefunden. Es kostete sie Mühe, beherrscht zu sein, aber in diesem Augenblick war es das beste, klar zu denken und ebenso klar zu sprechen.

»Weißt du, daß ich nicht wiederkomme, wenn ich jetzt allein fahre?« sagte sie mit einer unheimlichen Kälte in der Stimme. Bernd Donani nagte an der Unterlippe.

»Aber das ist doch Dummheit, Goldkind.«

»Ich bleibe bei den Kindern.«

»Aber du weißt doch, daß ich ohne dich nicht reisen kann. Du weißt, daß ich dich brauche.«

»Als Staffage, ja. Als brillantenbehängter Kammerdiener. Du hast Geld genug, dir einen richtigen Diener zu leisten. Außerdem hätte Bombalo einen neuen Reklamespruch: Bernd Donani mit Kammerdiener...«

»Carola!« Donani sah sie aus bettelnden Augen an. So herrisch er vor dem Orchester war, so gefürchtet seine Ausbrüche waren, wenn jemand einen falschen Ton blies – außerhalb des Konzertsaales war er fast hilflos und hatte sich glücklich damit abgefunden, daß Carola der Mittelpunkt seines Privatlebens war.

»Ich fahre mit dem Nachtzug!« Carola hob das weggeworfene Telegramm auf. »Wenn es dich überhaupt interessiert... hier der Text: ›Alwi erkrankt. Ärzte noch ratlos. Graudenz‹.« Sie legte das Telegramm auf den Tisch. »Du fährst also nicht mit?«

»Ich kann doch nicht, Liebes.«

Es klang so kläglich, daß Carola so etwas wie Abscheu vor dieser Hilflosigkeit empfand.

»Gut. Dann wissen wir, was ab heute zwischen uns ist.«

»Die Graudenz ist eine alte Jungfer, Carola. Wenn jemand hustet, denkt sie gleich an Tuberkulose. Sie telegrafiert: Alwi erkrankt. Nicht ›schwer erkrankt‹. Alwi wird sich den Magen verdorben haben... ich nehme an, zuviel Eis geleckt...«

»Du nimmst an! Du nimmst einfach an! Das ist bequem, sehr bequem! Auch wenn Alwi schon im Sarg liegt, nimmst du an, es könnte ein Irrtum sein!« Mit zitternden Händen riß Carola ihre Handtasche an sich. »Ich habe nie gewußt, daß selbst dein Herz aus einem Notenschlüssel besteht... jetzt weiß ich es!«

An dem bewegungslosen Donani vorbei rannte sie aus dem Zimmer und schlug hinter sich die Tür mit einem lauten Knall zu.

Bernd Donani trat an das Fenster und sah auf die Straße. Carola verließ nicht das Hotel. Sie ist unten beim Chefportier und bestellt die Fahrkarten und das Schlafwagenabteil, dachte er. Wie nervös sie in der letzten Zeit ist. Nichts erfreut sie mehr, kein Geschenk, keine zärtlichen Worte, sie ist wie gehetzt. Und dabei tue ich alles, um ihr Ruhe zu geben, Zufriedenheit und Geborgensein.

Er schüttelte den Kopf und ging zu dem Tisch. In aller Ruhe las er das Telegramm durch und meldete dann ein Gespräch nach Deutschland an. Dabei erfuhr er vom Portier auch, daß Carola das Hotel verlassen hatte. Sie hatte ein Taxi bestellt.

Nach fast einer Stunde schellte das Telefon. Fräulein Erna Graudenz, die Hausdame der Villa »Alba« – den Namen hatte Donani aus den Anfangsbuchstaben der Vornamen seiner Kinder, ALwine und BAbette, zusammengestellt – war am Apparat. Sie war durchaus nicht aufgeregt und berichtete, daß der Arzt meinte, es könnten die Masern werden. »Er nennt sie atypisch«, sagte sie. »Aber Alwi hat schon die roten Pünktchen auf dem Bauch, und das Fieber ist auch da. Todsicher wird Babette sie nun auch bekommen... hoffentlich schnell, dann ist's ein Aufwaschen.«

Donani atmete auf. Die Masern, dachte er. Soll Carola ruhig nach Hause fahren. An den Masern wird eine Ehe nicht scheitern. Sie wird einsehen, daß ich wieder recht hatte. Aufregung lohnt sich erst dann, wenn man genau weiß, was los ist. Sie wird zurückkommen und sagen: »Berni, ich war ein dummes Schaf.« Und sie wird mir wieder die Frackschleife binden.

Er holte seinen Terminkalender und sah nach, wo Carola hinfahren mußte, wenn sie ihn nach den Masern beider Kinder wieder treffen wollte. Er rechnete fünf Wochen Zeit. Im Kalender stand: Beethovenkonzert in Chikago.

Bernd Donani klappte den Terminkalender zu und ließ sich mit Pietro Bombalo verbinden.

»Bombalo«, sagte er, und seine Stimme hatte wieder den herrischen Klang des berühmten Orchesterleiters. »Das Konzert in Chikago wird um zwei Wochen verschoben. Entweder früher oder später...«

»Unmöglich!« rief Bombalo. Er lag auf der Couch und schnellte hoch, als sei er gestochen worden. »Maestro, ich flehe Sie an: keine Verschiebungen! Verschiebungen sind der Tod des Ruhmes. Es ist völlig unmöglich!«

»Es gibt kein Unmöglich, Bombalo. Sie verschieben, und damit basta!«

Donani wartete keine weiteren Jammereien Bombalos ab. Er legte auf und schellte nach dem Etagenkellner.

Er hatte einen wahnsinnigen Durst nach seiner kalten Milch.

Während das Brahmskonzert die oberen Zweitausend Roms um Bernd Donani und die Pariser Philharmoniker versammelte und im dritten Satz wirklich die Celli und Bratschen sangen und nicht zu hart waren, fuhr von der Stazione Termini der Zug rumpelnd und ruckend aus der Halle.

Carola hatte nicht gleich das Schlafwagenabteil aufgesucht, sondern saß erst im Speisewagen und trank ein Glas

Tee mit Zitrone. Der Abschied von ihrem Mann war kurz gewesen. Sie hatte nicht gefragt, ob er zu Hause angerufen hatte. Da er nichts sagte, nahm sie an, daß er es nicht getan hatte. Das machte sie doppelt wütend. Er hat kein Herz, dachte sie immer wieder. Er kennt nur seine Musik, seine verdammten fis und ges und Moll und Dur, er ist nichts als ein atmender Taktstock. Ich, seine Kinder, seine Ehe, alles ist ihm gleichgültig, wenn nur die Posaunen in der Eroica richtig einsetzen und man Smetanas Moldau im Orchester rauschen hört.

Mein Gott, waren diese neun vergangenen Jahre wirklich nur ein einziger Irrtum gewesen? Habe ich neun Jahre weggeworfen?

Sie rührte in dem Teeglas, obwohl sich der Zucker längst aufgelöst hatte. Als ein Schatten über ihren Tisch fiel, sah sie erstaunt auf. Dann setzte ihr Herzschlag einen Augenblick aus; wie eine Lähmung kam es über sie.

Jean Leclerc verneigte sich höflich und lächelte sein schönes, weiches Jungenlächeln.

»Darf ich Platz nehmen, Madame?«

»Bitte –«, Carolas Stimme war tonlos.

»Danke.« Leclerc setzte sich und faltete die Hände auf dem Tisch wie ein braver Junge. Aber seine Augen glänzten, und zwei Strähnen seiner schwarzen Locken hingen wieder in seine Stirn.

»Was ... was machen Sie in diesem Zug ...« Carola suchte nach der Kraft, die ihren inneren Aufruhr zu dämpfen vermochte. Es war schwer, die Stimme ruhig zu halten, wenn das Herz bis zum Kehlkopf klopfte. »Ich denke, heute ist das Brahmskonzert.«

»Ich habe mich krank gemeldet, Madame. Ob ich in der letzten Reihe der ersten Geigen mitspiele oder nicht, das wirft einen Brahms und auch einen Donani nicht um. Ich habe mir den Magen erkältet, eine exogene, akute Gastritis, wie der Mediziner sagt. Ich habe sogar ein Attest eingereicht beim Ersten Konzertmeister. Alles muß seine Ordnung haben.«

»Und wo ... wo fahren Sie jetzt hin?«

»Nach Deutschland. Mit Ihnen, Madame.«

Carola umklammerte mit beiden Händen das heiße Teeglas. Sie spürte die glühende Hitze nicht, sie spürte nur, wie sie zitterte.

»Das ist doch ein schlechter Scherz, Leclerc.«

»Ich weiß, daß eines Ihrer Kinder erkrankt ist. Donani erzählte es dem Ersten Konzertmeister. Er läßt Sie allein fahren... es war für mich unmöglich, das zuzulassen. Gerade jetzt brauchen Sie Beistand. Wenn die deutschen Männer nicht wissen, was ihre Pflicht gegenüber Frauen ist – ich weiß es und handle danach. Ich möchte Ihnen helfen, Madame. Ich bin Ihr Diener...«

Carola sah aus dem Fenster und schwieg. An ihr vorbei raste die hügelige Landschaft der Vorapenninen. Pinienhaine, Zypressenwälder, Steinbrüche, kleine, wie verfallen aussehende Dörfer.

»Sie machen diese Fahrt umsonst«, sagte sie endlich. Sie trank den inzwischen erkalteten Tee aus und erhob sich. Leclerc schnellte von seinem Sitz hoch. »Gute Nacht.«

»Gute Nacht, Madame. Ob umsonst oder nicht... es beruhigt, zu wissen, daß ich in Ihrer Nähe bin. Schlafen Sie gut, Madame!«

In dieser Nacht schlief Carola nicht. Sie lag auf ihrem Schlafwagenbett und starrte gegen die Decke. Einen Wagen weiter hatte sich Leclerc in die Ecke seines Sitzes gezwängt und rauchte eine Zigarette nach der anderen.

Es gibt ein Unglück, dachte Carola und legte die Hände unter ihren Kopf. Ich werde ihn wieder schlagen müssen... Ich darf mich nicht vergessen... Ich habe zwei Kinder, ich habe einen Mann... Ich habe die Pflicht, treu zu sein...

Am nächsten Vormittag donnerte der Zug in den Münchner Hauptbahnhof.

Wortlos nahm Leclerc die Koffer Carolas, als der Schlafwagenschaffner sie aus dem Wagen hob. Wortlos folgte er ihr wie ein Diener, etwas nach vorn gebeugt von dem Gewicht des Gepäcks. Wortlos gingen sie hinüber zum Starnberger Bahnhof.

Es war, als müßte es so sein, ja, als sei es nie anders gewesen.

Bei der Erkrankung Alwines handelte es sich wirklich nur um die Masern. Sie lag mit hohem Fieber im Bett, ihr Kopf glühte, aber sie stieß einen lauten Freudenschrei aus, als Carola unverhofft ins Zimmer kam.

»Mami! Mami!« schrie sie. »Wie schön, daß du da bist! Ist Papi auch mitgekommen?«

Carola legte Alwine zurück ins Bett und deckte den fiebernden Körper zu.

»Nein, du weißt doch, Papi muß dirigieren. Er kann doch nicht zweitausend Menschen nach Hause schicken, nur weil Alwinchen die Masern hat.«

»Warum kann er das nicht, Mami?«

Carola schwieg. Ja, warum kann er das nicht? Sie küßte Alwine auf die heiße Stirn, streichelte über die blonden Haare und ging hinaus. Babette, die Kleinere, tobte draußen im Garten; sie spürte noch nichts von den Masern und hatte sofort mit Jean Leclerc Freundschaft geschlossen. Sie warfen sich einen dicken Wasserball zu, und Babette quiekte vor Freude, wenn Leclerc ihn nicht auffing und ihm nachlaufen mußte, weil der Wind den leichten Ball wegtrieb.

Wie soll das alles werden, dachte Carola und beobachtete das Spiel Babettes und Leclercs. Sie erinnerte sich nicht, Bernd Donani jemals in den kurzen Urlaubstagen mit den Kindern so fröhlich und losgelöst spielen gesehen zu haben. Im Gegenteil: In den Ferien saß er hinten unter dem hohen Buchenbaum in einem gepolsterten Liegestuhl und löste Kreuzworträtsel. Milch, Orangenlimonade und Kreuzworträtsel... das waren die Ferienerinnerungen Carolas.

So kann es nicht weitergehen, dachte sie und strich sich die blonden Haare von den Augen. Ich bin jung, ich habe ein Recht an das Leben, ich will nicht vergreisen in einem Alter, in dem andere Frauen erst aufblühen und reifen.

Am Abend saßen sie um das Feuer des offenen Kamins in der großen Wohnhalle. Der Blick durch die breiten Fenster ging über den See und hinüber zu den Bergen, die als schwarze Wand gegen den fahlen Nachthimmel standen. Im Haus war es still. Die Kinder schliefen längst, Erna Graudenz war nach Starnberg ins Kino gefahren.

Jean Leclerc stocherte mit dem Kamineisen in der Glut und schob einen Buchenklotz nach. Zwischen ihm und Carola war eine innere Spannung, die kein Wort und keine Bewegung mehr verdrängen konnte.

»Wie alt sind Sie, Leclerc?« fragte Carola plötzlich.

»Fünfundzwanzig Jahre, Madame.« Er richtete sich auf. Sein Jungengesicht war von der Kaminglut gerötet. »Ich weiß, ich bin jünger als Sie...«

»Wo leben Ihre Eltern?«

»Ich bin Waise. Mein Vater fiel im Krieg gegen die Deutschen, meine Mutter starb vor vier Jahren an Krebs. Damals studierte ich in Berlin. Ich habe mir das Ende des Studiums mit Musikunterricht erarbeiten müssen.«

»Und nun sind Sie Geiger im Pariser Philharmonischen Orchester.«

»Letzte Reihe, Madame. Und ich träumte davon, einmal Solist zu sein. Ein Virtuose.«

»Sie sind ja noch so jung, Leclerc...«

»In meinem Alter waren Menuhin und Heifetz schon weltberühmt. Ricci spielte mit dem Bostoner Orchester...« Jean Leclerc sah Carola groß an. Seine dunklen, nun fast schwarzen Augen glänzten. »Es ist vielleicht mein Schicksal, in der letzten Reihe zu sitzen. König Donani wird sich nie dazu herablassen, daß ich ihm einmal vorspiele.«

»Sprechen wir jetzt nicht von Donani«, sagte Carola leise. »Sprechen wir von Ihnen, Leclerc. Wann müssen Sie wieder zurück?«

»Wie lange bleiben Sie hier, Madame?«

»Bestimmt vier oder fünf Wochen.«

»Dann werde ich morgen fahren müssen.«

»Morgen schon?« Sie sah ihn an. Die schwarzen Locken, der weiche Mund, das ebenmäßige Gesicht, die schlanken, nervösen Finger. Er ist so jung wie ich, dachte sie. So jung...

Sie erhob sich brüsk, nickte ihm zu und wandte sich ab.

»Gute Nacht. Es ist schon spät.«

»Gute Nacht, Madame.«

Er verbeugte sich, ließ Carola an sich vorbei, ohne sich zu

bewegen, ohne zu versuchen, sie aufzuhalten. Sie zögerte den Bruchteil einer Sekunde mit dem nächsten Schritt, dann hob sie stolz den Kopf und ging weiter.

Leclerc sah ihr nach, wie sie die Treppe hinaufging, mit geradem Rücken, wie eine aufgezogene Puppe, Schritt für Schritt. Sie blickte sich nicht um, aber sie spürte im Nacken, daß er ihr nachstarrte. Dann war sie um eine Biegung der Treppe verschwunden. Irgendwo klappte eine Tür.

Leclerc blieb am Kamin stehen und schob mit dem Feuereisen den Buchenklotz tiefer in die Glut. Er wartete eine Zigarettenlänge, warf den Rest in den Kamin, schob das eiserne Schutzgitter vor die Glut und ging dann langsam die Treppe hinauf, den gleichen Weg, den Carola Donani gegangen war.

Am nächsten Morgen, mit dem Frühzug, fuhr Jean Leclerc wieder zurück nach München und von dort weiter nach Rom.

Niemand verabschiedete ihn, nur Erna Graudenz war schon auf, kochte ihm eine kleine Kanne starken Kaffee, toastete zwei Weißbrotschnitten und richtete den Kaffeetisch her. Leclerc rührte nichts an. Er trank nur eine Tasse Kaffee, starrte wortlos hinaus in den Garten und über den in der Morgensonne spiegelnden See, bedankte sich bei Erna Graudenz und verließ das Haus. Die Kinder schliefen noch und ahnten nicht, daß ihr Spielgefährte wie ein Dieb aus dem Hause schlich. Erna Graudenz war es gleichgültig, sie machte sich keine Gedanken über diesen merkwürdigen Besuch. Auch Carola Donani ließ sich nicht sehen, um Leclerc zu verabschieden. Sie lag mit weit offenen Augen auf dem Bett und starrte gegen die rosafarben getünchte Decke. Als sie leise Schritte auf dem Kies des Gartenweges hörte, stand sie auf und trat vorsichtig an das Fenster. Die Falten der dichten Übergardine verdeckten sie, durch einen Spalt sah sie hinunter auf den Weg.

Jean Leclerc ging langsam dem schmiedeeisernen Tor zu. Er ging wie ein alter Mann, nach vorn gebeugt, mit hängenden Armen, gesenktem Kopf, schweren Füßen. Kurz vor dem Tor blieb er ruckartig stehen und blickte zurück. Er suchte das Fenster des Schlafzimmers. Carola trat noch weiter zurück, obgleich es unmöglich war, daß er sie sah.

Eine schreckliche Leere war in ihr. In der grellen, entzaubernden Morgensonne sah Leclerc schmal, kindlich und irgendwie unfertig aus. Wie er so da stand an dem schmiedeeisernen Tor, sein Köfferchen in der Hand, mit einem bleichen, übernächtigten Gesicht, dem auch die natürliche Bräune nicht mehr den Eindruck des Gesunden leihen konnte, glich er mehr einem verhungerten Hausierer, der irgendwo im Heu geschlafen hatte, als einem heimlichen Geliebten, der es vermochte, eine Nacht zum lodernden Feuer werden zu lassen.

Bin ich schon so alt, dachte Carola erschrocken, daß ich solche Dinge sehe? Bin ich mit meinen siebenundzwanzig Jahren schon so weit über die Zeit der großen Liebesillusionen hinaus, daß ich den Morgen fürchten muß, weil er die Wahrheiten zeigt und nicht mehr die Fortsetzung des nächtlichen Vergessens ist? Verliere ich die Fähigkeit, bedingungslos und blind zu lieben?

Sie sah, wie Leclerc zögerte, wie er zum Fenster hinaufstarrte, wie er darauf wartete, daß sie die Gardine beiseite schob und ihm zuwinkte.

Geh, dachte sie mit einem bitteren Geschmack im Mund. Bitte, geh! Ich habe mich schändlich benommen. Ich habe meinen Mann betrogen mit einem Jüngling, der nun dasteht wie ein ausgesetzter Hund und bei dem es nicht verwundern würde, wenn er jetzt losheulen würde.

Geh ... bitte, bitte ... geh!

Sie wandte sich schroff ab, lief ins Zimmer zurück, warf sich auf das Bett und kniff die Augen zu, als könne sie damit alles auslöschen.

Das Schloß des großen, schweren Eisentores fiel zu.

Jean Leclerc zuckte zusammen, als er den dumpfen Klang hinter sich hörte. Langsam drehte er sich um. Der Garten, die Blumen, das weiße Haus, das Schwimmbecken, dahinter der silberblau leuchtende See, und zwischen ihm und dieser Schönheit nun das Gitter, wehrhaft, trennend ... So schlug einmal auch die Pforte des Paradieses zu, dachte er und strich sich über die Augen. Und es war endgültig. Ist es auch dieses Mal endgültig?

Bis zum Bahnhof war es eine gute halbe Stunde Weg zu Fuß. Er sah auf seine Uhr und atmete tief auf.

Auf Wiedersehen, Chérie, dachte er. Uns werden keine eisernen Tore trennen. Ich weiß, daß du mich nicht mehr vergessen kannst.

Pietro Bombalo hatte es erreicht: Die Termine der Konzerte wurden verschoben. Bernd Donani blieb in Europa, die große Amerika-Tournee wurde um vier Wochen verlegt.

»Tun Sie das nie wieder, Maestro, nie wieder«, stöhnte Bombalo, als er die telegrafischen Zusagen hatte und vor Donani auf den Tisch legte. »Diese vier Wochen haben mich zehn Jahre älter gemacht. Noch zweimal solche Dinge, und ich bin ein zitternder Greis.«

»Aber Sie sehen: Es geht, wenn man nur will.«

Donani las die Telegramme gar nicht, er schob sie Bombalo wieder zu. »Wo sind wir in vier Wochen?«

Bombalo überflog seine Terminliste. »In London, Maestro. Drei Konzerte. Chopin, Brahms und Beethoven.«

Er sah mißtrauisch zu Donani. »Bitte, bitte... nicht verschieben...«, klagte er schon im voraus.

»Aber nein. London ist gut.« Donani sah auf seine langen, schmalen Hände und auf den dünnen, einfachen Goldring, den er als einzigen Schmuck an der rechten Hand trug. Er hatte zu Hause angerufen. Es waren wirklich nur Masern. Carola hatte er nicht sprechen können, sie war zum Arzt gefahren. Migräne. Über Starnberg lag der Föhn. Erna Graudenz hatte ihm genau über die Kinder berichtet. Von Jean Leclerc hatte sie nichts erwähnt. Der kurze Besuch kam ihr zu unwichtig vor, um damit auch noch den vielbeschäftigten Donani zu belasten.

»Warum ist London gut?« fragte Pietro Bombalo ahnungsvoll.

»Wenn meine Frau zurückkommt, kann ich mit ihr zwei Tage hinauf nach Schottland fahren. Aufs Hochland, Bombalo. Die gesunde Luft wird ihr guttun nach den vielen Aufregungen.«

»Unmöglich.« Bombalo starrte auf seinen Terminplan. »Von London fahren wir nach Birmingham zu den Festspielen.«

»Na und?«

»Die Proben...«

»Ich werde mit einer Verständigungsprobe auskommen. Sagen Sie das jetzt schon in Birmingham.«

Pietro Bombalo fuhr sich mit beiden Händen in die schwarzen, gekräuselten, leicht melierten Haare. Seit fünf Jahren, in denen er der Impresario Donanis war, vollführte er diese theatralischen Bewegungen. Donani kannte sie auswendig und wußte im voraus, wie Bombalos Verzweiflung aussehen würde, aber immer wieder bewunderte er an dem kleinen, dicken Italiener, mit welcher Intensität er seinen inneren Zusammenbruch glaubwürdig spielen konnte.

»Ich werde wahnsinnig!« stöhnte Bombalo. »Ha... ich merke es... mein Gehirn brennt... meine Zunge wird ganz schwer... ich taumele... Maestro, Sie haben mich auf dem Gewissen, Sie töten mich! Oh!« Er setzte sich auf den Stuhl und stützte den Kopf in beide Hände, ein Bild des Jammers. »Einen Tag Schottland, Maestro... das geht. Einen Tag!«

»Zwei, Bombalo! Basta!« Donani lachte. Aber ebenso plötzlich wurde er wieder ernst und legte Bombalo die Hand auf den Arm. Der Impresario zuckte zusammen.

»Haben Sie nicht gesehen, wie nervös meine Frau in der letzten Zeit ist?« fragte Donani. Bombalo hob die Schultern.

»Frauen sind wie Chamäleons. Man weiß nie, wie sie in der nächsten Minute aussehen. Die meisten nennen das interessant – mich belastet so etwas nur.«

»Carola hatte nie Launen, das wissen Sie, Bombalo. Aber seit ein paar Monaten beobachte ich bei ihr eine Wandlung. Ich habe nie darüber gesprochen; aber ich glaube, sie fühlt sich nicht wohl.«

»Sie sollte wieder ein Bambino haben«, sagte Bombalo sachverständig. Donani erhob sich. »War doch nur ein Scherz, Maestro!« rief der Impresario und sprang auch auf.

»Gut, ich sage in Birmingham Bescheid. Aber ich warne Sie, Maestro. Bis heute galt Bernd Donani als der zuverlässigste Dirigent, der nie eine Laune hatte, keine Starallüren, keine Skandale. Donani war ein Gott der Musik... geben Sie zu, ich habe das gemacht. Ich, Pietro Bombalo. Bitte, bitte fangen Sie jetzt nicht an, so zu sein, wie Sie es sich leisten könnten. Bleiben Sie so, wie Sie sind, leben Sie nur der Musik.«

»Ich muß mich um Carola mehr kümmern, Bombalo.«

»Und die Musik? Auf Kosten der Musik?«

»Irgendwo muß ich die Zeit dazu hernehmen.«

»Aber nicht von der Kunst! Unmöglich!« Bombalo hob beide Arme beschwörend gegen die Decke. Donani blieb an der Tür stehen.

»Was soll ich sonst tun? Wissen Sie einen Rat?«

»Die Kunst ist das Höchste, Maestro! Entweder man lebt ganz für sie und in ihr, oder man verzichtet auf sie. Sie dürfen nicht verzichten, Maestro. Sie gehören nicht mehr allein Ihrer Frau, sondern den Millionen Menschen, denen Sie Glück und Ergriffenheit schenken. Wenn es nicht anders geht, dann lassen Sie sich scheiden.«

»Sie sind verrückt, Bombalo!« Donani öffnete die Tür. Aber bevor er hinausging, sah er noch einmal zurück. Bombalo stand am Tisch. Er war ehrlich verzweifelt. »Ich liebe meine Frau«, sagte Donani leise. »Und diese Liebe gibt mir Kraft. Verstehen Sie das, Bombalo? Wir fahren doch zwei Tage nach Schottland!«

Wie Fräulein Graudenz es vorausgesagt hatte, geschah es auch: Eine Woche nach der Erkrankung Alwines bekam auch Babette die Masern. Über Nacht wurde sie rotbetupft, hatte 39 Grad Fieber und phantasierte von ihren Puppen und Bären. Erna Graudenz und Carola wechselten sich in den Nachtwachen ab. Den Vorschlag des Arztes, eine Pflegerin einzustellen, lehnte sie ab. »Wozu, Doktor?« fragte sie. »Endlich habe ich eine Aufgabe. Endlich kann ich Mutter sein und mich um meine Kinder kümmern. Bis jetzt hatte ich nur ein großes Kind zu umsorgen, und das merkte es nicht einmal.

Ich bin glücklich, nachts an den Bettchen zu sitzen und auf meine Kinder zu sehen.«

Das klang alles sehr bitter und voll unverhüllter Anklagen. Der Arzt schwieg und nahm das Thema Krankenpflegerin nicht wieder auf. Babette war es, die etwas sagte, was Carola tief ins Herz schnitt.

»Wie schön, Mami, daß du bei uns bist«, sagte sie und hielt mit ihren fieberheißen Händchen den Arm Carolas umklammert. »Bleibst du jetzt immer hier?«

»So lange, bis ihr wieder gesund seid.«

»Dann wollen wir immer krank sein, Mami, damit du immer bei uns bleibst.«

Und Alwine fragte: »Warum ist der Onkel Jean wieder weg, Mami?«

»Er mußte zurück, mein Kleines«, antwortete Carola heiser.

»Er konnte so schön mit Puppen spielen.«

»Ja, das konnte er.« Carola starrte gegen die Wand. »Er verstand es, Puppen zum Lachen zu erwecken.«

»Ja, Mami, ja.« Babette jubelte. »Er hat den Waldo richtig bellen lassen wie einen echten Hund, einen lebendigen. Kommt Onkel Jean wieder?«

»Ich glaube nicht, Kleines.«

»Wie schade, Mami.«

»Vielleicht...«

Carola sah gegen das verhängte Fenster. Die Erinnerung an Leclerc war in ihr wie Blei. Es lag auf ihrem Herzen und hemmte den Schlag. Sie hatte sich bemüht, nicht mehr an diese einzige Nacht zu denken, sich einzureden, sie sei nie gewesen, nichts als ein Alptraum... Aber dann stand sie abends vor dem Spiegel, starrte auf ihren herrlichen, nackten Körper und sah die jetzt langsam verblassenden blauen Flecke, wo die Finger Leclercs sie gepackt hatten, Finger, die in der Leidenschaft die Kraft einer eisernen Zange bekommen hatten. Aus diesem Griff war kein Entrinnen mehr gewesen, und sie hatte auch gar nicht entfliehen wollen, sie war ihm entgegengetaumelt wie ein Verdurstender der Quelle und hatte die eisernen Finger gar nicht gespürt. Jede

Berührung war wie Feuer gewesen, jedes Wort wie ein heißer Schrei, jede Bewegung wie ein vulkanisches Beben, jeder Kuß wie ein brennendes Siegel... du gehörst mir... mir... mir... mir...

Bis jener grauenvolle Morgen kam, die völlige Leere in ihr... die grelle Sonne, in der Jean Leclerc dastand wie ein verhungerter Hausierer, entblößt aller Dämonie. Ein Jungengesicht, in das sie hätte hineinschlagen mögen, weil es so schrecklich unverständlich war, daß ein Betrug so aussehen konnte.

Es war nicht möglich, die Erinnerung auszulöschen, so wie die blauen Flecke auf ihrer weißen Haut langsam vergingen. Neben der Schalheit des Betruges blieb in einem Winkel des Herzens doch noch ein Glimmen übrig, jener verwerflich-kitzelnde Gedanke, daß das Unrecht schön gewesen sei, schön in dem Augenblick, in dem es geschah.

»Mami, warum kommt Papi nicht?« fragte Babette und rüttelte an Carolas Arm.

Sie schrak empor und beugte sich über das rotgesprenkelte Gesichtchen.

»Papi muß doch dirigieren, Spätzchen.«

»Och... immer dirigieren. Können die nicht mal allein spielen?«

»Nein, das geht nicht.«

»Dann muß Papi immer bei ihnen bleiben?«

»Ja, mein Kleines.«

»Ich werde nie einen Mann heiraten, der dirigiert, Mami.« Babette schloß die Augen. Das Fieber machte sie müde und schlapp. »Warum haben wir keinen anderen Papi?« sagte sie leise. »Einen, der kommt, wenn wir krank sind.«

Carola schwieg. Heiß stieg es in ihr empor, ihr Herz krampfte sich zusammen. Ich werde es ihm schreiben, dachte sie. Ich werde ihm die Gedanken seiner Kinder schreiben. Dann wird er aufwachen, dann muß er aufwachen, wenn sein Herz wirklich nicht zu einem Notenschlüssel geworden ist. Wie weit ist unser Leben schon, wenn ein Kind so sprechen kann.

Babette schlief. Auch Alwine träumte nebenan in ihrem

Bett. Carola deckte beide Kinder zu und verließ auf Zehenspitzen das Kinderzimmer.

Unten in der Halle traf sie Erna Graudenz. Erna hatte den Tisch gedeckt und war bereit, Carola bei den Kindern abzulösen.

»Es ist alles fertig, gnädige Frau«, sagte das Mädchen. »Der Tee steht in der Warmhaltekanne.«

»Danke, Erna. Es ist gut.«

Carola trat hinaus auf die Terrasse und sah über den abenddunklen See. Am Horizont, über der schwarzen Wand der Berge, wetterleuchtete es.

Was soll werden, dachte sie. Wie soll unser Leben weitergehen? Jetzt steht der große Bernd Donani in Lausanne vor dem Sinfonie-Orchester, und viertausend Augen starren auf seinen Rücken, auf seine beschwörenden Hände, auf seine weißen Haare, die um seinen Kopf flattern. Ein Magier der Musik, werden morgen die Zeitungen schreiben.

Und zweimal nur hat er bisher angerufen und gefragt, wie es den Kindern geht. Zweimal... wegen der Kinder... aber keine einzige Frage: Wie geht es meiner Frau?

Ist das ein Leben?

Carola lehnte sich an die Balustrade, die den Garten von dem Hang zum See hinunter trennte.

Ich werde ihm auch nicht schreiben, dachte sie. Wenn die Kinder gesund sind, fahre ich wieder zu ihm. Es wird unsere letzte Chance sein. Seit Jahren waren wir nicht vier Wochen voneinander getrennt, immer waren wir zusammen. Nach diesen vier Wochen wird es sich zeigen, wie er denkt, wie er fühlt. Und ob er die Kraft hat, den letzten Funken der Erinnerung an eine verbotene Nacht in mir zu löschen, so daß ein Nichts übrigbleibt, ein vollkommenes Vergessen...

Sie ging zurück ins Haus und setzte sich an den einsamen Tisch. Sie aß nichts, sie trank nur ein paar Schlucke Tee.

Wir wollen es noch einmal versuchen, Bernd, dachte sie. Und plötzlich merkte sie, daß sie den Gedanken laut vor sich hin sprach. Schon wegen unserer Kinder –

Knapp vier Wochen später fuhr Carola Donani ab. Pietro Bombalo hatte ihr rechtzeitig den neuen Plan zugesandt. Donani hatte tatsächlich die Route geändert, er war in London statt in Chikago. Dieses bisher nie vorgekommene Ereignis, daß Donani Absagen und Veränderungen herumreichen ließ, löste in Carola die fast überschwengliche Erwartung aus, ihr Leben könne wirklich anders werden.

Um den Kindern und sich selbst den Abschied nicht allzu schwerfallen zu lassen, hatte Erna Graudenz mit Babette und Alwine eine Almhütte bezogen, die Donani als Wintersportplatz gekauft, aber bisher nie bewohnt hatte. Dort sollten sich die Kinder in der frischen Bergluft vollends erholen. Carola griff zu einer Notlüge, als sie Alwine und Babette bis zum Zug begleitete.

»Mami kommt bald nach«, sagte sie. »Seid schön brav, hört ihr? Und wenn wir ganz großes Glück haben, bringt Mami den Papi mit.«

Sie hatte den Jubel der Kinder noch im Ohr, als der Zug längst davongerattert war und sie auf der Straße stand.

Noch drei Stunden, dann sitze ich in dem Flugzeug nach London, dachte sie. Um 16 Uhr lande ich in Croydon, um 20 Uhr dirigiert Bernd Beethoven in der Concert Hall, und ich werde wieder im Künstlerzimmer sitzen, zwischen Blumen und Plastikkästen, schnatternden Reportern und dem aufgeregten Bombalo, der erfundene Anekdoten aus dem Leben des großen Donani erzählt... Und ich werde Jean Leclerc wiedersehen, in der letzten Reihe der ersten Geigen, eine schwarze Locke in der Stirn, schwitzend und mitgerissen von der Hand Donanis. Werde ich ihn ansehen können wie jeden anderen Geiger? Wird er mir so gleichgültig sein, wie er es noch vor sechs Wochen war? Und wie wird er mich ansehen?

Sie spürte, wie ihr Atem stoßweise ging, wie ihr Puls jagte. Sie hatte Angst.

Angst vor dem ersten Blick zwischen ihr und Jean Leclerc. Und sie wußte, daß sie diesem Blick nicht entrinnen konnte.

Bernd Donani empfing seine Frau nicht auf dem Flughafen Croydon, obwohl sie ihm die Ankunftszeit telegrafiert hatte. Statt seiner stand Pietro Bombalo am Flugfeld und schwenkte seinen Hut.

»Proben, Signora«, sagte er, als Carola nach ihrem Mann fragte. »Es ließ sich nicht vermeiden. Zum Konzert hat sich die königliche Familie angesagt. Donani soll ihr vorgestellt werden. Wenn ich daran denke, trifft mich jetzt schon vor Ergriffenheit der Schlag. Wie glücklich müssen Sie sein, Signora, solch einen Mann zu haben.«

Bombalo sagte diesen Satz mit Bedacht. Carola schwieg. Auch der Handkuß einer Königin war nicht so wichtig, ihre Enttäuschung zu glätten. Er probt, dachte sie nur. Nach vier Wochen Trennung steht er vor seinem Orchester und probt. Ich bedeute ihm nichts, gar nichts. Ich bin für ihn ein Besitz wie seine elfenbeinernen Taktstöcke und seine Partiturenbände in Schweinsleder.

Er probt.

Im Hotelzimmer fand sie einen großen Strauß gelber Rosen vor. Zwischen den Blüten stak ein Zettel, von Donani selbst beschrieben.

»Willkommen in London, mein Engelchen.«

Sinnend stand Carola vor dem schönen Rosenstrauß. Sie kannte sich nicht mehr aus. Aber es stimmte sie versöhnlich, daß er sie wenigstens mit Blumen begrüßte. Es war ein Beweis, daß er sich freute über ihre Rückkehr.

Carola zog sich um. Ihre Koffer waren in den vergangenen vier Wochen immer mitgereist. Sie wählte ein weißes, besticktes Abendkleid. Die langen, blonden Haare steckte sie hoch wie zu einer Krone. Im Spiegel bewunderte sie dann ihre eigene Schönheit. Nur die Augen sind traurig, dachte sie. Traurig und ängstlich. Mach, daß beides verschwindet, Bernd! Gib mir das Glück zurück, jung zu sein. Du kannst es, wenn du dich nur ein klein bißchen um mich kümmerst.

Sie wartete, bis Bernd Donani von der Probe zurückkam. Von dem kleinen Balkon vor dem Hotelzimmer, der mehr ein Austritt war, sah sie ihn kommen. Er entstieg der Taxe, zahlte und rannte leichtfüßig wie ein junger Mann ins Hotel.

Carola trat ins Zimmer zurück und schloß die Balkontür. Einen Augenblick lang hatte sie das gleiche Gefühl wie vor neun Jahren, jenes seligdumme Jungmädchengefühl, das sie ergriffen hatte, als Bernd Donani vor ihr stand und sie mit seinen strahlenden, blauen Augen ansah, als sei sie etwas ganz Kostbares. Damals hatte er gesagt: »Wo die Sprache aufhört, setzt die Musik ein; aber selbst der begnadetste Tonsetzer könnte nicht schildern, was in mir vorgeht...« Sie hatte diesen Satz als den schönsten aller bisherigen Sätze empfunden. Jetzt, in den wenigen Minuten, bis Donani das Zimmer betreten würde, war es wieder so. Aber diese Empfindung war nun mehr ein Wunsch, als eine Tatsache; sie war ein Gedanke: Laß uns wieder jung sein, Bernd, laß uns so lieben wie damals. Ich habe mich nicht geändert, ich bin im Herzen das kleine Goldengelchen von damals geblieben. Ich sehne mich so nach dir...

Die Tür sprang auf, Donani kam herein. Er breitete die Arme aus, zog Carola an sich, küßte sie auf die Stirn und seufzte tief auf.

»Mein Goldkind, wie schön, daß du gekommen bist!« sagte er laut. »War das eine Probe! Als ob der Teufel in den Celli säße.« Er sah sich um und streichelte dabei ihre Haare. »Weißt du, ob hier irgendwo Milch zurechtgestellt ist?«

Die Probe. Die Celli. Milch.

Die Illusion des Glücks löste sich auf. Der Jungmädchentraum stürzte zusammen. Vier Wochen... oder vier Jahre Trennung... es blieb alles, wie es war. Es hatte keinen Sinn mehr zu hoffen, es war Kraftverschwendung, auf etwas anderes zu warten als auf die Angewohnheit des großen Donani, nach den Proben und dem Konzert ein Glas kalte Milch zu trinken. Es war einfach alles sinnlos, völlig sinnlos.

»Ich weiß nicht, Bernd.« Carola löste sich aus seinen Armen. Er hat weder das Kleid bemerkt noch die Frisur, dachte sie. Er hat nur bemerkt, daß ich wieder da bin. Ob er überhaupt nach den Kindern fragt?

Donani tat es tatsächlich. Er riß sich den Schlips vom Kragen und warf den Rock über die Lehne des Stuhles.

»Alwine und Babette geht es gut, wie ich höre?«

»Ja. Von wem hörst du das denn?« Ihre Stimme war spröde wie gesprungenes Glas. Donani löste die Schnürbänder seiner Schuhe. Die Schuhe waren neu und drückten.

»Von der Graudenz. Ich habe gestern angerufen.«

»Ach!«

»Sie hat dir nichts davon erzählt?«

»Nein. Sicherlich hast du nicht nach mir gefragt oder mir Grüße bestellt.«

»Ich glaube doch, Engelchen.« Er lachte und faßte nach ihrer schlaffen Hand. »Du siehst blaß aus.«

»Findest du?«

»Ja. Vier Wochen Krankenschwester, das ist für dich eine Schwerarbeit. Aber ich werde dafür sorgen, daß du dich erholst.«

»Ich habe endlich etwas zu tun gehabt.« Carola entzog ihm ihre Hand. »Du behandelst mich, als sei ich aus zerbrechlichstem Porzellan – nur hat das Porzellan noch den Vorteil, daß es ab und zu benutzt wird.« Sie schwieg betroffen ob soviel Frivolität und starrte auf die weißen Haare Donanis. Was wird er jetzt antworten, dachte sie. So habe ich noch nie mit ihm gesprochen.

Bernd Donani antwortete nichts. Er lachte nur wieder und zog Carola erneut zu sich. Dieses Mal küßte er sie auf die Lippen, aber sie waren kalt und blieben geschlossen und blühten nicht auf wie unter dem Kuß Jean Leclercs auf dem Place de l'Opéra, morgens um drei Uhr.

»Du siehst, ich kann auch Porzellan anfassen!« rief Donani fast übermütig. »Und heute abend mach dich besonders schön... auch du sollst der Königin vorgestellt werden.« Er küßte Carola noch einmal auf die Augen und wandte sich dann wieder suchend im Zimmer um. »Ist denn wirklich keine Milch da?«

»Ich werde sofort nach dem Etagenkellner läuten.« Carola ging zur Tür und zum Klingelknopf ›Service‹. Sie hatte den Kopf in den Nacken geworfen und die Lippen fest zusammengepreßt.

Ich werde Leclerc wiedersehen, dachte sie. Ich muß ihn wiedersehen. Auch wenn er jünger ist und aussieht wie ein

Straßenjunge. Ganz gleich, was kommt – in dieser Luft hier kann ich nicht mehr atmen.

Sie klingelte und sagte rauh, als der Etagenkellner kam: »Bitte, die Milch für Herrn Donani. Aber kalt, eiskalt!«

Donani saß am Balkonfenster und reckte sich. Er fühlte sich ausgesprochen wohl.

»Du bist so lieb, Engelchen«, sagte er voller Zärtlichkeit.

Das Konzert war ein Erfolg, wie immer. Die Vorstellung Donanis, Carolas und der beiden Ersten Konzertmeister vor der Königin war ein Triumph Carolas. Ihr herrliches weißes Duchese-Abendkleid mit den wertvollen Spitzenbesätzen, ihr Halscollier, das Diadem in dem aufgesteckten, goldblonden Haar, ihre langen Ohrgehänge, ihr zartes, unwirklich schönes Gesicht mit den großen, sprechenden Augen beeindruckten die königliche Familie. Man sah es an den Blicken der Damen, die mehr aussprachen als die konventionellen Worte. Auch Pietro Bombalo fiel auf: Er war der Mann, der am meisten und am auffallendsten schwitzte. Als die Königin ihm die Hand hinhielt und ihn begrüßte, schnaufte er wie ein Walroß, stotterte ein paar unverständliche Worte und war auf die Frage, woher er stamme, nur fähig zu stammeln: »Aus Sizilien, Majestät.« Sein italienisches Temperament transpirierte weg. Hinterher ärgerte er sich maßlos, beschimpfte sich selbst im Spiegel und war zu Morden bereit, wenn jemand neckend zu ihm sagte: »Wie ist das, Pietro... gekrönte Häupter können sich dir nur im Badeanzug nähern, stimmt das? Die Königin soll ja vor dir nasse Füße bekommen haben.«

Für Carola war mit der Vorstellung vor der Königin der Abend zu Ende. Bernd Donani wurde beschlagnahmt von einem Schwarm von Lords, die ihn in einen der feudalen Londoner Clubs entführten, wo seit Jahrhunderten die Anwesenheit eines weiblichen Wesens als völlig unmöglich galt. Auch heute wurde dieses Tabu nicht durchbrochen. Donani wurde von Carola getrennt, um die sich die Ladys kümmerten, die es nicht anders kannten. Mit dem letzten Rest von

Haltung schlug Carola die Einladungen zum Tee in einem Damenclub aus und fuhr zurück zum Hotel.

Dort warf sie das Abendkleid in die Ecke, schleuderte den Schmuck auf das Bett und weinte vor Wut und Enttäuschung. Ihre Erregung wurde maßlos, als sie auf dem Nachttisch ein großes Glas Milch stehen sah. Sie ergriff es, trug es in das Badezimmer und schüttete es aus. Dann erst schleuderte sie es auf die Fliesen und freute sich über den splitternden Knall.

Schluß! Schluß! Schluß! schrie es in ihr. Ich kann nicht mehr, ich kann nicht mehr...

Als sie aus dem Bad zurückkam, stand Jean Leclerc im Zimmer. Carola blieb erstarrt stehen. Ihr Blick glitt zur Tür, sie war wieder verschlossen. Leclerc lächelte sein unschuldiges Jungenlächeln, seine schwarzen Haare schimmerten matt in der Deckenbeleuchtung.

»Was... was wollen Sie hier?« fragte Carola. Sie hörte selbst, wie tonlos ihre Stimme war. Leclerc sah sie groß an.

»Das fragst du noch?«

»Gehen Sie, bitte.«

»Ich habe dich vier Wochen lang nicht gesehen.«

»Hat Sie jemand bemerkt?«

»Natürlich. Ich habe mich beim Portier ordnungsgemäß gemeldet. Ich habe gesagt: Ich habe der gnädigen Frau etwas von Herrn Donani abzugeben. Und ich bin als offizieller Besucher mit dem Lift nach oben gekommen.«

»Ich will Sie nicht mehr sehen! Gehen Sie!« Carola drehte sich um und ging mit steifen Beinen zum Balkon, als biete er Rettung vor der Anwesenheit Leclercs. Der Geiger senkte ein wenig den Kopf.

»Warum mußt du immer lügen, Chérie?«

»Wenn mein Mann jetzt zurückkommt...«

»Er kommt nicht vor ein Uhr. In den englischen Clubs ist eine mitternächtliche Whisky-Runde der letzte Hochgenuß. Rauchiger Whisky am rauchenden Kamin... den großen Donani sehen wir vor einigen Stunden nicht wieder.«

»Ich habe vergessen!« sagte Carola laut.

»Ich nicht.« Leclerc kam langsam näher. »Wie könnte man

dich vergessen? Man könnte die Sonne vermissen, wenn man weiß, daß es eine ewige Nacht mit dir geben kann.« Er blieb nahe vor ihr stehen und blickte zurück zur Tür des Badezimmers. »Du hast ein Glas zertrümmert?« Seine Stimme war wieder warm und weich. »Warum läßt man eine Frau wie dich allein...«

»Geh, ich bitte dich... geh!« Carola lehnte den Kopf gegen die Wand. »Damals war ich verrückt, weiter nichts.« Ihr Herz zuckte, als sie es sagte, und ihre Stimme zuckte mit. Sie hatte sich nicht mehr in der Gewalt. »Meine Kinder... ich muß mich um sie kümmern, und –«

Sie sprach nicht weiter. Leclerc hatte sie stumm an sich gezogen. Seine weiche Hand streichelte ihr zuckendes Gesicht, löste die aufgesteckten Haare und ließ sie über ihre Schultern fließen.

»Du bist so schön«, sagte er leise. »Du kannst so glücklich sein... Unser Leben beginnt doch erst...«

Als er sie küßte, krallte sie sich an ihm fest, klammerte sich an seine Haare und riß seinen Kopf zu sich hinunter, als er atemlos das Gesicht hob.

»Du Lump!« sagte sie heiser. »Du erbärmlicher Schuft. Du darfst mich nie vergessen. Du gehörst mir... mir ganz allein!«

Um diese Zeit sagte Bernd Donani zu Lord Brookfield, am flammenden offenen Kamin stehend:

»Es ist eigentlich eine Unsitte, Lord, daß Frauen nicht hier sein dürfen. Ich hätte meine Frau gern bei mir...«

Am Morgen nach dem Konzert überraschte Bernd Donani seine Frau mit der streng gehüteten Neuigkeit. Er war erst gegen zwei Uhr morgens aus dem Club zurückgekommen und fand Carola schlafend vor. Sie schlief wie ein kleines Kind, auf der Seite, mit offenen Haaren, den Mund trotzig, mit vorgeschobenen Lippen, als wolle sie geküßt werden. Donani überlegte, ob er sich herunterbeugen und die Lippen küssen solle... dann unterließ er es doch. Sie ist müde, sie braucht Schlaf, dachte er. Die Nachtwachen bei den Kindern, das hat sie mitgenommen. Jetzt soll sie sich erholen.

Leise zog er sich aus, kroch ins Bett und sah Carola noch einmal an, bevor er das Licht löschte. Wenn du wüßtest, wie schwer die vier Wochen ohne dich für mich waren, dachte er. Zweimal wollte ich alles hinwerfen und nach Hause fahren. Einfach fliehen vor dem Terminkalender und diesem Bombalo, der nur aus Daten besteht. Ich wollte zu dir, nur zu dir ... wenn du wüßtest, wie sehr ich dich liebe.

»Gute Nacht, Engelchen«, sagte er leise.

Dann drehte er sich um und schlief ein. Er war glücklich, nach vier langen Wochen Carola wieder neben sich zu haben. Er schlief wie auf paradiesischen Wolken.

Am Morgen überraschte er dann Carola. Es gelang ihm vorzüglich, als er leichthin sagte:

»Goldkind, pack einen kleinen Koffer ein mit dem Allernötigsten. Wir fahren weg.«

»Nach Birmingham – ich weiß.« Carola vermied es, Donani anzusehen. Es war ein merkwürdiges Gefühl, einzuschlafen mit dem Jungengesicht Leclercs vor Augen und aufzuwachen mit dem Anblick der zerwühlten weißen Haare Donanis. Es ist nicht leicht, sich an die Kaltschnäuzigkeit einer Hure zu gewöhnen, dachte sie voll Bitterkeit gegen sich selbst. Aber die Übung wird es bringen.

Donani lächelte geheimnisvoll und hob die Hand. »Nicht nach Birmingham, Engelchen. Wir fahren nach Schottland.«

»Schottland? Wieso?«

»Zwei Tage Ferien vom Ich. Nur wir zwei, ohne diesen widerlichen Kalender Bombalo. Ich habe zwei Tage für uns allein herausgeschunden.«

»Für uns?« Carola schluckte und atmete tief auf. »Aber das ist ja etwas ganz Neues, Bernd ...«

»Freust du dich?«

»Es kommt so plötzlich.«

»Überraschungen haben plötzlich zu sein, sonst sind es keine. Los, pack das Köfferchen!«

Er ging singend ins Badezimmer, sah die Glasscherben und stutzte.

»Pech gehabt, Engelchen?« rief er.

Carola nickte. »Ja –«, sagte sie dumpf.

»Pack einen Pullover ein.« Die Brause rauschte. Donani prustete und ächzte, er brauste sich kalt, weil er es für gut für den Kreislauf hielt. »In Schottland kann es jetzt schon kühl sein.«

»Ich habe keine Lust«, sagte Carola matt und setzte sich. Ihre Lippen waren aufgesprungen von den Küssen Leclercs, auf ihrem Körper spürte sie noch das Streicheln seiner heißen Hände.

»Was sagst du?« rief Donani unter der Brause.

»Ich habe keine Lust.«

»Lust! Die kommt, wenn du unterwegs bist, genau wie der Appetit beim Essen! Los, los, Goldkindchen, pack alles ein. In einer Stunde rauschen wir ab.« Er kam aus dem Badezimmer, nackt, tropfend vor Nässe, eine großgewachsene Gestalt, muskulös und mit einem kleinen Bauchansatz, den man im Frack nicht sah. »Du wirst sehen, wie gut dir die schottische Luft bekommt. Die Seen, die Weite des Landes, der Wind, die Weiden, die riesigen Schafherden, diese herrliche Ruhe... Nirgendwo ist der Himmel so weit wie in Schottland, mit Ausnahme von Ungarns Pußta. Du wirst begeistert sein.«

Ruhe, dachte Carola. Da ist seine Welt. Ruhe... Einsamkeit, deren Stille mich anschreit.

»Ich pack ja schon«, sagte sie schwach und griff willkürlich nach einem Handtuch. Dann zuckte ihre Hand zurück. Es war das Handtuch, an dem sich Leclerc den Schweiß der Nacht abgetrocknet hatte. Ihre Augen wurden dunkel und gehetzt. »Ja, laß uns fahren!« rief sie und sprang auf. »Laß uns weg von hier... weit weg...«

Donani nickte und klatschte mit den Händen auf seinen Bauch. »Ich wußte, daß es dich begeistert, Engelchen«, sagte er fröhlich. »Wann haben wir in den letzten Jahren zwei Tage für uns allein gehabt...?«

Jean Leclerc nahm die Zweitagereise Carolas gelassen hin. Er erfuhr es am gleichen Morgen von anderen Orchestermitgliedern, denen man schon gesagt hatte, daß die Proben der

Erste Konzertmeister übernehme, weil der Chef nach Schottland gefahren sei.

Leclerc schwänzte die erste Probe mit Hinweis auf seinen chronischen Magen und fuhr nach Chelsea. Etwas außerhalb wohnte Hilman Snider in einem schönen, alten Häuschen mit dem riesigen Zentralschornstein, wie ihn die alten englischen Bauernhäuser seit Jahrhunderten haben. Ein schöner Garten lag um das Anwesen. Sonnenblumen leuchteten und die ersten Herbstastern.

Jean Leclerc hatte keinen Blick für den Garten. Was ihn nach Chelsea zu Hilman Snider führte, war nicht das Interesse an Blumen. Er läutete und war nicht erstaunt, als Hilman Snider, ein Mann Ende der Fünfzig, ihm die Tür mit einem »Ach, Sie sind's!« öffnete. Ein Ausruf, mit dem man gewöhnlich Freunde begrüßt.

»Was wollen Sie denn nun schon wieder?« fragte Snider, als Leclerc in der Diele stand.

»Sie werden lachen... Geld.«

»Ich lache gar nicht. Sie bekommen keins.«

»Ich denke, Hilman Snider ist ein Geldverleiher?« fragte Leclerc.

»Aber nur an die, die es mir zurückzahlen. Einmal bin ich auf Sie hereingefallen, ein zweites Mal müßte ich verrückt sein. Sie schulden mir noch 100 Pfund.«

»Sie bekommen Sie auf den letzten Penny wieder... sogar 250 Pfund, wenn Sie mir noch einmal 100 leihen.«

»Einen Teufel werde ich!« sagte Snider grob. »Welche Sicherheiten haben Sie?«

»Meine Begabung als Violinist.«

»Ein angerosteter Kochtopf ist mir sicherer als das.« Snider griff zur Klinke, um Leclerc wieder aus dem Haus zu lassen. »Vor einem Jahr habe ich Ihnen noch geglaubt... an Ihre große Zukunft. Was ist in diesem Jahr geschehen? Nichts. Ich habe meine 100 Pfund nicht wieder, und Sie sitzen noch immer in der letzten Orchesterreihe und fiedeln sich einen weg.«

»Nicht mehr lange, Snider.«

»Wenn schon, dann Mister Snider!« Der Alte sah Leclerc

fragend an. In der Stimme des Jungen klang so etwas wie Sicherheit. »Was ist los? Was hat sich getan?«

»Vieles. Wenn Sie schweigen können...«

»Davon lebe ich ja«, sagte Snider entrüstet.

»Die Frau des großen Donani ist meine Geliebte... oder ich bin der Geliebte der großen Frau Donani... wie man's nimmt. Der Effekt ist der gleiche. Merken Sie was, Mr. Snider?«

Hilman Snider verzog den Mund. »Ein faules Ei, mein Junge. Launen einer Frau. Das ist kein verzinsliches Kapital.«

»In diesem Falle doch. Carola – so heißt sie – wird sich bei ihrem Mann dafür einsetzen, daß ich ein Solistenkonzert gebe. Verstehen Sie, was das bedeutet, Mr. Snider? Mein Name wird von einem Tag auf den anderen bekannt sein. Wer einmal als Solist mit Donani gespielt hat, ist ein gemachter Mann. Ihre lumpigen 250 Pfund sind dann ein Klacks für mich.«

»Bis jetzt sind es nur 100 Pfund«, sagte Snider trocken.

»Was wollen Sie mehr als Sicherheit?« fragte Leclerc erregt.

»Das Plakat, auf dem Ihr Name als Solist steht. Dann weiß ich, daß es Wahrheit ist.«

»Ich bringe Ihnen dieses Plakat. Aber vorher leihen Sie mir noch 100 Pfund. Verstehen Sie doch, Mr. Snider: Auch als Geliebter einer reichen Frau muß man anfänglich etwas investieren. Es zahlt sich nachher hundertfach aus.«

Hilman Snider zögerte. Aber dieses Zögern war schon ein halbes Entgegenkommen.

»Und wenn es nicht klappt mit dem Solisten?« fragte er.

»Es klappt.«

»Wie wollen Sie beweisen, daß Frau Donani Ihre Geliebte ist?«

»Wir spielen in zwei Tagen in Birmingham. Nach dem Konzert werde ich mit ihr zur ›Klause‹ fahren. Sie können es sich ansehen!«

Hilman Snider winkte ab. »Kommen Sie rein, Sie Windhund«, sagte er. »Sie bekommen Ihre 100 Pfund. Aber wehe, wenn ich sie im Dezember nicht als 250 Pfund wiederhabe! Dieses Mal lasse ich Sie auffliegen!«

»Nicht nötig.« Leclerc lächelte und klopfte dem Alten auf

die Schulter. »Und wenn alles schiefgeht: Carola Donani wird es bezahlen, machen Sie sich da gar keine Sorgen«, sagte er kühn.

Er lachte sogar, und es war ein triumphierendes Lachen. Es war so einfach, zu leben – man mußte nur den Frauen gefallen.

Bis kurz vor dem Konzert in Birmingham hatte Jean Leclerc keine Gelegenheit, Carola wiederzusehen und zu sprechen. Erst als Donani der Presse vorgestellt wurde, schlich sich Leclerc an Carola heran und berührte mit den Fingerspitzen ihre nackte Schulter. Sie zuckte zusammen, aber sie drehte sich nicht um, um zu sehen, wer sie anfaßte. Sie wußte es ohnehin.

»Du bist verrückt!« zischte sie. »Geh weg, ehe dich jemand sieht.« Dabei sah sie hinüber zu dem Kreis der Journalisten, in dem Donani gefangen war und aus dem das laute Organ Bombalos klang.

»Ich muß dich sprechen, Chérie.«

»Nein!«

»Nach dem Konzert. Hinter dem Opernhaus. Wir fahren ein Stück aufs Land.«

»Nein.«

»Ich liebe dich, Chérie.«

»Geh endlich!«

»Wenn du nicht zusagst, küsse ich deinen wundervollen Nacken.«

»Ich komme ja.« Carola trat einen Schritt vor. Sie bemühte sich, ihre Erregung zu verbergen.

»Danke, Chérie.« Leclerc berührte wieder ihre nackte Schulter. Wie ein Hauch war es, wie ein ganz leises Kratzen. Carola schauderte zusammen und hob die Schultern in dem rückenfreien Abendkleid. Sie wartete, was Leclerc noch sagen würde, aber nichts erfolgte. Da drehte sie sich um. Hinter ihr war niemand mehr, nur die angelehnte Tür zur Bühne.

Donani winkte ihr zu und lachte. Auch der dicke Kopf Bombalos tauchte in dem Journalistenkreis auf. Jetzt komm ich dran, dachte sie. Jetzt werde ich dasselbe erzählen wie seit acht Jahren. Die Memoiren einer glücklichen Frau...

Sie setzte ihr Lächeln auf, richtete sich stolz empor und ging in königlicher Haltung auf die Journalisten zu.

Die Blitze der Kameras zuckten auf... das Aushängeschild eines berühmten Mannes wird fotografiert, dachte sie.

»Du mußt es möglich machen«, sagte Leclerc und streichelte ihren weißen Körper. Unter seinen Händen dehnte und reckte sie sich wie eine schnurrende Katze. Sie hatte die Augen geschlossen, lächelte entrückt und gab sich seinen Liebkosungen hin.

»Es geht nicht«, antwortete sie leise.

»Du mußt es ihm einreden, Chérie.« Leclerc unterbrach seine Zärtlichkeit. Seine berufliche Zukunft war jetzt wichtiger. Carola öffnete die Augen, sie dehnte sich und legte ihren Kopf auf seine Brust.

»Er hat so etwas noch nie getan.«

»Weil du ihn noch nie darum gebeten hast.« Leclerc schob Carolas Kopf etwas abrupt von seiner Brust. Er fiel auf das zerwühlte Kissen, die blonden Haare wehten wie ein Schleier über ihre Augen. Sie strich sie weg und sah Leclerc aus großen, flimmernden Augen an.

»Komm!« Ihre Stimme war dunkel vor Sehnsucht.

Leclerc stützte sich auf und legte den Kopf in beide Hände. Er betrachtete Carola mit der Gleichgültigkeit eines Mannes, der das Erreichbare bekommen hat. Ihre Stimme, ihre Augen, ihr innerlich bebender Körper erreichten ihn nicht mehr als bis zur bloßen Wahrnehmung. Er hatte jetzt ein anderes Ziel, und was bisher gewesen war, betrachtete er nur als einen Schlüssel, der die Türen zu der erträumten Welt aufschloß für ihn.

»Du allein hast die Möglichkeit, ihn dazu zu bringen. Er liebt dich und wird daher...«

»Schweig davon!« sagte sie lauter. Aber sie war so voll Sehnsucht, daß es nicht heftig klingen konnte.

»Nein!« Leclercs Gesicht verzog sich wie das eines trotzigen Jungen. »Du überblickst nicht die Lage, Chérie. Wenn Donani mich bei sich vorspielen läßt, und ich bestehe diese Prüfung – und ich werde sie sicher bestehen –, wenn er dann mit mir ein Solistenkonzert macht, bin ich ein bekannter Mann. Dann brauchen wir ihn nicht mehr, dann habe ich meinen eigenen Manager, dann verdiene ich genug Geld, um uns zu ernähren. Dann können wir in die Welt ziehen und unser Glück suchen. Dann gibt es nur noch uns zwei. Begreifst du das denn nicht? Es geht allein um uns. Du bittest ihn um uns.«

»Ich verstehe alles.« Sie griff nach seinen Haaren und zog seinen Kopf wieder auf ihre Brust. »Küß mich, schnell!«

»Du wirst ihn fragen?«

»Ja... ja...«

»Morgen schon?«

»Morgen...«

Leclerc lächelte. Er küßte Carolas offene Lippen und schielte dabei auf die Uhr.

Noch eine Stunde.

Bernd Donani saß selbst am Flügel und sah Jean Leclerc etwas gelangweilt entgegen. Der riesige Konzertsaal wirkte in seiner Leere und Kahlheit bedrückend und feindlich. Leclerc hatte es noch nie so empfunden. Bei den Proben waren immerhin fünfzig andere Musiker auf dem Podium, man war ein Teil der Masse. Jetzt aber stand er allein mit dem großen Donani in dem halbdunklen Saal, klemmte seine Geige unter den Arm, fingerte nervös an dem Bogen herum und spürte, wie das Lampenfieber ihn innerlich auffraß. Aller Mut, alle Großsprecherei waren gestorben. Er fühlte sich elend, sein Magen rumorte, seine Hände zitterten, und in den Schläfen klopfte es wie mit tausend Hämmern.

»Guten Morgen!« sagte Bernd Donani beiläufig. Er trug ein offenes Hemd mit einem Seidenschal um den Hals, eine alte Hose und Segeltuchschuhe. Es war eine Angewohnheit Donanis, bei den Proben mehr als salopp zu erscheinen, um so mehr glänzte er dann im Frack. »Meine Frau sagte mir, daß

Sie aus der Reihe der Geiger hinaus wollen und sich als Solist reif genug fühlen.«

»Wer möchte nicht weiterkommen, Herr Generalmusikdirektor...« Leclerc schluckte. Habe ich überhaupt was gesagt, dachte er. Ich habe ja meine eigene Stimme gar nicht gehört.

»Aufstieg ist eine Frage des Könnens. Sie wissen, daß ich sonst nie solche Talentproben mache. Wirkliches Können setzt sich schlagartig von selbst durch. Aber meine Frau hat mich gebeten...« Donani blickte Leclerc kühl an. »Woher kennen Sie meine Frau?«

»Es war ganz merkwürdig... In Paris, glaube ich, war es. Da probte ich in meinem Zimmer, und plötzlich geht die Tür auf und Ihre Gattin steht im Zimmer. ›Ich wollte nur sehen, wer da so herrlich spielt‹, sagte sie...« Leclerc sah Donani unschuldig an. »Verzeihung, aber das hat Ihre Gattin wörtlich so gesagt. Und so kam es... das hat mir Mut gemacht, sie zu bitten, bei Ihnen zu fragen, ob ich...«

»Schon gut.« Donani drehte sich zu der Tastatur des Flügels um. Das sieht Carola ähnlich, dachte er dabei. Hört jemanden fiedeln und glaubt, es sei ein Talent. »Was wollen Sie mir vorspielen?«

»Das Adagio aus dem Violinkonzert von Max Bruch –«

Donani schüttelte den Kopf. »Nein!« Er sah, wie Leclerc erschrak. »Für einen Solisten gibt es andere Klippen als dieses Adagio. Was haben Sie noch?«

»Das... das Violinkonzert Nr. 1 von Beethoven«, stotterte Leclerc verwirrt.

»Mit der Kadenz von Kreisler?«

»Natürlich.«

Donani lächelte bitter. »Sie trauen sich viel zu, junger Mann.«

»Ich will vorwärtskommen, Herr Generalmusikdirektor.« Leclerc legte seine Geige ans Kinn. Seine Hände waren vor Aufregung schwitzig, er wischte sie an den Hosenbeinen schnell ab. Donani zeigte auf Leclercs Hosen.

»Das dürfen Sie zum Beispiel bei einem Konzert nicht. Auch wenn Sie Lampenfieber haben und Ihnen das Gesäß brennt – das Publikum darf es nie merken.« Er suchte aus einem Stapel Noten das Violinkonzert Beethovens heraus. Donani hatte alle etwa in Frage kommenden Konzerte mitgenommen. Er wußte, was zum Repertoire eines Geigers gehörte. »Und die Haltung, mein Junge! Die Haltung! Ein Solist ist ein König! Also sei die Haltung königlich!« Er legte die Hände auf die Tasten und überflog den Beginn des Violinkonzertes. »Ich kürze die lange Orchestereinleitung ab. Ich beginne fünf Takte vor Ihrem Einsatz.«

»Wie Sie wünschen, Herr Generalmusikdirektor!«

Jean Leclerc bemühte sich, ruhig, ganz ruhig zu sein. Er starrte auf die leeren Stuhlreihen, gegen den riesigen Kronleuchter, auf die geschlossenen Saaltüren. Da sah er, hinter einer Säule, das schwache Aufleuchten eines Kleides. Carola war im Saal, sie versteckte sich hinter der Säule. Sie wollte erleben, wie ein Künstler geboren wurde. Leclerc spürte, wie sich seine Kehle zusammenkrampfte. Ruckartig wandte er sich zu Donani zurück.

»Was ist?« fragte Donani. »Können wir...?«

Leclerc nickte stumm. Es war ihm unmöglich, noch einen Ton zu sagen.

Die ersten Takte... das kurze, den Violineinsatz vorbereitende Thema... Leclerc hob den Bogen. Was er zwei Jahre lang verbissen geübt hatte, wurde jetzt Wirklichkeit, wurde härteste Prüfung.

Der Einsatz... jetzt!

Und Jean Leclerc spielte. Donani begleitete ihn stumm, ohne Zwischenruf, ohne Unterbrechung. Nach der berühmten Kadenz und der Wiederaufnahme des Themas, nach dem Schlußakt, ließ Donani seine Hände auf den Tasten liegen und sah Leclerc fast eine Minute lang stumm an. Eine Minute, die eine Hinrichtung war.

»Sie wissen, was los ist?« fragte Donani endlich.

Leclerc nickte stumm. Er schwitzte, sein Gesicht war fahl, wie ausgelaugt. Er preßte die Geige an seine Brust und hätte sie am liebsten an der Wand zertrümmert.

»Sie haben viermal danebengegriffen«, fuhr Donani ungerührt fort. »Zwar geht das in der Orchesterbegleitung unter, die Mehrzahl der Zuhörer merkt es gar nicht – aber ich merke es. Und das ist schlimm. Von einem Solisten verlange ich hundertprozentige Reinheit des Spiels. Auch ein Menuhin kann einmal ausrutschen, aber er ist eben schon ›der Menuhin‹. Von einem Jean Leclerc, der erst etwas werden möchte, verlangt man höchstmögliche Konzentration. Und das ist bei viermal Danebengreifen nicht da. Wir verstehen uns?«

»Ja.« Leclerc nickte. »Sie haben recht, Herr Generalmusikdirektor. Ich... ich gehe wieder zurück in meine dritte Reihe im Orchester. Vielleicht in einem Jahr –«

Donani erhob sich und klappte den Deckel über die Tasten. Es gab einen harten Knall.

»Vielleicht. Ich höre Sie mir gerne wieder an, wenn Sie noch einmal den Mut dazu haben.«

Er drehte sich um und ließ Leclerc auf dem Podium stehen. Da erst, als auch die Tür zuklappte, fand Leclerc die Kraft wieder, seine Glieder zu gebrauchen. Er warf die Geige auf den Boden und ballte beide Fäuste. Im Saal, ganz hinten, in einem weißen Kleid, mädchenhaft schmal und jung aussehend mit ihren offenen blonden Haaren, stand Carola.

»So ein Schuft!« schrie Leclerc. »So ein arroganter Flegel! Fertig hat er mich gemacht, einfach fertig! So behandelt man einen heulenden Hund! Hast du das gesehen?«

»Komm, laß uns gehen«, sagte Carola leise. Die Leere des Saales trug ihre Stimme wie einen Hauch zu ihm.

»Jetzt bereue ich nichts mehr! Nichts!« Leclerc hob seine Geige auf. »Laß uns fortgehen, Chérie. Irgendwohin. Ich könnte ihn sonst erschlagen...«

»Komm!«

Carola kam zum Podium und nahm Leclercs Hand wie die eines weinenden Jungen.

»Wir werden einen Weg finden, ganz uns zu gehören«, sagte sie mit einer unheimlichen Sicherheit.

Eine Woche später waren sie wieder in Deutschland.

Donani gab Konzerte in Hamburg, Köln und München. Der Abschluß war Berlin. Tschaikowskij in der neuen Berliner Philharmonie. Carola aber erhielt dadurch die Möglichkeit, ihre Mutter zu besuchen. Sie hatte sie seit drei Jahren nicht mehr gesehen – jetzt schien sie ihr die letzte Möglichkeit zu sein, Klarheit über sich selbst zu bekommen. Eine letzte Zuflucht vor der Flucht in das Ungewisse, in eine ersehnte und doch mit Angst betrachtete Freiheit.

Bertha Portz, Witwe eines Eisenbahnrates, wohnte in einem kleinen Einfamilienhaus im Grunewald. Von ihrem berühmten Schwiegersohn las sie ab und zu in den Zeitungen. Noch seltener erhielt sie Post aus irgendeinem Winkel der Erde. Einmal im Jahr besuchte sie die Kinder in Starnberg, auf dem Weg zu ihrer Sommerfrische im Allgäu. Sie lebte das geruhsame Leben einer durch eine gute Pension gesicherten Witwe und betrachtete deshalb das Leben aus der Weisheit des Geborgenen heraus. Um so mehr war sie erschüttert, als ihre einzige Tochter Carola plötzlich vor ihr stand, weinend und völlig aufgelöst und ihr gestand: »Ich kann mit Bernd nicht mehr leben! Ich habe einen Geliebten! Was soll ich tun, Mama?«

Bertha Portz kochte zunächst eine Kanne starken Kaffee und verstärkte ihn in Carolas Tasse durch einen Schuß Kognak. Dann betrachtete sie ihre Tochter und wußte, daß sich Carola in einem Zustand befand, in dem man nie wieder reparierbare Dummheiten macht.

»Er ist jung?« fragte sie plötzlich. Carola sah erschrocken auf und nickte dann.

»Ja.«

»Bernd ist dir zu alt?«

»Ja, Mama.«

»Ich habe dir damals schon gesagt: Man kann einen Unterschied von einundzwanzig Jahren nicht wegwischen. Einmal mußte es so kommen. Bernd sehnt sich nach Pantoffeln und du nach Foxtrott.«

»So ähnlich, Mama. Was soll ich tun? Ich bin völlig verzweifelt.«

»Du hast deine beiden Kinder. Da gehörst du hin! Gib deinem Kavalier einen Tritt und weg damit. Bernd braucht dich, die Kinder brauchen dich – das ist deine Pflicht.«

»Alle, alle brauchen mich!« Carola sprang auf. »Alle reden

von meiner Pflicht, allen muß ich etwas geben. Und wer gibt mir etwas? Wo ist der, den ich brauche? Immer wird nur verlangt, aber nie etwas gegeben.«

»Das ist das Los der Frauen.« Bertha Portz goß die Tasse erneut voll Kaffee. »Setz dich, Carola. Sei vernünftig. Solange dein Vater lebte, war es bei mir genauso. Ich saß zu Hause, und dein Vater hatte Sitzungen, Stammtisch, Kegelabende, Verbindungsfeste, Alte-Herren-Treffen... Du ahnst gar nicht, wie ein Mann beschäftigt ist. Was habe ich getan? Ich habe mich damit abgefunden, habe meinen Kaffeekranz gehabt, meinen Damenkegelclub, eine Tarockrunde – und wir waren ein glückliches Ehepaar.«

»Aber du warst kein Zigeuner, der jeden Tag unterwegs ist, dessen Heimat die Hotelbetten sind, der keine freie Zeit hat und der lächeln muß, obgleich er heulen könnte.«

»Das ist das traurige Los der Berühmten, mein Kind.«

»Ich will nicht berühmt sein. Ich will eine Frau sein, weiter nichts.«

»Du solltest so offen einmal mit Bernd sprechen.«

»Das habe ich.« Carola preßte die Lippen zusammen. »Seine Antwort ist: Wo hast du die Milch hingestellt, Engelchen?«

»Ein lieber, guter, gemütlicher Papa also.« Bertha Portz rührte in ihrer Kaffeetasse. Sie verstand ihre Tochter als Frau. Als Mutter indessen war sie glücklich, daß Carola einen so braven Mann hatte. »Sei froh, daß er nicht hundert Geliebte hat.«

»Das wäre mir lieber als dieses Leben! Dann sähe ich, daß er Blut in den Adern hat und keine Noten!« Sie stampfte mit dem Fuß auf und weinte wieder. »Ich halte dieses Leben nicht mehr aus, Mama. Ich bin noch jung, ich bin mit siebenundzwanzig Jahren keine Greisin.«

»Aber du hast zwei Kinder, Carola.«

Carola nickte. »Das ist das einzige, was mich davor zurückgehalten hat, Bernd nicht schon längst zu verlassen.« Sie sah ihre Mutter an. Erschrocken stellte Bertha Portz fest, daß der Blick Carolas wie der einer Irren war. »Aber was habe ich von den Kindern? Was haben sie von mir? Sie kennen ihre

Pflegerin Erna Graudenz besser als mich oder gar ihren Vater.«

»Dann bleib einfach zu Hause. Laß ihn allein reisen.«

»Das will er nicht.« Carola ballte wieder die Fäuste. »Und Bombalo würde schreien. Sie brauchen mich ja. Als Reklame, als Interviewgeber, als Brillantenträger, als Krawattenbinder, als Reisemarschall. Zu allem bin ich ihm gut genug – nur als Frau sieht er mich nicht an! Oh, er ist der gemeinste Egoist, den es gibt! Ich kann einfach nicht mehr!«

Zwei Stunden später fuhr Carola Donani in die Stadt zurück. Auch ihre Mutter hatte ihr keinen Rat geben können als den, den sie ihr alle geben würden: Aushalten! Denk an die Kinder. Und schließlich: Auch du wirst einmal alt. Eine greifbare Tatsache, die Carola fast zur Panik trieb. Nichts vergeht so schnell wie Jugend.

Sie fuhr nach Berlin hinein, zur Neuen Philharmonie, mit dem festen Willen, morgen oder übermorgen, wenn sich die Gelegenheit dazu bot, Donani um die Scheidung zu bitten.

Nach dem Konzert erhielt Bernd Donani eine Einladung des Regierenden Bürgermeisters von Berlin zu einem Essen. Carola ließ sich entschuldigen, sie hatte Kopfschmerzen und legte sich gleich zu Bett. Aber eine halbe Stunde nach der Abfahrt Donanis stand sie wieder auf, zog ein Sportkostüm an, ließ sich ihren offenen Sportwagen aus der Garage holen und fuhr zu dem vereinbarten Treffpunkt mit Leclerc. Wenn Donani in Deutschland dirigierte, erwartete ihn Carolas Wagen am ersten Gastspielort. Von dort aus unternahmen sie alle anderen Reisen im Auto. Carola lenkte, und Donani war glücklich, durch die Gegend zu fahren. Er hielt dabei kulturhistorische Vorträge.

Bis nach Mitternacht blieben Leclerc und Carola in einem Gasthaus am Wannsee. Sie besprachen die Scheidung und ihre Zukunft. Leclerc wollte ein neues Engagement versuchen, im Orchester der Pariser Oper, oder in Marseille, oder sogar drüben in den USA, wo es wunderbare Orchester gab unter berühmten Dirigenten.

»Wir schlagen uns schon durch, Chérie«, sagte er und küßte ihre Hände. »Und für die Übergangszeit, leider, mußt du sorgen ...«

Die Nacht war diesig und feucht, als sie nach Berlin hineinfuhren. Carola fuhr vorsichtiger als sonst; auf der seifigen Straße schleuderte der Wagen in den Kurven. Leclerc hatte den Arm um ihre Schulter gelegt und genoß ihr flatterndes Haar und die Freude, der Geliebte einer solchen Frau zu sein.

Plötzlich faßte er Carola ins Steuerrad und richtete sich auf. Carola bremste geistesgegenwärtig und lenkte den rutschenden Wagen an die Straßenseite. »Bist du verrückt?« sagte sie. »Sollen wir uns den Hals brechen? Was ist denn?«

»Hast du nichts gesehen?« Leclercs Stimme war belegt.

»Nein. Was denn?«

»Dort drüben im Straßengraben liegt jemand.«

Carola sah zurück. Sie sah nichts. Nur Büsche, Dunkelheit, Nässe. »Wo denn?«

»Wir steigen aus und sehen nach. Es sah aus wie ein Mensch.«

»Dummheit.«

Aber sie stiegen doch aus und gingen ein paar Meter die Straße zurück.

Dann sahen sie es: Im Straßengraben, vor einem Busch, ein dunkler, länglicher Gegenstand, graugrün gefleckt.

»Eine Zeltplane«, sagte Carola aufatmend.

Sie beugte sich herunter und zuckte dann zurück. Aus der Zeltplane sahen blonde Haare heraus, der obere Teil eines Frauenkopfes, starre, gebrochene blaue Augen.

»Eine ... eine Frauenleiche ...«, sagte Leclerc dumpf.

Sie standen eine Minute stumm vor Entsetzen neben ihrem Fund und sahen sich an. Die Nässe tropfte auf die graugrüne, gefleckte Zeltplane. Die blonden Haare der Toten lagen im Schmutz des Grabens. Dort, wo die Zeltplane übereinandergeschlagen war, sah eine Hand hervor, schmal, blaß, mit einem dünnen Goldring und einem Stein aus Aquamarin.

»Wir ... wir müssen etwas tun ...«, sagte Leclerc heiser. Das Grauen schwang in seiner Stimme mit. Er legte den Arm wie schützend um Carolas Schulter und spürte, wie heftig sie zitterte.

»Die Polizei!« versuchte er, gefaßter zu reden.

»Nein –« Sie schüttelte den Kopf und starrte auf die blonden Haare.

»Aber... Wir müssen doch...«

»Wenn wir die Polizei rufen, werden wir als Zeugen aussagen müssen. Dann wird man erfahren, daß wir heute nacht zusammen waren!«

Leclerc schwieg. Sie hat recht, dachte er. Und gleichzeitig schielte er zu Carola und wunderte sich. Woran sie in solchen Situationen denken kann! Sie zittert, aber im Inneren ist sie voll kalten Verstandes. So wenigstens sah er es, und er bemühte sich, Carola von der Leiche fortzuziehen.

»Komm«, sagte er leise, »laß uns wegfahren. Wir haben einfach nichts gesehen. Jemand anders wird sie finden. Laß uns fahren, bevor ein anderer Wagen kommt.«

»Sie hat blonde Haare«, sagte Carola und umklammerte Leclercs Hand.

»Ja.«

»Wie ich...«

»Chérie...«

Sie trat wieder einen Schritt vor und beugte sich über das nasse Bündel. Plötzlich griff sie zu, faßte die Zeltplane und riß sie zurück. Der Kopf der Toten lag bloß; ein schmaler, schöner, in der Nässe rührend kindlicher Kopf.

»Was tust du da!« keuchte Leclerc. Er wollte Carola wegzerren, aber sie wehrte ihn ab und stieg vollends hinunter in den Straßengraben. Als sie hochblickte, sah sie in das leicht verzerrte Gesicht des Geigers.

»Sie sieht mir ähnlich«, sagte sie schwer atmend.

»Komm, laß uns fahren!« Leclerc streckte beide Hände aus, um sie aus dem Straßengraben hochzuziehen. Carola schüttelte den Kopf. Ihre großen blauen Augen hatten einen unnatürlichen, fast hektischen Glanz; ein Gedanke durchglühte sie und nahm so völlig Besitz von ihr, daß alles davor um sie herum verblaßte, das Grauen verlor und das Gefühl für die Wirklichkeit auslöschte.

»Faß an«, sagte sie hart. Leclerc schrak zusammen.

»Anfassen?!«

»Wir tragen sie zum Wagen.«

»Bist du verrückt?!« Leclerc steckte als deutliche Abwehr seine Hände in die Hosentaschen. »Eben hast du noch gesagt... wenn die Polizei kommt... und übrigens soll man einen Toten nie berühren, bis die Polizei...« Er schluckte krampfhaft und wischte sich über die Stirn. Kalter Schweiß bedeckte sein Gesicht. »Komm, Chérie... laß uns schnell weiterfahren.«

Carola schob die Zeltplane wieder über das Gesicht der Toten und umkrallte einen Zipfel des Tuches.

»Faß an!«

»Was du machst, ist doch falsch! Die Polizei braucht die Spuren, die Lage der Toten...«

»Die Polizei braucht nur eine Tote!« Unheimlich klar klang das. Leclerc duckte sich wie unter einem Schlag.

»Was... was soll das?« stotterte er.

»Ich erkläre es dir, wenn wir sie im Wagen haben. Los, faß schon an!«

Die Tote war schwer, wie Leichen immer schwerer erscheinen, als sie sind. Leclerc und Carola schleppten das Bündel die kurze Strecke zurück zum Wagen und schoben die Tote auf den schmalen Hintersitz des Sportwagens.

»Und nun?« fragte Leclerc, als sie wieder im Wagen saßen. Das Gefühl, hinter sich eine Leiche zu haben, erzeugte in ihm eine würgende Übelkeit.

Carola schwieg und fuhr an. In einen kleinen Seitenweg bog sie ein, eine Schneise, die sich im Wald verlor und für die Holzfuhrwerke angelegt war. Fast am Ende der Schneise hielt sie erst und stellte den Motor ab. Auch die Scheinwerfer schaltete sie aus bis auf das blasse Standlicht. Leclerc kroch in sich zusammen.

»Ich weiß nicht, was das alles soll«, sagte er tonlos. Carola drehte sich zu ihm, ihr Gesicht war von einer Entschlossenheit, die ihr selbst fremd war.

»Liebst du mich?« fragte sie. Leclerc zuckte zusammen. Eine solche Frage in Gegenwart einer Toten!

»Ja, Chérie. Das weißt du doch.«

»Wir wollen zusammenbleiben, für immer.«

»Wenn du geschieden bist... das weißt du doch...«

»Ich brauche nicht mehr geschieden zu werden. Ich bin tot.«

»Chérie!« Leclerc zuckte hoch und sprang mit einem Satz aus dem Wagen. »Das kannst du nicht tun...«, schrie er fast.

»Das Schicksal ist uns entgegengekommen, begreifst du das denn nicht?« Carola stieg aus dem Wagen und ließ die Tür offen. Der Kopf der Toten war vom Rücksitz gesunken, die langen blonden Haare schleiften auf dem Wagenboden. »Sieh dir die Unbekannte an. Jeder wird sie als Frau Carola Donani identifizieren, wenn sie in meinem Wagen, mit meinen Papieren, mit meinem Schmuck an den Fingern gefunden wird. Verbrannt im Auto. Ein Unglücksfall, wie hundert andere. Für uns aber ist die Zukunft offen.«

»Das... das geht nicht, Chérie.« Leclerc wischte sich wieder über die Stirn. »Es wird entdeckt werden.«

»Nie!«

»Und wovon wollen wir leben?«

Das war die wichtigste Frage Leclercs. Eine Zukunft an der Seite Carola Donanis war etwas Herrliches, solange sie die Frau des großen Donani war. Eine ungewisse Zukunft neben einer zwar schönen und leidenschaftlichen, aber mittellosen Frau war nicht das Ideal des Lebens, wie es sich Leclerc vorstellte.

»Ich werde mein Bankkonto morgen abheben.«

»Als Tote?«

»Man wird auf diese Kleinigkeit nicht achten. Vor morgen früh wird man die brennende Leiche nicht identifiziert haben. Morgen früh aber sind wir auf dem Flug nach München.«

Leclerc schwieg. Er starrte das unbekannte, tote Mädchen an. Daß sie getötet worden war, war ohne Zweifel. Der Mörder hatte sie in eine Zeltplane gerollt und in den Straßengraben geworfen. Wer die Tote war, wo sie ermordet wurde, wer ihr Mörder war, das würde alles unbekannt bleiben. Als die tödlich verunglückte Carola Donani würde sie begraben werden, und übrig blieb eine junge Frau ohne Namen, die mit ihm, dem Geiger Jean Leclerc, ein neues Leben begann, nachdem sie ihr altes Leben in Flammen hatte aufgehen lassen.

»Der Plan ist Wahnsinn«, sagte er heiser.

»Aber er rettet uns und unsere Liebe. Oder hast du Angst?«

»Ein wenig...«

»Liebst du mich nicht so, wie ich dich liebe?«

»Chérie, wie kannst du so etwas sagen...« Er lächelte verzerrt. Sein Jungengesicht war hilflos, seine Männlichkeit schien in der nächtlichen Nässe aufgeweicht. Mit fahrigen Händen strich er seine Locken zurecht und hob die Schultern, als friere er. Carola ging zum Wagen zurück.

»Wir müssen sie auswickeln und zu Carola Donani machen«, sagte sie.

Leclerc schluckte. Übelkeit kam wieder in ihm hoch, als er die Leiche aus der Zeltplane rollte, den schmalen Körper festhalten mußte und den eiskalten Kopf an seiner Schulter fühlte. Er wandte das Gesicht weg, um nicht in die starren blauen Augen sehen zu müssen. Es genügte ihm, daß er die eisige Kälte des Leibes spürte und die Glätte der bloßen Arme, die seinen Handrücken berührten.

Carola schien von alledem kaum beeindruckt zu sein. Sie setzte die Leiche auf den Fahrersitz, zog ihr den Aquamarinring vom Finger und steckte ihr statt dessen den wertvollen Brillantschmuck an. Nur als sie das goldene Collier um den Hals der Toten legte, lief ein Schauer durch ihren Körper. Mit spitzen Fingern schob sie das Schloß der Goldkette ineinander und rückte den Anhänger zurecht.

Sonst ließ sie alles, wie es war: die Papiere im Handschuhkasten, ihren Mantel auf dem Rücksitz; in den Seitentaschen der Türen die kleinen Dinge, die Frauen im Wagen mit sich führen; im Kofferraum den Schminkkoffer und die Toilettentasche. Nur ihren Paß nahm sie mit. Das war unverfänglich, denn neben dem Paß für die Auslandsreisen besaß sie noch ihre amtliche Kennkarte. Diese blieb in der Handtasche zurück.

»Und nun?« fragte Leclerc zwischen den Zähnen.

»Nun fahren wir gegen einen dicken Baum.«

Stumm stiegen sie ein, Leclerc hinten auf dem Notsitz, Carola neben der Toten, nach vorn gebeugt und langsam den Wagen aus der Schneise lenkend. Auf der Straße stieg Leclerc aus.

»Überleg es dir, Chérie«, sagte er in letzter schwacher Gegenwehr. »Vielleicht gibt es noch eine andere Möglichkeit, glücklich zu werden.«

»Soll ich Donani töten?« Carola umklammerte das Lenkrad. »Hier schenkt uns das Schicksal eine Tote, die ich sein kann. Weißt du eine andere, glattere Lösung unserer Probleme?«

Ihre Entschlossenheit, ihre Kälte, ihr Wille waren in diesen Minuten so stark, daß Leclerc resignierte. Er schüttelte den Kopf und trat von der Straße zurück an den Waldrand. Er hatte Angst. Nicht Angst vor dem, was Carola jetzt tun würde, sondern Angst vor der Zukunft, die ihm jetzt aufgezwungen wurde. Er hatte sich alles ganz anders gedacht, ganz anders... Er wollte im Glanz des großen Donani aufsteigen... jetzt mußte er sich durch die Nacht der Anonymität durchkämpfen zum Licht. Ein Umweg, den er sich durch Carola ersparen wollte.

»Sei vorsichtig«, sagte er noch. Dann heulte der Motor auf, der Sportwagen schoß vorwärts, erst gerade über die Straße, dann – als Carola mit einem Satz absprang – führerlos in Schlangenlinien, bis er gegen einen Baum prallte. Es gab ein schepperndes, klirrendes Krachen, ein Rauschen des sterbenden Motors, ein flirrendes Nachzittern des zerbeulten und aufgerissenen Blechs.

Jean Leclerc begann zu laufen. Er sah Carola am Straßenrand hocken, gebückt, ihre Beine umklammernd.

»Chérie!« schrie er. »Chérie... ist dir was passiert?«

Er fiel neben ihr auf die Knie, schob die Hand unter ihr Kinn und hob ihren Kopf. Sie hatte Tränen in den Augen, aber sie kämpfte tapfer gegen die Versuchung an, laut zu weinen.

»Der linke Fuß ist verstaucht«, sagte sie. Und plötzlich

klang ihre Stimme wie die eines hilflosen, kleinen Mädchens. Alle Kraft, alle Entschlossenheit waren von ihr genommen. Sie umklammerte die Hände Leclercs und sah mit flatternden Augen zu dem sich an dem Baum hochschiebenden Autowrack.

»Du... du mußt es anstecken...«, sagte sie stockend. »Hinten im Kofferraum ist der Benzinkanister... ein paar Tropfen genügen... dann schließ ihn wieder ein... Aber es muß brennen... es muß richtig brennen...«

Leclerc zögerte. Sein Jungengesicht zuckte. Dann rannte er los, suchte in dem Gewirr von Blech und Eisen den Kanister, schüttete das Benzin über die Sitze und – nach einer Sekunde des Schauderns – auch über den toten, über das zerfetzte Armaturenbrett geschleuderten Mädchenkörper, suchte in seinen Taschen nach Zündhölzern, fand keine und entzündete vorsichtig mit der flackernden, kleinen Flamme seines Feuerzeuges einen Tropfen Benzin auf dem Hintersitz. Eine bläuliche Flamme zuckte auf, verbreiterte sich, lief über die Sitze, das Blech, die Trümmer und Scherben, ergriff die Leiche und hüllte in Sekundenschnelle den Wagen in eine Feuerwand.

Leclerc rannte zurück, getrieben von der Hitzewelle und flüchtend vor dem Anblick des brennenden Körpers. Auf der Straße kam ihm Carola entgegen, humpelnd, mit verzerrtem Gesicht. Sie streckte beide Arme aus, als Leclerc vor ihr stand, und warf sich an seine Brust.

»Ich verbrenne –«, stammelte sie. »Ich verbrenne –«

Sie drückte das Gesicht gegen seine Jacke und krallte die Finger in seinen Rücken. Es war, als ertränke sie, oder sie brenne wirklich und winde sich in unerträglichen Schmerzen.

»Du darfst mich nie verlassen!« schrie sie durch das Prasseln der Flammen. »Hörst du... jetzt darfst du mich nie, nie verlassen... Ich habe ja alles nur deinetwegen getan... weil ich dich liebe... liebe... liebe...«

Jean Leclerc schwieg. Ihm war es unheimlich. Er stützte Carola und führte sie von der Straße weg in den Wald. Sie hatten auf der Karte nachgesehen: Zwei Kilometer westlich würden sie den Stadtrand von Berlin erreichen. Häuser, Menschen, eine Straßenbahn, den Weg in die Freiheit ihrer Liebe.

»Komm!« sagte er leise und trug sie fast durch den Wald. Hinter ihnen prasselten die Flammen und knallten kleine Explosionen auf. »Sieh nicht zurück.«

»Ja –« Sie nickte und blickte ihn groß und voller innerer Erlösung an. »Wir wollen nie mehr zurücksehen.«

Ein Kellner bat Bernd Donani hinaus in die Halle. Ein Herr wünschte ihn dringend zu sprechen.

Man saß in einem kleinen Saal des Hotels und ließ den Abend ausklingen. Nach dem Essen beim Regierenden Bürgermeister hatte der Kultursenator einen kleinen Kreis zu einer nächtlichen Runde geladen. Es wurde gefachsimpelt, kritisiert, politisiert, geraucht und getrunken – es war eben ein richtiger gemütlicher Männerabend. Um so erstaunter war Pietro Bombalo, als der Kellner in die Runde platzte und Donani hinausbat.

»Was heißt ein Herr?« fragte Bombalo in seiner polternden Art. »Alle, die Maestro Donani zu sehen wünschten, sind hier. Da kann ja jeder kommen.«

»Es ist dringend«, sagte der Kellner verlegen und sah an Bombalo vorbei zu Donani mit einem bittenden Blick.

»Dringend ist, daß man uns nicht stört«, sagte Bombalo, ehe Donani zu Wort kam.

»Es ist die Polizei.« Der Kellner hob bedauernd die Schulter. Bombalo sprang auf, auch der Kultursenator erhob sich erstaunt.

»Polizei?«

»Ja.«

»Ich gehe schon.« Bombalo winkte Donani zu, der sich aus dem tiefen Sessel drückte. »Das muß ein Irrtum sein...«

Nach nicht einer Minute kam Pietro Bombalo zurück. Sein rundes, dickes Gesicht war erschlafft. Er hatte sein Taschentuch in der rechten Hand, es war zerknüllt und wie zerrissen. Er blieb an der Tür stehen und schnaufte, sah Donani mit dem Blick eines geprügelten Hundes an und nagte an der Unterlippe. Ihm fielen keine Worte ein, seine Stimmbänder waren wie gelähmt.

»Was ist denn, Pietro?« fragte Donani. Eine unerklärliche Unruhe stieg in ihm hoch. Plötzlich mußte er an Carola denken, an ihre Übelkeit, die sie gezwungen hatte, nicht am Bankett teilzunehmen.

»Maestro –«, sagte Bombalo schwach.

»Ist etwas... etwas mit Carola?«

Die Herren um Donani standen hilflos herum und warteten. Der Kultursenator drückte seine Zigarette aus.

»Komm mit«, sagte Bombalo schwach.

In der Halle warteten zwei Herren in feuchten, am Saum schmutzigen Wettermänteln. Das erste, was Donani wahrnahm, als er die Hotelhalle betrat, war der penetrante Geruch nach Brand und Benzin. Das beruhigte ihn einen Augenblick lang. Carola lag oben in der zweiten Etage in ihrem Bett und schlief. Mit Brand hatte sie nichts zu tun.

»Ja, bitte?« Er sah die Herren erwartungsvoll an. »Donani... Sie wollten mich sprechen?«

Der ältere der beiden Herren trat einen Schritt vor.

»Weghart«, stellte er sich vor. »Kriminalkommissar.«

»Ach.« Donani sah hilflos zu Bombalo. Aber von dort kam keine Hilfe. Bombalo lehnte an der Wand, als trügen ihn seine Beine nicht mehr und er suche Halt. »Ich stehe zu Ihrer Verfügung, meine Herren. Worum handelt es sich?«

Kommissar Fritz Weghart sah den großen Donani zum erstenmal aus der Nähe. Das Gehalt eines Beamten erlaubte es ihm nicht, die Festkonzerte des großen Dirigenten zu besuchen. Er kannte Donani von seinen Schallplatten her, und hiervon besaß Weghart neun Stück. Er nannte sie die Kostbarkeiten seiner Diskothek. Nun stand er ihm gegenüber, und es kostete ihn eine große Überwindung, das zu sagen, was er sagen mußte.

»Es handelt sich um Ihre Gattin, Herr Generalmusikdirektor...«

»Um meine...« An Donanis Herz griff eine kalte Hand. Wieder sah er zu Bombalo. »Sie liegt oben und schläft.«

»Wissen Sie das genau?«

»Was soll diese Frage? Natürlich!«

Fritz Weghart sah in das zuckende Gesicht des berühmten Mannes. Er erkannte, daß Donanis Sicherheit nur gespielt war, daß er durchaus nicht sicher war, auf Zimmer 211 seine schlafende Frau zu wissen.

»Hatte Ihre Gattin einen weißen Sportwagen?« fragte er. Donani nickte.

»Ja.«

»Mit einer Starnberger Nummer?«

»Ja.«

»Darf ich Sie bitten, Herr Generalmusikdirektor, mit uns zu kommen...«

»Aber warum?« Donani blieb stehen, hoch aufgerichtet, die Hände, zu Fäusten geballt, auf dem Rücken. »Ich bitte um Erklärungen, meine Herren! Was ist mit meiner Frau los?« Seine Stimme hob sich und wurde laut. »Wenn meine Frau einen Unfall verursacht hat, so ist das doch –« Er schwieg abrupt und sah Kommissar Weghart mit einer plötzlichen Hilflosigkeit an. Es war, als verlösche in ihm die Energie, so wie man eine Kerze ausbläst. »Oder –« Seine Stimme starb ab.

Kommissar Weghart senkte den Blick. »Es... es handelt sich um eine Identifizierung...«, sagte er mit schwerer Zunge.

Bernd Donani behielt die Haltung. Nur sein Gesicht verlor alle Farbe und wurde weiß wie seine Haare. Eine ganze Weile lag Schweigen zwischen den Männern. Weghart wollte den ersten Schmerz nicht stören. Donani war unfähig, auch nur ein Wort zu sagen. An der Wand lehnte Bombalo, drückte das Taschentuch gegen sein Gesicht und weinte lautlos. Er hatte Carola Donani nie richtig gemocht, er hatte sie instinktiv immer als seine stille Feindin angesehen; er hatte gespürt, daß sie der Keil war, der zwischen ihm und Donani saß. Aber jetzt, in diesen schrecklichen Minuten, weinte er, weniger um sie als bei dem Gedanken, daß dieses Unglück den Siegeszug Donanis um die Welt abbrechen lassen könnte.

»Sie... sie ist tot...«, sagte Donani endlich.

»Ja.«

»Ein Unfall.«

»Ohne Zweifel. Wir brauchen aber noch Ihre Bestätigung.«

Donani hob den Kopf. Ein letzter Funken Hoffnung glomm in ihm auf. »Sie sind nicht sicher, daß es meine Frau ist...?«

»Zu neunundneunzig Prozent doch, leider.« Fritz Weghart sah auf seine Hände. »Zimmer 211 ist leer. Ihre Gattin muß wieder aufgestanden und dann weggefahren sein. Dürfen wir Sie bitten, mitzukommen.«

»Wo... wo ist es passiert?« Die Worte kamen aus seinem Mund, als müßten sie herausgehackt werden.

»Auf einer Landstraße Richtung Wannsee.«

«Wannsee?« Donani fuhr sich mit beiden Händen durch die Haare. »Um diese Zeit am Wannsee?«

»Es ist nicht die einzige Unklarheit, Herr Generalmusikdirektor.«

»Nicht –« Donani verlor seine Haltung. Es war sinnlos, dagegen anzukämpfen; einmal ist die Grenze dessen, was ein Mensch ertragen kann, erreicht. Mit hängenden Armen und gesenktem Kopf stand er da, ein armer, alter Mann, müde und kraftlos. »Gehen wir«, sagte er kaum hörbar.

Bombalo löste sich von der Wand, Donani schüttelte den Kopf. »Du bleibst.«

»Maestro...»

»Sage alles ab. Alles!« Und plötzlich schrie er, daß Kommissar Weghart zusammenzuckte und Bombalo den Kopf einzog wie vor einem Steinschlag. »Ich will keine Musik mehr hören! Nichts mehr! Nichts!«

Dann folgte er Kommissar Weghart hinaus zu dem großen, schwarzen Dienstwagen. Bombalo drückte sein Taschentuch wieder gegen die Augen.

Alle Konzerte absagen. Das Unglück ist vollkommen, dachte er.

Er weinte wieder, als der Kultursenator und die anderen Herren entsetzt aus dem Saal in die Halle kamen.

Donani stand vor dem ausgebrannten Autowrack und starrte in die noch immer glühenden, stinkenden Trümmer. Trotz Schaumlöscher glomm es weiter, die Blechteile lagen weit verstreut herum. Eine furchtbare Explosion mußte den Sportwagen im Augenblick des Aufpralls gegen den Baum zerrissen haben.

Neben den schwelenden Trümmern lag, zugedeckt mit einem weißen Tuch, eine Gestalt auf einer Trage. Sie war zwergenhaft klein, fast kindergroß nur.

Kommissar Weghart legte die Hand auf den Arm Donanis. So schrecklich es war ... man mußte das Tuch gleich wegziehen und Donani bitten, den verbrannten, zusammengeschrumpften Torso, der dort auf der Trage lag, als seine Frau zu erkennen.

»Bitte ...«, sagte er leise. Donani drehte sich langsam um und sah auf den zugedeckten Körper. »Bitte, behalten Sie alle Kraft, Herr Generalmusikdirektor.« Weghart kämpfte mit einem ekelhaft bitteren Geschmack im Mund. Er kannte Carola Donani von vielen Bildern her. Eine strahlend schöne Frau, kostbar wie eine Fayence. Was hier auf der Trage lag, was von dieser Schönheit übriggeblieben war, schien unaussprechlich. »Der Anblick eines verbrannten Menschen ...«

Fritz Weghart zögerte erneut. Es war seine Amtspflicht, die Leiche zu zeigen, aber in diesem Falle scheute er sich, es zu tun. Auch Bernd Donani konnte in diesem zusammengeschrumpften, verkohlten Torso nicht mehr seine Frau erkennen. Der Körper hatte sämtliche menschlichen Formen verloren.

Er winkte einem Kriminalassistenten, das Tuch über der Trage zu lassen und nahm Donani am Arm ein paar Schritte zur Seite. Zögernd folgte ihm Donani, immer wieder blickte er zu der Trage zurück. Carola, dachte er, und er wunderte sich, daß er überhaupt denken konnte. Carola ...

Fritz Weghart öffnete eine große Tüte und schüttelte einige Ringe in die hohle Hand. Eine goldene, rußgeschwärzte Halskette ringelte sich aus dem Kuvert. Donani nickte schwer.

»Es ist der Schmuck meiner Frau.«

»Sie erkennen ihn bestimmt wieder?«

»Ich kann Ihnen sogar sagen, wann und wo ich ihn gekauft habe. Diesen Ring mit dem einkarätigen Brillanten schenkte ich ihr in Boston zum fünften Hochzeitstag.«

Seine Stimme versagte. Er wandte sich ab und bedeckte die Augen mit der Hand. Weghart wartete ein paar Minuten, ehe er seine notwendigen Fragen weiterstellte. Die Erschütterung hatte Donani innerlich völlig zerbrochen. Er gab seine Antworten wie eine Maschine, in die man ein Geldstück hineinsteckt und aus der die Antwort auf jede Frage hohl widertönt.

»War Ihre Gattin eine wilde Fahrerin?«

»Nein. Gar nicht.«

»Wußten Sie, was sie um diese Zeit in Wannsee wollte?«

»Nein.«

»Sie hat vorher nicht mit Ihnen darüber gesprochen, daß sie noch einmal wegfahren wollte?«

»Nein.«

»Hatten Sie Bekannte oder Verwandte in Wannsee oder Umgebung?«

»Nein.«

Kommissar Weghart brach seine Fragen ab. Was er noch zu fragen und zu berichten hatte, wollte er Donani in diesen Minuten ersparen. Man konnte es morgen oder übermorgen sagen, wenn der erste Schock abgeklungen war.

Donani sah zu Weghart. Seine sonst energiesprühenden Augen waren verschleiert.

»Noch eine Frage, Herr Kommissar?«

»Nein. Heute nicht, Herr Generalmusikdirektor.«

»Ich möchte meine Frau in Starnberg begraben lassen. Ist das möglich?«

»Natürlich.« Weghart zögerte wieder, aber es gab keine Möglichkeit, auszuweichen. »Sobald die Staatsanwaltschaft die Leiche Ihrer Gattin freigegeben hat.«

»Die Staatsanwaltschaft?« Donanis Gesicht wurde noch blutleerer. »Aber wieso denn? Zweifeln Sie an einem Unfall?«

»Das nicht. Aber gewisse Begleitumstände...« Weghart

scharrte mit den Schuhspitzen über die nasse Straße. Donani sah, daß der Kommissar ihm auswich.

»Bitte, sprechen Sie. Schonen Sie mich nicht. Schlimmeres als den Verlust meiner Frau kann es für mich nicht mehr geben.«

»Mich wundert, daß der Körper so vollkommen verbrannt ist...« Weghart suchte nach Worten, um das Grauen in möglichst milder Form auszudrücken. »Wenn ein Mensch in den Flammen eines Feuers umkommt, so verbrennt er nur bis zu einem gewissen Grade, weil die Körperfeuchtigkeit ein Schutz ist. Verbrennungen solchen Grades, daß der Körper restlos verkohlt, entstehen nicht, wenn ein Kleid brennt oder die Autopolster. Solche Brände entstehen nur, wenn man Benzin über alles schüttet.«

Donani atmete schwer. Wieder starrte er auf den kleinen Körper unter dem weißen Tuch auf der Trage.

»Wenn durch den Aufprall die Benzinleitung platzt und alles vollspritzt...«, sagte er kaum hörbar.

»Die Benzinleitung ist nicht geplatzt.«

»Aber –« Donani sah Weghart aus verstörten Augen an. »Was... was folgern Sie daraus?«

»Ich weiß es nicht. Wir werden Ihre Gattin im Gerichtsmedizinischen Institut genau untersuchen lassen müssen.«

»Bitte. Tun Sie alles... alles...« Donani wandte sich ab. »Sie ist tot. Das allein ist für mich noch unfaßbar. Kann ich nach Hause...?«

»Mein Inspektor wird Sie zurückfahren, Herr Generalmusikdirektor.«

Donani ging zu dem Dienstwagen, er schleifte den rechten Fuß nach, als habe ein Schlaganfall ihn gelähmt. Er sah nicht mehr zurück auf die Trage. Aber als der Wagen anfuhr, preßte er das Gesicht an die Scheiben und starrte auf die Trümmer und den kleinen, weiß zugedeckten Körper. Er weinte... jetzt, in der Dunkelheit des Wagens, sah und hörte es niemand.

Ich bin allein, dachte er. Jetzt bin ich völlig allein. Niemand weiß, wie sehr ich sie geliebt habe.

Um zehn Uhr früh landete das Flugzeug aus Berlin in München. Um elf Uhr löste Carola Donani ihr Bankkonto bei einer Münchner Bank auf. Es waren 72000 DM, die sie ausbezahlt bekam. Der Direktor der Bankzweigstelle kam selbst an den Schalter, um zu sehen, wer diesen Betrag einlöste.

Jean Leclerc lächelte, als er die fragenden Blicke sah. Carola wartete draußen in einer Taxe. Der Scheck war in Ordnung; ein Barscheck, den Carola Donani auf der Rückseite selbst giriert hatte.

Langsam zählte der Kassierer die Geldbündel auf das Zahlbrett. Sieben Bündel zu 10000 DM, zwei Bündel zu je 1000 DM. Mit einer gleichgültigen Miene nahm Leclerc das Geld und steckte es in eine neue Aktentasche. Carola hatte sie auf dem Weg vom Flugplatz in die Stadt gekauft. Der Bankdirektor räusperte sich. Verwundert sah Leclerc auf.

»Bitte?« fragte er.

»Frau Donani ist in München?« fragte der Direktor.

»Nein, in Berlin. Gestern war das große Konzert.«

»Ich habe es im Radio gehört, ja.« Der Direktor nickte. Die Auskunft war korrekt. Es gab keinen Grund, weiter zu fragen. Aber er sah mit einem unguten Gefühl Jean Leclerc nach, als dieser die Kassenhalle verließ, die Aktentasche unter den Arm geklemmt.

»Alles klar, Chérie«, sagte Leclerc, als er zu Carola in die Taxe stieg. Er übergab ihr die Aktentasche, auch wenn es ihm schwerfiel. Es ist ja doch mein Geld, dachte er zufrieden. Für einen Kuß, für eine Umarmung wird sie mich mit Geld zudecken. »Und nun, mein Süßes?« fragte er und küßte ihr Ohrläppchen.

»Zum Hauptbahnhof«, sagte Carola zu dem Taxifahrer.

Wie sie es auf dem Flug nach München besprochen hatten, so lief in diesen Stunden alles ungehindert ab. Carola Donani fuhr mit dem nächsten Zug nach Zürich, Jean Leclerc kehrte auf dem Luftweg nach Berlin zurück. Von Zürich flog Carola weiter nach Paris. Sie suchte sich ein Zimmer, nicht in einem der großen Hotels, sondern in einer kleinen Privatpension nahe der Montmartre-Kirche Sacré-Cœur. Ein kleines Zimmer mit einem eisernen Doppelbett, einem Schrank und einem Waschständer. Der Blick aus dem Fenster ging über eine enge, schmutzige Treppenstraße, auf der sich Katzen balgten und ein Hund jaulte. Die Pensionswirtin fragte nicht nach Ausweis oder Herkommen. Als sie ihre Miete für drei Monate im voraus bekam, sagte sie beglückt: »Madame werden sich hier wohl fühlen. Monsieur kommt wohl nach?«

»Ja, in einigen Tagen.«

Dann war Carola Donani allein, saß am Fenster, blickte über die Treppenstraße, Kinder lärmten im Hauseingang, eine Männerstimme schrie dazwischen, irgendwo kreischte ein Radio.

So fing das neue Leben an, dachte sie und spürte, wie die Angst in ihr hochkroch. Alles, was ich war, ist auf der Straße nach Wannsee verbrannt. Es gibt kein Zurück mehr. Ich bin jetzt ein Nichts, das nur eines besitzt: die Liebe Jeans.

Über die Straße lief ein schmutziges Mädchen mit aufgelösten Haaren. Es mochte elf Jahre alt sein; die kleinen, schmächtigen Beinchen trommelten über das Kopfsteinpflaster der Straße.

Carola Donani biß sich auf die Unterlippe. Meine Kinder, dachte sie. Auch sie habe ich verloren. Ich werde Alwine und Babette nie wiedersehen. Ich werde nie mehr ihr »Mami! Mami!« hören und mit ihnen über die Wiese hinunter zum See laufen. Ich bin tot. In drei Tagen wird man mich begraben. Ich habe alles hergegeben für dieses neue Leben.

Der Schmerz, der sie bei diesen Gedanken überflutete, war so ungeheuerlich, daß sie aufsprang und aus dem Haus lief. Sie lief ziellos durch Montmartre, die Treppen hinauf und wieder hinunter... Schließlich saß sie unter den Säulen von Sacré-Cœur und starrte auf die Maler, die ihre Staffeleien links und rechts der Treppe aufgestellt hatten und das beliebteste Motiv von Paris zum tausendstenmal malten.

Ich muß vergessen können, dachte sie. Ich muß einfach vergessen können. Ich bin nicht mehr Carola Donani. Ich bin eine ganz andere junge Frau, die einen Mann liebt, der Jean Leclerc heißt. Eine einfache, junge Frau, die nichts vom Leben erwartet und wünscht als Glück.

Aber kann eine Mutter ihre Kinder vergessen...?

Um die gleiche Zeit kündigte Leclerc seine Stellung als Geiger im Pariser Philharmonischen Orchester. Er sprach ganz kurz mit dem Ersten Konzertmeister und bat ihn, seine Kündigung an die Direktion nach Paris weiterzuleiten.

»Und was wollen Sie machen, Leclerc?« fragte der Konzertmeister, nachdem er vergeblich versucht hatte, Leclerc zu halten. »Sie wissen, daß Ihr unmögliches Benehmen, mitten in einer Tournee Ihr Orchester zu verlassen, Ihnen den Weg zu anderen bekannten Orchestern verschließt.«

»Ich habe andere Pläne.« Jean Leclerc hob etwas arrogant die Augenbrauen. »Ich halte mich an die Worte unseres Musikgottes: Der wirkliche Könner setzt sich allein durch. Das werde ich tun. Wenn ich zu euch zurückkomme, dann nur als Solist. Bonjour, Monsieur!«

Zufrieden verließ Leclerc die Philharmonie. Von den anderen Musikern erfuhr er, daß Bernd Donani sich in seinem Hotelzimmer eingeschlossen hatte und keinen zu sich ließ. Bombalo hatte vergeblich versucht, mit beschwörenden Worten und schließlich mit anhaltendem Klopfen Einlaß zu bekommen. Nun saß er wie ein ausgesperrter Hund auf einem Stuhl vor der Zimmertür auf dem Flur und wartete, daß Donani aus dem Zimmer kam. Der einzige, der hereingelassen wurde, war der Etagenkellner. Er brachte nichts zu essen. Auf einem silbernen Tablett trug er nur ein Glas. Ein Glas mit Milch. Es war Bombalo, als zerrisse es ihm das Herz.

Um die gleiche Zeit aber erfuhr auch der Bankdirektor von dem tragischen Tod Carola Donanis. Die Mittagszeitungen brachten die Meldung aus Berlin, in den Radionachrichten wurde darüber berichtet.

»Das ist ja toll!« schrie der Direktor und schellte seinen Stellvertreter herein. »Lesen Sie sich das mal durch. Als Frau Donani ihr Bankkonto auflöste, war sie schon längst tot! Da stimmt doch etwas nicht! Das kann eine schöne Schweinerei geben...«

Er griff zum Telefon und rief die Münchner Kriminalpolizei an. Eine Stunde später hatte Kommissar Weghart die Aussage des Münchner Bankdirektors als Fernschreiben vor sich auf dem Schreibtisch liegen.

»Ich ahnte doch, daß da etwas faul ist!« rief er und legte seine Hand auf das Fernschreiben. »Eine Frau, die total verbrennt, ein unbekannter Mann, der am nächsten Morgen ihr ganzes Geld abhebt... Aber der Scheck ist gültig. Es ist die Unterschrift von Frau Donani... der Schriftvergleich ist eindeutig.« Er sah nachdenklich über seine Mitarbeiter hinweg und atmete ein paarmal tief durch. »Es wird sich nicht vermeiden lassen, Herrn Donani zu fragen, ob seine Frau einen Geliebten hatte. Wir können ihm diesen letzten Schock nicht mehr ersparen. Hatte sie einen Geliebten, dann war es kein Unfall, sondern Mord. Meine Herren, mein Gefühl hat mich noch nie getäuscht, auch wenn ein Kriminalist nicht seine Gefühle, sondern nur Spuren und Beweise berücksichtigen soll.«

Auch die letzte Erschütterung ertrug Bernd Donani. Er trug sie um so gefaßter, als er beweisen konnte, daß Carola nie einen Geliebten gehabt hatte und es absurd war, überhaupt daran zu denken.

»Sie war die beste, treueste und ehrlichste Frau«, sagte er heiser vor Ergriffenheit. »Es ist eine Beleidigung, ihr nach dem Tode so etwas zuzutrauen.«

»Aber der Scheck, Herr Generalmusikdirektor«, sagte Fritz Weghart stockend. »Der Scheck ist eine Tatsache. Zweiundsiebzigtausend Mark wurden abgehoben.«

»Das wird sich klären.«

»Es wird sich nie klären, weil wir im dunkeln tappen.«

»Lassen wir die Tote ruhen.«

»Wer war der Mann, der den Scheck einlöste? Der Bankdirektor schilderte ihn als jung, elegant, südländisch.«

Bernd Donani wandte sich ab. Man sollte die Qual in seinem Gesicht nicht sehen. Nie hatte Carola einen Geliebten, dachte er. Es war völlig unmöglich. Immer war sie um mich: vor dem Konzert, während der Konzerte, nach dem Konzert. Um einen Geliebten muß man sich kümmern. Ein Geliebter benötigt Zeit, und Carola hatte nie Zeit gehabt. Sie war immer um ihn gewesen. Die Stimme Wegharts schreckte Donani auf.

»Hatten Sie in letzter Zeit Auseinandersetzungen mit Ihrer Gattin?«

Donani schüttelte den Kopf. »Nie!« sagte er laut. »Das gab es gar nicht bei uns!«

Warum lüge ich plötzlich, dachte er. Carola war in der letzten Zeit so nervös. Ein paarmal hatte sie ihn angeschrien, sie sei unverstanden und einsam. Er hatte es als nicht so tragisch empfunden – jeder Mensch hat ein Recht, einmal mit seinen Nerven durchzugehen. War es bei Carola mehr gewesen als nur ein launischer Anfall?

Donani schwieg verbissen. Zum erstenmal wurde er unsicher, wenn er an Carola dachte. Seine Liebe und sein Vertrauen waren so groß gewesen, daß sein Kosename »Engelchen« nicht bloß so dahergeredet war, sondern seinem Gefühl entsprang, in Carola wirklich einen Engel bekommen zu haben.

»Es gibt eine andere Möglichkeit, wie der Scheck nach München gelangen konnte«, sagte Kommissar Weghart. »Allerdings ist dies billigste Kolportage: Ein vorbeikommender ausländischer Autofahrer sieht das brennende Wrack, will helfen, sieht eine Brieftasche mit dem Scheck, nimmt ihn und fährt schnell weiter. Tatsächlich haben wir auch keine Brieftasche oder dergleichen in dem Wrack gefunden.«

»So wird es gewesen sein«, sagte Donani leise.

»Aber warum füllt Ihre Gattin einen so hohen Scheck aus? Ihr gesamtes Vermögen?«

»Ich weiß es nicht«, sagte Donani gequält. »Ich kann sie nicht mehr fragen.«

Dabei blieb es.

Auch die Obduktion im Gerichtsmedizinischen Institut ergab keine Hinweise. Der Körper war zu sehr verkohlt, um an den inneren Organen noch Aufschlüsse zu entdecken. Nur eines stand fest: Carola Donani konnte so vollkommen nur verbrennen, wenn sie mit Benzin getränkt worden war. Ein Rätsel, das Kommissar Weghart zu den Akten nahm und das nie geklärt werden würde.

Die amtliche Todesursache wurde eingetragen: Tod durch Unfall. Die Leiche wurde zur Beerdigung freigegeben. In einem verlöteten Zinksarg reiste sie mit der Bahn nach Starnberg. Bernd Donani und Pietro Bombalo flogen voraus. Ihnen blieb noch eine schwere Aufgabe: Sie mußten den Kindern sagen, daß ihre Mami nicht mehr lebte. Bombalo hatte zu diesem Zweck einen riesigen Karton mit Spielsachen gekauft – Puppen, die richtig gehen konnten; Puppen, die ganze Sätze sprachen. Vielleicht, so dachte er, war es möglich, die Kinder damit abzulenken und ihnen die Tragweite des Verlustes nicht voll bewußt werden zu lassen.

Das Begräbnis war still und fand im engsten Kreise statt. Neben Donani und den Kindern schritten nur Carolas Mutter, Bertha Portz, und Pietro Bombalo hinter dem Sarg zur Gruft. Eine Abordnung des Orchesters mit einem riesigen Kranz und die Vertreter der großen Opernbühnen blieben in der Friedhofskapelle zurück. Donani wollte allein am Grabe stehen. Man erfüllte ihm diesen Wunsch; es war keine Sensation mehr, einen gebrochenen, alten, berühmten Mann weinen zu sehen.

Die Kinder standen mit großen, unwissenden Augen an der mit Tannengrün ausgeschlagenen Gruft und sahen fragend auf den glänzenden Sarg mit den Bronzefüßen und Griffen. Bertha Portz hielt die Hände ihrer Enkel umklammert. Sie weinte nicht mehr, sie war starr wie aus Stein. Für sie war das alles ein Rätsel. Die letzten Worte Carolas klangen noch in ihr nach, die Anklagen, die Verzweiflung, trotz allen Glanzes in einer verpfuschten Ehe zu leben, in einem goldenen Gefängnis, dem sie nun entronnen war, anders, als sie es sich sicherlich gedacht hatte. Oder war diese Aussprache der letzte Versuch gewesen, vor etwas zurückzuschrecken, was nun geschehen war? Hatte Carola bei ihr, der Mutter, Zuflucht gesucht, um nicht der letzten Verzweiflung zu verfallen? War es so gewesen, dann hatte sie versagt.

Bertha Portz starrte auf den Sarg, der langsam in die Gruft glitt. Die Kinder an ihrer Hand zerrten. Babette, die Jüngere, rieb ihre Nase an Berthas Handrücken.

»Omi«, fragte sie, »stimmt es, daß Mami jetzt ein Engel im Himmel ist?«

Bertha Portz schwieg. Sie sah zu ihrem Schwiegersohn.

Bernd Donani hatte die Augen geschlossen. Es war ihm unmöglich, das Weggleiten des Sarges anzusehen.

»Papi hat es so gesagt«, beharrte Alwine.

»Ja, sie ist im Himmel«, erwiderte Bertha Portz leise.

»Und was ist das?«

»Was?«

»Was da in die Erde geht? Wenn Mami doch im Himmel ist... Und warum weint Papi?«

Bertha Portz zog die Kinder an sich und legte die Arme um ihre Schultern.

»Ich werde euch später alles erklären«, sagte sie mit zugeschnürter Kehle. »Seid jetzt schön still.«

»Wann kommt Mami wieder aus dem Himmel?« Babette sah hinüber zu ihrem Vater. Er trat an das Grab, bückte sich und warf drei Hände voll Erde auf den Sarg.

»Das dauert lange. Es ist eine weite Reise, Babettchen.«

»Darf ich auch Sand runterwerfen?«

Bertha Portz nickte stumm.

Dann war alles vorbei. Sie standen am Grab, sahen hinunter auf den Sarg und nahmen Abschied für immer.

»Es... es ist nicht zu begreifen...«, sagte Donani kaum hörbar. Er hatte den Arm um die Schulter von Bertha Portz gelegt, aber nicht sie suchte Halt, sondern er. »Was soll ich jetzt tun? Ich bin mit ihr gestorben.«

»Du hast die Kinder, Bernd. Sie haben nie viel von ihren Eltern gehabt. Jetzt mußt du ihnen alles sein.«

Donani hörte den Vorwurf, und er verstand Bertha Portz, die in diesem Augenblick diese Anklage nicht mehr unterdrücken konnte.

»Es wird sich alles ändern... alles...«, sagte er, und es klang wie ein Schwur. »Jetzt, wo es zu spät ist.«

Das Wiedersehen zwischen Jean Leclerc und Carola war ein einziger Rausch. Als er durch die Tür in das kleine Pensionszimmer stürzte, fielen sie sich in die Arme und küßten sich, als gebe der Atem des einen dem anderen das Leben zurück. Dann blieben sie auf dem Zimmer bis zum nächsten frühen

Mittag, ohne zu essen, ohne sich voneinander zu lösen. Trunken und wunschlos, die Umwelt vergessend und sich ausgebend bis zur völligen Erschöpfung.

»Unser erster Tag«, sagte Carola glücklich. Sie lag in der Beuge seines Armes und sah auf das Stückchen fahlblauen Himmels am oberen Rand des Fensters. Auf der Straße schrien wieder die Kinder, das Radio plärrte, ein Gemüseverkäufer rief seine Waren aus. »Woran denkst du, Jean?«

Leclerc küßte ihre verschwitzten Haare und legte die Hand auf ihre Brust.

»An nichts, Chérie.«

»Das ist wenig. Denkst du nicht daran, wie glücklich wir sind?«

»Doch, doch.« Leclerc leckte sich über die spröden, von Küssen und Bissen aufgesprungenen Lippen. Was ist das für eine Frau, dachte er. Auf der Straße nach Wannsee war sie eiskalt und von einer unheimlichen Energie; jetzt ist sie wie eine anschmiegsame, warme Katze. Er richtete sich auf, zwang sich, von ihrer Nacktheit nicht erneut überwältigt zu werden, und suchte auf dem Nachttisch nach seinen Zigaretten.

»Gib mir auch eine«, sagte sie, als er rauchte.

»Seit wann rauchst du?«

»Seit heute.« Sie setzte sich auf und ließ sich Feuer geben. Dann sprang sie aus dem Bett und lief, nackt wie sie war, im Zimmer hin und her. Leclerc verfolgte sie mit sehnsüchtigen, aber müden Blicken. »Hast du schon darüber nachgedacht, daß ich einen neuen Paß brauche?«

»Mit einem anderen Namen?«

»Natürlich.«

»Das wird teuer sein, Chérie.«

»Wieviel?«

»Vielleicht 5000 Francs.«

»Weißt du, wo man einen bekommt?«

»Nein, aber ich werde es erfahren.«

Sie stand rauchend am Fenster und sah durch die Gardine hinaus auf die Straße. Ihre langen blonden Haare flossen über ihre Schultern, auf ihrer weißen Haut sah er die Spuren seiner Fingernägel. Wie zerbrechlich sie aussieht, dachte er atemlos. Niemand, der sie so sieht, ahnt, welche Glut in diesem Körper versteckt ist. Sie kann einen Menschen verbrennen.

Der Doppelsinn lag plötzlich wie Galle in seinem Mund. Die Zigarette schmeckte nicht mehr, er drückte sie aus.

»Ich habe Hunger», sagte er völlig unpathetisch. »Du nicht?«

»Ja. Wir sollten etwas einkaufen gehen. Oder sollten wir in einem Bistro essen?«

»Laß uns erst gehen«, sagte er.

Eine halbe Stunde später standen sie unten bei der Pensionswirtin und gaben den Schlüssel ab. Die alte, würdige, dicke Dame sah sie stumm an, nahm den Schlüssel, räusperte sich und ging in ihr Hinterzimmer. Bevor sie verschwand, versäumte sie nicht, einen deutlichen Blick auf eine aufgeschlagene Zeitung zu werfen, die auf der Theke lag.

»Was hat sie?« fragte Carola und griff nach dem französischen Blatt. Die dritte Seite war nach oben gefaltet. Groß leuchtete ein Foto der strahlenden Carola Donani dem entsetzten Leclerc entgegen. Und darunter der Text: »Die Frau des berühmten Dirigenten B. Donani starb bei einem Autounfall in Berlin. In ihrem Sportwagen verbrannte sie.« Dann folgte ein genauer Bericht vom Unglücksort.

Carola legte die Zeitung zurück auf die Theke. Ihr schönes Gesicht hatte wieder die Härte, die Leclerc schon in der Unglücksnacht erschreckte.

»Sie hat uns erkannt«, sagte sie leise. »Es war ein Irrtum, zu glauben, heute sei unser erster Tag.«

»So wird es uns überall gehen.« Leclercs Jungengesicht war voller Hilflosigkeit. »Es war ein Fehler, Chérie. Ich habe es gleich gesagt. Du bist zu bekannt, um unerkannt weiterleben zu können.«

Carola schüttelte den Kopf. »Komm«, sagte sie. »Wollen wir jetzt im Niemandsland stehenbleiben? Wir sind ausgebrochen, um unser Paradies zu finden, unser eigenes Paradies. Wir müssen weiter.«

Sie kauften für den Abend ein. Brot, Butter, Käse, Cervelatwurst, einen Liter Rotwein. Und noch etwas kaufte Carola: Zeitungen. Sie kaufte alle Zeitungen, die der Kiosk hatte. Beladen wie ein Zeitungsausträger schleppten sie sich nach Hause und schlossen sich ein. Dann sahen sie die Anzeigen durch, Seite um Seite.

»Hier!« sagte Leclerc plötzlich und zeigte mit dem Finger auf eine Anzeige der Zeitung ›Le Provençal‹. »Das könnte etwas sein.«

Carola Donani beugte sich über die Schulter Leclercs. Während sie las, nagte sie mit spitzen Zähnen an seinem Ohrläppchen.

»Dr. René Lombard«, las sie. »Chirurgische Privatklinik für kosmetische Operationen.«

»... Nasen- und Ohrenkorrekturen, Mammaplastiken und operative Entfernung von Fettansatz«, las Leclerc weiter. »Rue de Frontière. Marseille.« Er faßte Carolas Kopf und zog ihn zu sich. »Du... du willst das wirklich tun?«

»Ich will ein neuer Mensch sein«, sagte sie leise. »Ein Mensch, der nur für dich da ist. Ich will nichts, nichts mehr haben, was mich an früher erinnert. Ich will mich selbst nicht mehr im Spiegel sehen und mich als Carola Donani erkennen. – Wir fahren nach Marseille.«

»Und wann?«

»Morgen schon.« Sie richtete sich auf und breitete die Arme weit aus. »Jeder Tag, der vorbeigeht, ist verloren. Wir müssen mit jeder Stunde geizig sein. Es wird nie so viele Stunden geben, daß sie ausreichen, dich zu lieben.«

Jean Leclerc schloß die Augen. Ich habe einen Vulkan aufgerissen, dachte er. Nun gehe ich unter in dieser Glut.

In diesen Tagen wurde im fernen Hamburg eine Vermißtenanzeige abgeheftet und in das Fach »Unerledigte Fälle« gelegt.

Vermißt wurde seit vier Wochen die 24jährige kaufmännische Angestellte Julia Saboldt. Sie hatte blonde Haare, blaue Augen, war 1,64 m groß, schlank und trug ein geblümtes Sommerkleid. Zuletzt hatte man sie in Begleitung eines unbekannten, jungen Mannes beim Verlassen eines Kinos auf der Reeperbahn gesehen. Seitdem fehlte jede Spur von ihr.

Niemand kam auf den Gedanken, die Tote auf der Wannseestraße in Berlin mit Julia Saboldt in Verbindung zu bringen. Die Tote in den Autotrümmern war einwandfrei als Carola Donani identifiziert worden. Ihr gesamter Schmuck war erhalten geblieben. Es gab überhaupt keine Zweifel.

Der Fall Julia Saboldt blieb für immer ein unerledigter Fall.

Ein Mensch war verschwunden. Wen kümmert das schon außer den Hinterbliebenen?

Und der dünne Schnellhefter im Aktenschrank verstaubte...

Nach einigen Tagen Ruhe, die Pietro Bombalo großzügig seinem Maestro gönnte, wurde der Impresario unruhig und lief vor Donani im Garten herum, deutlich eine Mappe unter dem Arm tragend, auf der in roter, leuchtender Schrift »Termine« zu lesen war. Donani konnte es nicht übersehen, aber er tat so, als merke er es nicht und starrte über das blinkende Wasser des Sees.

Seit dem Begräbnis hatte er kaum ein Wort gesprochen. Er spielte mit den Kindern wie ein Automat, fing Bälle, schlug Purzelbäume, rollte Boccia-Kugeln und baute Burgen im Sand. Am Abend aber saß er auf der Terrasse, starrte ins Leere – ein alter, gebrochener Mann, der nicht mehr weiß, wozu er lebt. Bertha Portz war wieder abgereist. Sie flüchtete vor einem Schuldgefühl und vergrub sich in Berlin in ihren Zimmern, sich immer wieder fragend, ob es wirklich ein Unglücksfall gewesen war, oder ob Carola für einen Augenblick die Nerven verloren hatte und den Wagen bewußt gegen den Baum steuerte. Wenn es so gewesen war, hatte sie ihre Tochter an diesem Tage der letzten Aussprache nicht richtig erkannt; ein Vorwurf, den eine Mutter nie mehr abgelten konnte.

»Sie müssen wieder arbeiten«, sagte Bombalo endlich, als Donani auf keine stillen Hinweise reagierte.

»Ich will nicht«, antwortete Donani müde.

»Nicht sofort... aber in zwei Wochen vielleicht...«

»Überhaupt nicht mehr, Pietro.«

»Was soll das heißen?« Bombalo drückte seine Terminmappe wie einen Schild an sich.

»Ich fasse keinen Dirigentenstab mehr an!«

»Aber das ist doch unmöglich, Maestro!«

»Ich habe Geld genug. Ich will den Rest meines Lebens in Ruhe leben.«

»Den Rest seines Lebens! Mit achtundvierzig Jahren spricht er vom Rest seines Lebens!« schrie Bombalo. Er warf die Mappe auf die Wiese und führte seine berühmte Schaunummer auf. Er raufte sich die Haare ins Gesicht und verdrehte die Augen. »Ich bekomme einen Herzschlag!« keuchte er.

»Dann hätte ich endlich vollkommene Ruhe«, sagte Donani mitleidlos. »Ein für alle Male: Ich dirigiere nicht mehr. Ich kann nicht mehr. Begreifst du das denn nicht? Ich bin tot.«

»Weil Ihnen die Musik fehlt!« schrie Bombalo. »Maestro, kein Schmerz ist so groß, als daß die Musik ihn nicht heilen könnte. Es gibt keinen anderen Balsam als die Musik. Mozart, Maestro! Chopin! Die Eroica von Beethoven. Die Fünfte. Die Unvollendete von Schubert... Die Welt ist so herrlich, wenn sie voll Musik ist! Sie sind tot, weil Sie vor der Musik fliehen.«

»Laß mich!« Donani wandte sich ab und ließ Bombalo stehen. Er ging zur Brüstung und lehnte die Stirn gegen die großen Steinvasen. Carola, dachte er. Nun habe ich Zeit... nun, wo es zu spät ist.

Er schrak zusammen. Hinter ihm klang ein Orchester auf. Die ersten Takte von Brahms' Akademischer Festouvertüre. Donani fuhr herum. Auf der Terrasse stand Bombalo neben einem Plattenspieler.

»Es dirigiert Bernd Donani!« schrie er.

»Ruhe!« brüllte Donani und hielt sich die Ohren zu. »Ruhe! Oder ich zerschlage alles! Alles!«

Er sah, wie sich die schwarze Plattenscheibe drehte, und obgleich er sich die Ohren zuhielt und die Handballen fest gegen die Muscheln preßte, hörte er innerlich jeden Ton.

Jetzt setzen die Oboen ein ... jetzt die Trompeten ... warum sind die Celli so weit weg ... und jetzt das Gaudeamus igitur ... Festliche Fröhlichkeit, meine Herren!, hatte er bei der letzten Probe gerufen. Denken Sie, Sie seien wieder Studenten! Das muß jubeln, das muß in die Herzen fließen wie Wein!

Donani ließ die Hände von den Ohren sinken. Die Musik umbrauste ihn, er schloß die Augen und senkte den Kopf. Dann hob er die Hand und winkte ... Bombalo drehte den Ton leiser.

»Maestro –?«

»Wann fahren wir?«

»In genau zwei Wochen.«

»Und was?«

»Tschaikowskij und Prokofieff. Als Einleitung die Steppenskizze aus Mittelasien von Borodin.«

Donani nickte. »Du kannst zusagen.«

»Danke, Maestro«, sagte Bombalo leise. Ihm standen schon wieder die Tränen in den Augen. »Man muß für die Lebenden leben, Maestro, nicht für die Toten.«

Donani wischte sich über die Augen. »Es gibt so viele schöne Worte, Bombalo – für mich sind sie jetzt wie Staub. Wo dirigiere ich denn in zwei Wochen?«

»In Marseille«, sagte Bombalo. »Es wird ein großer Abend werden.«

Die Pensionswirtin erhob keinerlei Einwände, als Carola schon am nächsten Tag das Zimmer wieder kündigte. Da der vorausbezahlte Mietpreis nicht zurückgegeben zu werden brauchte, war sie sogar so freundlich, einen guten Rat mit auf die Reise zu geben:

»Sie sollten sich die Haare färben lassen und vielleicht eine Brille tragen«, sagte sie jovial. »Und im übrigen – alles Gute, Madame!«

Das Wort »Madame« zog sie hin wie Kaugummi, genußvoll und mit einer Bosheit, zu der nur Frauen gegenüber Frauen fähig sind. Carola nahm es ihr nicht übel, auch nicht, daß sie Jean Leclerc wie eine Küchenschabe musterte und ihn abtaxierte. In ihren Blicken war deutlich zu lesen, was sie dachte. Ein Jüngelchen, das aus seiner frischen Männlichkeit Kapital schlägt. Eine männliche Hure.

Du bist jenseits der Sehnsucht, dachte Carola, als sie sich von der Pensionswirtin abwandte und Leclerc auf die Straße folgte. In diesem Alter ist es leicht, moralisch zu urteilen. Einmal werde auch ich in diesem Alter sein, und es kommt so schnell, und ich werde den Kopf schütteln über die Dummheiten der Jugend. Aber noch bin ich jung, und ich will leben und lieben, solange ein Mann sich darum bemüht, von mir beachtet zu werden.

Die Fahrt nach Marseille verschliefen sie zur Hälfte, aneinandergedrückt, übermüdet durch die vergangenen Ekstasen. Erst kurz vor Marseille wachten sie auf und standen dann auf dem Bahnsteig, die kleinen Koffer neben sich, umgeben von Gedränge und Rufen, von Bauern mit Gemüsekörben und Matrosen mit prallen Seesäcken.

»Wohin?« fragte Leclerc.

»Wieder in eine kleine Pension.«

Leclerc verzog das Gesicht. »Glaubst du, daß eine solche Altstadtbude der richtige Ort ist, meinen Aufstieg zu fördern? Du kennst doch die Impresarios zu genau: Nur wer richtig auftritt, wird richtig behandelt. Einen Geiger aus der Dachkammer hört überhaupt keiner an.«

»Wir müssen sparen, Liebling.« Carola trat an eine große Tafel, auf der die Hotels von Marseille dem Alphabet nach aufgezeichnet waren. Leclerc folgte ihr mißmutig. Alles ist schiefgegangen, dachte er wütend. Statt Solist unter Bernd Donani bin ich der Schoßhund einer vulkanischen Frau geworden. Statt die G-Seite zu streichen, streichle ich ihre Schenkel; und statt des Adagio im 2. Satz spiele ich mit ihren blonden Haaren.

Er beruhigte sich etwas, als er an die Geldscheine in Carolas kleinem ledernen Koffer dachte und an den Krokodillederkasten voll Schmuck, den sie immer bei sich trug und nicht im brennenden Auto zurückgelassen hatte. Es wird schon weitergehen, sprach er sich selbst gütlich zu. Es ist ja alles erst ein Übergang. Wenn man die Sonne sucht, muß man ihr entgegenlaufen.

»Hast du etwas?« fragte er.

»Nein. Sie sind alle zu groß. Zu teuer.«

»Chérie, wir können doch nicht wie die Bettler leben.«

»Wir müssen ein Zimmer haben, wo es nicht auffällt, daß eine Frau, die so aussieht wie ich, hineingeht und nach einigen Wochen wiederkommt und so aussieht wie die Frau, die ich dann geworden bin. Wenn die Operation gelungen ist, können wir hinausgehen in die Welt, die wir suchen, eher nicht.«

»Du hast recht wie immer, Chérie.« Leclerc küßte ihr den Nacken und war zufrieden. Daß er Angst hatte, Carola könne nach der Operation nicht mehr so aussehen, wie er sie jetzt liebte, verschwieg er. Es wird merkwürdig sein, ganz merkwürdig, dachte er, wenn sie aus der Klinik kommt und ich erkenne sie nicht wieder. Wenn sie sagt: Jean, – ich bin's, und ich sie anstarren werde, weil sie eine Fremde geworden ist, eine neue Frau, deren Körper ich kenne, aber deren Kopf ausgewechselt wurde. Ob ich mich je daran gewöhnen werde?

Sie nahmen ein Taxi und ließen sich in die Altstadt von Marseille bringen. Der Chauffeur fuhr sie zu einigen Häusern, in denen er Zimmer wußte, die man tage- oder wochenweise vermietete. Carola entschloß sich für das dritte angebotene Zimmer. Es hatte einen Blick auf die Hafenanlagen, auf das Meer und auf Fischerboote. Leclerc hob schnuppernd die Nase.

»Es stinkt nach Fisch.«

»Im Nebenhaus ist eine Trankochanlage«, sagte die Vermieterin. »Dafür haben meine Zimmer den Vorteil, nicht kontrolliert zu werden.« Sie blinkerte wissend mit den Augen. «Nehmen Sie's, Monsieur?«

»Ja«, sagte Leclerc schwach, als er Carola nicken sah. »Zunächst für drei Monate.«

»Vorauskasse, bitte.«

»Selbstverständlich.«

Dann saßen sie an dem verhältnismäßig großen Fenster

und blickten über den Teil des Hafens vor ihrem Haus. Die Sonne ging unter, die Boote leuchteten rot und blau, das Meer violett. Carola hatte den Arm um Leclercs Nacken gelegt und streichelte mit der Linken seine gefalteten Hände.

»Ich war schon viermal in Marseille«, sagte sie leise. »Nie habe ich Zeit gehabt, den Sonnenuntergang zu sehen. Um diese Zeit war Donani schon nervös, ich mußte ihn beruhigen. Was keiner weiß: vor jedem Konzert hatte er ein furchtbares Lampenfieber. Man sah es ihm nie an, immer war er der Souverän, aber in Wirklichkeit hatte er jeden Abend Angst wie ein kleiner Junge vor der Impfung.«

»Warum erzählst du das alles?« fragte Leclerc dumpf. Der Fischgeruch beleidigte sein ästhetisches Empfinden, er machte ihm übel und erzeugte Brechreiz. Zeit seines Lebens hatte er keinen Fisch gemocht, nun mußte er neben einer Trankocherei hausen.

»Weil ich so glücklich bin.«

»Glücklich?«

»Jetzt habe ich Zeit, viel Zeit, den Sonnenuntergang zu sehen. Mit dir... dir ganz allein. Ist das nicht ein unermeßliches Glück?«

»Natürlich, Chérie.« Er küßte flüchtig ihre Augen und sah hinaus auf das schwarzgolden werdende Meer. »Wie schön muß der Sonnenuntergang zu sehen sein auf der Terrasse des ›Atlantic‹«, sagte er mit deutlicher Bitterkeit.

Carola lächelte und zog seinen Kopf zu sich.

»Geduld, mein Liebling. Geduld. Haben wir nicht schon viel erreicht in diesen wenigen Tagen?«

Leclerc nickte. Was sollte er auch sagen?

»Willst du nicht spielen?« fragte sie plötzlich. Leclerc schob ihren Kopf verblüfft von sich weg.

»Spielen? Was denn?«

»Deine Geige.«

»Jetzt? Hier?«

»Ja.« Sie nickte, ihre Augen hatten einen leidenschaftlichen Glanz. »Spiel mir etwas vor. Irgend etwas. Nur schön muß es sein, verliebt, glücklich... Ich will jetzt hören, wie lieb du mich hast.«

Leclerc hob wie resignierend die Schulter, klappte den Geigenkasten auf und drückte das Instrument an das Kinn. Verrückt, dachte er. Solche Situationen liebt Großmütterchen im Roman. Der Geiger und die geflüchtete Geliebte; ein Drama aus dem Leben von Amalie v. Grevenbroich. Wer es liest, schüttelt mit mildem Lächeln den Kopf... und ich sitze jetzt wirklich hier, an einem Fenster neben einer Trankocherei, umgeben von Fischgestank, vor mir das Meer und der dreckige Hafen, und soll spielen. Das ist doch lächerlich... lächerlich...

Er setzte die Geige wieder ab. Carola sah ihn mit geneigtem Kopf an.

»Du willst nicht?«

»Es ist absurd, Chérie«, sagte er heiser.

»Aber ich bitte dich doch so darum.«

Mit verkniffenen Lippen preßte er die Geige wieder an das Kinn und begann zu spielen. Eine Chaconne von Sarasate, wild, wirbelnd, ekstatisch.

Er spielte sie nicht zu Ende. Nach den ersten Takten klopfte es heftig an die Zimmertür. Leclerc brach die Chaconne ab.

»Ruhe!« schrie eine Stimme. »Verdammt noch mal, Ruhe!« Es war die Hauswirtin, ihre Stimme klang schrill und bösartig. »Wer soll das Gewimmer denn ertragen?! Noch einmal, und Sie fliegen!«

Tapsende Schritte entfernten sich über den langen Flur. Jean Leclerc legte mit einem bitteren Lächeln seine Geige zurück in den Kasten.

»Des Volkes Stimme«, sagte er gepreßt. »Dein Paradies, Chérie, gleicht mehr einer Vorhölle.«

»Dann laß uns träumen...« Sie zog ihn wieder zu sich, und sie saßen wieder aneinandergedrückt und starrten hinaus auf das Meer. Als die Nacht über die Wellenkämme zog und die Masten der Schiffe und Fischerboote wie entlaubte Baumstämme gegen den fahlen Himmel ragten, hob sie den Kopf. Mit ganz klarer, aller Romantik fremder Stimme, nüchtern wie eine Zeitansage im Radio sagte sie in die Stille des Zimmers hinein: »Morgen gehe ich zu Dr. Lombard!«

Die Privatklinik des Chirurgen Dr. René Lombard lag etwas außerhalb Marseilles in einer stillen Vorortstraße. Sie bestand aus einer kleinen Villa, die man um die Jahrhundertwende in einen damals noch einsamen Park gebaut hatte. Der Besitzer war ein Reeder gewesen, von dem man augenzwinkernd erzählte, er habe sich diese Villa vor der Stadt für seine Geliebten erbauen lassen, so wie der Sonnenkönig sich vor Paris seinen berühmten »Hirschpark« errichten ließ. Die Kosten seiner amourösen Lebensweise waren dann auch höher geworden als seine Einnahmen, und in den zwanziger Jahren wurde der gesamte Besitz versteigert, der Park als Baugelände aufgeteilt und mit Einfamilienhäusern bepflastert. Nur die Villa mit einem Stück Park blieb übrig. Sie wechselte oft den Besitzer, bis Dr. Lombard sie kaufte und aus ihr seine kosmetische Klinik machte. Durch Um- und Anbauten verwandelte er die Liebesvilla in eine mustergültige Klinik, die mit den modernsten Geräten ausgestattet war und den Ruf erlangte, man käme als Siebzigjährige hinein und verlasse sie als Zwanzigjährige. Nicht biologisch, sondern lediglich dem Aussehen nach. Aber auch das war eine Leistung, die Dr. Lombard Patienten aus den vermögendsten Kreisen Frankreichs einbrachte. Ab und zu, wenn die Geschäfte etwas nachließen – denn Frauen verraten ihren Freundinnen nie, woher sie ihre neue Jugend bekommen –, setzte er eine Anzeige in die Zeitungen und wählte sich dann aus den Anfragen die besten aus.

Nach der Sekretärin und der Oberschwester war es Dr. René Lombard selbst, der sich offen wunderte, eine Frau wie Carola Donani vor sich zu sehen. Man war daran gewöhnt, abstehende Ohren, verbogene Nasen, zu wulstige Lippen, hängende oder überdimensionale Busen, Fetthüften, Hängebäuche und Krampfaderbeine zu sehen, aber nicht eine Frau, deren Schönheit auf den ersten Blick nur als makellos bezeichnet werden konnte.

Dr. Lombard, ein großer, schwerer Mann mit rötlichen Haaren und einer goldenen Brille, bot Carola zunächst eine Zigarette an und bewunderte mit der Fachkenntnis des Schönheitschirurgen ihre übereinandergeschlagenen Beine.

»Ich glaube, Madame«, sagte er mit einer beruhigenden, tiefen Stimme, »daß Ihr Besuch informatorischer Art ist. Es geht sicherlich um Ihre Frau Mutter.«

»Nein, Doktor, es geht um mich.« Carola zerdrückte die Zigarette in dem großen silbernen Aschenbecher. Sie gab sich keine Mühe mehr, ihre Nervosität zu verbergen. In dieser Situation wäre es sinnlos gewesen, ganz davon abgesehen. »Ich möchte mich bei Ihnen operieren lassen...«

»Was bitte, Madame?« Dr. Lombard musterte sie wieder. Wer zwölf Jahre lang mit dem Skalpell einigen hundert Frauen eine neue Schönheit hingezaubert hat, weiß, wo man etwas korrigieren kann, wo etwas zu viel oder zu wenig an einem Frauenkörper ist. Man sieht auch durch Halter und Schnürungen hindurch, man weiß, wie ein Körper nackt aussieht, auch wenn er sich in einem noch so gut geschnittenen Kostüm verbirgt. Hier fand Dr. Lombard nichts mehr, was er behandeln könnte, es sei denn, es handelte sich um den leichten Anflug von Stupsnase. Aber dies zu korrigieren wäre eine Beleidigung der Natur gewesen. Es gehörte zu dieser Frau.

»Mein Gesicht, Doktor.«

»Ihr... Wie bitte?« Dr. Lombard beugte sich vor. »Was gefällt Ihnen denn nicht daran?«

»Alles!«

Dr. Lombard stand auf. Er sprang nicht hoch, er erhob sich bedächtig und schob dabei die Unterlippe vor. Sollte die Natur so grausam sein, in diesem Engelskopf ein krankes Hirn zu verbergen? dachte er.

»Wieso alles?« fragte er, um Zeit zu gewinnen und Carola zu beobachten.

»Sie halten mich für irr, Doktor?« fragte Carola.

Lombard nickte. »Ich gestehe, ich hege Zweifel...«

»Ich möchte nicht mehr ich sein. Verstehen Sie das?«

»Nein. Wer so aussieht wie Sie, sollte jeden Morgen vor dem Spiegel die Arme ausbreiten und ausrufen: Gott, ich danke dir!... Warum wollen Sie anders aussehen? Und, um Gottes willen, wie wollen Sie aussehen? Schöner geht es doch nicht mehr.«

»Ich will nicht nur schön sein, ich will eine andere Persönlichkeit sein. Heute bin ich als die, die ich bin, vollkommen. Ich will in ein paar Wochen als eine neue Person ebenso vollkommen sein, aber anders... Und ich will es in Ihre Hand legen, Doktor, wie schön ich dann sein werde.«

Dr. Lombard nahm seine Goldbrille ab und drehte sie wie eine Kinderklapper in der Luft herum. Sein Verdacht, eine Irre vor sich zu haben, war einem anderen, drückenden Verdacht gewichen. Er scheute sich nicht, ihn klar auszusprechen.

»Madame!« sagte er laut. »Wenn ich Sie recht verstehe, soll ich Ihnen ein anderes, ebenso schönes Gesicht machen. Ich soll Sie umwandeln, ich soll Sie unkenntlich machen, Sie wollen ein neuer Mensch sein. Sie nicken, also stimmt es. Wenn eine Frau wie Sie sich zu solchen Schritten entschließt, muß die Notwendigkeit von einer ungeheuren Tragweite sein. Meistens sind es kriminelle Triebkräfte. Madame, ich korrigiere Grausamkeiten der Natur oder Schäden des Wohllebens, aber ich leiste keine Beihilfe zu Verbrechen!«

Carola Donani blieb sitzen, obgleich Dr. Lombard an der Tür stand und seine Worte offensichtlich ein deutlicher, wenn auch nicht klar ausgesprochener Hinauswurf sein sollten.

»Sie irren, Doktor«, sagte sie. Dr. Lombard blieb an der Tür stehen.

»Wieso, Madame?«

»Ich habe keine Möglichkeiten, Ihnen Beweise zu bringen. Ich kann Ihnen nur sagen, daß ich Ihnen schwöre, kein Verbrechen vertuschen zu wollen. Ich weiß nicht, ob Ihnen der Schwur einer Frau sicher genug erscheint.«

»Wenig, Madame.« Lombard neigte den Kopf und kam langsam ins Zimmer zurück. »Der Schwur einer Frau ist wie das Einziehen der Krallen bei einer Katze. Trotz der Samtpfote bleiben die Krallen parat.«

»So etwas kann nur ein Franzose sagen.« Carola lachte, aber es klang gespielt und viel zu rein. »Ich möchte Ihnen keinen Glauben an meine Worte aufdrängen. Aber Sie werden verstehen, was ich meine, wenn ich Ihnen sage, daß ich einen Geliebten habe.«

Dr. Lombard hob die Augenbrauen. Als Franzose wunderte er sich nicht über dieses Geständnis. Eine Vielzahl der Frauen, die über seinen Operationstisch gegangen waren, hatten ihre Korrekturen nicht wegen ihrer Ehemänner, sondern nur wegen ihrer Geliebten erlitten.

»Er ist jung?« fragte Dr. Lombard sofort.

»Ja.«

»Madame sind aber auch nicht dreißig.«

»Siebenundzwanzig.«

»Ich könnte Sie verstehen, wenn Sie fünfundvierzig und darüber wären und Gefallen an einem zwanzigjährigen Ritter fänden.«

»Ich bin meinem Freund zu deutsch.«

»Wie bitte?« Dr. Lombard setzte sich und schob die Brille auf die Nase. Dieses Geständnis war das verblüffendste seiner bisherigen Praxis. »Zu deutsch?«

»Ich bin blond... natur, Doktor.«

»Kann man färben.«

»Aber mein Gesicht, der Schnitt meiner Augen, die Brauen, die Nase... alles das ist nordisch...«

»Gewiß. So rein wie aus einem Typenlehrbuch.«

»Mein Freund aber liebt das Südländische.«

»Ein Idiot. Verzeihung, Madame.«

»Er liebt schwarze Haare, Mandelaugen, eine schmale, gerade, kleine Nase. Er liebt die Mischung zwischen Okzident und Orient, also etwas anderes, als ich es bin. Und ich will so sein, wie er mich möchte. Verstehen Sie das jetzt, Doktor?«

»Nein«, antwortete Dr. Lombard ehrlich. »Wenn es wahr ist, was Sie sagen, dann gehört Ihr Freund in eine psychiatrische Untersuchung. Auf keinen Fall verstehe ich, daß Sie sich seinetwegen entstellen wollen.«

»Nicht entstellen, Doktor. Sie sollen aus mir eine südländische Schönheit machen.« Carola sah Dr. Lombard frei an. »Sie dürften doch am besten wissen, wozu eine Frau fähig ist, wenn sie liebt.«

»Leider.« Dr. Lombard seufzte und legte die Hände zusammen. Über die Fingerspitzen hinweg blickte er Carola forschend an. »Die Operation wird ungefähr 30000 Francs kosten.«

Carola stand mit einem Ruck auf. »Ich verlasse mich da ganz auf Ihre Erfahrungen. Ich zahle.«

Dr. Lombard erhob sich gleichfalls. Er zögerte deutlich, ehe er fragte: »Darf ich mir den Fall noch einmal überlegen, Madame?«

»Bitte, Doktor. Ich komme morgen wieder. Und ich kann gleich in Ihrer Klinik bleiben, wenn Sie sich entschlossen haben.«

»Das ist gut.« Dr. Lombard küßte Carola die Hand. Sie trug keinen Ehering mehr, aber Dr. Lombard sah an der helleren Färbung der Haut am Finger, wo er einmal gesessen hatte. »Geben Sie bitte der Oberschwester im Geschäftszimmer Ihren Namen und Ihre Anschrift, Madame.«

Carola nickte. »Bis morgen, Doktor.«

»Bis morgen, Madame.«

Im Geschäftszimmer nahm die Oberschwester die Personalien auf. Carola nannte sich Magda Burger, wohnhaft in Gießen, Korbachweg 19.

Dr. Lombard wartete, bis er Carola aus dem Hause treten sah und sie hinunterging zum Parktor, vor dem die Taxe wartete. Er nahm die neue Karteikarte und las die Angaben langsam durch.

Der Name ist falsch, dachte er. Auch was sie erzählt, ist eine einzige charmante Lüge. Es muß einen anderen Grund geben, warum sie ihre vollkommene, kühle Schönheit gegen eine andere, glühendere eintauschen will.

Und noch etwas quälte Dr. Lombard. Schon beim Eintritt Carolas in sein Zimmer hatte er verwundert aufgeblickt und sich an etwas zu erinnern versucht.

Ich kenne sie, hatte er gedacht. Irgendwo, irgendwann habe ich sie schon gesehen. Es ist nicht unsere erste Begegnung.

Aber so sehr er grübelte, kam er nicht darauf, daß es vor zwei Jahren gewesen war. Nach einem Donani-Konzert hatte man ihn Frau Donani bei einem Festessen vorgestellt. Es war nur ein flüchtiger Blick gewesen, aber ein Hauch von Erinnerung und Erkennen war zurückgeblieben.

Das Orchester erwartete seinen Chef in Köln. Es saß auf dem Podium des großen Gürzenichsaales, so wie es bei Hunderten von Proben immer gesessen hatte, hemdsärmelig, guter Laune, die Instrumente stimmend, die Noten studierend. Daß in der letzten Reihe der ersten Geigen am Platz des Franzosen Jean Leclerc ein neuer Geiger saß, der nun zum erstenmal unter Donani proben würde, fiel überhaupt nicht auf. Es war vorauszusehen, daß auch Donani es nicht bemerkte, wenn der Neue nicht danebengriff und vom abwinkenden Taktstock Donanis nicht symbolisch aufgespießt wurde.

Pietro Bombalo hatte die Parole ausgegeben, die jeder im Orchester befolgte, als sei es eine Sinfoniepassage: Kein Wort über den Unfall, kein Mitleid zeigen, keine sauertöpfischen Mienen, kein Händedruck mit dem verschleierten Blick, in dem Donani lesen konnte: Armer Kerl...

»Wer auch nur eine Spur von Mitleid zeigt, den entmanne ich!« hatte Bombalo in seiner drastischen Art angedroht. »Es hat sich überhaupt nichts geändert, verstanden? Vorgestern war Probe, gestern, heute und morgen. Die Tage, die fehlen, vergessen wir einfach.«

Bernd Donani empfand es wirklich als wohltuend, daß die Musiker wie immer gegen ihre Instrumente schlugen, als er aus dem Künstlerzimmer kommend sich durch die Reihen schlängelte und ans Pult trat. Er begrüßte den Ersten Konzertmeister und lächelte nach allen Seiten.

»Guten Morgen, meine Herren«, sagte er. Beim ersten Wort war seine Stimme noch belegt, aber am Ende des Satzes hatte er sich wieder völlig in der Gewalt. Er sah auf die aufgeschlagene Partitur vor sich und klappte sie zu. Borodins Steppenskizze, er kannte sie auswendig. Sie ist eine Kleinigkeit für einen Dirigenten, der einmal »Die Meistersinger von Nürnberg« aus dem Kopf dirigierte.

Donani nahm den Taktstock auf und blickte über sein Orchester. Er sah die erwartungsvollen Augen, die Holzbläser hatten ihre Instrumente schon angesetzt, man erwartete das Zeichen seiner Hand, unter der die Steppe Mittelasiens sich in Töne verwandeln sollte.

Plötzlich ließ Donani die Hände wieder sinken. Der Erste Konzertmeister wurde unruhig und sah sich um.

»Wo ist Herr Leclerc?« fragte Donani.

»Herr Leclerc?«

»Auf seinem Platz sitzt ein anderer Herr. Bitte, wie heißen Sie?«

Der neue Geiger stand innerlich bebend auf. »Franz Schultes«, sagte er wie auf dem Kasernenhof.

»Danke.« Donani winkte ab. Der Erste Konzertmeister trat an das Pult.

»Herr Leclerc hat vor einigen Tagen gekündigt. Er sagte, er wolle...«

»Ich weiß, ich weiß.« Donani schnitt mit einem Fächeln seiner linken Hand den Bericht des Konzertmeisters ab. »Wünschen wir ihm Glück, nicht wahr?« Er straffte sich und hob wieder den Taktstock. »Meine Herren... wir können!«

Während die ersten Takte der Steppenskizze aufklangen, der klagende Ton der Hirtenweise, die unendliche Einsamkeit der Steppe, die Weite von Himmel und Land, dachte Donani kurz an Jean Leclerc. Er wird es nie zum Solisten bringen, dachte er. Ein Künstler muß Kritik vertragen können. Wer sich schon in Jugendjahren als unfehlbar betrachtet, wird elend an seiner Selbstüberschätzung zugrunde gehen. Eigentlich war es schade; wenn auch kein Genie, war Jean Leclerc doch ein begabter Orchesterviolinist gewesen.

In der Tür des Künstlerzimmers stand Pietro Bombalo und beobachtete Donani mit gespannter Wachsamkeit, so wie ein Irrenarzt seinen Patienten bewacht, an dem er einen Test versucht. Ein Mann wie Donani kann nicht ohne Musik leben, war die Ansicht Bombalos. Und er kann und darf auch nicht ohne Frauen leben. Aus dieser simplen Erkenntnis erwuchsen die unsterblichen Werke.

Es war ein Fortschritt in der Herzensbildung Bombalos,

daß er einsah: Die Zeit für dieses Problem ist noch nicht gekommen; über den ersten Schmerz müßte man die Narben des Alltags wachsen lassen. Andererseits war er bereit, nicht lange zu zögern, wenn Donani sich innerlich etwas mit dem Unabänderlichen abgefunden hatte. Die Bekanntschaft mit schönen Frauen zu vermitteln, erschien Bombalo schon im voraus als ein äußerst delikates Management, auf das er sich mit dem Temperament des Südländers ehrlich freute. Carola Donani ist tot, dachte er völlig nüchtern. Aber Bernd Donani hat noch gute zwanzig Jahre Triumphe vor sich – auf dem Podium und im Boudoir. Es hat keinen Zweck, das Leben zu verleugnen.

Die erste Probe nach dem tragischen Geschehen verlief ohne Zwischenfall. Donani war äußerlich wieder der alte, der Chef, der Mann mit dem absoluten Gehör, der bei den kleinsten Klangunebenheiten abklopfte und der den Inhalt einer Sinfonie und deren Aussage erklären konnte wie einen spannenden Roman. Über das Klavierkonzert Nr. 1 von Chopin hielt er einmal einen einstündigen Vortrag aus dem Leben Chopins, bevor er mit der Probe begann. »Nur wer die Welt und die Umwelt kennt, aus der ein Werk stammt, kann es heute nachdeuten«, sagte er dabei. »Wir spielen nicht einfach Noten, meine Herren, wir sollen die Seele des Komponisten sichtbar werden lassen!«

Nach der Probe saß Donani allein im Künstlerzimmer und trank ein großes Glas Mineralwasser. Bombalo war um ihn und umsorgte ihn wie eine Amme. Er brachte ihm ein neues Hemd, weil das erste durchgeschwitzt war; er reichte ein mit Kölnisch Wasser getränktes Zellstoffhandtuch hin, mit dem sich Donani einrieb; er versuchte alles so zu machen, wie es vorher Carola getan hatte. Donani verstand ihn und lächelte ihm dankbar, aber mit einem traurigen Blick zu.

»Es wird nie wieder so werden wie früher«, sagte er, bevor er nach der Probenpause wieder hinaus zu seinem Orchester ging. Pietro Bombalo schüttelte den Kopf.

»Die Zeit wird uns und unseren Schmerz überrollen, Maestro.« Bombalo zupfte an dem Hemd Donanis herum, obwohl nichts zu ordnen war. »Und wir haben immer noch die Musik.«

»Wenn wir die nicht hätten, Pietro!« Donani nickte und trat hinaus in den Saal. Die Probe ging weiter. Als er den Taktstock wieder hob, mußte er ein inneres Zittern überwinden. Ich bin alt geworden, dachte er und atmete tief auf. Ich bin in wenigen Tagen ein Greis geworden.

Pünktlich um 9 Uhr morgens saß Carola Donani wieder auf dem lederbezogenen Stuhl im Sprechzimmer Dr. Lombards. Die Oberschwester hatte sie freundlich, aber kühl empfangen mit den Worten, Dr. Lombard frühstücke noch und lasse sie bitten, eine Minute zu warten. In Wirklichkeit saß er im Nebenzimmer, einer kleinen Bibliothek, und war mit sich nicht einig, ob er Madame Magda Burger aus Gießen hinauswerfen oder aus ihr eine südländische Schönheit machen sollte. Der willkürlich genannte Betrag von 30000 Francs, den sie ohne Zögern akzeptiert hatte, spielte dabei eine große Rolle. Dr. Lombard hatte Schulden. Keine drückenden, aber immerhin doch einige sehr unangenehme. Ein Teil der neuen Apparate, vor allem in der Massageabteilung, war noch nicht bezahlt worden, die Wechsel liefen an... mit 30000 Francs konnte man einen schönen Schritt vorwärtskommen.

Carola Donani lehnte den Kopf zurück und schloß die Augen. Sie war müde. Der Abschied von Jean Leclerc war der letzte Rausch als Carola gewesen. Vor einer Stunde hatte sie seinen Kopf zwischen beide Hände genommen und gesagt: »Sieh mich noch einmal an, Liebster. Wenn ich zurückkomme, werde ich ganz anders sein... Aber nur das Gesicht wird es sein... meine Seele und meinen Körper wirst du immer wiederfinden.«

»Ich habe Angst, Chérie«, hatte Leclerc gesagt. Er hatte sie mit einer verzweifelten Wildheit geküßt und geliebt, als sei es wirklich ein Abschied für immer. »Bleib, wie du bist«, hatte er immer wieder gestammelt. »Und wenn wir um die ganze Welt flüchten müßten: Ich will dich so lieben, wie du jetzt bist. Nicht anders. Bitte, nicht anders. Laß dir die Haare färben, trag eine Perücke... man kann das alles wieder ändern... aber was du tun willst, kann man nie wieder rückgängig machen.«

»Das will ich auch nicht, mein Liebling.« Sie hatte ihn umklammert, und ihr Griff war so wild, daß ihre Fingernägel die Haut auf seinem Rücken aufrissen. »Ich will nie, nie mehr an gestern erinnert werden, auch nicht von meinem Gesicht.«

Carola schrak hoch, als sie jemand berührte. Sie war auf dem Stuhl eingeschlafen. Dr. Lombard stand vor ihr und musterte sie durch die blitzenden Gläser seiner Goldbrille.

»Sie sind erschöpft, Madame?«

»Ja.« Sie sah ihn freimütig an. »Wir haben Abschied genommen. Es ist schamlos, so etwas zu gestehen, nicht wahr?«

»Ich glaube, Madame, Sie befinden sich in einem Stadium der Leidenschaft, in dem der Blick für die Realitäten völlig abgetötet ist.« Dr. Lombard setzte sich Carola gegenüber und beugte sich vor. »Ich muß Ihnen klar vor Augen führen, daß alles, was auf Ihren Wunsch hin geschehen wird, irreparabel ist.«

»Ich weiß. Das soll es auch.«

»Es gibt kein Zurück mehr.«

»Das wäre auch furchtbar!«

»Täuschen Sie sich nicht in Ihrer Liebe? Wenn Ihr Geliebter jünger ist als Sie...«

Carola unterbrach Dr. Lombard mit einer Handbewegung. »Ich weiß, was Sie sagen wollen, Doktor. Ich habe davor keine Angst. Jean und ich brauchen uns gegenseitig so sehr, daß keiner mehr für sich allein leben könnte. Ich weiß aber auch, daß dieses Zusammenleben begrenzt sein wird. Vielleicht werden uns zwanzig Jahre bleiben. Aber sagen Sie selbst, Doktor: Sind zwanzig Jahre Glück nicht mehr als ein Mensch wünschen kann? Schiller sagte einmal: Ein Tag gelebt im Paradies, ist nicht zu teuer mit dem Tod gesühnt... Er war bescheiden, Doktor. Ich habe zwanzig Jahre Paradies. Warum sollte ich Angst haben?«

Dr. Lombard schwieg. Er bewunderte plötzlich diese Frau, die eine Schönheit wegwarf, um eine andere zu bekommen;

die einen falschen Namen nannte und so ungeniert von ihrem Geliebten sprach wie von einem Pudel, den sie an der Leine führte.

»Madame sind verheiratet?« fragte er plötzlich.

Es sollte eine Überraschung sein, aber Carola schüttelte ruhig den Kopf. Nichts in ihrem Gesicht drückte eine Überrumpelung aus.

»Nicht mehr, Doktor.«

»Geschieden?«

»Verwitwet.«

»So jung, Madame?«

»Mein Mann war wesentlich älter als ich. Das erklärt vielleicht auch meine Sehnsucht nach der Jugend.«

»Ich habe keine weiteren Fragen mehr, Madame.« Dr. Lombard erhob sich. »Wann können wir anfangen?«

»Sofort.« Carolas Stimme wurde nun doch etwas unsicher. »Ich habe das nötigste Gepäck mitgebracht. Wie lange wird es dauern?«

»Zwei Monate.«

»Und mein Gesicht wird glatt und ohne Narben sein?«

»Hoffentlich.«

»Ich gebe mich ganz in Ihre Hände, Doktor. Ich vertraue Ihnen.«

Dr. Lombard nagte an der Unterlippe. Noch kann ich sie abweisen, dachte er. Noch kann ich sagen: Nein. Ich tue es nicht. Es läßt sich mit meinem ärztlichen Gewissen nicht vereinbaren, zu operieren, wo es nichts zu operieren gibt. – Aber dann wird sie zu einem anderen Arzt gehen. Vielleicht wird sie sogar an einen Pfuscher geraten, der ihr herrliches Gesicht entstellt, während ich die Möglichkeit habe, mit geringen Mitteln wirklich einen anderen Menschen aus ihr zu machen. Eine Nasen- und Augenkorrektur, eine andere Stellung der Augenbrauen, dazu das Einfärben der Haare ... und man wird sie nie wieder erkennen.

»Zimmer 5«, sagte er rauh. »Schwester Anne wird Sie hinbringen. Ruhen Sie sich erst aus, Madame, schlafen Sie. Wir werden morgen früh beginnen.«

Er drehte sich um und verließ grußlos das Zimmer. Er war

von sich selbst enttäuscht, weil er nicht den Mut aufgebracht hatte, ein klares Nein zu sagen.

Carola wartete, bis sich die Tür hinter dem breiten Rücken Dr. Lombards geschlossen hatte. Dann öffnete sie ihre Handtasche und legte ein Bündel Geldscheine auf den Schreibtisch. 10000 Francs als Anzahlung für einen neuen Menschen.

Durch eine andere Tür kam eine junge Schwester mit einem weißen Häubchen herein.

»Madame Burger?« fragte sie.

»Ja –« Carolas Herz stockte einen Augenblick. Jetzt ist es soweit, dachte sie. Wenn ich jetzt dieses Zimmer mit Schwester Anne verlasse, gibt es wirklich kein Zurück mehr.

»Darf ich bitten, Madame?«

»Ich komme.«

Sie nahm ihre Handtasche und folgte Schwester Anne aus dem Chefzimmer. Im spiegelnden Glas eines Fensters sah sie sich noch einmal ... ein schmaler Kopf, umrahmt von goldenen Haaren.

»Adieu!« sagte sie leise.

Dann warf sie den Kopf in den Nacken und ging mit weiten, kräftigen Schritten Schwester Anne nach.

Das erste, was Jean Leclerc nach dem Weggang Carolas tat, war die Auflösung des Zimmers am Hafen. Er erreichte sogar die Unwahrscheinlichkeit, daß die Wirtin die vorausbezahlte Miete zurückgab, allerdings nur durch die Drohung, der Polizei einen Wink auf diese Absteige zu geben.

»Sie sind ein Schwein, Monsieur«, sagte die Hauswirtin und warf ihm das Geld ins Gesicht. »So etwas wie Sie sollte man wie junge Katzen ersäufen!«

Jean Leclerc lachte sein verführerisches Jungenlachen, ließ eine Taxe kommen und fuhr ab. Als Adresse gab er das Luxushotel »Atlantic« an und stieg vor dem Portal aus dem Wagen wie ein kleiner Fürst. Die Boys rissen die Türen auf, der Chefportier machte einen kleinen Diener. Er brauchte nicht zu fragen, wer da hereinkam, er hatte seine Erfahrung.

Wenn jemand mit drei echten Krokodillederkoffern reist, ist es vermessen, lange zu forschen. Es gibt schon im Auftreten und im Gepäck Visitenkarten, die jedes internationale Hotel zu lesen versteht.

Jean Leclerc mietete ein Appartement mit Seeblick und eigener Loggia. Er breitete glücklich die Arme aus, als er in dem großen, hellen Zimmer stand, über das Meer blickte, auf der Sonnenterrasse die Musik eines Tanzorchesters hörte und hinter ihm ein befrackter Kellner den bestellten Whisky mit Eis servierte.

Der Sprung in das große Leben hatte begonnen. Von jeher war es der Traum des kleinen Jean gewesen, einmal mit viel Geld in der Tasche im Leben der Reichen eine Rolle zu spielen. Als Junge hatte er mit heißen Backen im Kino die geträumte Welt betrachtet. Als hungernder Musikstudent hatte er in Paris und Berlin in den Semesterferien Geige in den Barkapellen der großen Hotels gespielt. Aber auch heute und hier sah er nur den Glanz und erlebte ihn nicht selbst an sich. Er roch den Reichtum, aber er durfte ihn nicht berühren. Für ihn, den Jungen aus dem Hinterhaus der 24. Rue de Joffre in Arles, bedeutete Geld alles. Für ihn war die Erfüllung seines Lebens der Augenblick, in dem er im Kreise von Fräcken und Abendkleidern gleichberechtigt stehen würde, reich wie die anderen und unabhängig von den Launen seiner Umwelt.

Carola hatte ihm 5000 Francs gegeben. Das war nicht viel, aber Leclerc hatte sich vorgenommen, viel mit ihnen anzufangen. Zwei Monate hatte er Zeit. Carola hatte ihm verboten, sie in der Klinik Dr. Lombards zu besuchen. Er sollte nicht die Geburt der neuen Geliebten erleben, er sollte sie in neuem Glanze geschenkt bekommen. Nur schreiben sollte er und berichten, was er tat.

Zunächst – so entwickelte er seinen Plan – wollte er nichts tun. Er wollte sich stärken für den Durchbruch zu internationalen Erfolgen. Dann, geladen mit Energie, wollte er den besten Impresarios vorspielen. Er war sicher, daß schon der erste ihn unter Vertrag nehmen würde. Mit diesem Vertrag wollte er Carola von der Klinik abholen und ihr sagen: »Sieh dir das an! Nun bist du die Geliebte eines berühmten Mannes.«

Leclerc führte diesen Plan konsequent durch. Drei Tage übte er verbissen und spielte sein Repertoire durch. Er setzte sich dazu in das Badezimmer, um durch seine Fingerübungen nicht seine Appartementnachbarn zum Wahnsinn zu reizen. Immer und immer wieder spielte er die schwierigen Passagen durch, auch die Kadenz von Kreisler, an der er bei Donani gescheitert war. Er kaufte sich Schallplattenaufnahmen seiner berühmten Kollegen, ließ einen Plattenspieler aufs Zimmer kommen und spielte mit Menuhin oder Ricci im Duett. Es klang vorzüglich, und Jean Leclerc war mit sich zufrieden.

Am vierten Tag, als er vom Abendessen aus dem Speisesaal zurück in die riesige Halle kam, sah er die vor wenigen Minuten neu aufgehängten Plakate. Er blieb stehen und preßte die Lippen zusammen.

II. Sinfonie-Konzert.
Bernd Donani und die Pariser Philharmoniker.

Donani kam nach Marseille. Er dirigierte wieder. Er hatte den Schock über den Verlust seiner Frau überwunden.

Einem starken inneren Druck folgend, trat Leclerc an die Rezeption und ließ eine Karte für sich reservieren.

»Nein, nicht die ersten Reihen... möglichst hinten«, sagte er zu dem Chefportier. »Kenner, mein Lieber, sitzen hinten. Da schwebt der Klang weit im Raum. Vorne werden Sie von dem Schwall der Instrumente eingedeckt und hören keine Feinheiten mehr.«

Später saß er auf der Terrasse und rührte nervös in einem Café crème. Soll ich Carola schreiben, daß Donani in zehn Tagen hier dirigiert? Er verwarf den Gedanken wieder. Noch früh genug würde sie wieder mit der Vergangenheit in Berührung kommen, auch wenn sie es nicht wollte und sich in ein neues Gesicht flüchtete.

Verbissen in den Ehrgeiz, aus eigener Kraft emporzusteigen, übte er weiter in dem kleinen, schwarz gekachelten Badezimmer, schrieb jeden dritten Tag einen langen Brief an

Carola und nahm im Hafen, in verräucherten Spelunken, Verbindungen auf zu einem Fälscherring, der falsche Pässe aller Nationalitäten lieferte. Ein deutscher Paß wurde mit 3000 Francs angeboten. Leclerc zahlte 200 Francs an und bekam dafür eine Adresse, an die er sich wenden sollte, wenn das neue Gesicht Carolas fertig war und er das Foto für den Paß abliefern konnte.

In einem der besten Herrenausstattungsgeschäfte Marseilles kaufte er einen Smoking und ließ sich für einen Galaabend einkleiden. Dreimal versuchte er, Carola telefonisch zu sprechen. Die Stationsschwester in der Lombard-Klinik stellte das Gespräch gar nicht durch mit der Bemerkung, Madame habe es verboten und sei nicht zu sprechen. So hörte Leclerc in diesen Tagen nichts von Carola, erfuhr nicht, wie es um sie stand und ob die Operationen schon begonnen hatten. Er schrieb brav seine Briefe und bekam nie eine Antwort darauf.

Am Abend des Donani-Konzertes wartete er im Foyer, bis der Saal sich gefüllt hatte. Dann setzte er sich auf seinen Platz, ganz hinten in der vorletzten Reihe, vor einer Säule, kurz bevor die Lampen ausgingen und nur noch das Podium mit dem Orchester beleuchtet war.

Da sitzen sie, dachte er. Dort der dicke Marcel mit seinem Cello, und Hubert steht noch genau so verkrümmt an seiner Baßgeige wie früher. Jetzt kontrolliert der Erste Kapellmeister noch einmal die Geigenstimmung. Arrogant wie immer. Ein Fatzke, der sich vorkommt wie Donani II. Ach ja, und der arme Jules hat noch immer seinen Schnupfen. Seit zwei Jahren tropft ihm die Nase, und kein Arzt kann diesen chronischen Schnupfen heilen. Da er an der Kesselpauke sitzt, fällt das nicht auf; er hat immer Zeit genug, sich die Nase zu trocknen, bevor er auf seine Kalbfelle loshämmert.

Jean Leclerc spürte eine Traurigkeit in sich aufsteigen, gegen die er vergebens ankämpfte. Er starrte auf seinen Platz in der letzten Reihe der ersten Geigen. Dort saß jetzt ein neuer Geiger, jung wie er, sichtlich nervös, schon im voraus schwitzend. Er sah bleich aus, als habe er vor Angst den Durchfall bekommen.

So war es auch bei mir, dachte Leclerc. Als ich zum

erstenmal Donani gegenübersaß, fühlte ich mein Herz nicht mehr. Es hing mir irgendwo in der Kehle und war zu einem erstickenden Kloß geworden. Aber später gibt sich das, alles wird Routine, wird Gewohnheit, wird einfach Beruf.

Die Tür des Künstlerzimmers sprang auf. Bernd Donani betrat das Podium. Die zweitausend Zuhörer applaudierten. Leclerc beugte sich vor, als sei er plötzlich kurzsichtig geworden und starrte den großen, weißhaarigen Mann an.

Donani verbeugte sich knapp. Sein Gesicht war ernst und schmal, das berühmte Lächeln fehlte. Fast traurig blickte er über die zweitausend Köpfe, das Kinn war vorgeschoben, als müsse er sich diese Verbeugung abtrotzen.

Leclerc atmete tief auf. Statt des weißen Taschentuches in der Ziertasche des Fracks trug Donani ein schwarzes Tuch. Ein sichtbarer Ausdruck seiner Trauer. Leclerc schloß die Augen. Heiß stieg es in ihm hoch; es war, als explodiere im nächsten Moment sein Kopf.

Mit verkrampften Fingern und weichen Knien stand er auf und drückte sich aus seiner Reihe hinaus zum Ausgang. Die Tür schloß sich hinter ihm, als die ersten Töne, die Klage der unendlichen Weite der Steppe aufklangen. Der Türschließer eilte auf ihn zu.

»Ist Ihnen nicht wohl, Monsieur?« fragte er besorgt.

Leclerc schüttelte den Kopf. »Ein Schwächeanfall... nichts Ernstes... er geht schon vorbei...«

Er verließ das Konzerthaus und fuhr zurück zum Hotel.

So wird es nie gehen, dachte er, als er im dunklen Zimmer saß und aufs Meer starrte. Mit solchen Skrupeln vermauert man sich den Weg. Zum Teufel, was geht mich ein Donani an? Ich bin Jean Leclerc, und allein mein Leben ist wichtig.

Aber so sehr er sich bemühte, so zu denken – es blieb an der Oberfläche. Im Inneren sah er immer noch das traurige Gesicht des großen Donani, der nicht mehr lächeln konnte...

Der Morgen, an dem Dr. René Lombard mit der ersten Operation beginnen wollte, war ein sonniger Tag. Carola hatte tief und lange geschlafen und fühlte sich frisch und erholt. Dr. Lombard kam zu ihr aufs Zimmer, in der Hand eine große Mappe mit Fotos und Zeichnungen.

»Bevor wir anfangen, Madame«, sagte er und setzte sich an den Tisch, auf dem noch das Geschirr des Morgenkaffees stand, »müssen wir uns über die gewünschte neue Nasenform im klaren sein. Uns stehen für den südländischen Typ neun Formen zur Verfügung... von der Römernase bis zum süditalienischen Näschen.«

Carola lachte und warf einen Blick auf die Fotos und Zeichnungen.

»Ich überlasse das ganz Ihnen, Doktor«, sagte sie fröhlich.

»Dann bleibt sie so, wie sie ist.«

»Das ist das einzige, was nicht in Frage kommt. Machen Sie aus mir einen Typ à la Carmen.«

»Es ist eine Schande, Madame, wissen Sie das?«

»Wir wissen es beide, Doktor. Und trotzdem.«

»Darf ich noch einmal...«

»Nein!« Carola schüttelte energisch den Kopf. »Ich will etwas vergessen, und das muß endgültig sein!«

»Also dann... in einer Stunde im OP.« Dr. Lombard erhob sich und verließ mit einem Seufzer das Zimmer.

Carola nagte an der Unterlippe und faltete die Morgenzeitung zusammen. Auf der Anzeigenseite war eine umrandete Vorankündigung:

Festkonzert der Pariser Philharmoniker unter der Leitung von Bernd Donani.

Er kann schon wieder dirigieren, dachte sie bitter. So schnell vergißt er mich... Sie spürte einen Schmerz im Inneren und redete sich ein, daß ihr das alles gleichgültig sei.

So wenig habe ich ihm bedeutet. Sie zerknüllte die Zeitung. Aber so war es ja immer; er hat seine Musik und er hat sein Glas kalte Milch – größer ist seine Welt nie gewesen. Was bedeutet ihm schon seine Frau...?

Schwester Anne kam, um Carola auf die Operation vorzubereiten. Sie mußte einen hochgeschlossenen, weißen Kittel anziehen und die Haare unter einer weißen, eng anliegenden Haube verbergen. Dann wurde ihr Gesicht mit Alkohol gewaschen und die Nase mit einer orangefarbenen Flüssigkeit desinfiziert.

»Jetzt sehen Sie aus wie ein Clown, Madame«, lachte Schwester Anne. Das sagte sie jedesmal, um die Patienten aufzuheitern. Carola lachte nicht, ihr war in diesem Augenblick nicht zum Scherzen zumute. Sie strich mit beiden Händen über ihr Gesicht und nahm Abschied davon.

Über der Tür leuchtete ein rotes Lämpchen auf. Schwester Anne nickte. »Dr. Lombard wartet. Können wir, Madame?«

»Wir können«, sagte Carola fest.

Mit sicheren Schritten betrat sie den OP. Ein chromblitzender Tisch, zwei Ärzte, eine Schwester, ein offener Instrumentenschrank, über dem Tisch ein riesiger Scheinwerfer mit zwölf Birnen, ein Tisch mit Watte, Tupfern, Kompressen, ein Eimer... Sie blieb stehen, als sei sie plötzlich geblendet worden. Dr. Lombard kam langsam auf sie zu.

»Darf ich Ihnen auf den Tisch helfen, Madame?«

Carola nickte stumm. Ihre Stimme war in Angst versunken.

Was tue ich, dachte sie plötzlich. Mein Gesicht, was tue ich? Ist die Liebe das alles wert?

»Madame...«

Die Stimme Dr. Lombards riß sie herum.

»Ja?«

»Wenn Sie sich zu schwach fühlen...«

»Nein, Doktor.« Sie riß den Kopf hoch. Der alte Trotz brach wieder hervor. Sie setzte sich auf den OP-Tisch und ließ sich dann nach hinten auf die Gummiunterlage gleiten. »Ich... ich werde doch nicht vor der größten Stunde meines Lebens kapitulieren. Fangen Sie an!«

Sie schloß die Augen und spürte, wie man ihr ein Tuch über Stirn und Augen legte. Um ihre Handgelenke und Fußfesseln schlossen sich enge Lederschnüre. Dann spürte sie einen Einstich an der Nasenwurzel.

Die Narkose begann.

Es gab keine Carola Donani mehr.

Das Erwachen aus der Narkose war wie die Rückkehr aus einem seligen Traum in die Nüchternheit der Wirklichkeit.

Carola hatte wirklich einen ersehnten, zukünftigen Teil ihres Lebens geträumt: die Weite des Meeres, ein goldener Strand, wiegende Palmen, weiße Segel gegen azurblauen Himmel. Und eine Promenade, auf der sie, eine schöne, dunkle Frau von faszinierendem südländischen Reiz, Arm in Arm mit dem berühmten Geiger Jean Leclerc einherschritt, ihrer Schönheit und ihres Ruhmes bewußt. Und die anderen Spaziergänger grüßten sie, blieben stehen und sahen ihnen nach: Das ist er! Das ist sie! Mein Gott – welch ein herrliches Paar!

Es war der Traum einer Jungmädchenverliebtheit, ein jauchzendes Phantasieren voll jugendlicher Schwärmerei. Was an Sehnsucht in Carolas Herzen verborgen lag, brach in diesem Narkosetraum mit aller Glut hervor und zauberte Bilder voller Seligkeit.

Das Erwachen, das Hinübergleiten in den Alltag, war wie ein Losreißen aus einem Paradies. Dann spürte sie, innerlich noch mit dem Traum verbunden, daß sie in einem Bett lag, auf dem Rücken. Daß es schwer war, richtig zu atmen. Und daß von der Nase bis zur Stirn ein dumpfer, lastender Schmerz auf ihrem Gesicht lag.

Sie hob die Hand und wollte über ihren Kopf tasten, aber eine andere Hand hielt sie fest und drückte sie zur Seite weg.

»Ganz ruhig liegen«, sagte die freundliche Stimme von Schwester Anne. »Es stimmt, Sie haben den ganzen Kopf verbunden.«

In Carola stockte der Herzschlag. Der ganze Kopf, dachte sie. Warum der ganze Kopf...

»Ist... ist etwas danebengegangen...?« fragte sie heiser.

»Nein, Madame, aber nein. Es ist alles gut. Dr. Lombard ist sehr zufrieden.« Die Stimme Schwester Annes war beruhigend und sanft. »Sie brauchen sich gar keine Sorgen zu machen.«

»Aber warum hat man mir auch die Augen verbunden, Schwester?«

»Dr. Lombard hat in einem Arbeitsgang auch gleich den Augenschnitt und die Lider korrigiert. Die Nasenplastik war sehr einfach.«

»Und... und wie sehe ich aus?« Carolas Finger krallten sich

in das Bettlaken. Jetzt, wo es geschehen war, wo sie das Gesicht der Carola Donani endgültig verloren hatte, überfiel sie die Angst, verstümmelt zu sein.

»Nicht gut, Madame.«

»Nicht –«

»Noch nicht. Aber in vier bis sechs Wochen werden Sie wundervoll aussehen. In vier Tagen nehmen wir Ihnen die Augenbinde ab.« Schwester Anne schien zu lächeln. Sie kannte die Gedanken ihrer Patientinnen, es waren immer die gleichen. Und deshalb kam sie auch dem zuvor, was Carola sofort unternehmen wollte, wenn die Augenbinde fiel. »Aber einen Spiegel werden Sie nicht eher bekommen, Madame, als bis es Dr. Lombard erlaubt. Sie kennen Ihr altes Gesicht, und Sie sollen mit gleicher Freude Ihr neues Gesicht ansehen. Das Zwischenstadium ist nicht schön.«

»Ich werde vier Tage nichts sehen können?«

»Wenn Sie es wünschen, Madame, lese ich Ihnen alles vor, wofür Sie sich interessieren...« Carola hörte das Rascheln von Zeitungen. Sie wandte den verbundenen Kopf zu Schwester Anne und versuchte, in dem Verband eine kleine Ritze zu finden, durch die sie hindurchsehen konnte. Es war sinnlos, auf ihren Augen lagen dicke Zellstoffpolster.

»Die neuesten Zeitungen, Madame?«

»Bittc.«

»Und was? Mode, Kunst, Erzählungen...«

»Alles, nur keine Politik. Fangen wir... mit Kunst an.«

Wieder raschelte die Zeitung. Schwester Anne schlug den kulturellen Teil auf. »Da ist ein Bericht von einem Konzert,« sagte sie. »Es war gestern abend.«

»Lesen Sie... bitte!« Die Stimme Carolas ertrank in den dicken Verbänden. Das Konzert, dachte sie. Während er sein Orchester dirigierte, starb die Carola Donani wirklich unter einem Chirurgenmesser. Ob Bernd nach dem Konzert sein großes Glas Milch bekommen hat? Wer hat es ihm gebracht? Vielleicht Pietro Bombalo...

»Es muß ein festliches Konzert gewesen sein«, sagte Schwester Anne. »Der Kritiker ist voll Lob. Haben Sie schon von Bernd Donani gehört, Madame?«

»Nein«, sagte Carola leise. »Nie.«

»Er hat aber auch oft in Deutschland dirigiert.«

»Ich hatte nie Zeit, ein Konzert zu besuchen.«

»Dann soll ich etwas anderes vorlesen?«

»Nein, bitte, lesen Sie die Kritik. Ich möchte hören, was der Kritiker schreibt... es ist eine so... so fremde Welt für mich. Vielleicht werde ich später viele Konzerte besuchen... wer weiß...«

Schwester Anne räusperte sich und begann, die Kritik vorzulesen. Carola hatte unter dem Verband die Augen geschlossen und zwang sich, während die Worte auf sie niederfielen, anders zu denken, als sie fühlte. Er konnte wieder dirigieren, dachte sie. Er stand da, umgeben vom Glanz, lächelnd und heldisch wie immer, in einem Frack, der wie übergegossen wirkt, die weißen Haare etwas zerwühlt, künstlerisch dämonisch, spannungsgeladen. Wie sagte Bombalo einmal: »Ein Künstler ist ein Elektrizitätswerk von vielen tausend Volt! Das Publikum muß es spüren, schon wenn er heraustritt... es muß einen elektrischen Schlag bekommen!« Und dann nimmt er den Stab auf, das Orchester sitzt da wie eine Soldatenkompanie vor dem Angriff, er hebt den Kopf, etwas Caesarisches strahlt von ihm aus, er weiß, hinter ihm sitzen zweitausend Menschen, deren Puls schneller schlägt und deren Blutdruck steigt... der erste Takt... die erste Stufe zum neuen Triumph.

Ein Dämon, der den Tod seiner Frau weglegte wie eine abgespielte Partitur. Ein Massenmedium, das nach dem donnernden Dank seiner Hypnotisierten hinter der Bühne nach einem Glas Milch schreit. Wie widerlich, wie lächerlich war das alles...

Carola hob die Hand. Die Stimme Schwester Annes verstummte. Der Kritiker sprach gerade vom Zauber des Adagios.

»Bitte, lesen Sie etwas anderes. Ich interessiere mich doch nicht dafür. Es ist mir eine völlig fremde Welt.«

Die Zeitung raschelte wieder. »Die neue Mode, Madame?«

»Ja, bitte.«

»Die bevorzugten Farben des Winters werden Dunkelviolett und ein sattes Weinrot sein.«

»Weinrot ... wie schön. Es wird mir gut stehen ...«

Carola drehte den Kopf zur Seite. Ihre Stimme war klein und kläglich. Ob Bombalo ihm die Frackschleife geradegerückt hat, dachte sie. Aber das sieht er nicht, und er ist hinausgetreten und hat sich verbeugt mit schiefer Schleife ... Und niemand hat ihm dann noch den Schweiß von den Nackenhaaren getupft, damit der Frackhemdenkragen nicht durchweicht.

»Bitte, lesen Sie nicht weiter, Schwester«, sagte sie stokkend. »Ich bin müde ... ich ... ich kann nicht mehr folgen. Nachher wieder, ja?« Sie hob die Hand und suchte, bis Schwester Anne sie ergriff. »Ich danke Ihnen«, sagte Carola leise. »Sie sind so nett zu mir.«

Dann tat sie, als schlafe sie ein. Sie hörte, wie Schwester Anne vom Stuhl aufstand, etwas wegräumte, wieder raschelten ein paar Zeitungen, dann klappte die Tür leise zu. Sie war allein. Allein mit einem zerschnittenen Gesicht, das in vier oder sechs Wochen das Antlitz eines neuen Menschen sein sollte.

Und plötzlich weinte sie. Es war eine lange aufgestaute Erlösung.

Nach zwei Wochen intensiver Proben im Badezimmer seines Appartements im Hotel »Atlantic« fühlte sich Jean Leclerc stark genug, den Sprung an die Sonne zu wagen und den besten Impresarios und Konzertagenturen vorzuspielen.

Er hatte sich dazu eine Liste angelegt, die kreuz und quer durch Frankreich, Italien, der Schweiz und Deutschland führte. Zum Schluß, wenn alle Agenturen keinen Platz für Jean Leclerc haben sollten, wollte er es in England versuchen. Um einem frühzeitigen Skandal vorzubeugen, hatte er sofort an den Geldverleiher Hilman Snider geschrieben und ihm mitgeteilt, daß er die Straße des Ruhms beschritten habe. Er brauche jetzt von Snider nur eine kleine, geldlose Unterstützung – nämlich Geduld.

In den Wochen der Probenarbeit hatte Leclerc sehr zurückgezogen gelebt, soweit das in einem Luxushotel wie dem »Atlantic« möglich war. Vor allem hatte er sich bemüht, keine Blicke für die schönen Frauen zu haben, die, Abenteuer in den Augen, abends die Halle und den Gesellschaftssaal füllten und den eleganten Leclerc unverhohlen musterten, als sei er zu verkaufen. Auch mußte er sparsam sein, denn seine Rundreise zu den Impresarios würde fast das ganze Geld aufbrauchen, das ihm Carola überlassen hatte. Aber sein Plan war diesen Einsatz wert. Mit seinem Können würde er überzeugen.

Zunächst suchte er die Konzertagentur Parthou in Marseille auf. Sie hatte einen guten Namen und einige bekannte Violinvirtuosen unter Vertrag.

François Parthou war an diesem Tag solch guter Laune, daß er diesen Monsieur Leclerc selbst empfing. Eine Sekretärin führte ihn in ein riesiges Zimmer, in dessen Mitte ein weißer Konzertflügel stand. François Parthou, den Leclerc zunächst gar nicht bemerkte, kam aus einer Ecke des Saales hervor, wo ein kleiner Rokokoschreibtisch und drei Sesselchen standen. Sonst war der Riesenraum leer. Er schien um den weißen Flügel herum gebaut zu sein als gläserne Glocke, in der sich die Töne fangen sollten.

»Monsieur«, sagte Parthou und legte die Fingerspitzen aneinander. »Nach dem, was Sie da unter dem Arm quetschen, wollen Sie mir Geige vorspielen.« Seine Stimme war hoch und etwas schrill und paßte nicht zu dem napoleonischen Gesicht, dessen Ähnlichkeit er mit Ausdauer und Liebe pflegte.

»Ja.« Leclerc verbeugte sich. »Ich hatte mich angemeldet und...«

»Mein Sohn! Es melden sich bei mir wöchentlich hundert verkannte Genies an. Meistens wimmern sie in den Nebenräumen vor meinen Assistenten. Daß Sie heute gerade auf mich treffen, sollten Sie in Ihr Gebet als ganz große Gnade einschließen.« Parthou umkreiste Leclerc, als mustere er auf der Auktion in der Camargue einen Hengst. »Was wollen Sie vorspielen, junger Paganini?«

Leclerc atmete tief auf. Die Art, wie man ihn hier empfing, war noch arroganter und deprimierender als das professorale Wohlwollen, das Bernd Donani an den Tag gelegt hatte. Hier war nichts mehr von Interesse zu spüren. Es schien, als leiste sich François Parthou für diesen Tag einen Hofnarren, weil er so guter Laune war.

»Beethoven«, sagte Leclerc kurz. Parthou hob die Augen gegen die gestuckte Decke.

»Was haben Sie noch?«

»Paganini... Sarasate... Bartók... Bach...«

»Junger Mann!« Parthou schnaufte hell durch die Nase. »Sind Sie größenwahnsinnig? Mir scheint, Ihnen schwebt vor, ein zweiter Menuhin oder Ricci zu werden...«

»Allerdings«, sagte Leclerc leise.

»Allerdings! Man höre sich das an! Da kommt jemand aus der Dunkelheit, mit einer Fiedel unterm Arm und sagt: Werft den alten Oistrach weg – jetzt kommt Leclerc! Ich mache klimm-klimm, und die Welt wird fassungslos sein.«

»Sie haben mich noch nicht angehört, Monsieur Parthou.« Leclerc umklammerte seine Geige. Er spürte, wie seine Handflächen wieder schweißig wurden und wagte nicht, sie an den Hosen abzureiben, wie er es vor Donani getan hatte. Sie sind alle gleich, dachte er. Arrogant und erbarmungslos. Warum sind sie bloß so? Warum führen sie uns junge Künstler nicht den richtigen Weg? Warum müssen sie immer vor uns Gebirge auftürmen, deren Gipfel wir nie erreichen werden? Wie wird man denn berühmt, wenn sie alle schon vorher sagen: Du bist ein Stümper!

»Darf ich spielen?« fragte Leclerc mit belegter Stimme. Parthou nickte.

»Und was, bitte?«

»Den Walzer ›Wiener Blut‹...«

»Wie bitte?«

»Wiener Blut!« Parthou hob wie dirigierend beide Hände. »Junger Freund, das kennen Sie doch. Wiiiiener Blut... Wiiiiener Blut.«

»Ich wollte klassisch spielen, Monsieur.«

»Klassisch.« Parthou ließ seine Hände sinken. »Jean Leclerc... wenn ich Ihnen meine Kartei zeige, werden Sie lesen, daß gegenwärtig allein bei mir achtundvierzig klassische Geiger auf ein Engagement warten. Was ich dringend brauche, ist ein Kaffeehausgeiger. In der Bar des ›Océan‹ in San Remo. Wollen Sie, oder wollen Sie nicht? Im ›Océan‹ verkehren nur stinkreiche Nichtstuer. Und Frauen, mein Lieber, Frauen! So wie Sie aussehen, werden Sie auf Ihr Gehalt als Geiger nicht angewiesen sein.« Parthou drückte das Kinn an den Kragen. »Wo haben Sie bisher gespielt?«

»Im Pariser Philharmonischen Orchester –«

»Unter Donani?«

»Ja.«

»Und da sind Sie weg?«

»Ich wollte Solist werden.«

»Sie Wahnsinniger! Verläßt einen Donani! Leclerc, bei Ihnen ist eine Schraube locker!« Parthou hob wieder beide Hände. »Bitte, reden Sie nicht weiter. Setzen Sie Ihre Fiedel auch nicht ans Kinn. Ich will nichts mehr hören. Wer einen Donani verläßt, ohne Grund, nur weil er glaubt, er sei ein Genie... Leclerc... die psychiatrische Klinik ist Tag und Nacht für Neuzugänge geöffnet.«

Wortlos verließ Jean Leclerc den großen Agenten Parthou. Wieder, wie damals bei Donani, hatte er große Lust, seine Geige gegen die Wand zu schleudern und seine Wut in die Welt hinauszubrüllen. Aber nach der ersten Aufwallung sah er die Sinnlosigkeit ein... Er packte die Geige in den Kasten und verließ das erste Haus seiner Hoffnung.

Im Hotel »Atlantic« schrieb er an Carola einen langen Brief. »Du wirst jetzt einige Tage nichts mehr von mir hören, Chérie«, schrieb er am Ende, »denn ich habe eine große Überraschung vor, die ich Dir überreichen werde, wenn Du wieder aus der Klinik entlassen wirst und ich die Frau abhole, die mir von da ab ganz allein gehören wird. Glaub mir, daß ich die Tage, ja die Stunden zähle und daß ich abends allein im Zimmer sitze und meine Sehnsucht meiner Geige anvertraue. Ängstige Dich nicht, Liebste... ich bin ausgezogen, unsere Zukunft zu erobern.«

Er las den Brief noch einmal durch, fand ihn gelungen und

wußte, daß Carola ihm glauben würde. Dann bezahlte er seine Rechnung, ließ das große Gepäck im Hotel zur Aufbewahrung und reiste ab, nur mit seinem Krokodillederkoffer und seiner Geige.

Er fuhr zuerst nach Paris.

In Paris hatte man keine Zeit für ihn. Erst in vier Wochen.

Brüssel. Die Agentur bedauerte. Alles besetzt.

Den Haag. Besetzt. Amsterdam. Kein Interesse. Rotterdam. Nur Tanzmusik.

Er flog zurück nach dem Süden. Nach Mailand. Dort hörte man ihn an, nickte beifällig und sagte: »Wir nehmen Ihren Namen in die Kartei auf. Vielleicht ergibt es sich...«

Rom. Neapel. Palermo.

Freundliche Menschen, Impresarios, voll des Lobes und randvoll mit südlichem Temperament. Aber nirgendwo eine feste Anstellung, kein Vertrag, keine Chance, vor einem kritischen Publikum zu zeigen, was man konnte. Beppo Taducci in Neapel sprach es ganz deutlich aus.

»Mein Lieber«, sagte er und klopfte Leclerc auf die Schultern. »Sie sind talentiert. Sie haben das Zeug in sich, Solist zu werden. Aber... wissen Sie, was es kostet, einen unbekannten Mann aufzubauen? Die Saalmiete, die Plakate, die Anzeigen, das Orchester, die Pressekonferenzen... einmal, o Diabolo, mußte ich mit der Frau des Saalvermieters schlafen, um überhaupt den Saal zu bekommen. Was das kostet! Und dann sitzen vierzig Mann im Saal, davon zwanzig Freikarten. Wer soll das durchhalten?«

Leclerc klappte den Deckel seines Geigenkastens mit einem Knall zu.

»Warum, sagen Sie mir das bitte, managen Sie denn?« fragte er rauh.

»Bekannte Künstler, mein Junge.«

»Und wie wird man bekannt, zum Teufel?« schrie Leclerc. Beppo Taducci kratzte sich die Nase und dachte über dieses Problem nach. Schließlich antwortete er:

»Man muß Glück haben.«

»Wie kann ich Glück haben, wenn man alle Türen vor mir verriegelt?«

»Sie müssen sie aufbrechen.«

»Aber wie?«

Taducci hob die Schultern. »Wenn es dafür ein Rezept gäbe, bestände die Welt nur noch aus Virtuosen. Glück ist eben nicht greifbar. Dem einen hilft eine Frau mit Beziehungen, der andere wird so nebenbei entdeckt, der dritte wird ein Männerfreund... Es gibt viele Wege in der Kunst, mein Lieber. Solist werden ist eine Kunst für sich. Als Schauspieler, als Sänger, als Dirigent stehen Sie automatisch an der Rampe, aber der Sprung aus dem Orchester hinaus neben das Dirigentenpult, dafür gibt es noch keine Olympiamedaille wie beim Weitsprung.«

Die letzte Station Jean Leclercs auf dem Festland war Köln. Hier verwaltete der Konzertagent Hans Bartschleger den Ruhm weltbekannter Solisten, von der Harfenistin bis zum Oboevirtuosen. Jean Leclerc mußte wohl oder übel vier Tage warten, ehe er zum Vorspielen bestellt wurde. Er bezog in der Kölner Altstadt ein kleines Hotel und saß wieder auf der Toilette und übte und übte.

Dann war es endlich soweit. Hans Bartschleger empfing ihn mit großer Freundlichkeit und stellte ihn einigen anderen Herren vor. Leclerc drückte Hände, hörte Namen, die er nie behielt, sprach einige konventionelle Worte und bemühte sich, sicher aufzutreten und sein wieder aufkommendes Lampenfieber zu unterdrücken.

»Lauter Aufkäufer«, sagte ihm Bartschleger leise ins Ohr, bevor Leclerc zum Flügel ging, wo ein junger Mann auf ihn wartete. »Zeigen Sie, was Sie können. Ich habe gesagt, daß Donani Sie gefördert hat. Ein bißchen Wind muß man ja machen. Nun sind sie alle gespannt, was Donani da großgezogen hat. Blamieren Sie nicht mich, sich und den großen Meister. Geben Sie Ihr Bestes.«

Leclerc nickte stumm. Die Kehle war ihm wieder zugeschnürt. Wieder Donani, dachte er, und es überflutete ihn heiß. Immer Donani! Immer er! Er! Er! Ich komme aus seinem Bannkreis nicht heraus! Er verfolgt mich mein Leben lang. Er erwürgt mich, ohne einen Finger zu rühren. Er ist ein Schicksal, dem ich nicht entrinnen kann.

»Bitte!« sagte Hans Bartschleger laut. »Meine Herren... bitte. Jean Leclerc, der junge Virtuose, eine der größten Hoffnungen, die wir haben, ein Schüler Donanis, wird Ihnen jetzt den dritten Satz von Beethovens...«

Nein, wollte Leclerc schreien. Nein... ich spiele nicht! Der Schüler Donanis... Ich werde wahnsinnig. Ich schlage um mich... um mich... Laßt mich doch in Ruhe... ihr alle, alle... Donani wollt ihr hören, nicht mich... Laßt mich doch in Ruhe...

Er stand am Flügel, klemmte die Geige zwischen Kinn und Kragen und spannte noch einmal den Bogen. Vor seinem Blick verschwammen die Gesichter zu einem milchigen, rosafarbenen Brei.

Aus dem Flügel ertönte der Auftakt, die Einleitung des Orchesters zum dritten Satz. Machtvoll, rauschend, ein Beethovenscher Vulkan. Leclerc schloß die Augen. Er sah Donani vor dem Orchester stehen, seine Hände beschworen die Instrumente, aus seinen Fingern gebar er die Musik...

Jean Leclerc spielte.

Es war ihm, als verspiele er seine Seele.

In Stockholm gab es den ersten großen Krach zwischen Pietro Bombalo und Bernd Donani.

Das Konzert, zu dem sich die königliche Familie angesagt hatte, weigerte sich Donani zu dirigieren. Die Schuld traf allein Pietro Bombalo, und da er das wußte, waren sein Jammern und sein Geschrei besonders laut und anhaltend.

Begonnen hatte es damit, daß Donani Erschöpfungserscheinungen zeigte. Die drei letzten Konzerte in Kopenhagen, Göteborg und Oslo hatte er nur mit Mühe durchgestanden. Es war keine körperliche Erschöpfung, sondern, was viel schwerer wog, eine psychische Schwäche, die über ihn kam. Plötzlich starrte er seine entsetzten Musiker an, statt zu dirigieren, kam aus dem Takt und verzichtete darauf, mit dem Herausholen einzelner Stimmen seine berühmten Tongemälde zu errichten. Er stand einfach da, mit fast unbeweglichen Händen, starrte ins Leere und schien weder das Orchester zu sehen noch die Sinfonie zu hören. Er war einfach nicht mehr gegenwärtig.

»Der Fall ist ganz klar«, sagte Pietro Bombalo laut zu sich selbst, als er dieses Problem reiflich durchdacht hatte. »Alles klingt für ihn wie ein Trauermarsch. Er denkt zuviel. Vor allem denkt er zuviel an Carola. Das muß aufhören. Es wird unsere Aufgabe sein, ihn aufzuheitern.«

Für Bombalo war die Aufheiterung (genau wie das Wort) weiblichen Geschlechts. In Stockholm ließ er seinen Versuchsballon steigen. Unter einer Auswahl hinter verschlossenen Türen gehandelter blonder Schönheiten wählte er ein Mädchen aus, von dem er annahm, daß es Bernd Donani aus weiteren quälenden Erinnerungen reißen könnte.

»Du bist einfach da, mein Kind«, sagte er zu der blonden Schönheit. »Du gehörst einfach dazu, verstehst du? Und merke dir eins: Donani ist schüchtern. Man soll es nicht glauben, wenn man ihn so auf der Bühne stehen sieht, aber vor Frauen hat er einen Minderwertigkeitskomplex. Er wird dich von sich aus nie in die Arme nehmen, da mußt du schon nachhelfen.« Bombalo warf einen Blick auf die Figur des Mädchens und seufzte tief. »Man müßte Dirigent sein«, sagte er klagend. »Ich kann mich auf dich verlassen?«

»Das können Sie«, antwortete das Mädchen. Es hatte 500 Kronen Anzahlung bekommen.

Zwei Stunden später merkte Bombalo, daß man nicht alles managen kann und daß er die Grenze seiner Fürsorge weit überschritten hatte. Das Telefon schellte in seinem Zimmer, und als er abhob, hörte er nur:

»Kommen!«

Bombalo warf den Hörer zurück, als wäre er glühend heiß. Dann machte er sich langsam auf den Weg, fuhr mit dem Fahrstuhl dreimal hinauf und hinunter und sagte sich, daß man dem ersten Wutausbruch aus dem Wege gehen soll, ganz gleich mit welchen Mitteln.

Im Zimmer erwartete ihn Bernd Donani am Fenster. Er starrte hinaus auf das herrliche Panorama Stockholms. Das blonde Mädchen war nicht mehr anwesend, nur ein zerknautschtes Bett bewies, daß es die überzeugendsten Machtmittel einer Frau angewandt und dennoch die Schlacht verloren hatte.

»Maestro«, sagte Bombalo geknickt. Mehr nicht. Donani drehte sich um. In Bombalo quoll das Gefühl auf, als sei ein Magengeschwür geplatzt.

»Ich nehme an, daß Sie selbst wissen, was ab sofort zu geschehen hat«, sagte Donani in einem Ton, der kalt wie ein Eisblock war. Bombalo strich sich über den Kopf. Ihm war es, als läge der Block auf seinem Gehirn.

»Maestro –«, stotterte er.

»Das Konzert heute abend sage ich ab.«

»Nein!« schrie Bombalo. »Die königliche Familie kommt.«

»Das ist mir wurscht! Sie können ja dirigieren.«

»Das ist unser Ruin!« Bombalo kam auf Donani zu. Er breitete die Arme aus und streckte den Kopf vor. »Maestro, hauen Sie mir eine runter! Zerfleischen Sie mich, erwürgen Sie mich, tun Sie alles an mir, was Sie wollen – nur dirigieren Sie heute abend.«

»Nein.« Donani griff zu und zog Bombalo an den Rockaufschlägen nahe zu sich heran. »Mir eine Hure ins Bett zu legen... sind wir jetzt so weit? Du Schwein!«

»Ich wollte Sie aufheitern, Maestro.«

»Halt den Mund!« schrie Donani plötzlich. »Als was betrachtest du mich denn? Als deine Marionette? Jahrelang war ich blind, jahrelang habe ich geglaubt, alles geschähe nur darum, die Kunst zu verkaufen, weil sie sonst betteln ginge. Aber heute, heute weiß ich endlich, als was du mich ansiehst: als einen Hanswurst, als eine Kreatur aus der Retorte Bombalos. Ein Homunkulus der Musik bin ich, weiter nichts! Und ich habe Ideale gehabt... mein Gott, ich Schaf hatte einmal Ideale! Dreck ist das alles, mistiger Dreck, weiter nichts! Das sage dem König, wenn du heute abend vor die Musiker trittst: Bernd Donani dirigiert nicht mehr, weil seine Kunst durch das Bett einer Hure gehen muß! Verstanden?«

Bombalo schwieg. Es war sinnlos, in diesem Augenblick etwas zu erwidern. Er ließ sich gegen einen Sessel schleudern, setzte sich und beobachtete Donani, wie er wütend hin und her rannte.

»Was sitzt du noch hier herum?« schrie Donani und blieb vor Bombalo stehen. »Los, zahl die Eintrittsgelder zurück!«

»Das letzte Konzert, Maestro... ich schwöre, es soll das letzte sein. Aber nur noch diesen einen Abend vor dem König.«

»Nein! Das Panoptikum ist geschlossen. Der Wachskopf des Trottels Donani ist geschmolzen!«

»Soll ich ein Glas Milch...«

»Raus!« brüllte Donani. Pietro Bombalo schnellte aus dem Sessel und verließ schnell das Zimmer. Auf dem Gang sah er auf seine Uhr. Noch vier Stunden bis zum Konzert. Vier Stunden bis zur Katastrophe. Ein König, eine Königin und vier Prinzessinnen würde man nach Hause schicken wie unliebsame Bettler. Die Zeitungen in aller Welt würden diesen Skandal melden: Donani brüskierte den schwedischen König! Es war der Untergang eines Genies.

Bombalo tat das einzige, was er tun konnte: Er tat gar nichts. Eine Stunde vor Beginn des Konzerts ließ er durch den Zimmerkellner eine halbe Flasche Sekt auf das Zimmer Donanis bringen und war glücklich, als man ihm sagte, der Herr Generalmusikdirektor habe die Flasche angenommen und sich ein Glas einschenken lassen.

Vorsichtig, unter dem Vorwand, abzuräumen, schickte er noch zweimal den Zimmerkellner in Donanis Appartement und erfuhr, daß er sich den Frack angezogen und hilflos vor dem Spiegel gestanden habe und mit der Frackschleife kämpfe. Der Kellner hatte sie ihm schließlich korrekt gebunden.

Er dirigiert, jubelte Bombalo. Er dirigiert. Der Madonna sei Dank... sie hat drei dicke Kerzen verdient...

Kurz vor der Abfahrt zum Konzerthaus schickte Bombalo noch einmal den Kellner ins Zimmer. Donani saß am Tisch, fertig zum Weggehen, und studierte noch einmal die Partitur der »Eroica«. Bombalo atmete auf. Die große Nummer stand bevor... Donani würde das Podium betreten, sich verbeugen, den Ersten Konzertmeister begrüßen und dann mit einer eleganten Handbewegung die aufgeschlagene Partitur auf dem Pult zuklappen. So etwas kann man auswendig, sollte es heißen. Ich lebe mit Beethoven.

Bombalo war klug genug, nicht zusammen mit Donani zum Konzerthaus zu fahren. Er war schon da, als Donani eintraf und seinen Mantel einem Saaldiener zuwarf. Er ging an Bombalo vorbei, als sei dieser gar nicht anwesend, begrüßte einige Herren der Schwedischen Akademie der Künste und spielte mit seinen goldenen Manschettenknöpfen. Die ersten Blumenkörbe wurden bereits hereingetragen, die ersten Orchideenkästen... Bombalo hatte schon eine Liste in der Tasche, an welche Krankenhäuser und Altersheime er nach dem Konzert den Blumensegen weiterleiten sollte.

»Noch fünf Minuten, Maestro«, sagte Bombalo leise. Es war der erste Satz seit vier Stunden. Donani sah über ihn hinweg, dann wandte er sich um und ging – drei Minuten zu früh – hinaus zu seinem Orchester.

Beifall umrauschte ihn. Er verbeugte sich tief vor der königlichen Loge, wandte sich um, klappte die Partitur zu, nahm den Taktstock und brach ihn mitten durch.

Pietro Bombalo war es, als ginge die Welt mit einem Knall unter. Er wollte hinausstürzen, er wollte vor Donani auf die Knie fallen, vor zweitausend Menschen und einem König wollte er flehen: Nur noch dieses eine Konzert... bitte... bitte... Aber seine Beine waren wie mit Blei gefüllt und hielten ihn fest, als er einen Schritt nach vorn zur Tür versuchte.

Bernd Donani senkte den Kopf. Hinter ihm war eine fast völlige, wie gelähmte Stille. Unter den Wimpern hervor sah er die entsetzten, entgeisterten, bleichen Gesichter seiner Musiker, sah, wie die Mundwinkel des Ersten Konzertmeisters zuckten, als wolle er gleich losheulen, sah, wie die Bassisten ihre Instrumente umklammerten, als suchten sie Halt an ihnen.

Sie können nichts dafür, dachte Donani. Sie haben immer zu mir gehalten, in all den Jahren. Sie alle sind meine Freunde... sie lieben mich wirklich... ich kann sie jetzt nicht verraten und im Stich lassen.

Mit einem Ruck hob er den Kopf. Seine Arme schnellten vor, die Hände öffneten sich beschwörend, die Instrumente flogen empor, die Geigen, die Bläser, die Flöten...

Die »Eroica« begann, die Lobeshymne Beethovens an Napoleon.

Mit seinen bloßen Händen beschwor Donani die Kraft des Titanen.

Es wurde sein schönstes, sein bestes, sein reifstes Konzert.

Er war über sich selbst hinausgewachsen.

Jean Leclerc setzte die Geige ab.

Der rosafarbene, milchige Nebel löste sich auf... er erkannte die Gesichter wieder. Augen, die ihn anstarrten. Lippen, die sich vorwölbten. Fischgesichter, dachte Leclerc und senkte den Kopf. Sie sitzen da wie Fische ohne Wasser. Man braucht mir gar nichts zu sagen. Ich weiß, daß ich wieder versagt habe. Ihr alle habt mich fertiggemacht mit eurem verfluchten Donani.

Hans Bartschleger kam auf ihn zu und drückte ihm die Hand. »Sehr schön...«, sagte er, und für Leclerc klang es, als sei die Stimme weit weg, jenseits des Rheines, der draußen vor dem Fenster vorbeifloß. »Die Herren sind beeindruckt, soviel kann ich Ihnen schon sagen. Bitte, kommen Sie morgen wieder. Bestimmt gibt man Ihnen eine Chance.«

Wie auf Wolken, ohne das Gefühl, aufzutreten und zu gehen, verließ Leclerc das Zimmer. Fast unbewußt packte er die Geige in den Kasten, klemmte ihn unter den Arm und schwankte hinaus. Am Rhein setzte er sich auf eine Bank, schlug den Kragen hoch, weil er plötzlich fror, und starrte auf die träge vorüberziehenden Schleppkähne.

Er dachte an gar nichts. Er war wie leergebrannt, wie eine Nußschale, die der Wind vor sich hertrieb. Er sah die graugelben, schmutzigen Wellen des Rheins, hörte das Tuckern der Dieselmotoren auf den Schleppern, das Scheppern der Straßenbahn hinter sich und das quietschende Bremsen der Autos – und doch war alles wie in dicke Watte gepackt, Geräusche und Bilder hinter einer abschirmenden Glasplatte.

Ein Klirren neben ihm schreckte ihn auf.

Auf seinem Geigenkasten lag ein Geldstück. Ein schönes,

neues Geldstück. Er sah sich um und bemerkte zwei Kinder, die die Rheinpromenade heruntergingen und sich ein paarmal nach ihm umsahen.

Halt, wollte er rufen. Nehmt das Geld wieder mit. Ich bin kein Bettelmusiker... ich bin Jean Leclerc, der große Leclerc...

Aber dann lächelte er. Er steckte das Geld ein, klemmte den Geigenkasten wieder unter den Arm und ging weiter. An einer der Erfrischungsbuden am Rhein kaufte er sich für die blanken fünfzig Pfennige eine Rolle saurer Drops und lutschte sie auf dem Weg zum Hotel in der Altstadt.

Morgen, dachte er. Morgen soll ich wiederkommen... Man will mir eine Chance geben...

In dieser Nacht schlief er nicht. Er saß am Fenster, sah auf die enge Straße, beobachtete das Hin- und Herpendeln der Straßenmädchen, rauchte und trank Wasser und dachte: Hier ist Köln wie Paris. Wie sich doch alle Städte in der Armut gleichen! Und er spürte so etwas wie Stolz, daß es vielleicht die letzte Nacht sein würde, in der ein unbekannter Jean Leclerc am Fenster eines kleinen Hotels saß und den Dirnen zuschaute.

Mit dem neuen Tag sollte das neue Leben beginnen...

Hans Bartschleger empfing Leclerc am nächsten Morgen sofort. Er schüttelte ihm kräftig die Hände und war in bester Stimmung. »Ein Erfolg!« sagte er freudig. »Ein Erfolg auf der ganzen Linie! Wir haben vier Angebote bekommen!«

»Vier?« sagte Leclerc überwältigt. Sein Herz wurde schwer vor Glück.

»Sie machen Ihr Glück, habe ich das nicht immer gesagt? Und nun hören Sie mal zu, was ich Ihnen anzubieten habe. Sie können es sich aussuchen, eins ist so gut wie das andere.« Bartschleger nahm eine neu angelegte Karteikarte mit dem Namen Leclerc aus einem Kasten und schwenkte sie in der Luft. »Ich sage Ihnen die Angebote, bevor wir einen Vertrag gemacht haben. Ich halte Sie für einen ehrlichen Mann. Der Vertrag ist schon geschrieben, Fräulein Seiferth bringt ihn gleich rein. Und nun fangen wir an... Nummer 1: Orchester Orlando, Tivoli Kopenhagen, die ganze Saison. Gage monatlich 200 Dollar.« Bartschleger sah Leclerc strahlend an. »Wir machen die Verträge immer auf Dollarbasis, das erleichtert die Abrechnung bei den Auslandsgastspielen.«

Leclerc fühlte sich wie in einem eisigen Wasser schwimmen. »Tivoli Kopenhagen...«, sagte er leise. »Orlando...«

»Da staunen Sie, was? Können setzt sich eben durch! Und wir haben die besten Manager als Geschäftsfreunde. Aber weiter. Nr. 2: Orchester des Opernhauses Brüssel. Mit Solo-Verpflichtung. Denken Sie bloß an das Violinsolo in der Operette ›Paganini‹... Nr. 3: Orchester des Staatlichen Rundfunks Amsterdam. Nr. 4, das ist ein Knüller: Geiger bei der internationalen Schaukapelle Tommy Felten... Sie kennen die Feltens ja vom Fernsehen.«

Jean Leclerc hob die Hand, der Redestrom Bartschlegers verebbte. »Ich dachte, ich könnte...« Leclerc schluckte mehrmals. »Als Solist, meine ich... auf dem Konzertpodium... mit einem namhaften Orchester...«

»Das kommt alles. Erst muß man eine Plattform haben.«

»Bei Tommy Felten –«

»Es sind 250 Dollar, Herr Leclerc.«

»Aber ich kann doch etwas!« schrie Leclerc plötzlich. »Ich habe doch bewiesen, daß ich spielen kann! Ich habe Bach studiert... Brahms... Tschaikowskij... ich kann doch etwas.«

»Wer zweifelt das denn an?« Hans Bartschleger wedelte mit der neuen Karteikarte, als sei es tropisch heiß im Zimmer. »Denken Sie an Paganini, der fing als Jahrmarktsgeiger an.«

Am Abend verließ Jean Leclerc den Kontinent und flog von Köln-Wahn aus nach London. Er hatte noch 720 DM in der Tasche. Aber leerer als sein Portemonnaie war sein Herz. Es war wie gestorben. Nur ein Gedanke beherrschte ihn, und es war das bitterste, was ein Mensch denken kann: Ich hasse diese Welt, dachte er. Zum letztenmal, in London, werde ich mich bemühen, ehrlich zu sein. Ich weiß, auch dieses letzte Mal wird sinnlos sein. Die Welt will betrogen werden! Nur der Skrupellose erreicht das Ziel seiner Wünsche. Nicht den Bettler achtet man, sondern den Dieb. Mit

London werde ich den letzten Rest des guten Menschen in mir begraben. Ich werde zum Raubtier werden, man will es ja nicht anders.

Es war Nacht, als er in Croydon landete. Ein Zubringerbus brachte ihn nach London.

Auch in dieser Nacht schlief Jean Leclerc nicht. Er machte sich gar nicht die Mühe, in Soho oder Whitechapel ein Hotelzimmer zu suchen.

Zum erstenmal in seinem jungen Leben soff er, bis er umfiel. Und er fand es herrlich.

Mit äußerster Vorsicht und einem künstlerischen Fingerspitzengefühl veränderte Dr. Lombard in täglichen kleinen Operationen das Gesicht Carola Donanis. Er raffte die Gesichtshaut, er veränderte den Brauenschwung, er nahm winzige Knorpelstückchen aus den Ohren und formte sie um. Dann – als letztes, gewissermaßen als Generalprobe – ließ er die Haare schwarz färben und sie nach spanischer Art frisieren.

»Herrlich!« sagte Schwester Anne, als Carola unter der Trockenhaube hervorkam. »Sie sind wirklich ein ganz neuer Mensch, Madame.«

Carola schwieg. Die Erregung machte sie stumm. Sie wandte den Kopf, suchte nach einem Spiegel. Aber nirgendwo entdeckte sie eine blanke Scheibe. Selbst die Fenster waren aus Milchglas und spiegelten nichts wider.

»Noch eine Woche, Madame.« Dr. Lombard betrachtete sie wie ein Maler sein fertiges Gemälde, kritisch, in der Hoffnung, durch Aufsetzen einiger Lichter noch mehr an Wirkung herauszuholen. »Noch ahnt man die Narben hinter den Ohren und an den Nasenseiten. In einer Woche ist es so weit, daß man durch ein leichtes Make-up die letzten Spuren überdecken kann.«

»Und wie... wie sehe ich aus, Doktor...«, fragte Carola kaum hörbar. Dr. Lombard hob die Hand und führte Zeigefinger und Daumen an die Lippen.

»Unbeschreiblich! Carmen war ein Dorftrottel dagegen.«

»Wirklich?«

»Mein Ehrenwort!«

Carola sah Dr. Lombard zweifelnd an. Er log nicht, sie erkannte es an seiner ehrlichen Begeisterung.

»Ich... ich werde nicht vor mir erschrecken, Doktor?« fragte sie noch einmal. Dr. Lombard wurde plötzlich ernst und nickte.

»Doch, Madame.«

»Doch?«

»Sie haben die Erinnerung an Ihr früheres Ich, und wenn Sie sich in einer Woche wiedersehen werden, ist es nicht mehr Ihr Gesicht. Und doch ist es Ihr Gesicht. Das zu begreifen, das anzuerkennen, erfordert die Überwindung eines Schocks. Sie werden sich an sich selbst erst gewöhnen müssen.«

»Es wird nicht so schwer sein, Doktor.« Carola lächelte verkrampft. In den vergangenen Wochen hatte sie sich immer diese Minute vorgestellt: Ich werde einen Spiegel bekommen, ich werde ihn vor mein Gesicht halten, und mir wird eine fremde Frau entgegensehen, die meine Stimme hat, meine Worte spricht, die Lippen nach meinen Sätzen formt... Ich werde mich ansehen und mich betrachten, als begegnete ich einer Fremden. Und ich werde mir immer vorsagen müssen: Du bist es. Du bist es. Du bist so, wie es dir der Spiegel zeigt. Und du bist nie anders gewesen.

Die Woche, die Dr. Lombard angekündigt hatte, verlängerte sich auf zehn Tage. Carola nahm alle Geduld zusammen. Sie schlief jetzt viel. Dr. Lombard ließ ihr ins Abendessen immer ein geschmackloses Schlafmittel geben, von dem sie nichts wußte. Die Nerven sollten sich entspannen. Der Tag, an dem sie in den Spiegel sah, würde mehr an Kraft verbrauchen, als sie im Augenblick besaß.

Von Jean Leclerc war wieder ein Brief gekommen. Nach langen Wochen endlich ein Brief. Er wohnte wieder im »Atlantic« und schrieb zärtlich von seiner Sehnsucht. Wo er gewesen war, sagte er nicht. Er schrieb nur, daß er Geld brauche, und Carola schickte ihm noch mal 2000 Francs.

Es war ein trüber Spätherbstmorgen, als Dr. Lombard und Schwester Anne nach dem Frühstück zu Carola ins Zimmer kamen. Schwester Anne trug unter dem Arm ein rechteckiges Etwas: einen Holzrahmen, auf der Rückseite billige, gelbe Pappe. Carola sprang von ihrem Stuhl. Ihr Herz machte ein paar heiße, den ganzen Körper durchflutende Schläge.

»Der... der Spiegel...«, sagte sie leise. Sie lehnte sich gegen die Wand, sie fühlte, wie ihre Knie einknickten. Dr. Lombard nickte und setzte sich auf das Bett.

»Wir hatten den Mut, Madame, das Gesicht zu verlieren... haben wir nun auch den Mut, das Gesicht wiederzufinden.«

»Kann... kann ich es nicht allein ansehen...«, sagte Carola kaum hörbar.

»Ich möchte Ihnen beistehen, Madame.«

»Ich bin stark genug, mich anzusehen.«

»Ich befürchte einen Schock.«

Carola schüttelte den Kopf. »Nein, Doktor, bestimmt nicht! Ich habe mich innerlich auf diese Minute vorbereitet. Sie mußte ja einmal kommen, man kann ihr ja nicht ausweichen. Bitte, Doktor: Lassen Sie mich allein mit dem Spiegel.«

Dr. Lombard zögerte. Dann nickte er Schwester Anne zu. Sie legte den Spiegel mit dem Glas nach unten auf den Tisch und ging hinaus. Dr. Lombard drehte sich an der Tür noch einmal um.

»Ich stehe draußen auf dem Flur zu Ihrer Verfügung, Madame. Bitte, läuten Sie, wenn Sie mich brauchen.«

»Danke, Doktor. Danke.«

Die Tür fiel zu. Carola war allein. Die größte, schrecklichste, schwerste Minute ihres Lebens lag in ihrer Hand. Sie starrte den Spiegel an und zögerte. Mit beiden Händen tastete sie über ihr Gesicht... sie fühlte die Nase, die Ohren, die Augenbrauen, die Wimpern... alles fühlte sich so an wie immer, wie früher... und doch war es anders, war es ein anderes, neues Gesicht.

Sie setzte sich und ergriff mit beiden Händen den hölzernen Spiegelrahmen.

Jetzt, sagte sie sich. Jetzt! Ein Ruck nur und du siehst dich, wie du von heute ab immer sein wirst. Es hat keinen Sinn, Angst zu haben... es war dein Wille.

Carola schloß die Augen. Sie preßte die Lider ganz fest aufeinander und hob mit zitternden Händen den Spiegel hoch. Sie stellte ihn aufrecht auf den Tisch und hielt ihn umklammert, als müsse sie sich an ihm festhalten.

Jetzt steht er richtig, dachte sie. Jetzt steht er genau vor meinem Gesicht.

Langsam, ganz langsam öffnete sie die Augen.

Es war nur ein kurzer Blick, ein Wimpernzucken. Dann schloß sie die Augen wieder und lehnte die Stirn gegen die kalte Glasfläche des Spiegels.

Schwarze Haare, dachte sie... mandelförmige Augen... eine kleine, gerade Nase, zierlich, mit einem schmalen Sattel... sie hatte das alles in diesem kurzen Wimpernzucken gesehen, so wie die Grellheit einer Explosion ins Auge fällt. Und noch etwas hatte sie gesehen... eine fremde Frau, ein völlig unbekanntes Gesicht... ein Gegenüber, zu dem man nicht die geringste innere Verbindung hatte.

Wie lange Carola Donani so vor dem Spiegel gesessen hatte, wußte sie nicht. Sie spürte nur, daß sie weinte und daß die Tränen über die blanke Spiegelfläche liefen und sich über der Oberlippe sammelten. Da wandte sie sich ab, um dieses fremde Gesicht nicht jetzt zu sehen, in diesem Augenblick völliger seelischer Auflösung, sprang auf, lief zum Waschbecken und wusch sich die Augen. Dann stand sie am Fenster und starrte hinaus in den verwilderten Park der Villa und strich mit den Fingerspitzen wieder über die Nase, die Augen, die Brauen, die Lippen, die Ohren, den Hals.

Hinter ihr klopfte es an die Tür. Dr. Lombard hatte auf eine Reaktion gewartet; als sich im Zimmer nichts rührte, wurde er ungeduldig und nervös.

»Ja?« sagte Carola schwach. Dr. Lombard und Schwester Anne traten ein. Sie sahen beide auf den Handspiegel – er lag mit der Glasseite nach oben. Dr. Lombard atmete auf. Sie hat sich angesehen, dachte er. Und sie ist ruhig.

»Madame –«, sagte er mit seiner gütigen Stimme, die mehr zu einem Psychiater paßte als zu einem kosmetischen Chirurgen. »Man muß sich daran gewöhnen –«

»Ich will es versuchen, Doktor.« Carola lächelte gequält.

»Wie finden Sie sich?« Dr. Lombard nahm den Handspiegel vom Tisch. In Carolas Augen trat ein gehetzter Ausdruck. Wenn er jetzt mit dem Spiegel zu mir kommt, flüchte ich, dachte sie. Ich springe aus dem Fenster in den Garten. Ich kann mich noch nicht sehen. Ich kann es einfach noch nicht.

»Sie müssen zugeben, daß Prosper Mérimée an solche Schönheit dachte, als er seine ›Carmen‹ schrieb.« Lombard versuchte, mit Schwärmerei den sichtbaren Schock Carolas zu lockern. Selbst für ihn, unter dessen Händen dieses neue Gesicht geboren war, war es unheimlich, wenn er das Foto, das er von Carola vor den Operationen gemacht hatte, verglich mit dem Kopf, der jetzt im vollsten Sonnenlicht stand – der Kopf einer Südländerin mit all der Faszination, die unter südlicher Sonne gedeiht.

Er legte den Spiegel auf das Bett. Carola atmete auf.

»Wann... wann kann ich entlassen werden...?«

»In fünf Tagen, Madame.«

»Ich werde abgeholt.«

»Das nehme ich an.« Dr. Lombard legte die Hände aneinander. »Ich möchte vorschlagen, Madame, daß ich den Herrn vorher in meinem Zimmer über das aufkläre, was ihn erwartet. Männer sind von einer seltsamen Dummheit in solchen Situationen. Sie stehen herum, starren mit offenem Mund, zeigen überdeutlich, wie vor den Kopf geschlagen sie sind. Alle Würde des Überlegenen schwindet dahin. Es ist wirklich peinlich, wie sie sich benehmen. Ich erlebe es immer wieder, und dabei handelt es sich meist nur um kleine Korrekturen, nicht um eine so weitgreifende Umwandlung wie bei Ihnen, Madame.«

Carola schüttelte den Kopf. »Danke, Doktor... aber ich möchte es nicht...«

»Was?«

»Daß Sie Jean vorher aufklären.«

Dr. Lombard hob die Schultern. Jean hieß er also, dachte er. Zum erstenmal nennt sie vor mir diesen Namen. Jean, für den sich eine schöne Frau noch schöner macht. Ein Opfer, das sich vielleicht nie lohnen würde... eine Illusion, die in ein paar Jahren weggeblasen sein wird wie eine schillernde Seifenblase vom Wind.

»Er wird Sie nicht erkennen, Madame«, sagte Dr. Lombard vorsichtig.

»Das soll er auch nicht.«

»Ich verstehe nicht...«

»Ich will sehen, wie er mich ansieht, bevor er erkennt, daß ich es bin. Er soll kein Theater spielen vor mir. Er soll mich so ansehen, wie er eine Frau betrachtet, die ihm gefällt. Oder die ihn gleichgültig läßt.«

»Und was erwarten Sie, Madame?«

»Ich... ich weiß es nicht.« Das klang wieder kläglich und unendlich hilflos. Dr. Lombard verspürte Mitleid mit dieser Frau, die so kühn war, eine Illusion an der Wirklichkeit zu messen.

»Sie haben Angst, Madame?«

»Ja«, sagte sie ehrlich. »Ich weiß nicht, was ich tun werde, wenn er an mir vorbeisieht wie an einer Alltäglichkeit.«

»Vielleicht sollte ich doch vorher mit Monsieur Jean...«

»Nein! Nein!« Carola hob beide Hände in Abwehr.

Dr. Lombard setzte sich auf die Bettkante und spielte mit dem Handspiegel. »Sie haben ein großes Opfer gebracht, Madame, für eine Liebe, die in Ihrem Herzen die Erfüllung Ihres Lebens bedeutet.«

»Ja...«, sagte Carola leise und lehnte sich gegen die Wand.

»Wir waren in all den Wochen immer ehrlich zueinander, seien wir es jetzt auch. Ich habe Ihnen geholfen – für 30 000 Francs natürlich – eine neue Idealwelt aufzubauen mit dem Wegzaubern des Letzten, was Sie an die vergangene Welt erinnerte. Ihr Gesicht. Nun, nach diesem ersten Schritt ins Unabänderliche, müssen Sie den Mut haben, die Illusion weiterzuspinnen – auch dann wenn dieser Monsieur Jean – ich beneide ihn, daß er eine solche Kraft über eine Frau wie Sie besitzt – im ersten Augenblick des Wiedererkennens erschrecken oder sich dumm benehmen wird. Es ist das Vorrecht der Männer, in solchen Fällen miserabel zu reagieren, weil sie in der Kenntnis der weiblichen Seele reine Analphabeten sind. Ertragen Sie es mit Ruhe und Würde,

Madame. Wir alle wissen, welche Schönheit Sie mitbringen... und, seien wir ganz hart in unserer Vertrautheit: Die erste Nacht wird alle Probleme lösen.« Dr. Lombard lächelte mokant. »Die Sünde ist der beste Emulgator.«

Carola Donani schwieg. Sünde, dachte sie. Es ist eigentlich ein primitives Wort für die Himmel und Höllen, die unsere Seelen durchwandern können. Ein kindliches Wort, eine Bibelvokabel; aber welch eine Welt steckt dahinter, wieviel Teufelei und wieviel paradiesische Herrlichkeit. Gott hätte uns kein Herz geben sollen, und in diesem Herz kein Gefühl. Es wäre der beste Schutz vor der Sünde gewesen. Aber so...

Dr. Lombard erhob sich und legte den Spiegel auf das Bett zurück. »Sie können auch schon in drei Tagen entlassen werden, Madame...«

»Nein!« Carola sah zu dem Spiegel. Die Sonne blitzte in ihm und blendete sie. »Ich muß mich erst an mich selbst gewöhnen, ehe ich andere an mich gewöhnen kann.«

Dr. Lombard zwinkerte Schwester Anne zu und verließ mit ihr das Zimmer. Auf dem Flur knöpfte er seinen weißen Kittel auf, als sei es ihm zu heiß geworden.

»Bleiben Sie in der Nähe, Anne«, sagte er. »Oft kommt die Reaktion später. Halten Sie auf jeden Fall eine Injektion mit Cardiazol bereit. Ich glaube nicht an diese starre Ruhe... sie ist mir zu steinern.«

Die Sorgen Dr. Lombards waren unbegründet. Carola Donani zeigte eine Haltung, die Bewunderung verdiente. In der Stille ihres schönen Zimmers bereitete sie den Weg in das neue Leben vor, so wie man eine lange Reise um die Welt plant und alle Möglichkeiten, die sich ergeben könnten, in den Vorbereitungen einschließt.

Sie mietete durch einen Makler ein kleines Haus an der Riviera, südlich Cannes, ein Haus auf einem Felsen über dem Meer. Das Nest eines Liebesvogels, wie der Makler poetisch und prophetisch sagte. Sie brauchte das Haus nicht vorher zu sehen, sie nahm es in Besitz, weil es in kurzer Zeit doch den Hauch ihrer Persönlichkeit ausströmen würde.

Sie schrieb an einen Juwelier in Nizza, den sie von einigen Gastspielen Donanis in Monaco her kannte und bot ihm einen Teil ihres Schmuckes an. Sie beschrieb die Steine genau und mit Fachkenntnis und nannte auch den Wert, wie er auf der internationalen Diamantenbörse gehandelt wurde. Von diesem Preis bot sie einen Kaufnachlaß von 20 Prozent.

Zuletzt schrieb sie an Jean Leclerc ins Hotel »Atlantic«.

»Liebster!« schrieb sie.

»Du kannst mich übermorgen abholen. Ich werde um drei Uhr nachmittags aus dem Tor kommen und Dich umarmen. Ich verrate Dir nicht, wie ich aussehe. Ich weiß, die Augen Deiner Liebe werden mich sofort erkennen. Ich küsse Dich! Wenn die Sehnsucht den Himmel aufreißen könnte, die Welt ginge heute unter... Wie kann man nur so lieben?«

Jean Leclerc bekam diesen Brief ausgehändigt in einer peinlichen Situation. Die Geschäftsführung des Hotels »Atlantic« hatte ein Schreiben bekommen. Einen Warnbrief aus London. Absender ein gewisser Hilman Snider. Er warnte die Geschäftsleitung vor dem Betrüger Jean Leclerc, der sich als großer Geiger ausgebe und nichts sei als ein kleiner Ganove.

Der zweite Direktor des »Atlantic« maß dem Brief, so selten Schreiben solcher Art in diesem Hause waren, immerhin so viel Bedeutung bei, daß er Jean Leclerc zu sich ins Büro bat. Auch ein Krokodillederkoffer und das Aussehen eines Gentleman können täuschen. Ohne Kommentar, höflich, ein Spieler des Fairplay, legte er Jean Leclerc den Brief vor.

»Bitte, Monsieur«, sagte er dabei. »Es ist meine Pflicht, Sie darüber zu informieren. Ich wäre Ihnen dankbar, wenn Sie mich Ihrerseits informieren wollten.«

Leclerc las zunächst die Unterschrift. Hilman Snider. Ein schwaches Lächeln huschte über seine schönen, weichen Züge. Die schwarzen Locken fielen ihm in die Stirn. Eine Frau mit mütterlichen Ambitionen hätte ihn jetzt in den Arm genommen und gestreichelt.

»Snider–«, sagte er gedehnt. »Verbrennen Sie den Wisch!«

»Sie kennen den Absender, Monsieur?«

»Sehr gut sogar. Ein alter Giftzwerg!«

»Welchen Grund hat er, uns so etwas zu berichten?«

»Ich bin fünfundzwanzig Jahre, Monsieur, und Hilman Snider ist neunundfünfzig. Wie würden Sie reagieren, wenn Sie als Sechziger eine Zwanzigjährige lieben und sie an den Fünfundzwanzigjährigen verlieren...?«

Jean Leclerc lächelte breit. Er hatte das Herz getroffen, und zwar dort, wo es bei jedem Franzosen verwundbar war. Nichts versteht ein Franzose mehr als alle Komplikationen, die sich mit Frauen ergeben können. Der zweite Direktor faltete den Brief gedankenvoll zusammen.

»So etwas ist schmerzlich«, sagte er verschlossen. »Aber wieso...«

»Sie haben Angst um die Rechnung?« Leclerc griff in die Brusttasche. Es war eine schnelle, sichere Bewegung. Sein Gesicht wurde plötzlich hochmütig. »Wenn es so ist, Monsieur: Ich bezahle im voraus. Aber nur für zwei Tage. In einem Haus, das Schmierfinken mehr traut als seinen Gästen, fühle ich mich nicht gut aufgehoben. Wieviel macht es? Lassen Sie bitte die Rechnung ausstellen.«

Der zweite Direktor nagte an der Unterlippe. Er war im Zweifel. »Monsieur«, sagte er begütigend, »ich verstehe die Peinlichkeit dieser Situation. Ich hatte Sie auch nur gebeten, klärend bei der Beurteilung des Briefes zu sein. Ich wäre unglücklich, wenn Mißverständnisse...«

»Wieviel?« sagte Leclerc steif und mit hartem Gesicht. »Mein Gepäck ist schnell gerichtet.«

In diesem Moment kam der Brief Carolas. Ein Boy brachte ihn auf einem silbernen Tablett. Jean Leclerc zerriß den Umschlag und überflog die wenigen, seligen Zeilen. Sichtbar atmete er auf und faltete den Brief langsam und mit bedeutungsvollem Lächeln zusammen. Der zweite Direktor sah ihm erwartungsvoll zu.

Endlich, dachte Leclerc. Endlich...

»Ich werde bleiben müssen«, sagte er äußerst gönnerhaft. »Soeben habe ich die Nachricht bekommen, daß ich von

Bekannten hier aufgesucht werde.« Er steckte das Schreiben in die Rocktasche und drückte das Kinn an den Kragen. »Trotzdem können Sie die Rechnung fertigmachen lassen und mir aufs Zimmer schicken. Ich liebe absolute Klarheit.«

Ohne eine Antwort abzuwarten, verließ er das Direktionsbüro. In der großen, palmengeschmückten Hotelhalle atmete er noch ein paarmal tief durch und zwang sich, den leichten Schimmer kalten Schweißes nicht von seiner Stirn zu wischen. Man hätte es beobachten können.

Jean Leclerc hatte zu dieser Stunde noch 110 Francs in der Tasche.

Der Entlassungstag, ein Mittwoch, war kühl und herbstlich. In der Nacht hatte es geregnet, und nun hing die Feuchtigkeit an den Bäumen und auf dem Mauerwerk, die Erde roch herb nach Moos und Humus. Ein grauer Himmel lag über Marseille, das sonst azurblaue Meer sah schmutzig und feindselig aus.

Dr. Lombard hatte den Rest seines Honorars kassiert. Er schob die 20000 Francs in die Schublade seines Schreibtisches, als sei es Altpapier. Sie würden nicht lange darin liegenbleiben. Ein neues Massagegerät war angekommen, eine Ultraviolett-Strahllampe war angekündigt – was sind da 30000 Francs?

»Ich wünsche Ihnen alles Glück, das Sie erhoffen, Madame Burger«, sagte er, als er Carola den letzten Dienst der Klinik erwies und die Fotos des neuen Gesichts über den Tisch schob. Carola Donani mußte sich erst besinnen, daß sie für Dr. Lombard ja Magda Burger hieß, wohnhaft in Gießen, ehe sie lächelnd dankte und die Fotos in die Hand nahm.

Es ist ein merkwürdiges Gefühl, Bilder eines völlig fremden Gesichts anzusehen und zu sagen: Das bist du. Dein Auge kann sich nicht irren, der Spiegel kann verzerren – die Linse der Kamera ist unbestechlich.

So siehst du aus, so und nicht anders. Und so mußt du jetzt immer bleiben. Du wirst altern, natürlich, Falten werden sich in die Haut graben, aber auch im Alter werden dies jetzt deine Ohren sein, deine Nase, dein Kinn...

»Monsieur Jean ist noch nicht angekommen«, sagte Dr. Lombard, als Carola ihren Mantel zuknöpfte.

»Er wartet draußen.«

»Draußen?« Dr. Lombard hob die Augenbrauen. Seit wann läßt man seinen Geliebten draußen vor der Tür warten wie einen Hund? Was ist das für eine Frau? Carola schien seine Gedanken zu erraten und stellte den Kragen des Mantels hoch. Draußen vor den Fenstern tropfte die Feuchtigkeit von den Bäumen.

»Ich weiß, Sie denken jetzt: Diese Frau ist ein Rätsel. Lieber Doktor, jede Frau ist es. Leben Sie wohl!«

»Wir sehen uns nicht wieder?«

»Ich glaube kaum. Ich werde Marseille spätestens übermorgen verlassen.« Sie sah auf die Koffer, die neben dem Schreibtisch Dr. Lombards standen. »Das Gepäck schicken Sie bitte zum ›Atlantic‹.«

»Auf den Namen Burger?«

»Nein, auf Jean Leclerc.«

»Leclerc.« Dr. Lombard sah Carola mit nachdenklichen Augen an. »Ich habe Ihnen ein neues Gesicht gegeben, Madame. Darf ich mir als Ihr Arzt die Freiheit herausnehmen, offen mit Ihnen zu sprechen.«

»Ich denke, das haben Sie immer getan, Doktor.«

»Ich rate Ihnen ab, Madame...«

»Ach –«

»Ich warne Sie vor dem, was Sie tun wollen. Es könnte mir gleichgültig sein, aber ich habe Sie in den vergangenen Wochen beobachtet: Sie reißen sich von etwas los, von dem Sie innerlich gar nicht loskommen können. Sie spüren das, und Sie wollen sich zwingen, es nicht zu spüren. Dabei werden Sie sich aufreiben, Madame. Man kann Realitäten nicht verscheuchen, indem man in Träume flüchtet. Aus Träumen muß man einmal erwachen, und das ist schrecklich.«

»Ich weiß nicht, was Sie wollen, Doktor«, sagte Carola steif. »Ich brauche keine Warnungen.«

»Wohin kann ich Ihnen schreiben, Madame?«

»Warum?«

»Ich möchte den Kontakt nicht abreißen lassen.«

»Aber ich.« Carola nahm ihre Handschuhe. Ihre Stimme war hart und fast unhöflich. Dr. Lombard nahm es ihr nicht übel; er ahnte, wie es in ihrem Inneren aussah, jetzt, in dieser Stunde, da sie den ersten Schritt hinaus in das neue, gewollte Leben treten würde.

»Sie wollen mir Ihre künftige Adresse nicht geben, Madame?«

»Nein.«

Dr. Lombard erhob sich und reichte Carola die Hand hin.

»Adieu, Madame«, sagte er, ein wenig bedrückt bei dem Gedanken, daß eine so herrlich schöne Frau sich in das Abenteuer einer Liebe stürzte, von der er annahm, daß sie nur eine Blendung war. »Sie werden es vielleicht für sentimental und kitschig halten, wenn ich sage, Gott möge Ihnen beistehen.«

Carola senkte den Kopf. Plötzlich hatte sie wieder den Gesichtsausdruck eines kleinen, schutzsuchenden Mädchens.

»Danke, Doktor«, sagte sie leise. »Es heißt, Gott sei bei den Liebenden... aber ich glaube, hier werde ich mir selbst helfen müssen.«

Sie wandte sich brüsk ab und ging aus dem Zimmer. Schwester Anne wollte ihr nachgehen, aber Dr. Lombard hob die Hand und schüttelte den Kopf.

»Nicht!« sagte er, als sei er schrecklich müde. »Von jetzt ab können wir gar nichts mehr für sie tun...«

Vor der Villa stand Jean Leclerc und wartete.

Er hatte einen großen Strauß blutroter Astern in der Hand und ging unruhig vor der Toreinfahrt hin und her. Ab und zu blieb er stehen und musterte die Frauen, die über den Parkweg kamen. Wenn er erkannte, daß es nicht Carola war, nahm er seine Wanderung vor dem Tor wieder auf, die Blumen auf den Rücken haltend, den Kopf gesenkt.

Er hatte keine Vorstellung davon, wie Carola jetzt aussehen konnte. Sie hatte ihm nie geschrieben, was Dr. Lombard an ihr verändert hatte. Nur soviel wußte er, daß sie die herrlichen blonden Haare gefärbt hatte und nun dunkel war. Warum dies einige Wochen dauerte, hatte er nie begriffen. Er blieb stehen und sah wieder hinüber zu dem Parkweg. Ich werde sie sofort erkennen, dachte er. Allein schon ihr Gang, ihr wiegender, aufreizender Körper... er spürte, wie er einen trockenen Mund bekam und die Erinnerung an die gemeinsamen Nächte wie ein Flimmern durch seinen Körper glitt.

Carola stand im Eingang der Klinik, noch im Schatten des Vorbaus, und sah zu ihm hinüber. Über sechs Wochen hatte sie Jean Leclerc nicht gesehen, sie hatte in der Erinnerung gelebt und von der Sehnsucht gezehrt. Nun, da sie ihn sah, in seinem Trenchcoat, mit feuchten, schwarzen Locken, das Jungengesicht ernst und irgendwie verhärmt und enttäuscht, war es ihr schwer, an die Verzauberung zu denken, in der sie in seiner Nähe gelebt hatte.

Sie beobachtete ihn und mußte an die Worte Dr. Lombards denken: Man kann Realitäten nicht verscheuchen, indem man in Träume flüchtet. Er hatte recht. Die Realität war der große, schwarzlockige Jüngling da vor dem Tor; war eine Frau, die ein neues Gesicht bekommen hatte... und was sonst noch? Liebe? Alles vergessende Seligkeit? Carola senkte den Kopf. Es war ihr furchtbar, sich einzugestehen, daß sie jetzt zögerte, aus dem Schatten des Eingangs zu treten, weil ihr dieser große Junge mit dem Blumenstrauß auf dem Rükken seelisch nichts mehr sagte. Nicht in diesem Augenblick. Vielleicht würde es anders werden, wenn sie wieder in seinen Armen lag, wenn der Traum sich fortsetzte und die Leidenschaft neu erwachte. Im Rausch leben – das hatte sie gewollt. Dafür hatte sie ihr Gesicht geopfert und alles hinter sich geworfen.

Und wenn der Zauber nicht wiederkehrte?

Jean Leclerc blieb stehen und spähte in den Park. Er sah die Frau in der Tür stehen, sein Blick glitt über sie hinweg und hinauf zu den Fenstern. Warum läßt sie mich so lange warten, dachte er. Es ist kalt und feucht, das richtige Wetter für einen Schnupfen.

Carola trat aus dem Eingang und ging langsam den Weg hinab zum Tor. Jeder Schritt schmerzte sie bis unter die Kopfhaut, es war, als ginge sie über feurige Steine.

Noch zwanzig Schritte... noch zehn... noch fünf...

Am Tor.

Jean Leclerc hatte gerade der Mauer den Rücken zugewandt. Er steckte sich eine Zigarette an, in der hohlen Hand flammte das Streichholz auf. Er blies den ersten Zug in die kalte Luft und drehte sich dann um.

Die Blicke Carolas und Jeans trafen sich. Nur eine Sekunde blieben sie ineinander, dann sah Leclerc weg und zog wieder an seiner Zigarette.

Eine schöne Frau, dachte er. Sie kann eine Spanierin sein, oder sie kommt aus Süditalien. Ein schmales, aristokratisches Gesicht, ein Körper wie eine Gazelle.

Jean Leclerc schielte zu ihr hinüber. So etwas nennt man eine Traumfrau, dachte er. Und ein traumhaftes Geld wird sie auch kosten. Sie ist ein Kleinod, das man in Brillanten faßt.

Carola war im Tor stehengeblieben und sah Leclerc mit zitternden Lippen an. Daß er mich nicht erkennt, ist selbstverständlich. Würde er auf mich zugestürzt sein, wäre die Operation schlecht gewesen. Aber er beachtet mich nicht, ich hinterlasse keine Wirkung auf ihn, ich spreche seinen männlichen Instinkt nicht an. Ich bin ihm als Frau gleichgültig.

Sie kam auf Leclerc zu, suchte in den Taschen ihres Mantels und blieb nahe vor ihm stehen. Leclerc blickte schnell zum Tor und zum Eingang der Klinik. Niemand kam. Er lächelte. Es war sein verlegenes, jungenhaftes Lächeln, das Carola zum erstenmal auf der Place de l'Opéra in Paris bezaubert hatte.

»Madame!« sagte er. Durch Carola ging ein heißer Stich. Auch jetzt erkennt er mich nicht.

»Können Sie mir bitte eine Zigarette geben?« sagte sie. Sie wunderte sich, daß ihre Stimme tiefer klang als sonst. Jean Leclerc riß die Augen erstaunt auf. Sie spricht ein merkwürdiges Französisch, dachte er. Nicht wie eine Spanierin, nicht wie eine Italienerin. Sie spricht wie eine Nordländerin. Eine Zigarette...

»Bitte, Madame!« Er holte seine Zigarettenpackung aus dem Mantel und reichte sie Carola hin.

»Danke. Und Feuer, bitte...«

Leclerc ließ ein Streichholz aufflammen. Während sie sich über seine Hand beugte und die Zigarette anbrannte, lagen ihre Haare kurz vor seiner Nase. Er schnupperte und roch das herbe Parfüm, das von ihr ausging.

Woher kenne ich das, dachte er. Irgend jemand hat es getragen. Er sah über Carolas Kopf wieder zum Eingang. Niemand kam.

»Sie erwarten jemand?« fragte sie und steckte die Zigarette zwischen die bebenden Lippen.

»Ja«, antwortete Leclerc kurz. Ihm war diese Begegnung peinlich. Wenn jetzt Carola aus der Klinik kam und sah ihn mit dieser schönen Frau zusammenstehen und rauchen, würde es nach sechs Wochen eine enttäuschende Begrüßung geben.

»Ihre Frau?«

»Ja.«

»Sie hat sich dort operieren lassen?«

Jean Leclerc fand dieses Verhör unerhört. Gleich kommt Carola, dachte er. Und so schön diese Frau ist... ich warte auf eine andere Frau, die mich kein Geld kosten wird, sondern die mich rettet aus der Misere, mit 20 Francs in der Tasche aufzutreten wie ein Millionär.

»Sie entschuldigen mich bitte, Madame«, sagte er höflich und verbeugte sich leicht. »Ich möchte nicht so ungalant sein, durch ein Gespräch meine Frau nicht rechtzeitig zu sehen.«

Er wollte zum Tor gehen, als ihn ein fester Griff am Mantel festhielt. Verblüfft drehte er sich um. Die fremde Dame hielt ihn fest, ihr schmales, wundervolles Gesicht war nahe vor ihm.

»Küß mich!« sagte sie mit fast kläglicher Stimme.

Jean Leclerc spürte einen Schlag auf seinem Herzen.

»Madame...«, stotterte er. »Ich bitte Sie!«

»Gefalle ich dir nicht?«

»Madame. Meine Frau...«

»Bin ich hübsch?«

»Sie sind ein Engel, Madame. Aber bitte, lassen Sie mich los.«

»Könnten Sie mich lieben?«

»Es wäre der Himmel!« Leclerc sah verzweifelt zur Klinik. Wenn jetzt Carola kommt, dachte er.

»Dann küssen Sie mich! Zeigen Sie, daß Sie mich lieben könnten.«

Eine Verrückte, sie muß eine Verrückte sein, dachte Leclerc. Irren soll man, soweit es möglich ist, nicht widersprechen, sonst werden sie bösartig. Aber hier war es nicht möglich.

»Lassen Sie uns in den Park gehen«, sagte er heiser. »Ich küsse nicht gern auf der Straße...«

Nur nachts auf der Place de l'Opéra, dachte Carola und lächelte.

Im Park werde ich sie stehenlassen, dachte Leclerc. Vielleicht sieht uns jemand aus der Klinik und befreit mich von ihr.

Sie gingen zusammen zurück zur Villa; am Tor blieb Carola ruckartig stehen.

»Genug mit dem Spiel,« sagte sie leise. Jean Leclerc sah in den Park. Hilfe, dachte er, Hilfe. »Du bist wirklich ein großer, dummer Junge –« Jetzt sprach sie deutsch; alle Kraft hatte sie verlassen.

Leclerc stockte der Atem. Die Blumen fielen aus seiner Hand und lagen im Schmutz der Straße.

»Ché... Chérie!«, stammelte er. »Nein... du... mein Gott... Chérie!«

Er breitete die Arme weit aus und umfing sie. Sie fiel fast an seine Brust, krallte sich an seiner Schulter fest. Und als er sie küßte, war es wie früher: Alle Angst war gewichen, alle Zweifel versanken, alle Gedanken lösten sich auf in dem einen Gefühl: Er liebt mich – er liebt mich –

Der Zauber kam wieder über sie, der Traum vom großen Glück.

Dr. Lombard ließ die Gardine fallen und trat vom Fenster zurück. Schwester Anne hinter ihm hatte große, verwunderte Augen.

»Sie kann grausam sein«, sagte er und begann, seine Brille zu putzen. »Grausam wie das Feuer, das alles verzehrt, wenn es erst einmal brennt ...«

Die Hotelrechnung bezahlte Leclerc mit der Geste, als wenn man einem Bettler ein Fünf-Francs-Stück in den Hut wirft. Er bezahlte die Rechnung auf den Centime genau und keinen Sou mehr. Er gab kein Trinkgeld, er bedankte sich nicht einmal. Der zweite Direktor des »Atlantic« biß die Zähne aufeinander und schluckte die unwürdige Behandlung. Auch als Leclerc sagte: »Schreiben Sie Ihrem Freund Hilman Snider, daß Sie es nicht nötig hatten, meine Unterhosen als Pfand zu behalten«, blieb er ruhig, schwieg und setzte das betroffene Gesicht eines Unglücklichen auf, der keine Möglichkeit sieht, seine Schuld irgendwie wiedergutzumachen.

Dann kaufte Leclerc in der Blumenhandlung des Hotels einen Strauß gelber Teerosen und fuhr wieder hinauf in das Appartement. Er sah müde und übernächtigt aus. Mit einem Löwen zu ringen, ist schon ein schreckliches Unterfangen – wieviel schwerer ist es, den Vulkan einer liebeshungrigen Frau zu löschen. Es war ihm, als seien seine Knochen hohl und jeder Schritt halle in ihm wider bis hinauf unter die Hirnschale.

Carola wartete auf ihn. Sie saß auf dem Bett, nackt und weißhäutig, die schwarzen Haare aufgelöst um den schmalen, rassigen Kopf. Sie dehnte sich, als Leclerc eintrat, stützte die Arme nach hinten und beugte sich zurück. Sie schämte sich nicht, sie war in ihrer Welt.

Leclerc bemühte sich, nicht hinzuschauen. Er ging zum Fenster, setzte sich an den kleinen Schreibtisch und legte die Rosen und eine flache Mappe darauf.

»Du heißt von heute an Vera Friedburg«, sagte er.

»Wie heiße ich?«

»Es war kein anderer Paß zu haben. Nur dieser deutsche

mit diesem Namen. Woher er kommt, wollte man mir nicht sagen. Ausgestellt ist er in Kiel.«

»Vera Friedburg –« Carola kam zu Leclerc ans Fenster. Sie beugte sich über ihn und las den Paß. Ihre nackte Nähe, das Atmen ihrer Brust, die gegen seinen Rücken drückte, der Geruch ihrer Haut machten ihn hilflos und willenlos. Er faßte nach hinten und umgriff ihre Hüften.

»Zieh dich an, Chérie«, sagte er heiser.

»Es ist so schön, nackt zu sein.«

»Du bringst mich um den Verstand.«

Sie küßte ihm den Nacken. »Hast du überhaupt jemals Verstand gehabt, mein Liebling?« sagte sie zärtlich.

»Der Paß kostet mehr, als sie vorher verlangt haben. Es sind alles widerliche Ganoven. Sie nutzen unsere Zwangslage aus. Sie verlangen 1000 Francs mehr.«

»Er ist es wert.« Carola nahm den Paß vom Tisch und trat damit ans Fenster. Das Sonnenlicht umspielte ihren zarten, weißen Körper; Leclerc starrte sie an, als sehe er sie so zum erstenmal. Es war unmöglich, sich an dieser Frau sattsehen zu können. Man mußte sie bewundern, immer, wenn ein Blick auf sie fiel. Man konnte gar nicht anders.

»Der Stempel ist gut, alles stimmt. Vera Friedburg ... wirst du dich daran gewöhnen können, mich Vera zu nennen?«

»Ja, Chérie«, sagte er heiser.

Sie sah ihn plötzlich fragend an, den Kopf leicht zur Seite geneigt. Ihre Nacktheit glänzte in der Sonne.

»Bist du glücklich?« fragte sie.

»Atemlos glücklich.«

»Du wirst nie eine andere Frau lieben?«

»Nie, Chérie.«

»Ich bringe dich um, wenn du es tust ... weißt du das?«

»Ja«, sagte er, jetzt wirklich atemlos.

»Wir fahren in zwei Stunden weg.»

Leclerc sprang auf. »Wohin?« rief er entgeistert.

»Nach Cannes. Wir haben südlich von Cannes, zwischen Juan les Pins und Antibes ein Haus.«

»Du bist eine Göttin!« schrie Leclerc voll Begeisterung. »Man sollte dich anbeten!«

»Tue es«, sagte sie und schloß die Augen.

Die Abreise wurde verschoben.

Sie nahmen einen anderen Zug, vier Stunden später.

Im Anschluß an seine Nordlandtournee kehrte Bernd Donani zunächst nach Berlin zurück. Von dort wollte er nach München fliegen, um sich in Starnberg in seiner »Villa Alba« eine Woche lang zu erholen und mit den Kindern zu spielen. Außerdem wollte er mit einem Bildhauer die Gestaltung eines Grabsteines für Carolas Grab besprechen. Sie sollte einen würdigen Stein haben, der die Familiengruft der Donanis zierte und Kunde gab von der Liebe, die hier begraben lag.

Aber der Aufenthalt in Berlin gestaltete sich länger als vorgesehen. Kriminalkommissar Fritz Weghart hatte der Tod Carola Donanis keine Ruhe gelassen. Er hatte immer wieder die Akte durchstudiert und blieb an einer Unglaubwürdigkeit hängen, die allen unerklärlich war. Für Fritz Weghart, den großen Verehrer Donanis, war es mehr als nur eine kriminalistische Fleißarbeit. Es war für ihn ein Herzensanliegen, Licht in gewisse dunkle Stellen des Unfalls zu tragen.

Er bat darum, Bernd Donani sprechen zu dürfen. Pietro Bombalo ließ es zu, entgegen seiner sonstigen Gewohnheit, Termine einzuhalten. Der Weiterflug nach München wurde verschoben. Man soll mit der Polizei immer in einem freundlichen Verhältnis stehen.

Donani hatte sich erst geweigert, noch etwas über den Unfall Carolas zu hören. »Man soll endlich der Toten ihren Frieden lassen«, sagte er bitter. »Es ist schrecklich, daß ein Mensch in den Akten weiterleben muß, wenn man ihm schon einen Grabstein setzt.«

Kommissar Weghart war da anderer Ansicht. Er hatte eine Liste mitgebracht mit Fragen, die unbeantwortet geblieben waren. Darunter waren zwei Fragen, die Anlaß gaben, äußerst nachdenklich zu werden.

»Ich weiß, es ist schmerzlich, Herr Generalmusikdirektor«, sagte er, »daß wir noch einmal auf den tragischen Tag zurückkommen müssen.«

»Machen Sie es bitte so kurz wie möglich.« Donani legte die Hand über die Augen. Er machte einen müden Eindruck. Fritz Weghart hatte nur mit Mühe ein Erschrecken verbergen können, als er Donani wiedersah. Der große Dirigent war rapid gealtert. Man sah es nur aus der Nähe. Auf dem Podium, im Scheinwerferlicht von Fernsehen und Film, wirkte er noch immer wie ein weißhaariger, aber jugendlicher Gott.

»Ich fliege morgen nach Starnberg, um einen Grabstein auszusuchen. Bitte, lassen Sie die Tote auch endlich in den Akten sterben.«

Kommissar Weghart nickte. »Wir werden den Fall als endgültig abgeschlossen ansehen, wenn die offenstehenden Fragen geklärt sind.«

»Den ›Fall‹?« Donani sah Fritz Weghart mit einem versteinerten Gesicht an. »Seit wann ist meine Frau ein ›Fall‹?«

»Das ist so ein Fachausdruck, Herr Generalmusikdirektor.« Weghart legte seine Liste auf den kleinen Rauchtisch. »Darf ich fragen?«

»Bitte!«

»Vom Konto Ihrer Gattin ist einen Tag nach ihrem tödlichen Unfall der gesamte Betrag durch einen Unbekannten abgehoben worden. Wir haben diesen Unbekannten nicht bestimmen können. Haben Sie die leiseste Ahnung, wer es gewesen sein könnte?«

»Nein. Ich sagte das schon damals.«

»Ein Verwandter Ihrer Gattin?«

»Nein.«

»Warum löste Ihre Gattin ihr Konto auf?«

»Ich weiß es nicht.« Donanis Gesicht war bleich und unbeweglich.

»Hatten Sie eine Auseinandersetzung vor dem Unfall? Gab es überhaupt in der letzten Zeit Ihrer Ehe Streitigkeiten?«

»Nein.«

Es war ein klares Nein, das keine weiteren Fragen in dieser Richtung mehr zuließ. Ich lüge, dachte Donani dabei. Ich muß lügen. Soll ich sagen, daß ich selbst den Verdacht habe, daß Carola ihr Geld vielleicht durch einen Mittelsmann hat abheben lassen, um sich von mir zu trennen? Sie hatte es angedroht, damals, als die Kinder die Masern hatten und sie allein von Rom nach Starnberg fuhr. Immer habe ich daran denken müssen. Seit ihrem Tod gibt es keine Nacht mehr, in der ich nicht ihre Stimme höre: ›Ich werde nicht zurückkommen...‹ – Soll ich das alles sagen? Nein. Das geht nur mich etwas an. Jetzt liegt Carola in der Gruft, und man soll sie in Ruhe lassen.

»Noch etwas, Herr Generalmusikdirektor.«

Donani sah ärgerlich auf. »Noch etwas?«

»Ihre Gattin hatte wertvollen Schmuck. Jeder weiß das von Bildern und Berichten. Im Banktresor befindet sich nur ein kleiner Teil. In Starnberg – wir erlaubten uns, nachzufragen – liegt ein kleines Schmuckkästchen. Den Hauptteil aber hatte Ihre Gattin auf den Tourneen mit. Auch der Schmuck ist bis auf die relativ wertlosen Dinge, die sie bei dem Unglück trug, verschwunden...«

»Was soll das alles?« fragte Donani ärgerlich.

»Geld abgehoben, Schmuck nicht vorhanden – das stimmt jeden Kriminalisten nachdenklich.«

»Ich bin kein Kriminalist, ich bin der Witwer einer Toten, die ich über alles geliebt habe.« Donani stand auf. Es war deutlich, daß er damit die Unterredung beenden wollte. Fritz Weghart blieb sitzen. Es tat ihm weh, so unhöflich zu sein, aber er war nicht nur Bewunderer Donanis, er war auch Beamter.

»Es kann sein, daß die Tote beraubt worden ist«, sagte er. »Diese Möglichkeit zogen wir schon damals in Betracht. Wir wußten da nichts von dem Bankkonto.« Weghart beugte sich über seine Aufzeichnungen. »Die Kriminalpolizei arbeitet wie ein Archäologe, der Tonscherben zu einer Vase zusammensetzt. Wir haben uns die Mühe gemacht, das Signalement aller in diesem Zeitraum vermißten weiblichen Personen zu sammeln. Wir haben dabei entdeckt, daß zum Tage des Unfalls von 73 gesuchten Frauen neun blond waren und auch figürlich stimmten. Von diesen neun Frauen sind vier gefunden worden... Fünf werden noch immer vermißt.«

Donani fuhr herum. Er wußte, was Fritz Weghart mit dieser Aufzählung unbekannter Tragödien bezweckte. »Das ist doch kompletter Unsinn!« rief er. »Das ist ja billigste Kolportage!«

»Haben Sie Ihre Gattin einwandfrei identifizieren können?«

»Mit hundertprozentiger Sicherheit! Das Kleid, die Haare, die Ringe, der Wagen, die Papiere...«

»Vom Kleid war nichts mehr vorhanden... Sie erinnern sich, daß der Körper...«

»Bitte!« Donani hob beide Hände. Sein Gesicht verzog sich voll Qual. Er hatte den Anblick der verbrannten, zusammengeschrumpften Leiche nie mehr vergessen können.

»Es war Carola!« sagte er laut.

»Dann müssen wir die Akten schließen mit einigen offenen Rätseln.«

»Ich bitte darum.« Donani drückte den Kopf an den Kragen. »Dieser Unglücksfall war das einschneidendste Ereignis in meinem Leben. Ich habe alles verloren, was mir das Leben liebenswert machte. Bitte, geben Sie der Toten jetzt ihre Ruhe... und auch mir...«

Kommissar Fritz Weghart erhob sich und verließ nach kurzem Händedruck das Zimmer. Er kam sich vor wie ein Schuldiger, obwohl er nur seine Pflicht getan hatte.

Ich schließe die Akten, dachte er. Ich teile der Staatsanwaltschaft mit, daß nichts mehr zu ermitteln ist. Wirklich, die Tote soll ruhen. Jeder Mensch nimmt Geheimnisse mit ins Grab – wir sollten sie bis zu einer gewissen Grenze respektieren.

Eine Stunde später betrat Pietro Bombalo das Appartement Donanis, nachdem er mehrmals geklopft und auf einen Anruf gewartet hatte. Donani saß am Fenster und starrte hinaus auf die Straße. Auch als Bombalo zu sprechen begann, drehte er sich nicht um. Es war nicht einmal sicher, ob er Bombalo überhaupt hörte oder verstand, was er sagte.

»Maestro –« Bombalo kratzte sich den Kopf und schabte mit den Schuhspitzen über den Teppich. »Ich habe vierzehn Tage Urlaub herausgeholt. Wir können zwei Wochen in

Starnberg bleiben. Und dann ... dann geht es für drei Monate nach Südamerika. Es ist alles schon ausgebucht. Das erste Konzert ist in Santiago de Chile.« Bombalo wartete auf eine Äußerung Donanis. Doch dieser schwieg und wandte sich nicht einmal um. »Es ist also alles in Ordnung, Maestro?« fragte Bombalo.

Keine Antwort.

»Ich kann fest zusagen?«

Keine Antwort.

Bombalo seufzte. Man muß ihn aus dieser Lethargie herausreißen, dachte er wieder. Aber wie? Madonna, wie? Mit Frauen – das war eine Fehlspekulation. Mit weiten Reisen – das war nur eine räumliche Trennung, aber keine seelische. Donani mußte vergessen können. Man mußte ihn zwingen, an das Heute und nicht immer an das Gestern zu denken. Er mußte sich von der Toten lösen. Er gehörte ausschließlich und ganz allein dem Leben.

»Wann fliegen wir?«

Die Stimme Donanis riß Bombalo aus den Gedanken.

»Morgen, Maestro. Mit der Zehnuhrmaschine.«

»Wissen die Kinder, daß ich komme?«

»Ja. Sie werden in München am Flugzeug sein.«

»Ich freue mich auf sie.« Donani atmete tief auf, als müsse er etwas vom Herzen drücken. »Findest du nicht, daß sie beide Carola sehr ähnlich sehen ...«

Bombalo seufzte leise. »Sehr ähnlich«, sagte er. »Wir werden vierzehn Tage mit ihnen spielen können.«

»Was sind vierzehn Tage!« sagte Bernd Donani bitter.

Das kleine Haus über dem Meer hinter Cannes und vor Antibes war wirklich wie ein Liebesnest. Es bestand aus einem großen, fast gläsernen Wohnraum, der einen märchenhaften Blick auf das Meer freigab, einem großen Schlafzimmer mit einem französischen Bett, einer kleinen Küche, einem Bad und einem Fremdenzimmer, das sicher nie benutzt würde. Erreichen konnte man das Nest nur durch eine Kletterei über viele, in den Fels eingehauene Stufen. Der

Versuch, einen Fahrstuhl zum Haus zu legen, war an den Kosten gescheitert. Daher war der Mietpreis auch so niedrig und der Makler froh, es an diese Deutsche losgeschlagen zu haben, denn niemand hatte sich nach dem Tode des Besitzers bereit gefunden, jeden Tag mehrmals einen Felsen hinaufzuklettern und wieder hinabzusteigen. Auch war das Plateau, auf dem das Häuschen stand, so klein, daß an eine Erweiterung des Baus nicht gedacht werden konnte. Wie eine weiße Krone saß es oben auf dem Felsengipfel, umgeben von schroffen Abhängen, von Meer, Himmel und Sonne.

Leclerc sah schaudernd in die Tiefe. Er lehnte am Geländer der Terrasse und ließ sich den Seewind durch die schwarzen Locken blasen.

»Ich bin nicht schwindelfrei«, sagte er und sah wieder hinunter zum Meer. Die Wellen brachen sich an den Klippen, der Gischt sprühte schaumig über die spitzen Steine. Carola, die jetzt Vera Friedburg hieß, saß an einem Korbtisch und übte auf einem Bogen Papier die Unterschrift, wie sie im Paß stand. Vera Friedburg ... Vera Friedburg ... Es fiel ihr schwer. Die richtige Vera Friedburg hatte eine steile Schrift, die sich völlig unterschied von den weichen Linien, in denen Carola Donani schrieb.

»Wer hier hinunterstürzt ...«, sagte Leclerc.

»Hoffentlich nicht du.«

»Ich?«

»Wenn du eine andere Frau liebst, werfe ich dich da hinunter.«

Es klang wie ein Scherz, Carola lachte auch dabei, aber beide wußten, wie ernst es war. Leclerc trat vom Gitter zurück, als habe er schon jetzt das Gefühl, in die Tiefe gezogen zu werden. Er setzte sich gegen die Hauswand und hob sein jungenhaftes Gesicht der Sonne entgegen. Tiefe, dunkle Ringe lagen unter seinen Augen. Diese Frau höhlt mich aus, dachte er. Zum erstenmal habe ich nicht das Gefühl des Siegers ... Ich bin der Besiegte. Sie hat mich unterworfen. Ich bin ihr Sklave geworden. Ich hätte nie geglaubt, daß es jemals eine Frau gibt, die mich in die Knie zwingt. Sie kann es, in einer einzigen Nacht.

»Wie soll das nun weitergehen?« fragte er, als Carola weiter stumm den Namenszug Vera Friedburg nachahmte.

»Du wirst arbeiten, mein Liebling.«

»Gern. Aber wo und wie?«

»Du wirst Konzerte geben.«

»Konzerte!« Leclerc lachte rauh. Er hatte Carola alles erzählt, kaum daß sie im Hotel waren und die erste Glut des Wiedersehens abgebrannt war. Er hatte von seiner Rundreise durch Europa berichtet, von seinem Bettelgang von Manager zu Manager, von seinem Vorspiel in Köln bei Hans Bartschleger und den Angeboten, die er bekommen hatte. Tanzkapellen, Tivoli, Schauorchester... und wieder als zehnter Geiger in irgendeinem Sinfonie- oder Opernorchester. »Soll ich mich an eine Straßenecke stellen?«

»Rede nicht so dumm, Liebling.« Carola zerknüllte das Papier mit den geübten Unterschriften, trat an das Geländer und ließ das Knäuel hinunter in das Meer flattern, wo es von dem Gischt aufgesaugt wurde. »Du wirst ein Violinkonzert in einem der größten Säle in Cannes geben.«

»Im Traum.« Leclerc ballte in jungenhafter Wut die Fäuste. »Oh, ich hätte in diese Managerfratzen hineinschlagen können! Die Überheblichkeit! Dieses mokante Lächeln: Ein junger Geiger, sieh an, sieh an. Will Solist werden! Ein zweiter Menuhin, hahaha! Was sich die jungen Hüpfer einbilden. Als ob wir mit Menuhin, Ricci, Oistrach, Heifetz und Campoli nicht genug Solisten hätten. Soviel Violinkonzerte gibt's ja gar nicht, daß man sie alle beschäftigen kann...«

»Du bist ein Wirrkopf, Liebling«, sagte Carola und zerwühlte mit einer schnellen Handbewegung die Locken Leclercs. »Man muß warten können, das ist alles. Auch ich habe lange gewartet, bis ich dich fand.«

Er nickte wie ein braver Knabe, nahm ihre Hände und küßte ihre Innenflächen.

Noch hat sie Geld, dachte er dabei. Noch können wir von Sonne und Liebe leben. Man darf nur nicht denken, wie es sein wird, wenn der letzte Franc verbraucht ist.

Nach dem Mittagessen ging Carola allein den Felsen hinunter und nahm sich eine Taxe nach Cannes. Jean Leclerc blieb im Liebesnest, setzte sich auf die Terrasse und spielte eine Chaconne von Bach. Es war eine der berühmtesten und schwersten Fingerübungen für eine Solovioline.

In Cannes empfing der italienische Impresario Franco Gombarelli die ihm unbekannte Vera Friedburg auf der Terrasse des Golfhotels. Man erkannte sich sofort. Gombarelli sah aus wie Bombalo, rundlich, beweglich, temperamentvoll, mit weiten Armbewegungen beim Sprechen, voller schauspielerischer Brillanz, aber steinhart bei Verhandlungen um Geld. Sie sind wirklich alle gleich, dachte Carola, als Gombarelli sie mit einem devoten Handkuß begrüßte und ihr in drei Sätzen zwanzig Komplimente machte. Und wie Bombalo wird er gleich die Augen zum Himmel heben und seufzen, als hinge er am Galgen.

»Kommen wir zur Sache, Signore Gombarelli«, sagte sie, kaum daß sie saß und der Ober ihr einen Campari gebracht hatte. »Ich habe Ihren Namen durch Bekannte bekommen.« Bombalo sagte immer, dieser Gombarelli ist ein Schurke, dachte sie. Wenn Bombalo einen anderen Impresario einen Schurken nennt, muß er Qualität haben. »Sie sollen ein guter Manager sein.«

»Das macht mich glücklich, Signora«, sagte Gombarelli, schon ein wenig vorsichtiger und lauernder. Was soll's, dachte er. Soll ich sie managen?

»Ich möchte, daß Sie sich eines jungen Geigers annehmen.«

»Oh, Signora...« Gombarelli hob die Augen gegen die Wolken. Es war der typische Bombalo-Blick. »Was soll ich mit einem Geiger? Die musikalische Welt besteht fast nur aus Geigern.«

»Ein Solist. Sie werden ein Solistenkonzert in Cannes veranstalten.«

»Sehe ich aus wie ein Selbstmörder?«

»Ich werde das Konzert bezahlen.«

Franco Gombarelli hörte etwas von bezahlen und verlor sofort seinen weltentsagenden Blick. Er beugte sich über den kleinen Tisch vor und starrte Carola an.

»Was verstehen Sie darunter, Signora?«

»Sie mieten einen Saal, den größten...«

»Sie bezahlen die Miete?«

»Richtig. Sie lassen Plakate drucken, Eintrittskarten, Sie engagieren ein Orchester. Es braucht kein Weltorchester zu sein, es genügt ein örtliches Orchester, das den Solisten vernünftig begleiten kann.«

»Das alles bezahlen Sie?«

»Ja.«

Gombarelli begann zu schwitzen. Es gibt viel Verrücktes in unserer Branche, dachte er. Aber das ist das Verrückteste. Ein Konzert finanzieren, das niemand besuchen wird. Wenn sie zuviel Geld hat, soll sie es mir geben... ich wäre sogar bereit, Gegendienste jeder Art zu leisten.

»Was kostet das?« fragte Carola. Gombarelli schob die Unterlippe vor.

»Das muß man genau kalkulieren, Signora.«

»Sie gehen kein Risiko dabei ein. Wird das Konzert ein Erfolg, verdienen wir beide. Wird es ein Reinfall, trage ich allein die Unkosten.« Carola schob ihm eine Karte zu. Auf ihr stand eine Adresse.

Jean Leclerc, Cap d'Invalle. Sur le roc...

Gombarelli starrte auf die Buchstaben.

»Was ist das, Signora?«

»An diese Adresse schreiben Sie in drei Tagen einen Brief. Sie schreiben, daß Sie die Anschrift auf großen Umwegen bekommen haben und der Impresario François Parthou in Marseille Sie auf Jean Leclerc aufmerksam gemacht hat. Sie bitten, Ihnen am Freitag um 17 Uhr vorzuspielen. So wird alles logisch sein: Empfehlung – Vorspielen – Konzert. Bitte!«

Carola legte 500 Francs auf den Tisch. Gombarelli schnaufte. 500 Francs für einen Brief und einmal Vorspielen. Man konnte diesen Blödsinn mitmachen, wenn er weiter so lukrativ war.

»Sie werden den Brief schreiben?« fragte Carola.

»Ja, Signora. Signore Leclerc wird glücklich sein...«

»Und Sie werden schweigen?«

»Ich werde ein Fisch sein, Signora.«

»Guten Tag, Signore Gombarelli.«

»Buon giorno, Signora.« Er küßte wieder ihre Hand, wartete, bis sie gegangen war, bewunderte ihren Gang und ihre Figur und winkte dann dem Ober.

»Einen Kognak... hoch bis zum Rand!« sagte er.

Ein bezahltes Solistenkonzert. Es war etwas Neues in der langen Laufbahn Gombarellis als Impresario.

Zufrieden fuhr Carola zurück nach Antibes. Schon von weitem sah sie ihr kleines, weißes Haus hoch oben auf dem Felsen.

In drei Wochen werde ich aus ihm einen großen Künstler gemacht haben, dachte sie. Er wird doppelt glücklich sein... auf der Bühne und in meinen Armen.

Man kann ein Paradies kaufen. Man muß nur wissen, wo es liegt.

Pünktlich, wie verabredet, traf der Brief ein.

Leclerc trug ihn selbst vom Postkasten an der Straße die steile Felsentreppe hinauf.

Carola lag auf der Terrasse im Liegestuhl und sonnte sich. Da sie mit Himmel und Meer allein war und niemand auf das Haus sehen konnte, lag sie nackt in der Sonne, lang hingestreckt mit ausgebreiteten Armen und Beinen, ein herrlicher, braunrosa schimmernder Körper. Nur über das Gesicht hatte sie ein feuchtes Tuch gedeckt; Dr. Lombard hatte ihr die starke Sonneneinstrahlung für die ersten drei Monate verboten, da die Haut sonst zu sehr austrocknete und gerade die neu geformte Nase äußerst empfindlich gegen zu hohe Temperaturen war.

Jean Leclerc bemühte sich, beim Anblick des nackten Körpers nicht wieder unruhig zu werden. Er ließ die Terrassentür klappen als Zeichen, daß er zurückgekommen war. Carola drehte unter dem schützenden Tuch den Kopf zu ihm.

»Ist Post gekommen?« fragte sie. Dann merkte sie, wie unlogisch die Frage war. Sie hob den Arm und winkte Leclerc. »Wie dumm von mir... wer soll uns schon schreiben? Wer weiß denn, daß wir hier unser Paradies haben?«

»Ein Brief ist gekommen an mich.«

»Was?« Sie sprang auf, warf das Tuch vom Gesicht und beugte sich vor. Leclerc sah an ihr vorbei, das Blut rauschte wieder in seinen Schläfen. Diese Frau ist nur geschaffen für die Liebe, dachte er. Alles, was sie tut, jede Bewegung, jeder Ton, alles an ihr ist Lockung und Bereitschaft. »Von wem ist er denn?«

»Ein Unbekannter.« Leclerc las den Absender. »Ein Franco Gombarelli.«

»Nie gehört.« Carola erhob sich von dem Liegestuhl und kam auf Leclerc zu. Sie nahm ihm den Brief aus der Hand, drehte ihn ein paarmal herum und reichte ihn Leclerc wieder hin.

Leclerc öffnete ihn, entfaltete den Briefbogen, überflog das Schreiben, stutzte dann, seine dunklen Augenbrauen zogen sich zusammen, sein Jungengesicht bekam den Ausdruck tiefster Verblüffung, dann las er den Brief noch einmal, und diesmal mit schnellerem Atem.

»Etwas Unangenehmes, Liebling?« fragte Carola.

»Ich soll vorspielen!« Es war wie ein Schrei. »Stell dir vor: Ein Impresario bittet mich, vorzuspielen. Am Freitag! In Cannes! François Parthou, dieses Scheusal in Marseille, hat mich ihm empfohlen... Ist denn so etwas zu glauben?«

»Zeig mal!« Carola nahm ihm den Brief aus der Hand und las die wenigen Zeilen, die genau das enthielten, was sie Gombarelli gesagt hatte. »Wie schön... nun geht dein Stern auf, mein Liebling.« Sie warf den Brief auf einen Tisch und legte die Arme um Leclercs Hals. »Ich glaube an dich«, sagte sie mit leiser, zärtlicher Stimme. »Du wirst so spielen, wie du lieben kannst. Und das wird unerreichbar sein.«

Leclerc küßte sie und streichelte ihren heißen Rücken. »Freitag«, sagte er und blickte an ihr vorbei auf die gischtumtosten Klippen unter sich. »Das sind noch drei Tage. Ich werde jetzt wie ein Irrer üben... ich werde mit Menuhin ein Doppel spielen... ich will ihnen zeigen, was Jean Leclerc kann.«

Gleich nach dem Mittagessen fuhren sie nach Antibes und kauften einen guten Plattenspieler und alle erreichbaren

Schallplatten der großen Violinvirtuosen. Sie hielten sich nicht lange in der Stadt auf, kehrten in ihr Felsenhaus zurück, und schon zehn Minuten später stand Leclerc im großen Wohnzimmer vor dem Plattenspieler und übte die schwierigen Passagen. Dann stellte er die Platten ab und spielte allein, sich immer wieder aus der Partitur korrigierend. Carola mußte ihn mit sanfter Gewalt aus seinem Rausch herausreißen und vom Notenständer wegziehen.

»Auch ein Genie muß etwas essen«, sagte sie und nahm ihm die Geige aus der Hand. »Schluß jetzt.«

»Wie war ich?« fragte er, die alte, immer wiederkehrende Frage der Künstler. Auch Donani stellte sie nach jedem Konzert, wenn er mit Carola endlich allein war. Wie war ich... Carola wandte sich ab. Ein Stich jagte ihr durchs Herz. An den kleinen Dingen scheitert das Vergessen, dachte sie. Ein Wort, eine Bemerkung nur – und schon steht die Vergangenheit wieder auf.

»Ich weiß nicht«, sagte sie mit mühsam fester Stimme. »Ich kann die Feinheiten nicht unterscheiden, aber ich finde dich immer wunderbar.«

Leclerc war glücklich wie ein beschenkter Junge. Aber er träumte nicht nur vom Erfolg, er arbeitete auch dafür. Drei Tage lang gab es keine Ruhe in dem Haus auf dem Felsen, stundenlang schwebten die Klänge der Geige über das Meer, immer und immer wieder die gleichen Stellen, die artistischen Kapriolen Paganinis, die Doppelgriffe Kreislers und Sarasates. Carola ließ Leclerc in diesen drei Tagen seine innere und äußere Ruhe, nur des Nachts lagen sie sich in den Armen und redeten nach den Ekstasen von ihrer Zukunft und von dem Glück, sich gefunden zu haben.

Am Freitag war Jean Leclerc blaß und fahrig, mißmutig und knurrig. »Ich bin kein Schuljunge!« schrie er, als Carola ihm die Krawatte band und ihm mit einer Bürste über die schwarzen Haare fuhr. »Verdammt noch mal, ich komme mir vor, als müsse ich vor Onkel Hubert ein Gedicht aufsagen. Laß mich endlich in Ruhe!«

Carola schwieg. Das Lampenfieber kannte sie. Es gab Sänger, die hinter der Bühne, Sekunden vor ihrem Auftritt, keinen Ton mehr aus der Kehle bekamen, um dann, hinaustretend ins Rampenlicht, zu singen wie ein Gott. Bernd Donani schwitzte vor seinem Hinaustreten auf das Podium, Caruso, so sagt man, habe jedesmal Bauchschmerzen bekommen. Jean Leclerc aber benahm sich wie ein ungezogener Junge, schimpfte und knurrte und rannte herum wie ein gefangener Tiger.

Franco Gombarelli hatte alles so arrangiert, wie es Carola vorgeschrieben hatte. Im Musikzimmer des Golf-Hotels erwartete er Leclerc und nickte mehrmals, als er ihn auf sich zukommen sah.

Natürlich, dachte Gombarelli, so mußte er aussehen, um reichen Frauen die Vernunft aus dem Gehirn zu saugen. Ein Spielknabe mit schwarzen Locken und den melancholischen Augen einer Dogge. Hände, weich zum Streicheln. Lippen, voll zum Küssen. Ein schlanker Körper, der nicht belastet und noch mit Muskeln spielt. Es sind immer die gleichen Typen, auf die die Frauen hereinfallen. Man kann es einfach nicht verstehen.

»Willkommen, zukünftiger Meister!« rief Gombarelli, getreu seiner Instruktion und mit dem Gedanken, durch diesen Blödsinn Geld zu verdienen. »Ich habe gehört, daß Sie auf dem Wege sind, alles an die Wand zu spielen. Kollege Parthou hat mir von Ihnen vorgeschwärmt. Wenn nur ein Viertel davon stimmt, sind Sie der kommende Mann.«

Leclerc ging auf diesen Enthusiasmus nicht ein. Er packte seine Geige aus, straffte den Bogen und stimmte die Saiten. Carola war draußen geblieben, sie saß in der Halle und wartete. Er hatte es so gewünscht.

»Können wir?« fragte Leclerc, als er die Geige gestimmt hatte. Gombarelli putzte sich laut die Nase.

Man muß es durchstehen, dachte er. Das Benehmen eines Virtuosen hat er schon. Er ging zum Flügel, sah auf die Noten, die Leclerc hingelegt hatte, und sah erstaunt auf.

»Das wollen Sie spielen?«

»Dachten Sie, ich spiele Ihnen Twist vor?«

»Das ist das Schwerste, was es auf dem Violinsektor gibt. Allein die Kadenz ...«

»Haben Sie Angst, mich zu begleiten?«

Gombarelli wurde rot und setzte sich vor den Flügel. Ein eingebildeter Laffe, dachte er. Wenn er dieses Konzert fehlerlos spielen kann, ist er wirklich ein Könner. Aber wir werden es ja gleich hören; es wird das Gewimmer einer gebärenden Katze sein.

»Ich spare mir die lange Einleitung«, sagte Gombarelli kurz. »Ich fange vier Takte vor Ihrem Einsatz an. Also denn!«

Jean Leclerc schloß die Augen. Keine Angst, dachte er. Du brauchst keine Angst zu haben, du kannst es ja, du hast es oft genug geübt, in deinen Fingern lebt jeder Ton.

Schon beim ersten Bogenstrich sah Gombarelli erstaunt auf. Dann, je weiter sie zusammenspielten, kam Gombarelli in das Glücksgefühl hinein, eine schöne Stunde zu erleben; einen jener kurzen Augenblicke im Leben eines Menschen, die man nie mehr vergessen würde.

Als die Solokadenz begann, legte Gombarelli die Hände in den Schoß und starrte Jean Leclerc an. Er hatte die Augen geschlossen, seine Finger glitten über die Saiten, der Bogen flog, die schwarzen Haare hingen ihm in die Stirn, sein ganzer Körper schien Musik geworden zu sein – ein Instrument, das mit den Tönen vibrierte. Ein neuer Paganini, dachte Gombarelli ergriffen. Mein Gott, was haben wir da entdeckt. Was da aus diesem Jungen herausbricht, ist wirklich ein Wunder. Wenn die Welt erkennt, was da heranwächst, ist ein neuer Stern aufgegangen. Wenn sie es erkennt!

Die Schlußtakte waren ein Jubelschrei. Erschöpft legte Gombarelli die Hände auf die Klaviertasten und atmete ein paarmal tief durch. Jean Leclerc erwachte wie aus einer Betäubung. Er drückte die Geige gegen seine Brust und starrte Gombarelli an.

»Wunderbar«, sagte Gombarelli nach einer Zeit des Schweigens. »Einfach wunderbar!«

»Ist ... ist das wahr?« Leclercs Stimme war kaum hörbar.

»Ich würde es sonst nie sagen, Jean! Sie haben einen ganz großen Weg vor sich.«

»Und Sie werden ein Konzert arrangieren?«

»Das fragen Sie noch?« Gombarelli erhob sich und streckte Leclerc beide Hände entgegen. »Jean, ich danke Ihnen für diese Stunde. Ich habe Ihnen vieles abzubitten... ehrlich... ich hatte zuerst gedacht, daß Parthou übertrieben habe und mir da ein Kuckucksei ins Nest legen will. Aber nun weiß ich, daß Sie alles in sich haben, um einer der ganz Großen zu werden.«

Gombarelli drückte Leclerc die Hände. Die Begabung hat er, dachte er dabei. Aber ob sein Charakter mitkommt? Was bindet ihn an diese Frau? Wer ist diese Vera Friedburg? Was hat er bisher getan?

Die Frage, die Leclerc fürchtete, kam, weil sie kommen mußte.

»Wo waren Sie bisher?«

Leclercs Gesicht wurde hart. »Bei den Pariser Philharmonikern.«

»Unter Donani?«

»Ja.«

»Und Donani hat Ihr Talent nicht erkannt?«

»Nein.«

»Merkwürdig!« Gombarelli schüttelte den Kopf. »Und warum sind Sie von Donani weg?«

»Weil ich nicht mehr wollte!« Leclerc schrie plötzlich. Gombarelli wich zurück, als fürchte er, mit der Geige einen Schlag gegen den Kopf zu bekommen. »Ich kann Arroganz und Mißachtung nicht vertragen! Und ich wollte weiter... weiter... ich wollte nicht mein Leben als Geiger in der letzten Reihe beenden! Ich weiß, was ich kann!«

Gombarelli nickte. Er wird verbrennen, dachte er, fast traurig. Er wird an sich selbst zugrunde gehen – ein Genie, das sich nicht pflegen läßt und in kurzer Zeit übergärt wie ein schlecht gelagerter Wein. Er hat nicht die innere Stärke, sich selbst in der Gewalt zu halten. Sein Charakter wird den Künstler in ihm ermorden.

»Wann soll das Konzert sein?« fragte Leclerc.

»In drei Wochen. Ich will es gründlich vorbereiten.«

Gombarelli strich sich nervös über den Kopf. »Plakate, Zeitungsanzeigen, Handzettel, zwei Presse-Interviews...

ich will sehen, ob ich sogar Radio Monaco interessieren kann. Es soll ja ein voller Erfolg werden.«

»Zweifeln Sie noch daran?«

»Nein.« Gombarelli klappte den Deckel über die Tastatur des Flügels. »Wir werden auf unsere Kosten kommen.«

Und diese Frau Vera Friedburg wird sie bezahlen, dachte er. Es ist eigentlich ein schändliches Spiel, das wir mit ihm treiben. Wir züchten einen Künstler, der nicht die menschlichen Qualitäten hat, es zu sein. Man sollte ihm sagen: Du kannst zauberhaft spielen, mein Junge, aber innerlich bist du ein fauler Apfel, wurmstichig und morsch. Bleibe, was du jetzt bist – ein Spielzeug reicher Frauen, deren Bankkonten dir offenstehen. Du brauchst keinen Frack anzuziehen, um zu leben. Du lebst besser vom Ausziehen.

»Ich schicke Ihnen den Vertrag zu, Jean«, sagte Gombarelli. »Und es ist für mich eine Freude, daß wir uns kennengelernt haben. Nach dem Konzert reden wir eingehend über einen Managervertrag, nicht wahr?«

Müde, ausgepumpt bis auf die Knochen, verließ Leclerc das Musikzimmer und suchte Carola in der Hotelhalle. Sie saß am Fenster, trank einen Tee und las in einer Modezeitung. Als sie ihn kommen sah, sprang sie auf, lief ihm entgegen, nahm seinen Kopf zwischen beide Hände und küßte ihn wie eine Mutter, die ihren Sohn nach einer bestandenen Prüfung begrüßt. Leclerc entzog sich ihren Händen mit einem Ruck des Kopfes.

»Ist alles gutgegangen?« fragte Carola, plötzlich ängstlich.

»Alles.«

»Du gibst ein Konzert?«

»Ja.«

»Hier in Cannes?«

»Ja.«

»Das ist ja wunderbar!« Carola wirbelte herum und winkte einem der livrierten Kellner. »Eine Flasche Champagner!« rief sie. »Liebling, das werden wir feiern!«

Leclerc schüttelte den Kopf. Er preßte den Geigenkasten unter den Arm und atmete schwer.

»Laß uns gehen, Chérie«, sagte er heiser. »Ich will nach Hause. Ich will allein sein.«

»Aber Liebling!«

Leclerc wandte sich ab und verließ die Hotelhalle. Carola warf einen Geldschein auf den Tisch und eilte ihm nach. Auf der Promenade holte sie ihn ein. Er ging, den Kopf vornübergebeugt wie ein Rammbock, durch die Menschenmenge, mit einem verkniffenen Gesicht, als habe er nicht vor wenigen Minuten den größten Triumph seines bisherigen Lebens errungen. Als Carola die Hand unter seinen Arm schob, schüttelte er sie ab wie eine lästige Fliege.

Jetzt werde ich ein Solist, dachte er. Ein großer Geiger. Mir wird die Welt offenstehen. Aber diese Frau wird mich hindern. Sie wird immer um mich sein. Sie wird immer bestimmen wollen. Sie wird mich am Tage immer wie ein Kind behandeln und in den Nächten wie einen nie erschöpften Mann. Sie wird eine Hölle für mich werden, während ich mich in den Himmel spiele.

»Was hast du?« fragte Carola leise.

»Nichts!«

Es klang so abweisend, daß sie nicht weiter fragte. Auch im Haus sprachen sie nicht miteinander. Leclerc saß am Gitter der Terrasse und starrte hinunter auf das Meer und die schaumumtosten Klippen.

In dieser Nacht schliefen sie zum erstenmal getrennt – zwar nebeneinander in einem Bett, aber niemand tastete hinüber zu dem anderen, kein Körper drängte sich an, keine Hand suchte Wärme und Weichheit. Eine rätselhafte Wand war plötzlich zwischen ihnen, die erst verschwand, als Carola gegen Morgen zaghaft ihren Kopf auf Leclercs Brust legte und seine Hand im Halbschlaf über ihren Leib glitt.

Sie seufzte und schlief wieder ein.

In den nächsten Tagen war alles wieder anders. Leclercs Leben pendelte zwischen Geigenübungen und Zärtlichkeiten, und Carola genoß den Rausch seiner jugendlichen Tatkraft wie ein betäubendes Gift.

Als die ersten Plakate an den Wänden und Tafeln von Cannes hingen, ließ sich Leclerc neben ihnen fotografieren und hing ein Plakat in der kleinen Diele des Hauses auf. Oft stand er davor und las mit lauter Stimme:

Gala-Konzert
Beethoven – Tschaikowskij – Prokofieff
Es spielt
Jean Leclerc, Violine
begleitet von dem Sinfonie-Orchester Turin
Leitung Mario Brandelli
im Großen Saal des Künstlerhauses Cannes.

»Wie das klingt«, sagte er glücklich. »Es spielt: Jean Leclerc, begleitet von ... Mein Gott, ich kann es noch gar nicht fassen. Und wenn ich an den Abend denke, habe ich schon jetzt wahnsinnige Angst. Meine Finger werden wie gelähmt sein, Chérie.«

»Ich werde bei dir sein.« Carola lehnte den Kopf an seine Schulter. »Du wirst spielen wie noch nie.«

Und dann war plötzlich der Abend gekommen, so schnell, daß Leclerc immer wieder auf den Kalender sah, weil er es nicht glauben wollte. Gombarelli hatte Nachricht gegeben. Der Kartenverkauf sei schleppend, aber im Hinblick auf den neuen Namen sei man zufrieden. Das Turiner Orchester reiste an, am Vormittag hatte Leclerc eine Verständigungsprobe mit dem Orchester und dem Dirigenten. Es war ihm nichts Neues, er kannte das ja alles, nur hatte er bisher immer in der Musikerreihe gesessen und immer mit Neid auf den Mann geblickt, der vor dem Orchester stehen durfte. Nun war er es. Nun stand er neben dem Dirigentenpult und besprach mit Mario Brandelli die einzelnen Tempi. Nun konnte er sagen: Ich möchte das so haben, und diese Stelle spiele ich im Gegensatz zur Partitur mehr piano – das Orchester darf also nicht zudecken. Nun war er es, der angab; nach dem man sich zu richten hatte; der vor ihnen allen stand. Es war ein herrliches Gefühl, ein triumphales Herzklopfen, eine tiefe Befriedigung nach den Jahren der Wünsche.

Der Vormittag flog vorüber mit der Probe. Zu Mittag aß

Leclerc kaum etwas. Er spürte, wie sich seine Kehle langsam wieder zuschnürte. Am Nachmittag wurde er nervös. Als sie von Antibes nach Cannes fuhren, saß er in seinem Frack blaß und eingefallen neben Carola, deren silbernes Abendkleid mit den schwarzen Perlenstickereien glitzerte. Eine Locke ihres schwarzen Haares hatte sie mit einem Clip aus Brillanten und Rubinen festgesteckt. Ihre Schönheit war faszinierend. Sie war eine Demonstration südländischer Frauenvollkommenheit.

Leclerc hatte keinen Blick dafür. Er starrte vor sich hin und bewegte stumm die Lippen. Eine Stelle bei Tschaikowskij machte ihm Schwierigkeiten, jetzt sagte er sie im Geiste immer wieder her.

Franco Gombarelli empfing sie am Hintereingang des Künstlerhauses und umarmte Leclerc in überschwenglicher Begeisterung. Hinter den Fenstern hörte man das Klingen der Instrumente, ein wirres Durcheinander von Tönen. Das Orchester machte sich warm.

Gombarelli ließ Leclerc ins Künstlerzimmer vorgehen und hielt Carola am Arm zurück.

»Signora!« sagte er leise, nahe ihrem Ohr. »Bevor es losgeht, muß ich Ihnen noch etwas sagen: Die Saalmiete kostet 2000 Francs, das Orchester kostet, alles in allem mit Unterkunft, Fahrt und Honoraren, 8000 Francs. Ich bekomme 1000 Francs, macht bisher 11 000 Francs.«

»Ich schreibe Ihnen gleich einen Scheck aus.« Carola sah Gombarelli fragend an. »Wie ist der Kartenverkauf?«

»Schlecht, Signora...«

»Wieviel Zuhörer werden im Saal sein?«

»Ich schäme mich, es Ihnen zu sagen.« Gombarelli wurde tatsächlich rot. Carola nagte an der Unterlippe.

»Wieviel?«

»Zweiundvierzig, Signora –«

»Was?« Das Herz stockte ihr einen Augenblick.

»Zweiundvierzig und keiner mehr. Ein unbekannter Geiger...«

»Das ist doch nicht möglich! Der Saal faßt eintausenddreihundert Personen – und nur zweiundvierzig...?« Carola strich sich über die Augen. »Er... er wird ja vor einem leeren Saal spielen.«

»Es hat den Anschein, Signora.«

»Das wird Jean seelisch völlig zerbrechen.«

Gombarelli hob beschwörend beide Hände. »Ich kann es nicht ändern, Signora. Ich kann die Zuhörer nicht an den Haaren herbeiziehen. Ich habe gestern noch Freikarten angeboten; nicht einmal abgeholt hat man sie. Ja, wenn es Menuhin wäre!«

»Auch er hat einmal anfangen müssen!« rief Carola.

Gombarelli nickte. »Ja, als Wunderkind! Wenn Sie Ihrem Jean kurze Hosen anziehen und verbreiten, er sei vierzehn Jahre alt, haben wir vielleicht auch einen vollen Saal.«

Carola antwortete nicht auf diese sarkastische Bemerkung. Sie ließ Gombarelli stehen und lief Leclerc nach, um ihm Mut zu machen.

Als sie in das Künstlerzimmer kam, stand Leclerc am Fenster und hieb mit der Faust gegen die Wand. Die Gardine hatte er abgerissen, sie lag zerknüllt, zerfetzt und zertreten unter seinen Füßen.

»Jean«, schrie Carola entsetzt. »Was ist denn?«

Leclerc drehte sich nicht um. Nur sein Kopf sank nach vorn auf die Brust.

»Hast du in den Saal gesehen?« fragte er dumpf.

»Nein.«

»Sieh hinein!«

»Ich weiß.«

Leclerc fuhr herum. Seine dunklen Augen waren wie irr.

»Was weißt du?!«

»Es sind zweiundvierzig Zuhörer im Saal«, sagte sie kaum hörbar. Sie hob beide Hände und kam auf Leclerc zu. Aber kurz vor ihm blieb sie stehen. Sie hatte Angst, daß er ihr die Hände wegschlug. Sein Gesicht zuckte wild.

»Immerhin! Zweiundvierzig! Eine stolze Zahl. Ich dachte, der Saal sei völlig leer. Die zweiundvierzig müssen sich versteckt haben. Oder sie frieren in der Einsamkeit und haben sich an die Heizung gesetzt.« Leclerc stampfte auf und hob die Faust. »Bande!« brüllte er. »Bastarde alle! Banausen! Ich spiele nicht! Ich denke nicht daran! Ich spiele nicht vor leeren Stühlen! Eher stelle ich mich auf den Marktplatz!«

»Liebling«, versuchte sie ihn zu beruhigen. Leclerc warf den Kopf in den Nacken.

»Laß diese blöden Worte! Wenn das Orchester will, kann es spielen. Ich gehe nicht hinaus.«

»Du mußt, Jean!«

»Ich muß? Wer will mich dazu zwingen?«

»Ich.«

»Du? Ich lache! Hörst du – ich lache! Hahaha! Du hast die Möglichkeit, mich ins Bett zu zwingen, aber hier bestimme ich.«

»Du bist gemein, Jean«, sagte Carola leise.

»Eine lächerliche Figur bin ich!« schrie Leclerc. »Ein Popanz! Warum hat mir dieser Schuft von Gombarelli nicht gesagt, daß nur zweiundvierzig Karten verkauft wurden? Ich wäre nie gekommen!«

»Eben darum hat er es nicht gesagt.«

»Und nun trete ich nicht auf!« brüllte Leclerc trotzig.

»Doch!«

»Nein! Nein! Neineineinein!«

»Wenn du dich wie ein dummer Junge benimmst, gehe ich weg«, sagte Carola ernst. Leclerc warf beide Arme in die Luft. Seine schwarzen Locken wirbelten um seinen Kopf.

»Dann geh doch! Geh!« Seine Stimme wurde schrill, explodierte. Alle Weichheit, alle Zärtlichkeit waren vernichtet durch seinen Zorn. »Geh dorthin zurück, woher du gekommen bist! Kümmere dich wieder um das Glas kalte Milch! Tupf ihm den Schweiß von der Stirn! Bilde Hinter- und Vordergrund für Fotos von ihm! Mach wieder bitte-bitte, damit er zu dir ins Bett kommt...«

Carolas Augen wurden starr. Dann holte sie weit aus und schlug ihn mitten ins Gesicht. Er taumelte von dem Schlag zurück, hielt sich mit beiden Händen die Backe und stöhnte.

Carola wartete, ob er zurückschlug. Tu es doch, dachte sie, und wieder war in ihr die eisige Entschlossenheit wie damals auf der nächtlichen Straße zum Wannsee, als sie vor der unbekannten Toten standen und den Schritt in das neue Leben wagten. Schlag zu, dachte sie. Ich habe es nicht anders verdient.

Aber Jean Leclerc rührte sich nicht. Er wandte sich nur um, drückte das Gesicht gegen die Fensterscheibe und schwieg. Erst als hinter ihm die Tür klappte, wirbelte er herum. Carola war gegangen. Statt ihrer war Gombarelli gekommen, mit einem verlegenen Lächeln, händereibend und mit dem Gesicht eines geprügelten Hundes.

»Raus!« brüllte Leclerc.

»In zehn Minuten beginnt das Konzert«, sagte Gombarelli stockend. »Ich möchte nur noch...«

»Raus!« Leclerc bückte sich und ergriff einen Hocker. Gombarelli hob abwehrend beide Arme.

»Signore... es sind zehn Pressevertreter im Saal.«

»Also auch noch zehn Freikarten von den zweiundvierzig!«

»Es sind mittlerweile einundfünfzig. An der Abendkasse standen noch einige Konzertliebhaber.«

»Raus!« Leclerc schleuderte den Schemel gegen Gombarelli. Mit einem Sprung rettete sich der Impresario und stürzte aus dem Zimmer. Hinter ihm knallte die Tür zu. Schwer atmend lehnte sich Leclerc an die Wand und wischte sich mit dem Ärmel den Schweiß von der Stirn. Vor der Tür hörte er Stimmengewirr, das Organ Gombarellis hörte er deutlich heraus. Als sich die Tür wieder öffnete, sah sich Leclerc nach einem neuen Wurfgegenstand um und entdeckte seinen Geigenkasten.

Ins Zimmer kam der Dirigent Mario Brandelli. Leclerc nahm die Hände von dem Geigenkasten. »Was wollen Sie denn noch hier?« keuchte er.

»Sehen, wie weit Sie sind. Das Orchester sitzt bereits. Sie sollten sich vor dem Auftritt noch kämmen.«

»Ich spiele nicht!«

»Wir aber!« Mario Brandellis Stimme war fordernd. »Es geht nicht um die Besucherzahl – es geht um die Kunst.«

»Ich pfeife darauf!«

»Das hätten Sie bei Donani nicht sagen dürfen.«

Leclerc streckte den Kopf weit vor. Sein bleiches Gesicht war verzerrt.

»Wer noch einmal in meiner Gegenwart den Namen Donani nennt, den bringe ich um«, sagte er heiser. »Verstehen Sie mich: Den bringe ich um! Dieser Name ist für mich, als stoße man mir ein Messer in den Leib!«

»Wie Sie wollen.« Mario Brandelli hob die Schultern. Er kontrollierte den Sitz seiner weißen Frackschleife und straffte den Frackrock. Dann sah er auf die Uhr und nickte.

»Noch zwei Minuten. Ich gehe jetzt hinaus. Sie können nachkommen oder nicht, es ist mir gleich. Wir spielen, und wir werden Ihre Solostellen schweigend absitzen. Es wird das merkwürdigste Violinkonzert werden. Auch so kann man von sich reden machen, da haben Sie recht.«

Er öffnete die kleine Tür zum Saal und betrat das Podium. Schwaches Klatschen flatterte zu ihm hin. Leclerc sah, wie er sich verbeugte und die Partitur aufschlug.

Mit zitternden Händen ergriff Leclerc seine Geige. Ihm war, als läge er in einem Backofen. Unerträgliche Hitze drückte auf sein Gehirn. Ich gehe nicht, dachte er immer wieder. Nein, ich gehe nicht. Aber er ging doch ... er drückte die Geige an sich, klemmte sie unter den Arm und schwankte hinaus auf das Podium.

Wieder Beifall, schwach, blechern, widerhallend im leeren Saal. Er sah, verteilt in den leeren Sitzreihen, ein paar Köpfe, wie helle Tupfen auf einem dunklen Tuch mit Waffelmustern. Er verbeugte sich, suchte im Saal das weiße, schillernde Kleid Carolas und fand es nicht. Sie ist gegangen, dachte er. Sie ist für immer gegangen. So schnell kann man auseinandergehen, so leicht ist es.

Eine grenzenlose Einsamkeit überfiel ihn plötzlich. Er kam sich ausgesetzt vor, frierend in einer eisigen Welt.

Mario Brandelli hatte den Taktstock gehoben. Das Orchester begann. Mit den ersten Tönen schrak Leclerc auf ... er starrte auf Brandelli, klemmte seine Geige unter das Kinn, umkrallte den Bogen und hörte um sich ein Gewirr von Tönen, ohne die Melodie erkennen zu können.

Auch er läßt mich im Stich, auch er, jammerte es in ihm.

Alle sind gegen mich. Was habe ich denn getan? Warum stößt mich die Welt aus?

Brandelli wandte den Kopf zu ihm, die linke Hand streckte sich einladend Leclerc entgegen, eine weiße, offene Hand. Ein Zucken der Finger, ein leichtes Anheben... das Zeichen... der Einsatz... mein Gott, mein Einsatz!

Und Leclerc spielte. Seine Geige gehorchte ihm, aber es war nur ein Herunterspielen der Töne, wie sie der Komponist aufgeschrieben hatte. Die Seele fehlte, die Deutung, das Unaussprechliche, das in der Musik Verzauberung und Entrückung auslöst. Es war ein schulmäßiges Spielen, kein Virtuosenkonzert.

Das Konzert ging vorüber, ohne daß Jean Leclerc mehr empfand als den Zwang, die Zeit überstehen zu müssen. Er verbeugte sich vor dem mageren Beifall und kam nicht mehr aus dem Künstlerzimmer heraus, als die einundfünfzig Besucher weiterklatschten. Er überließ es Mario Brandelli, sich dafür zu bedanken.

Dann war er wieder allein. Brandelli war verschwunden, ohne ihm noch ein Wort zu sagen. Franco Gombarelli ließ sich nicht blicken, Carola war für immer gegangen. Nur zwei Putzfrauen erschienen, wunderten sich, daß noch jemand da war und begannen, das Podium zu kehren.

Müde packte Leclerc seine Geige ein und verließ das Konzerthaus. Auf der Straße sah er hinauf zu den noch erleuchteten Fenstern. Dort saß das Orchester mit Gombarelli und feierte bei einigen Flaschen Wein. Er hörte sie lachen. Sie lachen mich aus, dachte er bitter. Sie lachen über mich.

Da sah er das Plakat. Es hing an der Hauswand, ein großes Stück Papier mit gelben Buchstaben.

Gala-Konzert.

Leclercs Finger wurden zu Krallen.

Er trat an das Plakat, ergriff es und riß es von der Wand. Ein Pärchen, das eng umschlungen an ihm vorbeiging, starrte ihn verwundert an. Über ihm, aus den Fenstern, schallte noch immer Lachen.

Aufhören! wollte er schreien. Hört doch auf! Bitte, bitte,

hört auf... ich weiß, daß ich ein Idiot bin! Hört doch auf mit dem Lachen!

Aber er schrie nicht. Er umfaßte den Geigenkasten mit beiden Händen und rannte davon. Er rannte hinunter zum Meer und dann an der Küste entlang, hinaus aus der Stadt.

Carola schlief tief, als er ins Schlafzimmer schlich und leise die Tür hinter sich zuzog. Fast eine Stunde hatte er unten an der steilen Felsentreppe auf der Straße gesessen und nicht gewagt, hinaufzusteigen. Er hatte Angst, daß das Haus verlassen war, und hier, über den Klippen, würde ihn die Einsamkeit mit zerstörender Gewalt überfallen. Dann war er doch die Treppen hinaufgestiegen, hatte die Tür geschlossen und stand in der Diele, lauschend, mit angehaltenem Atem. Alles dunkel, dachte er. Alles still und verlassen. Der Traum vom großen Jean Leclerc ist zerronnen.

Er tappte durch die Finsternis zum Schlafzimmer. Ein unendliches Glücksgefühl stieg in ihm hoch, als er Carola im Bett sah. Leise zog er sich aus und schlug die Bettdecke zurück. Carola schlief wie immer, auf dem Rücken, die Beine etwas angewinkelt, und nackt.

Da legte er sich zu ihr, kroch an sie heran, schob seinen Kopf auf ihre Schulter und küßte sie in die Halsbeuge. Sie wachte nicht auf... sie flüsterte im Schlaf, legte den Arm um Leclercs Körper und umfaßte ihn, wie eine Mutter ihr schutzsuchendes Kind umfängt und an sich drückt.

Leclerc schloß die Augen. Mit einem Lächeln schlief er ein. Er war glücklich und fühlte sich geborgen.

Es war heller Morgen, als er erwachte. Carola war schon aufgestanden. Er rief ihren Namen, aber sie antwortete nicht. Da sprang er auf und rannte rufend durch das Haus, bis er ihren Zettel neben dem gedeckten Frühstückstisch fand.

»Bin in Cannes«, stand kurz darauf. »Komme gegen Mittag zurück.«

Neben dem Zettel lagen zwei Morgenzeitungen. Der Kulturteil war aufgeschlagen. Leclerc beugte sich herunter und las die kurze Kritik der ersten Zeitung.

»Das Gala-Konzert des jungen Geigers Jean Leclerc mit den sauber spielenden Turinern unter Mario Brandelli im großen Saal des Künstlerhauses ließ eine große, brennende Frage über das Beste an diesem Abend unbeantwortet: Wo ließ Jean Leclerc seinen Frack arbeiten?«

Leclerc zerknüllte die Zeitung und schleuderte sie, zusammen mit der anderen, ungelesenen Zeitung, hinunter ins Meer. Aber die große Wut, die ihn noch gestern nacht gepackt hatte, kam nicht zurück. Er hatte geschlafen, der innere Druck war vorbei, die Sonne schien, und er saß auf der Terrasse über dem leuchtend blauen Mittelmeer.

Ich habe Zeit, dachte er jetzt. Carola ist nicht gegangen, es wäre auch zu merkwürdig gewesen, daß sich eine Frau von mir lösen kann. Solange sie bei mir bleibt, wird das Leben sorglos sein. Man wird sich eben umsehen müssen, wo die neuen Chancen liegen.

Mit gutem Appetit frühstückte er und saß dann später am Radio und hörte Tanzmusik. Wie man sich nur so aufregen kann über einen mißlungenen Abend, dachte er und dehnte sich in der Sonne. Man sollte viel kaltschnäuziger dem Leben gegenüber sein, viel mitleidloser. Hat jemand Mitleid mit mir?

Er lehnte sich zurück und schloß die Augen. Die Sonne jedenfalls meinte es gut mit ihm.

Es kostete Carola nicht nur eine stundenlange Überredungskunst, sondern auch 4000 Francs, bis sie Franco Gombarelli so weit hatte, daß er ein neues Konzert organisierte.

»Ich arbeite nicht mehr für diesen Verrückten, Signora!« rief Gombarelli und trank zur Auffrischung seiner Stimme einen Apéritif. »Und wenn Sie mir 20000 bieten – ich tue es nicht.«

»Ich gebe Ihnen 4000 und keinen Sou mehr. Und dafür werden Sie sich bemühen, auf meine Kosten wieder ein Orchester zu engagieren und einen Saal zu mieten. Diesmal in Monte Carlo.«

»Kompletter Wahnsinn! Verzeihung, Signora, aber es wäre besser, Sie stellten sich an eine Straßenecke und verteilten die Geldscheine. Dann kämen Sie wenigstens noch in die Zeitung.« Gombarelli zog den Schlipskragen herunter und öffnete den Kragenknopf. Die Erregung verbreitete in ihm drückende Hitze. »Wen locken Sie mit einem Violinkonzert eines Unbekannten in Monte Carlo in einen Saal? Wenn man so etwas laut sagt, sperren sie einen sofort in die Anstalt. Monte Carlo! Soll ich dem Fürsten auch eine Einladung schicken?«

»Natürlich. Eine Freikarte.«

»Sie haben Humor, Signora.« Gombarelli lehnte sich zurück. Er resignierte. »Ihr junger Freund benimmt sich wie ein Wilder. Wirft Hocker nach mir und droht Mario Brandelli einen Totschlag an. Er kann spielen, zugegeben, aber er hat nicht die geringste charakterliche Reife und Festigkeit, um anders zu leben, als er es bisher getan hat. Als Freund schöner, reicher Frauen ...«

»Sie sind geschmacklos, Gombarelli!« sagte Carola steif.

»Wie soll ich Ihnen sonst anders die Wahrheit sagen, Signora?«

»Sie sollen nicht reden, Sie sollen handeln. Hier!« Sie schob ihm einen Packen Geldscheine über den Tisch. Gombarelli sah sich konsterniert um. Sie saßen in der Halle des Golfhotels, aber Gott sei Dank stand ihre Sesselgruppe in einer Ecke und nicht im Blickfeld der anderen Gäste. Schnell griff Gombarelli zu und schob die Geldscheine in seine Tasche.

»4000 Francs, zählen Sie nach«, sagte Carola hart.

»Ihnen glaubt man alles, Signora. Wozu nachzählen?«

»Und wann ist das Konzert?«

»So schnell wie möglich. Aber ich befürchte, Ihr kleiner Jean wird nicht wollen.«

»Das überlassen Sie mir. Mieten Sie einen intimen Saal, nicht mehr als vierhundert Sitzplätze.«

»Vierhundert!« Gombarelli hob den Blick an die Decke. »Wenn jeder zweite Sitz besetzt ist, wallfahre ich nach Lourdes und melde ein neues Wunder an.«

»Es werden vierhundert Zuhörer im Saal sein. Der Saal

wird ausverkauft sein. Und wenn Sie die Karten verschenken.« Carolas Gesicht war hart und ihr Blick duldete keinen Widerspruch. »Nach dem Konzert rechnen Sie mit Jean Leclerc den Überschuß der Einnahmen ab.«

»Ich werde wahnsinnig, Signora! Warum schenken Sie ihm das Geld nicht gleich? Wozu der Umweg?«

»Er soll das Gefühl haben, es verdient zu haben. Er soll an sich glauben lernen.«

»Und wozu? Braucht er das bei Ihnen? Was haben Sie davon?«

Carola sah Gombarelli erstaunt an. Zum erstenmal war sie ohne Antwort. Plötzlich aber erkannte sie auch, wie recht Gombarelli hatte. Warum das alles? Vor einem Virtuosen des Taktstockes war sie in ein neues Leben geflüchtet, und nun begann sie, einen neuen Virtuosen großzuziehen. Wenn ihr dies gelungen war, würde es genauso werden wie bei Donani: Reisen kreuz und quer durch die Welt, Proben, Konzerte, Empfänge, schlaffe Müdigkeit und erneutes Aufraffen am Morgen – denn es ging ja weiter... Proben, Konzerte, Empfänge... die Welt wollte Jean Leclerc hören... im Konzertsaal, im Fernsehen, im Rundfunk, auf der Schallplatte...

Carola strich sich nervös über die Augen. Daß ich daran nie gedacht habe, daß mich ein Mann wie Gombarelli darauf stoßen muß. Bisher hatte sie in Jean Leclerc nur die Jugend gesehen, die Leidenschaft des Liebhabers, den Zauber des Vergessenkönnens, ihr seliges Glück, das sie belohnen wollte mit Erfolg und Ruhm. Plötzlich sah sie auch die andere Seite, jenes Leben im Schatten des Ruhmes, dem sie entflohen war. Es ist genau wie damals, als ich Donani kennenlernte, dachte sie mit eisigem Schrecken. Ich war geblendet von seinen Erfolgen, ich schwärmte ihn an, ich dachte überhaupt nicht mehr, weil es unendlich schöner ist, nur glücklich zu sein, weiter nichts als gedankenlos glücklich. Und was ist daraus geworden...

Franco Gombarelli trank seinen Apéritif aus.

»Ich gebe Ihnen die 4000 gern wieder, Signora«, sagte er höflich. Carola schüttelte den Kopf.

»Noch dieses eine Konzert. Vielleicht gelingt es.«

»Es ist Ihr Geld.« Gombarelli erhob sich. »Ich werde alles tun, was ich kann. An mir soll es nicht liegen. Ich möchte nur im voraus sagen, daß ich mich weigern werde, die Zuschauer vorher zu betäuben und dann in den Saal zu schaffen. Mehr als die Karten verschenken kann ich nicht.«

»Wie und was Sie machen, ist mir gleichgültig.« Auch Carola erhob sich. »Ich erwarte von Ihnen einen gefüllten Saal. Keinen leeren Stuhl, nicht einen einzigen!«

Gombarelli nickte. Es war sinnlos, noch etwas zu sagen. Er dachte nur: Mein Gott, was muß der Junge für Qualitäten haben, daß eine solche Frau so verrückt wird.

Aber so ist es im Leben; bevorzugt werden immer die Falschen.

Die folgenden drei Wochen waren ein harter Kampf. Jean Leclerc weigerte sich, noch einmal zu spielen. Er weigerte sich mit wilden Ausbrüchen und mit weinerlichem Klagen, er zerschlug eine Vase und legte sich krank ins Bett. Erst als Carola drohte, ihn zu verlassen, wurde er wieder normal und berechnend.

»Wovon sollen wir leben?« sagte Carola und legte den letzten Bankauszug auf den Tisch. Leclerc schielte mißtrauisch auf das Papier. »Ich habe noch 39000 Francs!«

»Ein schönes Stück, Chérie.«

»Es ist eine Handvoll, wenn man ausschließlich davon leben soll, ohne etwas dazuzuverdienen.«

»Du hast noch deinen Schmuck.« Leclerc sagte es ganz nüchtern.

»Auch das ist bald aufgebraucht. Du weißt, daß Schmuck, wenn man ihn verkauft, nur noch die Hälfte wert ist.«

»Für zwei oder drei Jahre reicht es, Chérie.«

»Und dann?«

»Wer weiß, was in zwei Jahren ist.« Leclerc legte den Arm um ihren Hals. »Ein Atomkrieg, ein Weltuntergang...«

»Rede keinen Unsinn.« Sie befreite sich aus seinem Griff und lehnte sich zurück. Er versuchte ihre Brust zu streicheln, aber sie schlug seine Hand weg. Leclerc hob die Schultern.

Na, dann nicht, dachte er und wölbte die Unterlippe vor. Ich kann es aushalten, aber nicht du. Wenn es dunkel wird, fängst du an zu zittern.

»Du mußt in diesem einen Jahr so weit sein, daß du als Solist genug Geld verdienst«, sagte sie unbeirrt. »Man kann nicht einfach resignieren und seine Begabung wegwerfen, nur weil es einmal nicht geklappt hat.«

»Es wird nie klappen! Nie!« Leclerc sprang auf. Ein unbändiger Drang, ihr weh zu tun, stieg in ihm auf. »Ich habe auf das falsche Pferd gesetzt, das ist alles!« rief er. »Ich habe gedacht, Geld und Liebe reichten aus, einen Weg zu ebnen. Das war falsch, das war idiotisch! Jetzt sehe ich ein, daß es nur einen gegeben hat, der mich ans Licht gebracht hätte, der allein dazu die Möglichkeit hatte: Donani.«

Carolas Gesicht wurde weiß. Ihre Finger krampften sich um den Bankauszug.

»Wir hatten uns versprochen, den Namen nie mehr zu nennen«, sagte sie tonlos.

»Versprochen!« Leclerc lachte rauh. »Man kann der Wahrheit nicht ausweichen. Was sind wir denn? Ein Mann und eine Frau, die sich morgens, mittags, abends und nachts in die Arme fallen, die sich selbst belügen, wenn sie glauben, das höchste Glück zu genießen, und denen doch die Angst im Nacken hockt: Was wird werden? Wie soll das enden?« Er fuhr herum und beugte sich zu Carola. »Weißt du es, ja?« schrie er. »Weißt du, wie es weitergehen soll?«

»Ja. Du wirst das Konzert geben.«

»Nein!«

»Doch!« Sie sah ihn an, und er erkannte in ihrem Blick die gleiche Grausamkeit, zu der er eben fähig gewesen war. Da hielt er den Atem an und biß die Zähne aufeinander.

»Doch! Du spielst!« sagte Carola noch einmal. »Du spielst, weil ich dich bezahle.«

»Du ... du bezahlst?«

»Ich miete den Saal, ich lasse Plakate drucken, ich bezahle Gombarelli, damit er dich managt. Ich habe alles gekauft. Auch das Orchester, das dich begleitet.« Ihr Gesicht war wie aus Stein. Leclerc spürte, wie seine Beine nachgaben, wie seine Hände zitterten und kalter Schweiß über seine Stirn zog. »Du kannst durch mich alles werden – oder nichts!«

»Du Aas«, sagte er kaum hörbar.

»Ich glaube, wir sind quitt.« Sie stand auf und zerriß den Bankauszug. »So verfliegen Illusionen, mein Lieber. Sie explodieren wie Seifenblasen. Du liebst mich wegen des Geldes, habe ich das richtig verstanden? Ich liebe dich wegen deiner schäumenden Jugend, ist das auch klar ausgedrückt? Sollen wir uns etwas vormachen? Als ich in Berlin alles von mir wegwarf, glaubte ich an die große, ewige Liebe. Ich glaubte noch an sie, als ich in Marseille mein Gesicht verlor. Ich träumte von ihr, als wir dieses Haus hier bezogen. Ich träumte bis vor fünf Minuten noch davon. Ein Satz von dir, ein einziger Satz hat alles verändert. Du hast dich mir neu vorgestellt. Nicht wie damals auf der Place de l'Opéra in Paris, jungenhaft-frech und charmant, mit deiner Jugend blendend – nein, du hast dich als das vorgestellt, was du jetzt bist: Ein bezahlter Liebhaber!«

»Chérie ...«, stotterte Leclerc.

»Laß das dumme Wort!« Carola trat an das Gitter und blickte hinunter auf die gischtumtosten Klippen. »Sparen wir uns diese Komödie. Für jede Nacht erhältst du deinen Preis, für jede Umarmung deinen Obolus. Du hast etwas anzubieten, und ich kaufe es dir ab.«

»Carola!« schrie Leclerc. Er ballte die Faust und bebte am ganzen Körper.

»Und noch eins: Noch habe ich Geld. Noch kann ich dich bezahlen. Aber auch, wenn ich keins mehr habe, sind wir aneinandergekettet auf Gedeih und Verderb. Ich habe mein Gesicht für dich geopfert, um für immer bei dir zu sein. Es ist kein großes Verlangen von mir, wenn ich dein billiges Leben als Gegenwert verlange. Du wirst, wie jeder Mann für seine Frau, auch für mich arbeiten; ganz gleich, wie und wo. Es ist deine Pflicht, du kannst ihr nicht ausweichen. Ich kann dich zwingen.«

»Womit?« Leclerc stampfte auf. »Womit, he?« schrie er. »Wie willst du mich zwingen?«

»Indem ich dich umbringe«, sagte sie ganz ruhig. »Ich

habe die alte Carola Donani getötet und wurde Vera Friedburg. Was macht es mir aus, einen Jean Leclerc zu töten?«

»Du... du bist unheimlich...«, stotterte Leclerc. Er drehte sich um und rannte von der Terrasse zurück ins Haus. Er wußte, daß die Worte Carolas kein dramatisches oder leeres Gerede waren. Er hielt sie dieser Tat für fähig.

Carola lehnte den Kopf an die Hauswand, als Leclerc weggelaufen war. Ihr Herz schmerzte, und sie hatte das Gefühl, im nächsten Augenblick kraftlos umfallen zu müssen. Was habe ich da alles gesagt, dachte sie und spürte, wie das unterdrückte Weinen in ein Zittern ihres Körpers überging. O Gott, was habe ich alles gesagt. Es ist ja nicht wahr, es ist ja alles gelogen, ich kann ja ohne ihn nicht sein, ich brauche ihn ja wie das Atmen, wie das tägliche Brot, wie der Verdurstende das Wasser. Ich wäre ja nichts ohne ihn, ich lebe ja nur durch ihn.

Sie preßte die flachen Hände gegen das Gesicht und hatte einen Augenblick lang den sehnlichen Wunsch, über das Geländer zu fallen und auf den Klippen inmitten der schäumenden See zu zerschellen.

In der Nacht kroch Jean Leclerc an ihre Seite und legte seinen Kopf auf ihre Brust. Wie ein Hund war er, der Wärme und Liebkosung sucht.

»Ich spiele«, sagte er leise, als sich Carola nicht rührte, obgleich sie wach war. »Ich tue alles, was du willst – nur sprich mit mir. Sag, daß du mich liebst, bleibe meine Chérie...«

Sie blieb stumm, aber sie legte den Kopf zur Seite und drückte ihr Gesicht in seine schwarzen Locken. Und sie seufzte leise, als seine heißen Hände über ihren Leib glitten.

Ein oder zwei Jahre, dachte Jean Leclerc dabei. Wer weiß, wie die Welt dann aussieht. Es wäre dumm, sich diese zwei Jahre zu verderben.

Das zweite Konzert war ein voller Erfolg. Der Saal war gefüllt bis auf den letzten Platz. Achthundert Hände klatschten frenetischen Beifall, denn für eine Freikarte muß man etwas leisten. Die Kritiker der Zeitungen, die ebenfalls mit Freikarten im Saal saßen, aber nicht wußten, daß auch die anderen

Zuhörer gekauft waren, wunderten sich über den tosenden Erfolg des jungen Mannes, der seinen Solopart auf der Violine heruntergespielt hatte wie eine Schullektion und der nun mit einer Lässigkeit sich verbeugte, als wolle er sagen, daß dieser Beifall ihn wenig rühre.

Im Künstlerzimmer rannte Franco Gombarelli auf Leclerc zu und wollte ihm gratulieren. »Welch ein Erfolg! Welch ein Tag!« rief er enthusiastisch. »Darf ich schon Maestro zu Ihnen sagen? Sie werden die Welt auf den Kopf stellen!« Gombarelli spielte seine Rolle vollendet. Er setzte sich an den Tisch und packte einen Stapel Geldscheine auf den Tisch. »Sehen Sie her, mein Lieber! Die Tageskasse! Der Überschuß. 2000 Francs. Das ist überwältigend für das erste richtige Konzert! Wissen Sie, wie hoch das erste Honorar Paganinis war? Zwei Butterbrote mit Käse, haha! Sie sind ein Glückspilz, Jean!«

Leclerc antwortete nicht. Er trat an den Tisch, ergriff das Bündel Banknoten, hob es hoch und schleuderte es dem verblüfften Gombarelli ins Gesicht.

»Nehmen Sie auch das, Sie Kreatur Veras!« sagte er ganz ruhig. »Ich weiß nicht, was sie Ihnen gegeben hat, damit diese Komödie gespielt wird, aber es war nicht genug für diese meisterhafte Inszenierung. Das da fehlt noch. Stecken Sie es ein. Wenn ich Geld brauche, hole ich es mir einfacher und amüsanter – im Bett. Gute Nacht!«

»Signore Leclerc!« Gombarelli sprang auf. »Noch etwas!«

»Was denn noch? Stecken Sie Ihren Judaslohn ein.«

Gombarelli stand dicht vor Leclerc. Seine dunklen Augen glühten.

»Ich habe etwas vergessen. Ich möchte Ihnen meine Begeisterung über Ihr Können und Ihren Charakter zukommen lassen. Bitte!«

Er hob beide Hände und ohrfeigte Leclerc auf beide Wangen. Leclerc hob die Fäuste, aber der große Gombarelli war wesentlich stärker als er. Mit einem Hieb lähmte er die Arme Leclercs und versetzte ihm anschließend noch zwei Schläge ins Gesicht.

»So«, sagte Gombarelli tief befriedigt. »Das war es! Dafür

gebe ich 10000 Francs her, wenn's nötig ist. Meine gute Erziehung hindert mich daran, Ihnen ins Gesicht zu spukken. Aber nehmen Sie als letztes mit: Ich betrachte Sie als das erbärmlichste Schwein von Mann, das je von einer Frau ausgehalten wurde. Und jetzt wirklich – gute Nacht!«

Leclerc lehnte sich kraftlos gegen die Wand. Sein Gesicht brannte, als habe es in Feuer gelegen. Seine Arme waren durch den harten Schlag Gombarellis gefühllos. Erst langsam – wie lange es gedauert hatte, wußte er nicht – kam wieder Leben in ihn. Seine Beine bewegten sich und trugen den Körper zum Tisch.

Das Geld lag noch auf dem Boden, die verlogene Abrechnung auf der Tischplatte. Daneben lag die Geige, dunkelbraun, zart gemasert. In ihrem Lack spiegelten sich die Deckenlampen.

Mit beiden Händen griff Leclerc zu. Er hob die Geige auf, schwang sie hoch über seinen Kopf und schleuderte sie an die Wand. Mit einem hellen Laut, fast wie der Schrei eines Kindes, zerschellte das Holz, die Saiten flirrten durch die Luft. Nur der Geigenhals blieb in seiner Hand. Mit einem Fluch warf er auch ihn in die Ecke des Raumes.

Jean Leclerc wandte sich ab und verließ das Haus durch den Hintereingang. Ihn ekelte alles an. Als er sein Gesicht im Spiegel sah, den eine Fensterscheibe gegen einen dunklen Hintergrund bildete – als er dieses Strichjungengesicht sah, von den Schlägen Gombarellis aufgetrieben, als habe er Hefe unter der Haut, da streckte er vor sich selbst die Zunge aus und bespuckte sein Bild auf der Scheibe.

Mit verbissenem Gesicht wanderte Jean ziellos über die Straße nach Cannes. Warum er dorthin ging, was er in Cannes wollte, wie es in den kommenden Tagen und Wochen mit Carola weitergehen sollte, wie überhaupt das Leben, dieses verpfuschte und auf Leidenschaften aufgebaute Leben fortgesetzt werden sollte, wußte er nicht. Er hatte das Bedürfnis zu laufen. Wegzulaufen vor dem, was nun von ihm verlangt werden würde.

Als er damals, auf der Place de l'Opéra in Paris, die berauschend schöne Frau des Dirigenten Donani ansprach und mit einer fast unglaublichen Kühnheit küßte, da hatte er an einen lukrativen Flirt gedacht. An eine Tändelei ohne Tiefe, ohne Tragödien, ohne Folgen vor allem. Aber dann war alles wie eine riesige Woge über ihm zusammengeschlagen, hatte ihn mitgerissen hinaus auf ein Meer, obwohl er nicht schwimmen konnte und auch nicht schwimmen wollte. Nun lag er erschöpft an einem fremden Strand, ein Robinson der Liebe. So wenigstens kam er sich vor, und er war dabei, sich tief und schmerzlich zu bedauern.

Nach einer halben Stunde Fußmarsch hielt ein Auto neben ihm und nahm ihn mit nach Cannes. Es war ein Engländer, der wortlos seine Pfeife rauchte, den Wagen mit einer Hand lässig lenkte und sich um seinen neuen Reisebegleiter nicht kümmerte.

Jean starrte durch die Scheibe der Autotür. Was soll ich tun, dachte er immer wieder. Es gibt nur zwei Möglichkeiten: Wegzugehen von Carola und damit einer ungewissen Zukunft ausgesetzt zu sein, oder bei ihr zu bleiben, sie immer wieder in den Nächten zu betören. So lange, bis sich eine Möglichkeit findet, aus diesen Fesseln wieder zu entweichen in einen anderen, noch nicht bestimmbaren Abschnitt des Lebens, in dem es sich ruhiger, aber mit der gleichen Sorglosigkeit leben läßt.

Am Hafen ließ der Engländer ihn aus dem Wagen. Leclerc stand an der Kaimauer und starrte über die weißen Segel und die Motorjachten und auf das elegante Promenieren unter der Lichterfülle der Croisette. Ihm war weinerlich zumute, er fühlte sich hundeelend und war wütend.

Man sollte sich besaufen, dachte er. Regelrecht besaufen. Und abwarten, wie alles werden würde. Was blieb ihm anderes übrig? Es gab natürlich viele Wege, in ein normales Leben zurückzukehren. Man konnte wieder als Geiger in der letzten Reihe eines Orchesters sitzen, man konnte in Bars spielen, man konnte sich einem Reiseorchester anschließen – aber immer würde Carola bei ihm sein, die Frau, die seinetwegen ein reiches Leben weggeworfen hatte, so endgültig mit der Verwandlung ihres Gesichtes, daß es kein Zurück mehr gab.

Jean wich allen Problemen an diesem Abend aus. Er streifte durch das Hafenviertel von Cannes. In einer Kneipe am Segelhafen betrank er sich und lernte ein Mädchen kennen, das nach einem fragenden Blick gleich den Arm um seinen Nacken legte.

»Komm!« sagte er mürrisch. »Es ist doch alles am Ende!« Er steckte dem Mädchen 500 Francs in die Bluse, hakte sich bei ihr unter und ließ sich durch die Altstadtstraßen schleifen. Später lag er in einem Eisenbett, schlief röchelnd und zuckte im Traum mit den Beinen.

Es war merkwürdig: Die Hafendirne Fifi Bareuge hatte Mitleid mit dem unbekannten, betrunkenen, schönen Jüngling; mehr Mitleid, als man mit 500 Francs kaufen kann. Sie ließ ihn bis gegen Morgen schlafen und warf ihn nicht aus dem Zimmer wie andere Kunden.

Das Schicksal ließ ihn nicht los. Was er auch tat und wo er auch war: Jean Leclerc entrann nie den Frauen.

Carola hatte die ganze Nacht wach gesessen. Erst auf der Terrasse, über das Meer starrend und sich in wilder Verzweiflung quälend, dann im Wohnzimmer, zusammengeduckt in einem Sessel.

Sie konnte mit Gedanken und Entschlüssen ringen, sie wieder verwerfen, neue Anklagen erheben und auch diese wegwischen. Als sie damals in der Klinik des Dr. Lombard über sechs Wochen Zeit hatte, während der Verwandlung ihres Gesichtes von ihren Gedanken zu leben, war es nur Sehnsucht nach dem neuen Leben gewesen, nur Liebe zu Jean. Nur eine irre Verblendung, wie sie es jetzt plötzlich nannte – eine Erkenntnis, die sie schaudern ließ. Geblieben war nur noch die Asche eines zu schnellen Brandes und das grauenhafte Wissen, ein Leben für ein Nichts weggeworfen zu haben. Ein Nichts, das Jean Leclerc hieß... ein junger Körper, ein Paar warme Lippen, eine weiche, streichelnde Hand, eine Reihe von sündigen Nächten; Versuche, zwei

Schicksale auf dem Fundament des völligen Vergessens der Vergangenheit zu gestalten ... eben ein Nichts.

Wogegen sich Carola in den zurückliegenden Monaten immer wieder gewehrt hatte, was sie innerlich unterdrückte und vor dem sie – wenn sie merkte, daß ihr Wille versagte – in die Arme Jeans geflüchtet war, das kam jetzt übermächtig in ihr hoch, und es gab nichts mehr, was sie entgegenstemmen konnte: Der Gedanke an Donani und an ihre Kinder.

Es war ihr, als zerrisse das Herz. Die Einsamkeit in dem Haus oben auf dem Felsen, umgeben vom Meer und den Klippen, war nicht mehr zu ertragen, nachdem sie Jean Leclercs wahren Charakter erkannt hatte. Diese grausame Ernüchterung empfand sie als so schrecklich, daß sie meinte, der Atem versage ihr. Sie sprang auf, rannte hinaus auf die Terrasse, beugte sich über das Geländer und starrte wieder hinunter auf das um die Klippen kochende Meer.

Hinab, dachte sie. Wie einfach das alles wäre. Ein Schwung über das Geländer, ein sekundenschneller Fall, zwei Atemzüge lang, und dann würde Ruhe sein ... endlich Ruhe ...

Sie stand auf der Terrasse, bis sie zu frieren begann. Warum soll ich hinabspringen, dachte sie. Vielleicht wartet Jean nur darauf. Er wird äußerlich erschüttert tun, aber im Inneren aufatmen.

Sie zog die Schultern hoch und ging ins Haus zurück. Wie gut ich ihn kenne, dachte sie weiter. Ich habe es mir nie eingestanden, ich habe mich immer selbst belogen. Er sei ein großer Junge, habe ich mir eingeredet. Ein lieber Junge. Ein leichtsinniger Junge. Und gerade dieser Leichtsinn sei es, der ihn so liebenswert mache.

Sie legte wie in einem maßlosen Erstaunen die Hände gegen den Mund. Mein Gott, das habe ich gedacht. Das habe ich noch vor ein paar Tagen gedacht. Ich bin mit geschlossenen Augen umhergegangen und war glücklich, wenn ich nur fühlen durfte. Ich war blind, weil ich nicht sehen wollte – aus Angst, das erkennen zu müssen, was jetzt nicht mehr zu verleugnen ist.

So saß sie die ganze Nacht und wartete auf die Rückkehr

Jeans. Was sie sagen würde, wußte sie noch nicht. Es wird eine Entscheidung geben – das war das einzige, was für sie sicher war.

Jean kam am frühen Morgen heim. Sein Gesicht sah zerstört aus, entstellt und aufgedunsen. Er roch nach billigem Parfüm und Alkohol, eine Mischung, die Übelkeit erzeugte. Leicht schwankend lehnte er sich gegen die Tür und winkte Carola zu. Sie hockte im Sessel und starrte ihn stumm an.

»Bonjour, Chérie!« sagte er und entblößte bleckend die Zähne. »Gut geschlafen? Wie du siehst, hat Herrchen dich nicht vergessen ... er ist wieder da.«

»Wo warst du?« fragte Carola steif.

Jean machte eine alles umfassende Armbewegung. Sein Gesicht glänzte. Der noch in seinem Körper kreisende Alkohol trieb ihm den Schweiß aus den Poren.

»Im achten Himmel!« rief er. »Den siebten hast du ja für dich reserviert! Aber im achten Himmel, das sag ich dir, da herrscht eine Stimmung! Da blasen die Engelein auf Kognakflaschen! Du solltest mal aus dem siebten Himmel rauskommen und mit mir in den achten fliegen!«

»Du bist betrunken«, sagte Carola angewidert.

»Und wie! Ist trinken auch verboten?«

»Du benimmst dich wie ein unreifer Junge.«

»Bin ich das nicht?« Jean drehte sich mühsam um sich selbst und hielt sich dann wieder am Türrahmen fest. »Wer hat mich reif gemacht? Na? Wer will aus mir einen großen Mann machen? Mit zehntausend Francs? Wer denn? Meine kleine Chérie ... mein teufelsschönes, ehrgeiziges Luder ...«

Carola wandte sich ab. Sie erhob sich aus dem Sessel, trat ans Feuer und sah hinaus auf das in der Morgendämmerung wie aus Nebeln aufsteigende Meer.

»Du kannst von jetzt ab tun, was du willst!« sagte sie hart.

Jean schüttelte den Kopf, als käme er aus dem Wasser. Seine etwas glasigen Augen wurden plötzlich ernst; es war, als habe jemand einen Vorhang weggezogen, der die Gegenstände verzerrte. »Was heißt das?« fragte er mit klarer Stimme.

»Es ist aus.« Carola drehte sich langsam zu ihm um. »Warum siehst du mich so entgeistert an? Es ist aus. Ich wundere mich selbst, mit welcher Ruhe ich dieses Wort sagen kann. Ich müßte toben und schreien, ich müßte dir eine Liste dessen präsentieren, was ich deinetwegen aufgegeben habe...«

»Bitte!« Jean hob die Hand, sein Gesicht drückte Langeweile aus. »Keine Leporello-Arie. Habe ich das, was du geopfert hast, jemals von dir verlangt?«

»Nein.«

»Na also.« Jean schwankte durch das Zimmer und warf sich in einen der Sessel. Er legte die Beine auf den Rauchtisch und stützte den Kopf nach hinten gegen die Sessellehne. »Wir trennen uns also?«

»Ja«, sagte Carola. Ihre Stimme klirrte fast vor Kälte.

»Du hast es leicht, ja zu sagen.« Jean betrachtete seine Fingernägel. »Du hast noch ein dickes Bankkonto, deinen Schmuck, na ja, und am Ende auch noch ein körperliches Kapital.«

»Schweig!« schrie Carola plötzlich. »Sprich nicht weiter, ich warne dich! Halt den Mund!«

Leclerc zuckte mit den Schultern. »Mich hast du aus der Bahn geworfen...«

»Was habe ich?« fragte Carola fast atemlos zurück. Sie senkte den Kopf. Das ist doch nicht möglich, dachte sie. Das kann er doch nicht ernst gemeint haben. Soviel Gemeinheit kann es doch gar nicht geben.

»Ich hatte eine gute Stellung. Ich war Geiger bei Bernd Donani. Das ist etwas, um das mich Hunderte von Kollegen beneiden. Was bin ich jetzt?«

»Ein betrunkener Lump!« schrie Carola.

»Betrunken aus Kummer über mein verpfuschtes Leben! Ich bin aus meiner Bahn gerissen worden, man hat mich zu einem Hampelmann gemacht, ich bin ein Tierchen, das man mit ins Bett nimmt...«

»Red nicht weiter«, sagte Carola gefährlich leise. »Red nicht weiter!«

»Warum denn nicht? Tut es weh?« Er grinste breit und faltete die Hände über dem Bauch. »Das freut mich, Chérie. Weißt du, daß auch ich es satt habe?«

»Du hast alles in mir zerstört, alles! Die Illusion, die ich von der Liebe hatte, den Glauben an eine Zukunft, die Gemeinsamkeit von zwei Menschen, die alle Widerstände sprengt und alle Pläne Wahrheit werden läßt.«

»Pläne!« Jean schüttelte wie mitleidig den Kopf. »Du hattest Geld, das war alles! Und du hattest einen einflußreichen Mann. Darum warst du interessant, Chérie – nicht, weil du eine schöne Frau bist. Schöne Frauen gibt's genug, nur kosten sie Geld. Du warst die Ausnahme, die Geld bringen sollte. Und was habe ich nun?« Jeans Stimme wurde quengelig wie bei einem boshaften Kind. »Der einflußreiche Donani ist fern wie der Mann im Mond, und aus der schönen, reichen Frau wurde ...«

»Ich vergesse mich, wenn du weiterredest!« schrie Carola wild. Sie war mit zwei großen Schritten bei ihm vor dem Sessel und spreizte die Finger. Jean Leclerc zog den Kopf in die Schultern, als wolle er seinen Hals vor ihren Händen verstecken. Seine Augen begannen zu flimmern.

»Du hast mich gebraucht«, sagte er langsam. »Nicht ich dich. Du hast mich dafür bezahlt... hast du es nicht selbst gesagt? Wieviel Geld hast du noch? 30000? 40000? Wie lange reicht es? Du wirst anders kalkulieren müssen, Chérie. Ich bin teurer geworden.«

Carola schloß einen Moment die Augen. Sie kämpfte gegen die Versuchung, vorzustürzen und Jean zu töten. Mit den eigenen Händen... mit ihren Nägeln das höhnisch lächelnde Gesicht zerfleischen und dann zudrücken, den Kopf abgewandt, um ihn nicht ansehen zu müssen, um die großen Kinderaugen nicht erstarren zu sehen.

Kinderaugen...

Alwine und Babette.

Meine Kinder.

Die Gedanken zerstückelten sie innerlich. Sie warf den Kopf zurück und trat vom Sessel ins Zimmer. Jean atmete hörbar auf.

»Geh!« sagte sie leise. Jean erhob sich und zog seinen Schlipsknoten gerade.

»So plötzlich?«

»Noch in dieser Minute!«

»Ich werde doch noch packen dürfen.«

»Nein!«

»Also, so geht es nun auch nicht!« Jean steckte die Hände in die Hosentaschen. Ein Zittern überfiel ihn. Vor dem Fenster stieg die Sonne aus dem Meer empor, ein runder, goldroter Ball. Es war, als stehe der Himmel in Flammen. »Wo soll ich denn hin?« fragte er laut.

»Dorthin, wo du eben hergekommen bist!«

»Das kostet Geld.« Jean schob wie ein trotziges Kind die Unterlippe vor. »Wir wollen es mal klar aussprechen, Chérie: Nicht ich bin für dich verantwortlich, sondern du für mich. Alles, was geschehen ist, ging von dir aus: die Tote in Berlin, die in deinem Wagen die verunglückte Carola Donani spielen mußte. Die Gesichtsoperation. Der falsche Paß. Alles das hast du getan.«

»Aus Liebe zu dir!« Carola wirbelte herum. »Ich war wahnsinnig! Wahnsinnig! Jetzt sehe ich es!« Sie rannte zu einem Schrank, riß eine Schublade auf und griff nach einem Papierbündel. Jean ging im Zimmer hin und her, mit gespitzten Lippen, als wolle er pfeifen. Seine Gedanken, von der letzten Alkohollähmung befreit, arbeiteten rasend. Es ist zu Ende, das ist nun sicher, dachte er. Irgendwie ist das eine Befreiung, aber genau betrachtet läuft es auf eine Katastrophe hinaus. Wovon soll ich leben? Zumindest die ersten Tage müssen gesichert sein, eine Woche, ein Monat. In dieser Zeit würden sich neue Quellen entdecken lassen.

Er blieb stehen, suchte in den Taschen und klimperte mit ein paar Francstücken. »Das ist alles, was ich habe«, sagte er frech und hielt die Hand auf. »Ein armer Musiker bittet um eine milde Gabe. War ich nicht – immer fleißig...?«

Carola umkrallte die aus der Schublade gerissenen Papiere. Was ist aus mir geworden, schrie es in ihr. Kann es noch tiefer hinabgehen als mit mir? Mein Gott, wie gerecht und wie schnell du strafen kannst...

»Ich werde dir alles nachzahlen«, sagte sie dumpf. »Du sollst nicht das Gefühl haben, auch nur eine Stunde Liebe unterbezahlt geopfert zu haben. Hier!« Sie hob beide Hände und öffnete sie. Die Augen Jeans weiteten sich. Geldscheine. Sie hat einen dicken Packen Geldscheine in den Händen. Lauter Hundertfrancsscheine. Er machte einen Schritt auf sie zu, aber sie kam ihm entgegen, und als er ihre Augen sah, diese vor Haß blitzenden Augen, ließ er die Arme sinken.

»Ich will zahlen!« schrie Carola plötzlich mit greller Stimme. Sie riß einen Schein aus dem Packen und warf ihn Jean ins Gesicht. »Da – für eine Nacht! Und für die zweite! Die dritte... die vierte... fünfte...« Bei jedem Wort warf sie ihm einen Hundertfrancsschein ins Gesicht. Sie stand nahe vor ihm, bei dem Wort sechs trennte sie kein halber Meter mehr, und auch die Scheine flatterten nicht mehr um ihn herum, sondern sie lagen jetzt auf der Handfläche Carolas und jedes »Hier! Hier!« war ein Klatschen auf seine Wangen, war eine Ohrfeige mit einem Geldschein.

Jean rührte sich nicht. Seine Augen blickten an Carola vorbei, er ertrug die Schläge und zählte mit. Tausend Francs, dachte er. Tausenddreihundert... vierhundert... fünfhundert... Sie hat noch Geld in der Hand, sie schreit noch immer, sie schlägt noch immer zu... siebenhundert.. neunhundert... zweitausend...

Er nahm den Kopf zurück, die zuschlagende Hand zischte ins Leere.

»Es waren mehr Nächte!« schrie Carola. Sie zitterte am ganzen Körper wie in einem Schüttelfrost. »Ich will keine Schulden hinterlassen. Die Sünde ist teuer! Ich will bezahlen! Seit wann nimmst du kein Geld mehr?« Sie kam Jean, der einen Schritt zurückgewichen war, wieder nach und schlug erneut mit einem Geldschein in der Handfläche zu.

»Einundzwanzig! Und noch eine Nacht! Zweiundzwanzig! Du kannst reich werden, mein Liebling! Du kannst ein Krösus werden! Du kannst dich ausruhen auf deinem schwer erarbeiteten Vermögen! Vierundzwanzig! Fünfundzwanzig! Heb nicht die Hand, du Schuft! Ich zahle in bar! Hier... hier..«

Sie schleuderte den Rest des Geldpackens Jean ins Gesicht und taumelte dann zurück. Erschöpft lehnte sie sich an die Wand und preßte die Hände vor ihre Augen.

Jean Leclerc strich sich mit einer eleganten Bewegung die in die Stirn gefallenen Locken zurück. Seine Fingerspitzen fuhren tastend über die geschlagene Wange. Sie ist geschwollen, dachte er. Aber man kann sie kühlen. Das ist das kleinere Übel. Er sah sich um und lächelte spöttisch. Er stand inmitten einer Wiese von Geldscheinen, auf seinen Schuhen lag das Geld, an seinem Rock hingen die Scheine.

Ohne Hast bückte er sich und sammelte die Banknoten auf. Er schob sogar die Sessel zur Seite, um die weggeflatterten Scheine zu suchen. Dann ordnete er sie auf dem Rauchtisch, klopfte sie zu einem Block und steckte sie in die Rocktasche.

»Merci, Madame«, sagte er höflich. »Eine Quittung brauchen Sie wohl nicht.«

Er verbeugte sich, bückte sich noch einmal, weil er hundert Francs hinter einer Blumenvase liegen sah, zögerte und legte dann den Geldschein auf den Tisch zurück.

»Ein Beitrag für die Blumen zu diesem Festtag, Madame«, sagte er voll beißender Ironie. »Ich schlage ein großes Gebinde aus vielfarbigen Stiefmütterchen vor.«

Carola hatte die Hände nicht von den Augen genommen. Erst als die Tür klappte, als Jean Leclerc das Zimmer verlassen hatte, ließ sie die Arme sinken. Ein heißer Schmerz durchzuckte sie plötzlich, ein wilder Krampf, sie preßte die Hände gegen die Brust und versuchte, einen der Sessel zu erreichen. Mein Herz, dachte sie. O Gott, mein Herz.

Sie spürte, wie sie zusammensank, sie sah sich niederfallen, sie schloß entsetzt die Augen, als das Blumenmuster des Teppichs auf sie zukam, als presse jemand ein geblümtes Tuch auf ihren Mund. Dann lag sie mitten im Zimmer, die Decke fiel auf sie herab, das Haus schien sich von den Felsen zu lösen und wegzufliegen. Sie wollte schreien, aber sie hatte keine Stimme mehr. Und dann wurde es dunkel um sie, die rote Sonne explodierte.

Das Ende, dachte sie noch. So ist das Ende...

Während Carola ohnmächtig umsank, verließ Jean Leclerc fast fluchtartig das weiße Haus auf dem Felsen. Er nahm nichts mit, nur seinen kleinen Koffer aus Krokodilleder. Er war ein erster Ausweis von Wohlstand, auf den er nicht verzichten wollte.

Den ganzen Vormittag über hatte Jean genug damit zu tun, sich an seine neue Situation zu gewöhnen und sich auf sie einzustellen. Kaum, daß er das Haus verlassen hatte, setzte er sich auf die steile Steintreppe, die zur Straße hinabführte, und holte die Geldscheine wieder aus der Tasche. Zählend ließ er sie zwischen Daumen und Zeigefinger durchlaufen. Dreitausendsechshundert Francs! Genug, um das kurze Niemandsland zwischen Vergangenheit und Zukunft zu überwinden?

Er rechnete schnell, was er brauchte. Einen neuen Anzug, einen Smoking, dazu die nötige Wäsche, die Schuhe, einen Abendmantel, eine Woche lang ein Zimmer in einem guten Hotel – 3600 Francs sind da nicht allzuviel. Im Gegenteil, Beeilung tat not, das Vakuum seines Lebens mit neuem, erquikkenden Sauerstoff zu füllen.

Mit dem Bus fuhr Leclerc nach Cannes. Dort kleidete er sich ein, mietete sich einen Wagen und fuhr nach Monte Carlo. Im Hotel »Splendid« stieg er ab, wünschte nicht gestört zu werden und legte sich in seinem Zimmer, mit Blick über das Meer und das Fürstenschloß, ins Bett und schlief sich erst einmal aus. Er erwachte am späten Nachmittag, ließ sich Toast mit Schinken und Ei und eine halbe Flasche Pommery aufs Zimmer bringen und zählte dann noch einmal sein übriggebliebenes Geld.

900 Francs.

Jean Leclerc spürte ein unangenehmes Kribbeln unter der Kopfhaut. Mit 900 Francs ist man in Monte Carlo ein armseliger Bettler. Jeder Straßenkehrer, jeder Netzflicker am Hafen war ein König gegen ihn. Aber er besaß jetzt einen Smoking, der wie über seinen Körper gegossen aussah; er hatte ein Hemd mit einem diskreten Spitzenbesatz auf der Brust; die Lackschuhe waren beste italienische Arbeit.

Einen Augenblick lang dachte er an Carola, aber wirklich nur ein Wimpernzucken lang. Ich hätte noch mehr aus ihr herausholen sollen, hieß dieser Gedanke. Es ging alles so schnell. Ich habe mich überfahren lassen.

Er trat ans Fenster und sah hinab auf Monte Carlo, auf die von Scheinwerfern angestrahlten Türme des Fürstenschlosses, auf die glitzernden Fensterwände der Hochhäuser und die bunten Lämpchen der vielen Schiffe. Abrupt wandte er sich ab. Ich habe keine Zeit zum Träumen, sagte er sich. Ich habe nur 900 Francs in der Tasche. Nun gilt es, das Kapital meiner Jugend auszuwerten.

Durch das Zimmertelefon bestellte er eine Taxe, zog seinen eleganten Abendmantel an, gab dem Liftboy großzügig zwei Francs und ließ sich zum Spielcasino fahren.

Es war das erstemal, daß er ein Casino betrat, aber er tat es mit einer Sicherheit und Nonchalance, als sei er in den prunkvollen Räumen aufgewachsen. Da er nichts von den Spielregeln verstand, wanderte er durch die einzelnen Säle, sah dem Roulette zu, dem Bakkarat und den Croupiers, wechselte zweihundert Francs in Chips um und setzte sich auf einen freiwerdenden Platz an ein Roulette. Nur, um nicht aufzufallen, schob er einen 50-Francs-Chips auf eine schwarze Nummer und schaute auf die Hände der anderen, die nervös mit Geldscheinen und Chipstürmchen spielten.

Er gewann. Verwundert sah er auf das Häufchen Scheine, das der Croupierrechen zu ihm hinschob. Er setzte noch einmal, diesmal 100 Francs, und wieder gewann er, ohne zu wissen, wie das möglich war. Glücklich wie ein Kind schichtete er die Chips auf, klopfte die Scheine zusammen und überlegte, ob er das Glück zum drittenmal herausfordern sollte. Er zuckte etwas zusammen, als hinter ihm eine weibliche Stimme fragte: »Sorry, spielen Sie weiter oder kann ich Platz nehmen?« und drehte sich schnell herum.

Hinter seinem Stuhl stand eine hochgewachsene, langbeinige, faszinierende Dame. Ihre rotblond gefärbten Haare hatte sie wie zu einem Turban aufgesteckt, dessen Gipfel ein schmales, goldenes, mit Brillanten und Rubinen besetztes Diadem krönte. Ihr weißes, mit roten Perlen besticktes Abendkleid umschloß eng wie ein Futteral einen betörend gewachsenen Körper.

Jean Leclerc lächelte nach der ersten atemlosen Verblüffung freundlich, jungenhaft wie immer. Es war das berühmte Lächeln, das im Herzen einer Frau widerklang wie ein Glockenton.

»Bitte!« sagte er und sprang auf, schob der Dame den samtbezogenen Stuhl zurecht und verbeugte sich bewußt linkisch. »Leclerc. Jean Leclerc, Madame.«

»Oh!« Sie sah ihn aus wasserblauen Augen interessiert an und setzte sich an den Roulettetisch auf Jeans Platz. »Ich bin Doris Kinley. Ich komme aus Chikago.« Das Französisch Mrs. Kinleys war etwas schwerfällig und breit, ein Schulfranzösisch mit der Akzentuierung des Amerikanischen.

»Chikago!« Jean trat hinter den Stuhl Mrs. Kinleys und legte wie unbeabsichtigt seine Hände neben ihren nackten Schultern auf die Lehne des Stuhles. Er berührte sie nicht, aber seine Hände lagen so nahe, so millimeterfern von ihr, daß es wie eine Berührung wirkte. Sein Blick glitt über ihr Diadem und den Körper hinab. Mitte Dreißig, dachte Jean. An der Hand trägt sie keinen Ehering. Nur Brillanten von der Größe, wie man sie sonst als Seltenheiten in den Illustrierten vorgestellt bekommt.

»Chikago muß herrlich sein«, sagte er, um die Stille seiner Musterung nicht zu deutlich werden zu lassen. Dabei sah er Doris Kinley verträumt an, als sie sich zu ihm umdrehte. Hier sitzt das neue Glück, dachte er gleichzeitig. Hier ist eine Geldquelle, die nie versiegen wird. Adieu, Carola! Ich habe die große Begabung, Dummheiten schnell vergessen zu können.

»Chikago? Oh!« Doris Kinley verzog etwas ihr schönes, gepflegtes, amerikanisches Puppengesicht. »Es ist nicht schön für den, der nur die Schlachthöfe kennt. Mein dritter Mann Frankie – wir wurden vor neun Monaten geschieden – war Fleischer. Können Sie sich das vorstellen: Mit seiner Sekretärin machte er eine Alaskafahrt. Na ja!« Sie hob die weißen Schultern. »Nun habe ich fünfzig Prozent von seinen dreiundzwanzig Filialen. Aber ich frage Sie: Was soll ich mit den Läden? Soll ich herumreisen und mir nur Schlachthäuser ansehen? Ich habe alles einem Verwalter übergeben.«

Jean legte seine linke Hand auf ihre Schulter. Er spürte, wie sie unter dieser Berührung zusammenzuckte. Zwei hektisch rote Flecken bildeten sich unterhalb ihrer Wangen und breiteten sich aus über den ganzen Hals. Er lächelte wieder, als sie den Kopf zu ihm drehte, aber diesmal war sein Lächeln wissend und ermutigend.

»Eine schöne Frau wie Sie und ein so blutiges Handwerk, das ist eine Verhöhnung der Schönheit, Madame«, sagte er mit seiner einschmeichelnden Stimme. »Wissen Sie, was wir Südfranzosen sagen? Eine Frau ist von Gott der Welt geschenkt worden, um zu lieben – ist es nicht so, Madame?«

Doris Kinley atmete etwas heftiger. Ihre langen, schlanken Finger spielten mit dem Häufchen Chips, das Jean noch vor seinem Platz auf dem Roulettetisch liegen hatte. »Charmant!« sagte sie mit belegter Stimme und starrte auf die rollende Kugel im Roulette. »Ein schönes Stück Land, diese Riviera.«

»Ein Land der Liebe und des Vergessens, Madame.«

»Ich weiß es nicht. Ich bin erst zu kurz hier.«

»Die ersten Menschen warteten, um ein Feuer zu entfachen, auf einen Blitz oder rieben Steine aneinander.« Jean griff in die Tasche, holte sein Feuerzeug hervor und knipste es an. Fast genüßlich blies er die kleine Flamme dann wieder aus. Doris Kinley starrte ihn aus großen Augen an. »Heute geht es in einer Sekunde, Madame. So ist es auch mit der Liebe.«

In die Augen Doris Kinleys trat ein flimmernder Glanz. Waren sie bisher wasserhell, so wurden sie jetzt dunkel und tief.

»Sie sind ja ein Dichter, Monsieur«, sagte sie leise.

»Die Gegenwart schöner Frauen verzaubert mich immer.«

Jean wagte den ersten massiven Angriff. Er ergriff die rechte Hand Mrs. Kinleys, zog sie zu sich empor und küßte sie. Er spürte einen kleinen Widerstand, aber er brach ihn unsichtbar, indem er den Druck seiner Finger verstärkte und dann mit seinen Lippen die Handfläche streichelte. Dann ließ er die Hand los und richtete sich steif auf. Doris

Kinley starrte mit schmalen, zusammengepreßten Lippen über den Spieltisch.

»Darf ich für Sie setzen?« fragte sie nach einer ganzen Zeit des Schweigens. Jean nickte.

»Ich weiß, daß Sie mir Glück bringen, Madame«, sagte er doppelsinnig.

Doris Kinley setzte die gesamten Chips auf einmal. Die Kugel rollte, lag auf einer Zahl, der Rechen des Croupiers fegte das Häufchen weg.

»Verloren«, sagte sie und lächelte. »Böse?«

»Wie könnte ich, Madame.« In Jean begann das Blut kalt zu werden. Mein letztes Geld, dachte er. Nun bin ich ohne einen Franc. Ich bin pleite. Es bleibt mir gar nichts anderes übrig, als der Schoßhund von Doris Kinley aus Chikago zu werden. Ohne daß sie es weiß, hat sie mich eben gekauft. Ich bin ihr Eigentum geworden.

»Ich werde es wieder herausholen«, sagte Mrs. Kinley. Sie öffnete ihre Abendtasche und legte einen dicken Packen Geldscheine auf den Tisch. »Ich war leichtsinnig. Spielen wir jetzt gemeinsam mit etwas Verstand?«

Jean Leclerc nickte. »Leider verstehe ich nichts vom Roulette, Madame. Ich verlasse mich immer auf mein Glück, und das ist ohne Verstand.«

Doris Kinley lachte und warf ein paar Scheine auf verschiedene Nummern. Sie beugte dabei den Kopf zurück und sah Jean mit glänzenden Augen an. Ein lieber, netter Junge, dachte sie, und man sah, was sie dachte. Es war ihr erster Europatrip, und es schien, als würde es sich lohnen. »Wagen wir es«, sagte sie und hielt Jeans Hand fest, die auf ihrer Schulter lag. »Und was wir gewinnen – 50 : 50!«

Jean nickte wieder. Und wenn wir verlieren, dachte er und wagte nicht, weiterzudenken an das, was dann kommen mußte.

Seine Sorge war unbegründet. Doris Kinley und Jean gewannen in dieser Nacht 10000 Francs.

Und sie fuhren gemeinsam nach Hause. In das Hotel von Mrs. Kinley.

Für Carola hatte die Welt aufgehört, von der Sonne erleuchtet zu sein. Der Himmel, das Meer, die grünen Hügelhänge, die Weinberge, die Felsen, der Strand waren grau, schmutzig wie jahrelang nicht gewaschene Gardinen.

Nachdem sie aus ihrer langen Ohnmacht erwacht war, hatte sie wieder am Fenster gesessen und mit der inneren Kälte eines Menschen, der mit allem abgeschlossen hat und nur noch körperlich, aber nicht mehr seelisch lebt, genau den Ablauf der nächsten Stunden und Tage festgelegt. Es gab für sie kein Zurück mehr, aber es gab auch keine Zukunft. Sie hatte ihr Leben für eine Leidenschaft eingesetzt und dieses Spiel um die Illusion einer Liebe verloren. Sie hatte an den Bestand der Gefühle geglaubt und nicht bemerkt, daß Jean Leclerc in ihr nur eine für ihn nützliche Abwechslung gesehen hatte, die in dem Augenblick für ihn sinnlos und eine Belastung wurde, in dem er erkannte, daß er mit Carola das für ihn Wertloseste besaß: nur eine liebende Frau.

Hatte sie es nicht erkannt, oder wollte sie es nie sehen? Diese Frage legte sich Carola rücksichtslos vor, und sie gab sich die klare Antwort: Ich habe es immer gefühlt, aber ich wollte es nicht wahrhaben. Ich habe meinen Mann und die Kinder verlassen für einen Lumpen, dessen Schäbigkeit ich in Gold kleidete. Jeder vernünftig Denkende wird mich für irr halten ... ich war es auch. Wer kann einen Verdurstenden, der einen Brunnen erreicht, davon überzeugen, daß er nur wenige Schlucke trinken darf?

Für Carola war es nach der Trennung von Jean Leclerc klar, wie ihr Weg aussehen würde: Er führte in das große Vergessen. Es war die einzige Konsequenz, die ihr übrigblieb. Sie hatte auch keine Kraft mehr, weiterzuleben. Das Gefühl der Schuld, das nun alles in ihr beherrschte, war so fordernd, daß es sie Überwindung kostete, nicht sofort, in dieser Stimmung von Todessehnsucht, alles hinter sich zu lassen.

Ein einziger Gedanke in ihr war stärker, ein Gedanke, der nun zu spät kam, um noch etwas an ihrem Leben zu ändern. Sie wollte noch einmal ihre Kinder wiedersehen ... nur von weitem, nur einen Blick noch auf das, was sie zurückgelassen hatte, um dann endgültig zu gehen. Sie wollte sich selbst mit diesem Anblick bestrafen: Hier die Kinder, sorglos spielend, jeden Sonntag hinausgehend zum Friedhof und am Grab einen Blumenstrauß niederlegend – und dort die heimlich lebende Mutter, die Mutter mit einem anderen Gesicht, die alles von sich geworfen hatte für den Traum, nur der Liebe leben zu können. Wer konnte das verstehen? Carola schüttelte den Kopf. Es war nicht verständlich. Was sie getan hatte, war so ungeheuerlich, daß es nur den einen Ausweg gab: den Weg aus der Welt, in die sie nicht hineingehörte.

In den nächsten zwei Tagen handelte Carola konsequent. Sie gab die Villa an den Vermieter zurück, sie packte die Koffer, sie löste ihr Bankkonto auf, sie kaufte sich die Flugkarte nach München und bestellte ein Zimmer in einem Gasthof in Starnberg.

Noch einmal sah sie Jean Leclerc wieder. Auf der Promenade von Cannes traf sie ihn am Arm einer rotblonden, hübschen Frau. Sie gingen aneinander vorbei, sie blickten sich an wie Fremde, grüßten sich nicht und drehten sich auch nicht nach einander um. Nicht einmal Haß oder Schmerz empfand Carola, als sie Jean an sich vorbeigehen ließ. Im Gegenteil, plötzlich wurde ihr die jüngste Vergangenheit noch unverständlicher, noch rätselhafter, noch bedrückender. Ich muß irr gewesen sein, dachte sie und setzte sich auf eine der weißen Bänke unter den Palmen. Jeder, der Jean Leclerc ansieht, weiß, was er von ihm zu halten hat. Nur ich habe es nicht gesehen, bis heute. Oder doch? Wollte ich blind sein, bin ich vor meiner inneren Stimme auf der Flucht gewesen?

Bis auf zwei Koffer ließ sie alles zurück, ja, sie überlegte, warum sie überhaupt diese Koffer mitnehmen sollte. In drei oder vier Tagen brauchte sie keine Kleider mehr, keine Wäsche, keinen Morgenmantel, keine Kosmetiktasche, keine Schuhe und keinen Schmuck. Das letzte, taschenlose Hemd, das man ihr überstreifen würde, hatte Platz in ihrer Handtasche. Aber auch das brauchte sie nicht mitzunehmen – es wurde gestellt.

Schließlich reiste sie doch mit den beiden Koffern ab. Mit der Bahn fuhr sie bis nach Genua, von dort brachte sie ein

Flugzeug nach Zürich, wo sie umstieg in die Maschine nach München-Riem. Sie hielt sich nicht in München auf, mietete schon auf dem Flughafen eine Taxe und ließ sich nach Starnberg bringen. Erst in dem hellen, schönen Hotelzimmer mit einem Blick auf den etwas dunstigen See fiel die drängende, innere Unruhe von ihr ab.

Sie war am Ziel. Zweitausend Meter weiter lag die »Villa Alba«. Die Straße hinunter, links einen Privatweg hinein, und dann begann eine Wiese, die sich zum See senkte, eingezäunt mit einer zwei Meter hohen Buchenhecke. Hinter Bäumen und Blütenbüschen die weiße Villa, die Terrasse, das Schwimmbecken, ein kleines Paradies inmitten einer lauten Welt.

Die Endstation war erreicht.

Auf einmal hatte Carola viel Zeit. Einen ganzen Tag lang lag sie in einem Liegestuhl am offenen Fenster ihres Hotelzimmers und blickte stumm über den in der Sonne spiegelnden See. Aber diese Ruhe täuschte. Sie war nur äußerlich. War Fassade. Dahinter tobte die Verzweiflung. Sie war zu feige, um das auszuführen, wozu sie nach Starnberg gekommen war. Sie kämpfte gegen das letzte, hemmende Gefühl, gegen ihre Mutterliebe.

Am zweiten Tag hatte sie auch das überwunden. Stundenlang hatte sie sich immer wieder vorgeredet: Du bist diese Kinder nicht mehr wert. Du hast sie verraten. Du hast sie vergessen wollen. Du hast sie verkauft für einen Tangojüngling. Du bist keine Mutter mehr, du kannst nicht mehr das Recht in Anspruch nehmen, in deinen Kindern mehr zu sehen als eben nur Kinder. Du bist tot – für deinen Mann, für Alwine und Babette, für alle. In Berlin bist du in deinem Wagen verbrannt. Was willst du eigentlich noch hier? Auf welch ein Wunder hoffst du? Abschied nehmen? Das ist doch nur ein neuer Selbstbetrug.

Vom Speisesaal des Hotels aus konnte man das Dach der »Villa Alba« sehen. Carola fragte beim Abendessen danach.

»Das Haus dort?« Die freundliche Serviererin sah aus dem breiten Fenster. »Das gehört dem Donani. Sie kennen doch den großen Dirigenten Bernd Donani, gnädige Frau?«

»Ja. Ich habe von ihm gehört.«

»Ein armer Mann«, sagte die Serviererin.

»Wieso? Er hat doch sicherlich Geld genug.«

»Seine Frau ist voriges Jahr gestorben. Verunglückt. Mit dem Auto. Man sagt, daß sie kaum noch was von ihr gefunden haben. Bei der Beerdigung ist er bald am Grab zusammengebrochen. Und die Kinder, zwei so nette Kinder hat er... die kommen hier öfter rein und holen sich ein Eis am Stiel.«

Carola ließ das Essen unangerührt wieder zurückgehen. Es war ihr unmöglich, einen Bissen hinunterzuwürgen. Die Kehle war ihr wie zugeschnürt. Sie ging in ihr Zimmer, saß wieder am Fenster und empfand eine große Sehnsucht nach dem Ende.

Im Sessel schlief sie endlich ein, übermüdet und noch im ohnmachtsähnlichen Schlaf schluchzend. Als sie aufwachte, war heller Tag, und die Sonne schien ihr ins Gesicht.

Der letzte Tag.

Sie brauste sich kalt, um die bleierne Müdigkeit aus dem Körper zu treiben, aß zum Frühstück wieder nichts, weil die Angst vor den kommenden Stunden sie würgte, sie trank nur vier Tassen starken Kaffee und ertrug es, daß ihr Herz wie wild zu klopfen begann.

Dann ging sie die Straße hinab, bog in den Privatweg ein und näherte sich der Wiese und dem großen Einfahrtstor der »Villa Alba«. Es war ihr, als sei sie nie weggewesen, als käme sie von einem Morgeneinkauf zurück. Es war alles so selbstverständlich und doch so gespenstisch. Sie bückte sich am Einfahrtstor und rupfte ein paar hohe Disteln aus. Unkraut, das hat es früher nicht gegeben, dachte sie. Wenn wir von den Tourneen nach Hause kamen, haben wir unsere Gartenkleidung angezogen, und dann ging es hinaus, Rasen schneiden, Rosen pflegen, Unkraut rupfen, Blätter kehren... wir waren so glücklich...

Wir? Wer ist wir? Sie blieb stehen und starrte durch das Gittertor die Einfahrt hinauf zu der weißen Villa. Es gibt kein ›wir‹ mehr, ich habe nicht mehr das Recht, wir zu sagen oder wir zu denken. Ich bin allein, ich bin ja tot, ich liege auf dem

Friedhof von Starnberg. Carola Donani steht auf dem Grabstein. Es gibt mich nicht mehr.

Von der Seite her, von dort, wo der Wald bis an den See reichte, ertönte plötzlich Kinderlachen. Carola zuckte zusammen und wollte flüchten. Aber der Weg zur Straße war bereits gesperrt; dort kam Erna Graudenz, die Haushälterin, über die Privatzufahrt, mit einem Einkaufskorb am Arm. Aus den Büschen neben Carola sprangen jetzt Alwine und Babette, lachend, sich nachlaufend, mit roten, erhitzten Wangen, in hellgrauen Lederhosen und weißen, leuchtenden Blusen.

Carola lehnte sich gegen das Gittertor und hielt sich an den Eisenstäben fest. Gott, hilf mir, dachte sie. Ich habe nicht die Stärke. Ich spüre, wie ich umfalle. Ich kann sie nicht ansehen wie fremde Kinder. Gott, mein Gott... es sind ja meine Kinder... meine Kinder!

Wie durch einen Schleier sah sie Erna Graudenz schneller näherkommen, sah Alwine und Babette auf dem Weg, sah ihre erstaunten Blicke, mit denen sie die fremde Frau am Eingang des Hauses betrachteten, sah, wie sie näher kamen.

»Guten Tag, Tante«, sagte die kleine Babette. »Hier wohnen wir.«

Alwine nickte. Mit ihren acht Jahren benahm sie sich wie eine kleine Dame. Sie machte einen Knicks und musterte Carola.

»Wollen Sie zu uns? Es ist niemand da, nur wir. Papi ist in München in der Oper.«

Carola wollte etwas sagen, ihre Lippen öffneten sich, aber kein Ton kam aus ihrer Kehle. Oh, wenn ich doch schreien dürfte, dachte sie. Wenn ich schreien dürfte: Ich bin eure Mutter! Erkennt ihr mich denn nicht? Ja, ich sehe anders aus, eure Mutti war blond, sie hatte andere Ohren, eine andere Nase, ein anderes Kinn... aber ich bin es, glaubt es mir doch, ich bin es. Ich bin zurückgekommen, ich... ich...

Sie würden es nicht glauben, sie würden weglaufen. Sie würden sich vor mir fürchten, vor der fremden Tante, die behauptet, ihre tote Mutti zu sein, wo sie doch genau wissen, daß Mutti auf dem Friedhof liegt. Carola lehnte sich gegen das Eisentor. Ja, ich bin tot, jetzt sehe ich es, dachte sie. Es wird nie möglich sein, den Kindern zu sagen, daß ich ihre Mutter bin. Ich habe an diesem Morgen endgültig alles verloren, ich wußte es im voraus. Ich wollte es nur nicht wahrhaben.

Erna Graudenz kam mit großen Schritten näher. Sie musterte kritisch und mißbilligend die fremde Dame am Eingang der Villa. Wie jemand, der ein Autogramm wollte, sah sie nicht aus, aber es war alles möglich. Nicht nur junge Mädchen schwärmten Donani an.

»Kommt hierher, Kinder!« rief sie. »Babette! Alwinchen, hörst du nicht?«

»Lassen Sie doch die Kinder«, sagte Carola schwach. »Sie sind so nett.«

»Sie möchten zu Herrn Donani?« fragte Erna Graudenz geradeheraus. »Er ist nicht da. Und er empfängt auch keine Besuche.«

»Nein. Ich wollte nicht zu ihm. Ich bin hier zur Erholung. Man erzählte mir in der Pension, daß hier Herr Donani wohnt; da wollte ich nur einen Blick auf das Haus werfen.«

Ich kann sprechen, dachte sie bei diesen Worten. Ich kann ganze Sätze sprechen, und dabei ersticke ich fast.

»Ach so.« Erna Graudenz lächelte, schloß das Tor auf, und die Kinder rannten die Auffahrt hinauf bis zum Haus. Halt! wollte Carola schreien. Bleibt doch! Bitte! Es sind die letzten Minuten... gönnt sie mir, seid nicht so grausam, trotz allem, was ich euch angetan habe. Ich will ja nur noch diese wenigen Sekunden, ich will euch streicheln, an mich drücken, euch fühlen, eure kleinen Körper, die aus mir gekommen sind. Ich will euch nur noch einmal küssen, und dann ist es ja zu Ende. Dann haben wir alle Frieden.

Fräulein Graudenz blieb am Tor stehen. »Leider darf ich Sie nicht hineinlassen. Herr Donani wünscht nicht, daß man in seiner Abwesenheit das Haus besichtigt. Es tut mir leid.«

Sie klappte den Flügel der Gittertür vor Carola zu und schloß die Tür ab. Carola umfaßte mit beiden Händen die Eisenstäbe und preßte ihre Stirn dagegen. Die Kinder rannten über die Wiese, ihre weißen Blusen leuchteten in der Sonne.

Alwine... Babette... dachte sie und schloß die Augen. Lebt wohl –

Erna Graudenz kam einen Schritt zum Tor zurück.

»Ist Ihnen nicht gut?« fragte sie. »Sie taumeln ja.«

»Oh! Ich... ich bin herzkrank. Manchmal kommt so eine Kreislaufstörung.« Carola wischte sich über die Augen. »Es ist schon wieder vorbei.«

Sie löste sich von dem Gittertor und ging den Weg zurück zur Straße. Sie ging gerade und wie eine aufgezogene Puppe, mit staksigen Beinen und hängenden Schultern. Erna Graudenz schüttelte den Kopf, drückte den Einkaufskorb an sich und ging den Weg zum Hauseingang hinauf.

Leute gibt es, dachte sie.

Drei Stunden lang schlich Carola um das Grundstück der Villa Alba. Als sie sicher war, daß die Kinder und Fräulein Graudenz beim Mittagessen waren, öffnete sie die Gartenpforte in der Hecke seitlich des Schwimmbeckens und betrat den Garten. Am Waldrand entlang schlich sie zu der Balustrade, von der es zum See hinabging.

Die Steinbank stand noch da, und neben der Steinbank war ein Gedenkstein aus weißem Carraramarmor aufgestellt worden. Ein schlichter Block, dessen Schriftseite über den See blickte. Die Buchstaben waren mit Gold ausgelegt.

Ich werde dich nie vergessen, Carola – las sie. Vor ihren Augen begann sich der Gedenkstein zu drehen, die goldenen Buchstaben durchbohrten sie wie glühende Pfeile.

Was ist ein Leben ohne dich – las sie weiter, mühsam den Sinn aus dem um sie kreisenden goldenen Fleck entziffernd.

Es war ein Anblick, der ihre letzte Beherrschung wegsaugte. Sie schrie auf, stürzte auf den Stein zu, hieb mit beiden Fäusten auf die goldenen Buchstaben, als könne sie den weißen Marmor in Stücke zerschlagen und schrie immer wieder: »Nein! Nein! Ich lebe! Ich lebe! Ich lebe!«

Dann rannte sie am Waldrand wieder zurück und aus der Gartenpforte hinaus auf die Straße. Weg, schrie es in ihr. Weg von hier! Das hier ist ein Totenhaus, ein Mausoleum, gebaut um das Andenken der Carola Donani, ein Monument des Unvergeßlichen. Ein Schrei nach verlorener Liebe.

Und ich lebe! Das ist nicht wieder gutzumachen, mit nichts, mit gar nichts! Das ist nur aufzulösen mit dem wirklichen Tod!

Sie rannte und rannte, mit geschlossenen Augen und pendelnden Armen. Als sie erschöpft anhielt, stand sie auf dem Privatweg. Sie war im Halbkreis um die Villa Donanis gelaufen, sie stand wieder vor dem Eingang, vor den von ihr vor einigen Minuten ausgerupften Distelstauden.

In diesem Augenblick bog von der Straße ein großer Wagen in den Zufahrtsweg. In schneller Fahrt kam er näher und bremste scharf, als der Fahrer die Gestalt auf dem Weg sah.

Carola sah sich um. Flüchten, schrie es in ihr. Ich muß weg! Ich kann es nicht mehr ertragen! Ich muß durch den Wald... ich muß einfach durch das Gebüsch laufen wie ein streunender Hund.

Bernd Donani sprang aus dem Wagen und kam auf sie zu. Die Opernprobe war gut gelaufen, nun hatte er einen Bärenhunger aus München mitgebracht. Bombalo blieb in den Polstern sitzen. Er sah sachkundig auf die fremde, dunkelhaarige Frau und pfiff durch die Zähne. Eine Carmen, dachte er. Verdammt, man sollte mal wieder nach Spanien reisen.

»Wollten Sie zu mir, gnädige Frau?« fragte Donani und kam näher. »Es freut mich, ich bin Besuche sonst nicht gewöhnt.«

Carola starrte ihren Mann an. Ihr schönes, schmales, südländisches Gesicht war bleich und zuckte. Wie weiß er geworden ist, dachte sie. Und die Falten um seine Augen sind auch neu. Es sind Falten des Grams. Aber seine Augen sind geblieben, seine gütigen, väterlichen Augen...

Mit einem Ruck wandte sie sich ab, senkte den Kopf, wie ein sich schämendes Mädchen, und rannte an ihm vorbei zur Straße. Donani wandte sich um und starrte ihr verblüfft nach. »Gnädige Frau!« rief er. »Was ist denn? Bitte, bleiben Sie doch stehen – Ich bitte Sie –«

Bombalo sprang aus dem Wagen und sah der laufenden Gestalt mit offenem Mund nach.

»Was haben Sie ihr gesagt, Maestro?« fragte er dann. »Sie läuft ja, als würde sie gehetzt. Wer war das denn?«

»Wenn ich das wüßte.« Donani sah der rennenden Carola nach. Sein Gesicht war überschattet von Erinnerungen und Fragen. »Wie sie läuft«, sagte er leise. »Diese Haltung des Kopfes ... diese Armhaltung ... so, genau so ist Carola gelaufen.«

Bombalo faßte Donani am Ärmel und zog daran.

»Kommen Sie«, sagte er rauh. »Ehe Sie wieder Gespenster sehen.«

»Ich muß wissen, wer sie ist.« Mit einem Ruck riß sich Donani los und lief Carola nach. Bombalo raufte sich die Haare. Wie immer warf er beide Arme klagend hoch.

»Maestro!« schrie er. »Das ist doch Unsinn! O Madonna, hört das denn nie auf?«

Donani erreichte die Straße keuchend und nach Atem ringend. Er war ein schnelles Rennen nicht gewöhnt, sein Herz zuckte und schmerzte. Er sah die laufende Gestalt um die Biegung der Straße verschwinden und wußte, daß er sie nie einholen würde.

»Bleiben Sie doch!« rief er noch einmal. »Laufen Sie doch nicht weg!«

Sein Ruf zerflatterte in den Bäumen.

Hinter der Straßenbiegung, sicher vor Donanis Blicken, verließ Carola alle Kraft. Sie brach zusammen und sank seitlich der Straße in das Gras.

Der Schwächeanfall war nur kurz. Sie verlor nicht die Besinnung dabei, sie lag auf dem Rücken, starrte in den blauen, von kleinen Wolken durchschwommenen Himmel und atmete stoßweise und keuchend. Ja, sie dachte sogar ganz klar: Wie ein Maikäfer liege ich da, den man auf den Rücken gedreht hat; aber sie hatte nicht die Kraft, sich umzudrehen und weiterzulaufen. Erst nach etwa einer halben Minute, die ihr wie eine Stunde vorkam, fühlte sie, daß die Erschöpfung nachließ und sie sich aufrichten konnte. Sie klopfte das Gras von ihrem Kleid, atmete ein paarmal tief durch und ging dann weiter die Straße hinunter zu ihrem Hotel.

In ihrem Zimmer warf sie sich aufs Bett und starrte an die Decke. Etwas Merkwürdiges war mit ihr geschehen: Ihre

Todessehnsucht, ihr Wille, mit diesem Tag den Endpunkt ihres Lebens zu setzen, war verschwunden. Sie hatte es schon gespürt, als sie die Kinder im Wald lachen hörte, noch bevor sie sie sah. Nur ihre hellen Stimmen waren es, die in ihr alle Selbstzerstörung wegwischten. Dann – als sie Alwine und Babette sah, mit ihnen sprach, als sie durch den Garten schlich, vor dem furchtbaren Mahnmal stand – wurde es ihr immer klarer, daß ein Wegstehlen aus dieser Welt keine Lösung der Probleme, sondern nur eine ungeheure Feigheit wäre. Wie eine Explosion war es in ihr, als sie Bernd Donani gegenüberstand, als er sie ansah und nicht erkannte. Als sie seine Stimme hörte und die Gramfältchen um seine Augen bemerkte. Ihre Flucht war nicht ein Weglaufen vor ihm, sondern vor sich selbst. Er könnte mich erkennen, dachte sie. Es war nicht auszudenken, was daraus entstand. Es gibt Dinge, die auch die stärksten Nerven zum Wahnsinn treiben können.

Jetzt, auf dem Bett liegend, sah sie ihren neuen Weg. Nicht den Weg ins Nichts wie vordem, sondern den Weg zurück zu Donani und zu den Kindern. Ich muß zurückkommen, so wie ich war: Die Carola Donani, wie sie als Fotografie im Kinderzimmer in einem silbernen Rahmen hängt und auf dem weißen Flügel im Musikzimmer steht. Eine Zurückverwandlung muß stattfinden. Ist es möglich gewesen, ein Gesicht völlig zu verwandeln, so muß es auch möglich sein, das alte Gesicht wiederherzustellen.

Carola zögerte nicht lange. Ein ungeheurer Wille, wieder Carola und nicht mehr Vera Friedburg zu sein, verscheuchte alle anderen Bedenken. Sie bezahlte die Hotelrechnung, bestellte ein Taxi und ließ sich nach München fahren. Im Büro der Air France hatte sie Glück. Ein Platz der bereits ausgebuchten Maschine nach Paris war zurückgegeben worden. Von Paris nach Marseille gab es Wege genug.

Als die Maschine sich von der Betonpiste abhob und eine Schleife über München zog, um dann auf Kurs Nordwest zu gehen, blickte sie nicht hinaus auf die im Abenddunst liegende Stadt, sondern hatte den Kopf an die Kopfstütze zurückgelehnt und die Augen geschlossen.

Ich werde wiederkommen, dachte sie und klammerte sich an die Hoffnung, wieder Carola Donani zu sein. Ich werde alles beichten, alles. Und dann kann er machen, was er will. Er kann brüllen, er kann mich schlagen, mich wie eine Sklavin behandeln, mich mißachten – aber ich werde bei meinen Kindern sein und versuchen, an ihnen gutzumachen, was ich an Bernd Donani gesündigt habe.

In Paris erkundigte sie sich sofort nach einem Weiterflug nach Marseille. An diesem Abend flog keine Maschine mehr, aber der Nachtschnellzug war noch zu erreichen. Sie gab dem Taxifahrer 100 Francs. »Sie müssen den Marseiller Zug bekommen«, sagte sie. »Ich zahle alle polizeilichen Strafen.«

Wie ein Irrer raste der Taxifahrer von Orly nach Paris und durch die Stadt zum Bahnhof. »Das wird eine teure Fahrt, Madame!« schrie er. »Viermal haben die Flics meine Nummer notiert!«

Carola sah auf ihre Armbanduhr. »Noch 14 Minuten. Schaffen wir es?«

»Wenn wir Selbstmörder sein wollen…«

»Ich muß den Marseiller Zug bekommen!«

Zwei Minuten vor der Abfahrt rannte Carola auf den Bahnsteig und riß die Wagentür auf. Der Taxifahrer mit den Koffern wischte sich den kalten Schweiß von der Stirn.

»Das mache ich nie wieder, Madame! Das schwöre ich Ihnen!«

»Sie haben es geschafft!«

»Aber meine Nerven sind für eine Woche hin.«

»Nerven.« Carola lächelte bitter und gab dem Fahrer 500 Francs. »Reicht das?«

»Natürlich, Madame.«

»Ich wünsche Ihnen nicht die Nerven, die ich jetzt haben muß.«

Verblüfft sah der Taxifahrer Carola nach, als sie die Tür hinter sich zufallen ließ und durch den Wagengang ging, um einen Platz in den besetzten Abteilen zu finden. Man erlebt wirklich die tollsten Dinge, dachte er. Es sollte mich nicht wundern, wenn diese Dame in den nächsten Tagen in den Zeitungen wieder auftaucht. Als Diebin, als Gesuchte, als Verschwundene.

Er wandte sich ab und verließ schnell den Bahnsteig. Es ist immer besser, mit alledem nichts zu tun zu haben. Und wenn die Polizei ihn fragen sollte – er hatte nie eine Dame zum Bahnhof gefahren. Ein Betrunkener, eine hochgestellte Persönlichkeit, deren Namen er aus Diskretion nicht nennen durfte, hatte ihn zu dem Amoklauf mit dem Auto getrieben.

Carola fand einen Platz an der Tür des Zugabteils. Sie stemmte ihre Koffer ins Gepäcknetz, setzte sich in ihre Ecke und fühlte eine bleierne Müdigkeit in sich aufsteigen. Ihr Magen krampfte sich zusammen. Ich habe ja nichts gegessen, dachte sie. Den ganzen Tag nicht, und gestern auch nicht. Aber der Gedanke an Essen verstärkte nur noch die Übelkeit. Sie lehnte sich zurück, faltete die Hände im Schoß und schloß die Augen. So schlief sie vor Erschöpfung ein... ein paarmal wachte sie sekundenlang auf, wenn der Zug auf einer Station hielt und dann wieder anruckte, wenn Reisende über ihre ausgestreckten Beine stiegen oder wenn Koffer gegen die Wand krachten.

Am frühen Morgen stand sie in Marseille vor dem Bahnhof, neben sich die Koffer und überlegte, wo sie die Zeit bis 10 Uhr verbringen sollte. Dr. Lombard war erst um 10 Uhr zu sprechen. Er hielt sich genau an diese Zeit, und wenn sich eine königliche Hoheit zur Konsultation angemeldet hätte, bekäme auch sie die Nachricht: Ab 10 Uhr, Prinzessin.

Sie winkte, ein Chauffeur nahm die Koffer und trug sie zu einem Wagen. Wohin bloß, dachte sie, als sie in den Polstern saß. Ich brauche kein Hotel, und auch essen kann ich nichts. Die Bahnhofsuhr zeigte zehn Minuten nach sechs. Um diese Zeit schlief noch alles in der Klinik Dr. Lombards. Nur der Nachtwächter saß im Telefonzimmer. Eine Nachtschwester oder einen wachhabenden Arzt gab es nicht. In einer Schönheitsklinik lagen keine kritischen Patienten, für die die Nacht zu einer Gefahr wurde.

»Villa Lombard. Rue de Frontière«, sagte sie, als der

Chauffeur sich mehrmals fragend zu ihr umdrehte. »Aber fahren Sie langsam, wir haben Zeit.«

»Sehr wohl, Madame.«

Obgleich sie durch Marseille bummelten, war es kaum Viertel vor sieben, als sie vor dem großen Tor der Klinikvilla hielten. Carola bezahlte, stieg aus, nahm ihre Koffer und schritt den Gartenweg hinauf zum Eingang. Sie mußte dreimal läuten, bis der Nachtwächter, sich die Augen reibend, an die Tür kam. Er hatte fest geschlafen. In eine kosmetische Klinik bricht man nicht ein, dachte er jede Nacht, wenn er sich hinlegte und beruhigte damit sein Gewissen als Nachtwächter. Wer klaut schon ein Skalpell oder Spritzen? Geld war nicht im Haus, und auch der Schmuck der Patientinnen lag im Keller in einem eingemauerten Stahltresor. Es war also sinnlos, bei Dr. Lombard einzubrechen.

Der Nachtwächter sah zunächst auf die Uhr, ehe er Carola ansprach. Er tat es mit theatralischer Deutlichkeit, die zeigen sollte: Was soll das? Um diese Zeit klingelt man nicht.

»Ja?« fragte er dann laut. Es klang wie »raus!« Carola steckte die Hände in ihre Manteltaschen. Es war kalt. Vom Meer her wehte ein scharfer Wind.

»Ich möchte zunächst einmal ins Haus«, sagte sie.

»Anmeldungen ab 9 Uhr, Madame.«

»Ich weiß. Ich habe lange genug hier gelegen. Wecken Sie bitte Schwester Anne. Sie kennt mich.«

»Unmöglich.« Der Nachtwächter sah wieder ostentativ auf seine Uhr. »Es ist jetzt ...«

»Die Uhrzeit interessiert mich nicht.« Sie öffnete die Handtasche und reichte dem Nachtwächter einen Geldschein. Der alte Mann sah auf die Banknote und starrte dann Carola entsetzt an.

»Was soll das?«

»Für Sie. Rufen Sie Schwester Anne.«

Die Banknote in der Hand des Wächters zitterte. 1000 Francs, dachte er. Eine Verrückte. Es wird wirklich besser sein, jemand zu rufen. Man weiß nie, wie solch eine Verrückte sich benimmt, wenn man nicht ihren Anweisungen folgt.

»Einen Augenblick.« Der alte Mann schloß wieder die Tür. Carola lehnte sich gegen die Ummauerung und stellte den Mantelkragen hoch. Sie zuckte zusammen, als plötzlich die Glocke einer nahen Kirche anschlug. Sieben Uhr.

Hinter der Tür hörte sie schnelle Schritte. Der Schlüssel drehte sich knarrend. Carola trat einen Schritt zurück. Vorsichtig öffnete jemand die Tür, das hübsche Gesicht Schwester Annes erschien in dem Spalt. Etwas ängstlich musterte sie die wartende Person. »Eine Verrückte steht draußen«, hatte der Nachtwächter gesagt, als er sie weckte. »Ich hole schnell einen Knüppel. Soll ich schon die Polizei anrufen?«

»Guten Morgen, Schwester Anne«, sagte Carola und hob ihr Gesicht in das fahle Morgenlicht. »Kennen Sie mich noch?«

Schwester Anne stieß die Tür auf. »Madame!« stotterte sie, »Ihren Namen – Verzeihung – aber ich weiß nicht mehr.«

»Bei Ihnen hieß ich Magda Burger. Aus Gießen.«

»Ach ja. Bitte!«

Carola stand in der großen Treppenhalle und fror. Hier habe ich mein Gesicht verloren, dachte sie. Hier will ich es mir wiederholen.

»Sie wundern sich, Schwester Anne? Ich weiß, daß Dr. Lombard erst ab 10 Uhr zu sprechen ist, aber ich bin mit dem Nachtzug aus Paris gekommen und wollte nicht erst für die paar Stunden woanders hin. Bitte, verzeihen Sie. Ich möchte wieder bei Ihnen aufgenommen werden.«

»Ist etwas geschehen?« Schwester Anne musterte schnell das Gesicht Carolas. Sie entdeckte keinerlei Veränderungen. Die Haut war glatt, faltenlos, narbenfrei. »Ist noch etwas zu korrigieren?«

»Kann ich Dr. Lombard gleich nachher um 10 Uhr sprechen?«

»Ich will es versuchen, Madame. Sie wissen doch . . . sein Terminkalender. Der Chef hat heute morgen zehn Damen zu einer Untersuchung bestellt.«

Carola drehte nervös an den Knöpfen ihres Mantels. »Bitten Sie ihn, eine Ausnahme zu machen. Es ist dringend, wirklich dringend . . .« Plötzlich schwankte sie, griff um sich, suchte Halt und klammerte sich an Schwester Anne fest, die sie auffing.

»Um Gottes willen, Madame, was haben Sie denn? Sie werden ja ganz weiß.« Schwester Anne winkte dem abseits stehenden Nachtwächter. Gemeinsam stützten sie Carola und brachten sie in ein leerstehendes Zimmer. Halb bewußtlos, aber glücklich, am Ziel zu sein, ließ sich Carola auf das Bett fallen. Schwester Anne öffnete ihr Mantel und Kleid und kontrollierte den Puls. Er war weich und kaum tastbar.

Carola versuchte ein Lächeln und hielt die Hand Schwester Annes fest. »Sie brauchen keine Angst zu haben«, sagte sie mit schwerer Zunge. »Es ist nur eine vorübergehende Schwäche. Es ist Hunger.«

»Hunger?« wiederholte Schwester Anne entsetzt. »Aber Madame! Ich hole sofort etwas zu essen und koche einen starken Kaffee.«

»Nein. Bitte nicht. Vielleicht nachher, sobald ich mit Dr. Lombard gesprochen habe.« Sie schloß die Augen und fühlte, wie sie in eine Ohnmacht wegschwamm. »Bitte, vielleicht Kaffee«, sagte sie noch. Dann lächelte sie, weil alles so unbedeutend wurde, so wundervoll gleichgültig.

Als sie erwachte, saß Dr. Lombard neben ihr und zog gerade eine Injektionsnadel aus ihrer linken Armvene. Zuerst erkannte sie ihn nicht. Sie hatte den gepflegten, immer korrekt gekleideten Arzt in Erinnerung. Nun saß er an ihrem Bett in Hose und Schlafanzugjacke, flüchtig gekämmt und vor allem mit einem stoppeligen, unrasierten Gesicht.

»Sie machen ja Geschichten, Madame«, sagte er, als er merkte, daß Carola ihre Umwelt wieder wahrnahm. »Sie haben mir einen gewaltigen Schrecken eingejagt.«

»Doktor!« Carola wollte sich aufrichten, aber Dr. Lombard drückte sie in das Kissen zurück.

»Ganz ruhig liegenbleiben, Madame. Und nicht aufregen. Wir haben Zeit.«

»Nein.«

»Nicht?«

»Ich habe keine Zeit mehr, Doktor. Darum bin ich gekommen.« Carola griff nach der Hand Dr. Lombards und klammerte sich an ihr fest. »Sie... Sie müssen mir mein altes Gesicht wiedergeben.«

Dr. Lombard war nicht erstaunt, er hob nicht einmal die Brauen. Er stand auf und legte die Spritze auf ein Tablett. »Das habe ich erwartet«, sagte er hart. Carola sprang auf. Sie taumelte noch etwas, aber die Stärkungsspritze zeigte bereits ihre Wirkung auf den Kreislauf. Sie hielt sich am Kopfteil des Bettes fest und zwang sich, Dr. Lombard anzusehen mit der Kraft einer Frau, die weiß, was sie will.

»Sie haben darauf gewartet?«

»Ja. Nur – das gebe ich zu – ist es schneller eingetroffen, als ich geglaubt habe. Ich hatte mit einem Jahr gerechnet, höchstens mit zwei...«

»Sie sind grausam, Doktor.«

»Ich werde noch grausamer sein müssen.« Dr. Lombard sah an Carola vorbei aus dem Fenster. »Ich kann Ihnen Ihr altes Gesicht nicht wiedergeben.«

»Das ist nicht wahr!« Carola spürte, wie ihre Beine wieder einknickten. Es ist nicht wahr, sagte sie sich immer wieder vor. Es ist nicht wahr... nicht wahr... nicht wahr! Er will nur mehr Geld, das ist alles. Er macht es spannend, um nachher um so mehr herauszuholen. Er soll alles haben, mein ganzes Geld, meinen Schmuck... nur mein Gesicht, das Gesicht der Carola Donani, soll er mir wiedergeben.

»Es ist die Wahrheit, Madame«, sagte Dr. Lombard fest. »Ich habe es Ihnen schon damals klargemacht: Es gibt nach dieser Operation kein Zurück mehr. Sie ist endgültig.«

»Das... das glaube ich Ihnen nicht, Doktor.« Carola riß ihre Handtasche an sich, die neben dem Bett auf einem Stuhl lag. »Ich gebe Ihnen 25000 Francs.«

»Warum nicht 25 Millionen?« Dr. Lombard lachte hart. »Verzeihen Sie, wenn ich lache, Madame... aber dieses Lachen ist eine Art Verzweiflung. Es geht nicht.«

Carola sank auf das Bett zurück. Es gibt kein Unmöglich, dachte sie. Mein Gott, schenk ihm einen Gedanken, gib ihm Mut, es doch zu wagen. Ich muß mein Gesicht wiederhaben.

»Sie wollen nicht, Doktor!« rief sie. Lombard nickte.

»Das auch, Madame. Ich werde mich nie dazu hinreißen lassen, medizinische Grenzen zu überschreiten.«

»Sie werden es wagen, wenn ich Ihnen erzähle, warum ich meine Zurückverwandlung will.«

»Ich brauche Ihre Erzählungen nicht, Madame.« Dr. Lombard trat an das Fenster und sah in den Garten. Der Gärtner hatte seine Morgenarbeit begonnen, er kehrte die Wege und harkte sie. »Ihr Geliebter hat Sie verlassen. Das war mir klar, als ich ihn sah. Ein Gigolo, weiter nichts. Daß eine Frau wie Sie auf einen solchen Typ hereinfällt, wird zu den Rätseln gehören, die wir Männer weder lösen noch verstehen können. Ich versichere, Madame, daß ich auch für hunderttausend Francs eine Gesichtsumwandlung abgelehnt hätte, wenn ich diesen faden Jüngling vor der Operation gesehen hätte. Sie wären mir zu schade gewesen. Aber als ich ihn dann sah, wie er Sie abholte, da wußte ich, daß ich Sie eines Tages wieder hier sprechen würde. Nicht so, wie jetzt, sondern zerrissen und enttäuscht, ausgeplündert und arm. Das einzige, was mich erstaunt, ist die Tatsache, daß Sie noch im Besitz Ihrer Geldmittel sind.«

»Sie werden eine andere Meinung bekommen, wenn Sie meine Beichte anhören, Doktor.« Carola blickte auf ihre zitternden Hände. »Ich heiße nicht Magda Burger aus Gießen.«

»Das wußte ich schon vor der Operation«, sagte Dr. Lombard. »In Ihrem Paß – ich erlaubte mir, ihn während Ihrer Ohnmacht einzusehen – steht Vera Friedburg. Aber auch er stimmt nicht. Er ist ausgestellt vor fünf Jahren, aber das Paßbild zeigt Ihr neues Gesicht.«

Carola nickte. Ich werde ihm alles sagen müssen, dachte sie.

»Wer sind Sie wirklich?« fragte Dr. Lombard.

»Carola Donani.«

Dr. Lombard bemühte sich um Haltung. Wie gewaltig der Schock war, zeigte sich nun an dem Heben seiner Schultern. Donani, dachte er. Natürlich. Jetzt fällt es mir ein, jetzt weiß ich auch, wo ich das Gesicht schon einmal gesehen hatte. In der Illustrierten... und später, nach dem Konzert Donanis, im Festsaal der Stadt, als der Bürgermeister einen Ball zu Ehren der Pariser Philharmoniker gab. Ich habe sogar mit ihr getanzt, mit der strahlend schönen, blonden Carola Donani.

»Das ist ja furchtbar«, sagte er leise. In seiner Stimme schwang ehrliche Erschütterung.

»Begreifen Sie jetzt, daß ich mein Gesicht wiederhaben muß?« fragte Carola.

»Sie gelten als vermißt, Madame?«

»Nein, ich bin tot.«

»Tot?« Dr. Lombard fuhr wie von der Tarantel gestochen herum. »Wie soll ich das verstehen?«

»Ich bin verbrannt. In dem Wrack meines verunglückten Autos. Ich liege in Starnberg begraben.«

Dr. Lombard strich sich mit bebenden Händen über die Augen. Entsetzen kroch in ihm hoch. »Wer... wer ist die wirkliche Tote?«

»Ich kenne sie nicht. Wir fanden sie in Berlin im Straßengraben. Eine Ermordete. Sie sah mir so ähnlich... die Figur, die blonden Haare... da setzten wir sie in meinen Wagen.«

»Wir? Das waren Sie und dieser Gigolo?«

»Ja. Jean Leclerc, ein Geiger im Orchester Donanis.«

Dr. Lombard schwieg. Sein Kopf war nach vorn gesunken, die Finger, die er auf den Rücken gelegt hatte, verkrampften sich ineinander.

»Ich bin ein großer Verehrer Ihres Gatten, Madame«, sagte er heiser vor Erregung. »Ich habe sogar eine Donani-Plattensammlung...«

»Dann helfen Sie mir, Doktor!« schrie Carola und streckte die Arme nach ihm aus. »Bitte, helfen Sie mir. Ich will den furchtbarsten Fehler meines Lebens korrigieren, aber das kann ich nur, wenn Sie aus mir wieder die Carola Donani machen.«

Dr. Lombard nickte schwer. Dann hob er in einer unsagbaren Hilflosigkeit die Schultern.

»Es geht nicht.« Er drehte sich zu Carola um und sah in ihre entsetzten Augen. »Ich habe Ihre Nase anders geformt durch Einpflanzung von Knorpelstücken. Ihre Ohren sind dadurch kleiner geworden, denn von ihnen stammten die

Knorpelstückchen. Von Ihrem Kinn habe ich etwas weggemeißelt und ihm so die aristokratische Schmalheit des Südländers gegeben. Ich habe Ihre Augen korrigiert und sie etwas geschlitzt. Mandelaugen, sagt der Volksmund dazu. Ich habe Ihren Typ völlig verwandelt.« Und plötzlich schrie auch Dr. Lombard und warf die Arme empor. »Das kann ich nicht wieder rückgängig machen! Das ist endgültig! Begreifen Sie es doch!«

»Dann bleibt mir nur der Tod«, sagte Carola dumpf. Sie erhob sich und strich sich die Haare aus dem Gesicht. »Ich danke Ihnen, Dr. Lombard. Ich kenne nun meinen Weg. Sie sehen, ich bin ganz ruhig, ich habe die Stärke, auch noch das letzte Stück zu gehen. Leben Sie wohl.«

Mit drei großen Schritten war Dr. Lombard an der Tür und verstellte ihr den Weg. »Ich lasse Sie so nicht gehen, Madame!« rief er. »Sie befinden sich in einem Zustand, in dem Sie nicht mehr logisch denken können.«

»Im Gegenteil, Doktor, ich habe nie so logisch wie jetzt gedacht.« Carola lächelte schmerzlich. »Was wollen Sie noch von mir?«

»Versprechen Sie mir, keine Dummheiten zu machen, Madame.«

»Ich verspreche Ihnen alles, Doktor. Was hätten Sie davon?«

»Schwören Sie es bei Ihren Kindern.«

»Woher wissen Sie, daß ich Kinder habe?«

»Es stand damals in den Zeitungen.« Dr. Lombard faßte Carola an beiden Schultern. »Ich beschwöre Sie, Madame, unternehmen Sie nichts aus dieser Stimmung heraus. Es wird einen Weg geben, einen vernünftigen – allerdings nicht den über den Operationstisch.«

»Er wäre der einzige gewesen, Doktor.«

»Beichten Sie Ihrem Gatten Ihre furchtbare Verblendung, wie Sie sie mir gebeichtet haben.«

»Und die Kinder?« Es war wie ein Aufschrei.

»Kinder gewöhnen sich schnell um. Zwei, drei Wochen, und sie werden nicht mehr wissen, wie Sie früher ausgesehen haben.«

»Und mein Grab auf dem Friedhof in Starnberg?«

»Das ist auch nicht aus der Welt geschafft, wenn Sie wieder wie die frühere Carola Donani aussehen. Dafür gibt es eine irdische Gerechtigkeit. Sie werden nicht darum herumkommen.« Er ließ die Hände sinken und schüttelte langsam den Kopf. »Aber der Tod, Madame, nein, der Tod ist keine Lösung. Das ist Feigheit. Das ist unter Ihrer Würde, das traue ich Ihnen nicht zu. Hatten Sie den Mut, Ihr Gesicht für eine Illusion zu opfern, so haben Sie auch die Stärke, mit dem neuen Gesicht die alte Schuld zu bezahlen. Es wird ein grausam schwerer Weg sein, aber Sie wollten ihn ja nicht anders.«

Carola wandte sich ab und ging an das Fenster. Draußen regnete es. Ein feiner, kaum sichtbarer Nieselregen. Der Himmel war grau, die Häuser, die Straßen, die Bäume, das Gras, alles war farblos.

»Ich fahre zurück nach Starnberg«, sagte sie leise.

Dr. Lombard trat neben sie. »Ehrenwort?«

»Bei meinen Kindern, Doktor!«

»Höre ich wieder von Ihnen, Madame?«

»Ja. Ich werde Ihnen schreiben.«

Dr. Lombard rief ein Taxi, brachte Carola bis auf die Straße, half ihr einsteigen und trug die beiden Koffer um den Wagen herum an den Kofferraum. Dann stand er unter dem Gittertor und winkte dem Taxi nach, bis es um die Ecke verschwand. Erst da fiel ihm ein, was er vergessen hatte.

Mein Gott, dachte er, sie hat ja noch immer nichts gegessen und getrunken.

Die kurze Begegnung mit der unbekannten, scheuen Dame, die genauso lief, wie Carola gelaufen war, blieb Bernd Donani tief im Gedächtnis haften und ließ ihm keine Ruhe. Mit Bombalo sprach er nicht darüber, weil er wußte, daß dieser ihn für verrückt erklären würde. Bombalo war eine rauhe Natur und ein guter Freund, er verstand alle menschlichen Schwächen; nur, wenn es in den Bereich der Seele glitt, versagte er völlig. Für ihn war das Leben ein ständig wechselnder Genuß, und der vollkommenste Genuß ist der, bei dem man nicht zu denken braucht.

Lustlos dirigierte Donani am nächsten Tag ein Rundfunkkonzert im Sender Köln und flog sofort nach München.

Warum lief sie weg, grübelte er, in seinen Sitz gedrückt und sich vor den Blicken der anderen Fluggäste hinter seiner Zeitung verbergend. Er hatte sich später unter einem Vorwand auf den Weg gemacht und war durch Starnberg gegangen, in der Hoffnung, die schöne Unbekannte wiederzusehen. Aber das war eine vage Hoffnung. Sie konnte ebensogut aus Tutzing gekommen sein oder aus München oder von sonstwo her. Den ganzen Tag, auch während des Konzertes, ließ ihn der Gedanke nicht los, daß diese so schnell abgebrochene Begegnung eine schicksalhafte Bedeutung hatte. Einmal wollte er Bombalo darüber befragen, aber Bombalo schlief. Er versteht es doch nicht, dachte Donani. Er würde nur wieder sagen: Maestro, was sollen diese dummen Gedanken.

Das Kölner Konzert war das letzte für drei Wochen. Donani hatte einen Urlaub eingelegt. Auch das Orchester wurde in die Heimat, nach Paris entlassen. Pietro Bombalo, dessen Leben und Heimat Bernd Donani war, hatte keine Sehnsucht nach Italien. Er wollte in Starnberg bleiben.

Auf dem Flugplatz München-Riem standen Alwine und Babette und liefen johlend auf Donani zu, als er aus dem Flugzeug stieg.

»Papi! Papi!« schrien sie und schwenkten große Nelkensträuße. »Stimmt es, was Erna sagt? Du bleibst drei Wochen bei uns?«

»Es stimmt, ihr Süßen.« Donani umarmte seine Kinder, küßte sie, und Arm in Arm gingen sie dann zur großen Abfertigungshalle.

Auf der Fahrt von München nach Starnberg saßen Donani und die Kinder eng aneinandergeschmiegt und aßen Schokolade. Erst als die Villa in Sicht kam, rückten sie auseinander, um schnell aus dem Wagen zu springen.

Donani reckte sich, als er auf der Wiese stand und hinabblickte auf den See. »Es ist immer wieder herrlich hier«, sagte er. »Jeder Tag außerhalb ist ein verlorener Tag. Nicht wahr, Bombalo?«

»Ja«, antwortete Bombalo kurz. Er ahnte neue Komplikationen.

»Man sollte immer hierbleiben«, sagte Donani.

»Und wovon leben wir?«

»Ich habe Geld genug zusammendirigiert.«

»Und ich, Maestro?«

»Du auch. Du wärst kein Gauner, wenn du nicht schon längst für alle Zeiten ausgesorgt hättest.«

Bombalo strich sich über seinen Kopf und setzte sich brummend in eine Gartenschaukel. Er goß sich einen Wermut ein und seufzte laut. »Wie danke ich Gott, daß ich solche Nerven habe!« sagte er laut. »Wie könnte ich sonst einen Donani ertragen?«

Donani ging lachend ins Haus und sah in seinem Arbeitszimmer die Post durch. Zeitungen, Kritiken, Reklamesendungen, Drucksachen, Autogrammbitten, Warenproben, Postwurfsendungen. – Er sortierte die Post in zwei Haufen. Den einen Haufen, den größeren, warf er in den Papierkorb, die Briefe des kleineren Haufens schlitzte er mit einem spanischen Briefmesser auf. Ein Klopfen an der großen Scheibe schreckte ihn auf. Draußen auf der Terrasse standen Alwine und Babette, drückten die Nasen am Fenster platt und klopften und winkten. »Komm, Papi!« riefen sie zusammen. »Komm spielen!« Sie zeigten ihm einen neuen, großen, bunten Ball und ließen ihn auf den Steinplatten der Terrasse hüpfen. Donani winkte ab. Ein Brief der Metropolitan Opera in New York war gekommen. Man fragte an, ob Bernd Donani in der kommenden Saison zur Verfügung stände. Sechs Opernabende: dreimal Lohengrin, einmal Aida, zweimal Othello.

»Papi! Spielen!« riefen Alwine und Babette wieder vor dem Fenster im Chor.

»In einer Stunde!« rief Donani zurück.

»Och!« Babette drückte die Nase an die Scheibe und zog einen Flunsch. »Nie hast du Zeit!« rief sie laut. »Der Onkel hatte immer Zeit, der war viel lieber und lustiger.«

Donani ließ den Brief aus New York auf den Tisch fallen. Als habe man einen Block über ihn gewälzt, so schwer wurde ihm plötzlich das Atmen. Er stand auf, drückte die Fenstertür auf und trat auf die Terrasse. Alwine und Babette klatschten in die Hände und warfen ihm den bunten Ball zu. Donani fing ihn ungeschickt auf und legte ihn auf die Steinplatten.

»Welcher Onkel?« fragte er.

»Der Onkel, der mit Mami hier war«, sagte Alwine ahnungslos. »Komm, wirf den Ball, Papi!«

»Wann war der Onkel hier?«

»Och damals... als wir die Masern hatten.«

»Die ganze Zeit?«

»Nein, ganz kurz. Das war schade. Er konnte so schön mit dem Ball in die Luft schießen. Ganz hoch, Papi, bis an die Sonne.«

Donani nickte schwer. Er nahm den Ball, hob ihn hoch, schlenkerte das Bein und schoß ihn weit weg über die Wiese. Die Kinder jauchzten und liefen hinter ihm her. Mit einem Ruck wandte sich Donani ab und ging ins Haus zurück. Er klingelte nach Fräulein Graudenz und hatte das Gefühl, ersticken zu müssen.

»Herr Donani?«

Donani fuhr herum. Erna Graudenz stand in der Tür.

»Erna, ich höre gerade von den Kindern, daß wir Besuch hatten.«

»Besuch? Nein. Doch ja, die Polizei war hier, und ich habe...«

»Ich weiß. Nein, es war früher. Als meine Frau... als sie noch lebte.«

»Nein.«

»Doch. Erinnern Sie sich. Die Kinder hatten die Masern.«

Donani wartete, er wagte kaum zu atmen. Erna Graudenz sah an die Decke und dachte nach. Dann nickte sie.

»Ja. Es stimmt. Ach, das meinen Sie? Ja, ein junger Mann war hier.«

Ein junger Mann! Wie schwer das Herz wird, dachte Donani. »Warum hat man mir das nie gesagt?«

Erna Graudenz hob beleidigt die Schultern. »Er war ja nur eine Nacht hier. Er fuhr am nächsten Morgen wieder weg. Ich hielt es für so unwichtig.«

»Wer war denn der junge Mann?« unterbrach Donani sie ungeduldig.

»Ich weiß es nicht. Die gnädige Frau brachte ihn mit.«

»Sie... brachte ihn mit?« Es kostete Donani alle Kraft, ruhig und gleichgültig zu sprechen.

»Die gnädige Frau sagte, der Herr sei ein alter Bekannter von ihr. Ich habe nicht länger gefragt, das steht mir ja auch nicht zu. Es war ein höflicher, junger Mann. Er hat so ausdauernd mit den Kindern gespielt.«

»Ja, ich weiß. Er konnte den Ball bis in die Sonne schießen. Danke, Erna.«

Das klang bitter, wie aus einem zerrissenen Herzen. Erna Graudenz ging.

Donani wartete, bis die Tür hinter ihr zugefallen war. Dann brach seine Haltung zusammen, er sank in einen Sessel, bedeckte das Gesicht mit beiden Händen.

Ein fremder, junger Mann... Carola hat ihn mitgebracht... er hat hier übernachtet... und sie hat nie, nie von ihm erzählt. Sie ist nach der Genesung der Kinder zurückgekommen und war wie immer. Ein Engel, der ihn vor aller Unbill beschützte.

Plötzlich fielen ihm die Worte des Kriminalkommissars Weghart in Berlin ein: Ein junger Mann südländischen Typs hat auf der Bank in München das gesamte Geld Carolas abgehoben, mit einem ordnungsgemäßen Barscheck, der nicht beanstandet werden konnte. So klar der Tod Carolas war: Hier gab es ein Rätsel, vor dem er auswich, von dem er bisher nichts hören wollte. Jetzt gab es keine Flucht vor der Wahrheit mehr. Hier, in diesem Hause, war ein junger Mann gewesen, den niemand kannte, den Carola mitgebracht und dem sie 72000 Mark gegeben hatte. Ein Vermögen. Ihr ganzes Geld. Wofür?

Donani erhob sich und ging hinaus zu Bombalo, der fett und glänzend auf dem Rand des Schwimmbeckens saß und eine Apfelsine schälte.

»Bombalo«, sagte Donani dumpf, »hältst du es für möglich, daß Carola mich betrogen hat?«

Pietro Bombalo warf vor Schreck die Apfelsine in das Gras und richtete sich ächzend auf.

»Sind Sie verrückt, Maestro?«

»Ich fürchte, ich werde es. Antworte, hältst du es für möglich?«

»Daß Sie verrückt werden?«

»Daß Carola mich betrogen hat!« schrie Donani. »Betrogen mit einem jungen Schnösel!«

Bombalo legte die Hände über den schwabbelnden Bauch. Sein Gesicht war verschlossen und vorsichtig. Da kommt ein Gewitter, dachte er. Ich habe immer so etwas erwartet.

»Carola war eine schöne Frau«, sagte er ausweichend.

»Rede keinen Unsinn! Weißt du etwas?«

»Ich? Nein! Ich schwöre! Aber sie war nicht glücklich.«

»Sie hatte doch alles, was sich eine Frau wünschen kann.«

»Aber nicht Sie, Maestro.«

»Ich war doch immer bei ihr.«

»Natürlich.«

»Ich war immer bei ihr.«

»Im Frack.«

»Wie denn sonst?«

»Vielleicht im Nachthemd. Oder ganz ohne...«

Donani ließ Bombalo stehen und stapfte über die Wiese zur Steinbank an der Balustrade. Er schoß den bunten Ball, den ihm die Kinder wieder zuwarfen, mit einem kräftigen Beinhieb weit in den Garten hinein und zuckte zusammen, als die Kinder schrien: »Prima, Papi! Besser als der Onkel!«

Was ist das, dachte Donani und setzte sich auf die Bank. Er starrte auf den weißen Marmorgedenkstein und ballte die Fäuste. Ich könnte die Sonne herunterreißen und sie zerstampfen. Ich könnte mich selbst jetzt den Hang hinabstürzen und im See ertränken. Und ich würde glücklich dabei sein. Mein Gott, mein Gott, habe ich denn jahrelang blind gelebt?

Die Unruhe, der Verdacht in ihm wuchsen. Er konnte nicht länger auf der Bank sitzen und den Gedenkstein Carolas ansehen. Es war ihm unmöglich, an einem Ort zu weilen, an einem Flecken Erde, den Carola als eigenes Paradies bezeichnet hatte. Ein Paradies, das nun nicht mehr unversehrt war, nicht mehr unberührt... ein fremder, junger, unbekannter Mann hatte hier gestanden oder gar gesessen, auf einem für Donani geweihten Platz... Er hatte dort in dem weißen Haus geschlafen, und er hatte sich am Morgen davongeschlichen wie ein Dieb.

Donani preßte die Fäuste gegen die Schläfen und wandte sich ab. Warum brülle ich nicht, dachte er. Warum kann ich diesen inneren Druck nicht einfach wegschreien? Carola ist tot... sie liegt unter einem Hügel verwelkter Kränze... verbrannt, zusammengeschrumpft zu der Größe eines Kindes, unkenntlich geworden... aber bevor sie verbrannte und für immer aus meiner Welt ging, hatte sie ein Geheimnis vor mir. Ein junger Mann, dem sie 72000 Mark gab. Ein Mann südländischen Typs...

Donani zuckte hoch. Seine Fäuste fielen schlaff gegen den Körper. Das kann nicht sein, dachte er und es durchrann ihn eiskalt. Um Himmels willen, das kann nicht sein. Ein Bild war plötzlich vor ihm aufgestanden: ein junger Mann mit schwarzen Locken, die Geige unter das Kinn geklemmt, mit fanatischen Augen, zitternd vor Nervosität. Er spielte vor. Was, das war aus der Erinnerung gelöscht. Aber er spielte vor, um Solist zu werden. Und Carola hatte ihn empfohlen, hatte ihn gelobt, hatte ihn, Donani, dazu überredet, den jungen Geiger anzuhören. So hatte der junge Mann erreicht, was nie jemandem gelungen war: Er hatte Donani vorgespielt, und Donani hatte ihn sogar auf dem Flügel begleitet.

Ein Mann, ein Jüngling von südländischem Typ. Schwarze Locken, schwarze Haare, ein sinnlicher, weicher Mund.

Donani schloß die Augen. Er sah die Szene vor sich. Er hörte sich sagen: Sie haben viermal danebengegriffen. Er sah, wie der junge Geiger innerlich zusammenbrach. Wie hieß er denn noch? Himmel, hilf – wie hieß er denn? Jean, jawohl, Jean hieß er. Aber weiter... weiter... Leclef? Nein. Das heißt »Der Schlüssel«. Aber so ähnlich, so ganz ähnlich.

Fast lautgleich. Jean Leclerc... Leclerc... Das war es! Das mußte es sein!

Donani wirbelte herum und rannte zum Haus zurück. Er ergriff Bombalo an der Hand und riß den Verblüfften mit in das Arbeitszimmer. Er schloß die Tür, zog die Vorhänge vor die Fenster und warf sich in den Sessel. Bombalo starrte ihn an. Er sieht wirklich wahnsinnig aus, dachte er entsetzt. Madonna mia, das darf nicht wahr sein.

»Ruf in Paris bei der Personalabteilung an!« rief Donani. Seine Stimme hatte jeden Klang verloren, sie war wie ein Bellen. »Frag nach, ob unser Orchester einen Geiger Leclerc hat!«

»Jetzt gleich?« stotterte Bombalo.

»Sofort! Blitzgespräch! Los, ruf schon an!«

Mit einem Achselzucken hob Bombalo den Hörer ab. Nach drei Minuten wußten sie es. Jean Leclerc hatte es gegeben. Bei den ersten Geigen. Er hatte vor Monaten gekündigt – genau einen Tag nach Carolas Tod. Wo er jetzt war, wußte man nicht. Er hatte sich nie wieder gemeldet.

»Sie werden unheimlich, Maestro«, sagte Bombalo und setzte sich hinter den Schreibtisch. Kalter Schweiß trat ihm auf die Stirn. »Was wollen Sie mit diesem Geiger?«

Das Gesicht Donanis war hart, wie aus Stein gemeißelt.

»Habt Ihr Manager so eine Art Internationale, Pietro?« fragte er. »So eine Art Ring? Ihr kennt euch doch alle untereinander.«

»Nur die wirklich Großen, Maestro«, antwortete Bombalo stolz.

»Ruf sie alle an! Alle! Frage sie, ob sie einen Jean Leclerc kennen! Ob er sich bei ihnen gemeldet hat.«

»Aber das ist doch Unsinn, Maestro. Das kostet doch Tausende.«

»Und wenn es mein Vermögen kostet: Ich will wissen, wo dieser Jean Leclerc jetzt ist«, schrie Donani und sprang auf. »Du läßt nicht locker, du rufst die ganze Welt ab! Irgendwo werden wir ihn finden!«

Bombalo stützte den Kopf in beide Hände, als Donani aus dem Zimmer gestürmt war. »Er ist doch verrückt«, jammerte er. »Madonna! Womit habe ich das verdient? Er hat total den Verstand verloren.«

Aber er rief doch seine Managerfreunde an. Er fing in Frankreich an und setzte die Suche in Italien fort... und bei jeder Nummer, die er drehte, tat ihm das Geld leid, das er nach seiner Ansicht aus dem Fenster warf.

Zwei Tage lang lief Bernd Donani wie ein gefangenes Raubtier im Hause herum. Erna Graudenz und die Kinder wagten nicht, ihn anzureden. Bombalo pendelte zwischen Essen und Telefon hin und her. Am Nachmittag des zweiten Tages schrie er auf und brüllte: »Maestro! Maestro!«

Donani stürzte in das Arbeitszimmer. Bombalo saß am Schreibtisch und benahm sich wie im Veitstanz. Er stampfte mit den Füßen und schwenkte den Telefonhörer hin und her.

»Ich habe ihn! Ich habe ihn!« schrie er überglücklich. »Er hat in Marseille bei Parthou vorgespielt.«

»Also in Marseille ist er«, sagte Donani leise.

»Nein. Da ist er wieder weg.«

»Wohin denn?«

»Das werden wir gleich haben. Parthou sagte etwas von einem Franco Gombarelli in Cannes. Ich habe glücklicherweise seine Telefonnummer.«

»Anrufen! Sofort!« Donani legte die Hände aneinander. Es war, als bete er wie ein Kind. Es muß die richtige Spur sein, dachte er. O Gott, wenn es wahr wäre!

Bombalo telefonierte. Er sprach italienisch, es klang wie ein lautes Gezänk, aber so etwas täuscht bei südlichen Sprachen. Dann, mit einem tiefen Seufzen, ging ein Leuchten über sein Gesicht, er machte ein paar Notizen und warf den Hörer zurück auf die Gabel.

»Ihr Wille war mir Befehl, Maestro«, stöhnte er erschöpft. »Dieser Jean Leclerc ist in Monte Carlo. Gombarelli hat ihn gestern noch gesehen. Piekfein, am Arm einer nach Geld riechenden Dame. Sie besuchten einen Opernabend. ›Was wollen Sie, lieber Kollege, von diesem Saukerl?‹ fragte mich Gombarelli.«

»Das geht nur uns etwas an, Bombalo.« Donani legte die Hände auf den Rücken. Seine Gestalt straffte sich, es war, als verbreitere sie sich sogar. »Pack die kleinen Koffer, Pietro ... wir fliegen morgen früh nach Monte Carlo!«

Zwei Tage zögerte Carola und verbarg sich im Zimmer des kleinen Hotels, ehe sie sich durchgerungen hatte, zurück nach Starnberg zu fahren und das Versprechen, das sie Dr. Lombard gegeben hatte, einzulösen.

Wie alles werden sollte, darüber hatte sie keinerlei Vorstellungen. Nur eines wußte sie: Sie konnte nicht in das Haus gehen, die Arme ausbreiten und sagen: Da bin ich wieder. Ich sehe zwar anders aus, aber ich bin es wirklich. Hört zu, was ich zu beichten habe.

Das war unmöglich. Vielleicht war es der beste Weg, erst einmal mit Donani allein zu sprechen. Wenn sich sein Schock gelegt hatte, konnte sie sich den Kindern anvertrauen, ganz gleich, wie dann die Zukunft aussah – ob mit oder ohne Donani. Die Kinder konnte sie sehen und sprechen, und wenn sie wieder »Mami« zu ihr sagten, würde das Glück vollkommen sein. Mehr erhoffte sie sich nicht vom Leben, mehr wollte sie auch nicht haben. Ruhe sollte über sie kommen. Endlich Ruhe. Vergessen war nicht möglich, denn ihr Gesicht mahnte sie daran bei jedem Blick in den Spiegel.

Der Weg zurück nach Starnberg war eine Fahrt in Hölle und Himmel zugleich. Wieder mietete sie sich in dem kleinen Seehotel ein und erfuhr dort von der Serviererin, daß Bernd Donani am Morgen dieses Tages abgereist sei. Wohin, das wußte natürlich niemand. Man las es später in den Zeitungen.

Das machte alles leichter, als sie geglaubt hatte. Die Kinder waren allein mit Erna Graudenz. Wenn Donani wieder auf Gastspielreisen war, konnten Wochen vergehen, bis er zurückkehrte. Wochen, in denen sie mit den Kindern zusammen sein durfte, in denen sie das große Glück genießen würde, wieder daheim zu sein, ohne die Beichte, die alles wieder zerstören konnte. Sicherlich, es war nur ein Hinauszögern, eine Galgenfrist, aber es würden Wochen sein, oder vielleicht auch nur Tage, in denen sie versuchen konnte, die Kinder an sich zu gewöhnen.

Am Nachmittag ging sie hinaus zur Villa »Alba«. Das Einfahrtstor stand offen, das sah sie von weitem. Ein Lieferwagen stand davor, zwei Männer luden Kisten aus und trugen sie in den Keller. Alwine und Babette spielten auf dem Weg. Sie hatten ihre Roller geholt und fuhren ein Wettrennen den leicht zum Tor abfallenden Weg hinab. Ihr lautes, fröhliches Rufen übertönte das dumpfe Blubbern des laufenden Lastwagenmotors.

Einer der Männer klappte die Plane wieder herunter und rief dem am Steuer wartenden Fahrer etwas zu. Der Motor brummte auf, langsam setzte sich der schwere Wagen in Bewegung, fuhr rückwärts in das Tor hinein, um zu wenden, denn der Weg war zu schmal dazu.

Im gleichen Augenblick aber hatte Babette mit ihrem Roller Alwine überholt. Sie jauchzte, winkte zurück und raste, mit dem rechten Fuß sich immer wieder abstoßend, den Gartenweg hinab auf das Tor zu. Sie konnte nicht sehen, daß der Lastwagen langsam herumschwenkte, die Hecke verdeckte ihn. Erst wenn er ins Tor fuhr, würde sie ihn sehen können – aber dann war es bereits zu spät, dann hatte sie ebenfalls die Ausfahrt erreicht und mußte mit dem Wagen zusammenprallen.

Carola überblickte diese Situation von weitem. Entsetzt schrie sie auf, warf die Arme empor und schrie »Halt! Halt! Babette! Spring ab! Babette –«

Babette sah die »Tante« auf dem Weg und glaubte, sie winke ihr. Lachend winkte sie zurück und gab ihrem Roller noch einmal einen kräftigen Schwung.

»Babs!« schrie Carola in wilder Verzweiflung. Der Lastwagen schwenkte ein, sein Aufbau schob sich in das Tor. »Babs! Spring ab!«

Auch Babette sah jetzt den Wagen. Drohend türmte sich der Laderaum vor ihr auf, kam näher, immer näher, eine Wand, gegen die sie prallen mußte. Sie hörte das Brummen des Motors und umklammerte in kindlicher Schutzsuche den

Lenker ihres Rollers, statt sich von ihm abzustoßen und sich seitlich ins Gras fallen zu lassen.

Der Wagen stoppte. Der Fahrer bemerkte die wild gestikulierende Frau auf der Straße und bremste. Im Rückspiegel sah er jetzt das Kind auftauchen, in rasender Fahrt genau auf ihn zu. Er versuchte noch, den Vorwärtsgang hineinzureißen und aus der Toreinfahrt wegzukommen, aber es gelang nicht mehr. Mit einem piepsigen, hellen Schrei prallte Babette auf den Lastwagen, wurde zurückgeschleudert und rollte an die Buchenhecke. Dort blieb sie liegen, bewegungslos, ein kleiner verkrümmter Körper. Der Roller schleuderte unter den Lastwagen.

»Babette!« schrie Carola noch einmal auf. Dann rannte sie den Weg hinunter, stieß den Lastwagenfahrer, der bleich und entsetzt aus dem Führerhaus kletterte, zur Seite und kniete neben dem ohnmächtigen Kind. Aus einer Platzwunde auf dem Kopf rann das Blut über das noch in der Ohnmacht vor Schreck verzerrte Gesichtchen, der linke Arm pendelte wie bei einer ausgerenkten Puppe.

»Ich... ich konnte nichts dafür...«, stotterte der Fahrer. »Ich konnte das Kind nicht sehen!« Auch der zweite Fahrer kam nun durch den Garten gerannt, vom Keller her. Alwine stand oben am Eingang und brüllte. »Erna!« schrie sie. »Erna! Sie haben Babs überfahren! Sie haben Babs überfahren...«

»Sie muß sofort ins Haus!« Carola nahm Babette in ihre Arme. Der Fahrer hielt den blutenden Kopf hoch, der andere stützte den offensichtlich gebrochenen Arm. Aus dem Haus stürzte Erna Graudenz. Sie weinte hysterisch und wollte sich auf Babette stürzen.

»Ist sie tot?« schrie sie immer wieder. »O Gott! Ist sie tot?! Babette, so sag doch was! Babette!«

»Rufen Sie sofort Professor Landsberg an!« sagte Carola. Sie drückte das blutende Kind an sich. Ihr Mantel, ihr Kleid wurden verschmiert, sie merkte es gar nicht. »Starnberg 37289. Schnell. Professor Landsberg soll sofort kommen!«

Erna Graudenz unterbrach ihr Weinen und Jammern und starrte Carola entgeistert an. Dann rannte sie voraus. Als

Carola ins Haus kam und Babette hinauf ins Kinderzimmer trug, hörte sie Fräulein Graudenz bereits telefonieren.

»Er kommt sofort«, sagte Erna Graudenz später im Kinderzimmer und wunderte sich. Ohne zu fragen, war die fremde Dame sofort hinauf in Babettes Zimmer gegangen. Nun rannte sie ins Badezimmer, holte aus der eingebauten Hausapotheke Verbände und Pflaster, Jod und Tupfer und begann, das Blut vom Gesicht des Kindes zu waschen und die blutende Platzwunde abzudecken. Den Arm legte sie auf einen großen hölzernen Hampelmann. Diese Frau muß einen sechsten Sinn haben, dachte Erna Graudenz. Sie weiß sofort, wo alles ist, sie fragt gar nicht und holt alles zusammen, als habe sie schon jahrelang in diesem Haus gewohnt.

»Kann ich noch etwas tun, Frau... Frau...«

»Friedburg«, sagte Carola heiser. »Ja. Können Sie Herrn Donani erreichen?«

»Nein. Ich weiß nicht, wohin er abgereist ist. Ich weiß nur, nach Südfrankreich.«

»Und wann kommt er wieder?«

»Auch das weiß ich nicht.«

»Es hat sich nichts geändert«, sagte Carola leise und voll Bitterkeit. Erna Graudenz verstand sie nicht und beugte sich vor.

»Was sagten Sie, Frau Friedburg?«

»Nichts. Holen Sie aus der Hausapotheke die Herztropfen.«

»Herztropfen?«

»Ja doch. Sie stehen im zweiten Fach von oben. Eine kleine Flasche, braun, mit einem weißen Etikett der Löwen-Apotheke aus München.«

Erna Graudenz rannte davon und kam bald mit dem Fläschchen zurück. Diese Frau ist unheimlich, dachte sie, als sie die Herztropfen Carola hinreichte. Woher kann sie wissen, wo die Herztropfen der toten Frau Donani stehen?

Professor Landsberg traf nach zehn Minuten bereits ein. Er hatte seine Praxis unterbrochen. Die Untersuchung ging schnell, das Ergebnis beruhigte Carola sehr: Eine harmlose Platzwunde, die genäht werden mußte, und ein nicht komplizierter Oberarmbruch, den man noch röntgen würde. Erna Graudenz telefonierte nach einem Krankenwagen. Babette mußte zum Röntgen und Gipsen ins Krankenhaus gefahren werden.

Am Abend war dann alle Aufregung vergessen. Mit einem dicken Kopfverband und eingegipstem Arm lag Babette im Bett und lutschte Schokolade.

»Du siehst wie ein Araber aus«, sagte Carola und legte das Buch weg, aus dem sie bis jetzt vorgelesen hatte. Auch Alwine hatte sich schon ausgezogen. Es kam so selten vor, daß jemand Zeit für sie hatte, daß man ihnen aus einem Buch vorlas, mit ihnen spielte, mit ihnen redete. Babette hielt Carolas Hand umklammert, als sie aufstand und Erna Graudenz ins Zimmer kam.

»Wo willst du hin, Tante?« fragte sie.

»Die Tante muß jetzt gehen«, sagte Erna Graudenz.

»Nein!« Babette hielt Carolas Hand fest. »Laß die Tante hierbleiben, Erna!«

»Das geht doch nicht.«

»Wenn die Kinder es wollen – ich hätte Zeit«, sagte Carola leise.

»O ja, ja! Bitte! Bitte!« Alwine und Babette strampelten mit den Beinen. »Die Tante soll hierbleiben!«

Erna Graudenz hatte ein verschlossenes, abweisendes Gesicht. »Ich weiß nicht, ob das im Sinne von Herrn Donani ist«, sagte sie hart.

»Papi wird nichts dagegen haben!« rief Alwine. »Die Tante muß Babs pflegen!«

»Und ich lasse mich auch nur von der Tante pflegen«, sagte Babette. »Sonst weine ich immer.« Sie sah mit flehenden Augen zu Carola auf. »Bitte, bleib doch, Tante.«

Das Herz Carolas wurde zentnerschwer. Ich bleibe für immer bei euch, dachte sie. Ich gehe nie wieder weg.

Erna Graudenz hob die Augenbrauen und zuckte mit den Schultern. »Wenn die Kinder solche Ultimaten stellen – bitte. Sie können bleiben, Frau Friedburg. Aber das letzte Wort spricht Herr Donani, wenn er wiederkommt. Ich glaube nicht, daß er es billigt. Ich richte Ihnen das Fremdenzimmer.«

Carola zuckte zusammen. Das Fremdenzimmer, in dem Jean Leclerc gewohnt hatte.

»Nein, bitte nicht«, sagte sie schnell und wandte den Kopf weg, damit Erna Graudenz nicht ihre Erregung sah. »Ich schlafe hier bei den Kindern. Wenn Babs eine unruhige Nacht hat... sie kann ja Fieber bekommen. Ich schlafe dort auf der Couch.«

Später saß sie zwischen den Betten und sah auf die glücklichen Gesichter der schlafenden Kinder.

Ich bin wieder zu Hause, dachte sie. War alles, was hinter mir liegt, nicht bloß ein böser Traum...?

In Cannes wurden Bernd Donani und Bombalo von Franco Gombarelli abgeholt. Für den kleinen Manager war es eine Ehre, den großen Dirigenten zu begrüßen und ihm die Hand zu drücken.

»Ich habe diesen Jean Leclerc heute morgen noch gesehen«, sagte er, als Donani sofort nach dem Geiger fragte. »Er wohnt im besten Hotel, dem Golf-Palace. Zimmer 369. Ich habe mich beim Portier erkundigt. Der Junge muß viel Geld haben.«

72000 Mark, natürlich, dachte Donani bitter.

»Fahren wir sofort hin!« sagte er laut. Bombalo sah ihn kritisch von der Seite an.

»Sollten wir nicht erst...«

»Zum Golf-Palace!«

Gombarelli zuckte ebenso wie Bombalo vor dieser Stimme zusammen und fuhr seine Gäste durch Monte Carlo zu dem weißen, am Meer liegenden, von Terrassengärten umgebenen Luxushotel.

Niemand hielt Donani auf, als er mit sicheren Schritten zum Lift ging und dem Boy zurief: »369.« Bombalo gelang es gerade noch, sich mit in den Fahrstuhl zu zwängen, während Gombarelli zur Bar ging und ahnungslos einen doppelten Kognak bestellte.

»Was willst denn du hier?« fragte Donani finster.

»Ich lasse Sie doch jetzt nicht allein, Maestro!«

»Wie du willst. Zurückhalten kann mich niemand.«

Vor dem Zimmer 369, einer weißen Tür mit goldenen Leisten, blieb Donani kurz stehen und straffte sich. Dann klopfte er kurz, wartete keinen Ruf ab und trat ein.

Jean Leclerc stand in einem seidenen Morgenmantel am Fenster und sah hinaus auf das große Hotelschwimmbecken mit Meerwasser. In einem Liegestuhl, geschützt von einem orangefarbenen Schirm, lag dort unten Doris Kinley und streckte ihre langen Beine von sich. Eine herrliche Goldgrube, dachte Leclerc gerade. Geld und Schönheit, wem wird so etwas schon geboten?

Er drehte sich nicht um, als er die Zimmertür aufgehen hörte, sondern sagte etwas näselnd:

»Stellen Sie den Whisky auf den Rauchtisch!«

Donani schloß die Tür. Bombalo lehnte sich dagegen, ein lebender, für Leclerc nicht zu erstürmender Wall. »Guten Tag, Jean Leclerc!« sagte Donani laut.

Jean wirbelte herum. Sein Gesicht zerfiel in Entsetzen und schreiende Angst.

»Herr... Donani«, stammelte er.

So groß sein Erschrecken war, so klar erkannte er auch, daß er in einer Falle saß. Zwischen der Tür und ihm stand die hohe Gestalt Donanis, an der Tür lehnte Bombalo – alles aber, was ihm helfen konnte, die Klingelknöpfe für den Zimmerkellner, den Boy oder den Hausdiener, war auf dem Klingelbrett neben der Tür vereinigt. Nur die Flucht aus dem Fenster blieb ihm, ein sinnloser Gedanke, denn das Zimmer 369 befand sich in der 4. Etage, 15 Meter über dem Boulevard.

»Was... was wollen Sie von mir?« fragte Jean heiser vor Angst.

»Die Wahrheit!« antwortete Donani laut.

»Wahrheit? Worüber?«

»Wir sollten jetzt nicht mehr Theater spielen, Leclerc. Daß ich hier vor Ihnen stehe, sollte Ihnen beweisen, daß wir uns nicht mit gegenseitigen Fragen aufzuhalten haben. Wir sollten über die Dinge sprechen. Also – was war mit meiner Frau und Ihnen? Weichen Sie nicht aus. Ich will eine klare

Antwort. Ich will von Ihnen nur das bestätigt haben, was ich jetzt weiß.«

Jean Leclerc schwieg. Er starrte zu Bombalo hin. Wie ein Scharfrichter steht er da, dachte er mit eisigem Entsetzen. Was haben sie vor, wenn ich ihnen die Wahrheit sage?

»Verlassen Sie mein Zimmer! Sofort!« sagte er rauh und nahm dabei den letzten Mut zusammen. »Ich werde um Hilfe schreien und einen Skandal entfesseln.«

»Wenn Sie wüßten, wie völlig gleichgültig mir das jetzt ist.« Donani trat noch einen Schritt vor. Jean drückte sich gegen die Wand. Schweiß trat auf seine Stirn und perlte ihm über die Augen. Kalter Schweiß nackter Angst.

»Meine Frau war Ihre Geliebte?« fragte Donani. Bombalo nagte an der Unterlippe. Er konnte ermessen, was diese Frage Donani an innerer Kraft kostete. Jean Leclerc nickte schwach.

»Ja«, sagte er leise, kaum hörbar. Donanis Herz setzte einen Augenblick aus. Sein Gesicht wurde fahlweiß.

»Wann?«

»Damals. Bei dem Galakonzert in Paris begann es. Auf dem Place de l'Opéra lernten wir uns kennen.«

»Und bei mir zu Hause, in Starnberg, während meine Kinder krank zu Bett lagen, haben Sie mit meiner Frau zusammengelebt?«

»Nur eine Nacht.« Jean ballte die Fäuste. Damals hast du mich gedemütigt, dachte er. Weißt du noch... als ich dir vorspielte und du dem kleinen Geiger sagtest, daß er ein Stümper sei. Du warst der König und ich der Sklave, der unter deinen Fußtritten rufen durfte: Danke! Danke, Herr! Danke! – Jetzt ist es anders. Jetzt stehst du vor mir als der betrogene Ehemann, und der Sklave von damals hat es in der Hand, dich, den großen Donani, zu demütigen wie keinen anderen. »Ihre Frau kam mir entgegen«, sagte Jean mit einem frechen Lächeln der Erinnerung. »Sie hatte die Tür ihres Zimmers nicht abgeschlossen, und als ich eintrat, sagte sie...«

Donani hob die Hand. In seinem Gesicht zuckte ungeheure Qual. »Sie sind ein Schwein, Leclerc, so von einer Toten zu sprechen!« schrie er.

Jean hob die Augenbrauen. Von einer Toten, durchzuckte

es ihn. Er weiß gar nicht, daß sie lebt, daß sie ein anderes Gesicht hat, daß sie Vera Friedburg heißt und irgendwo durch die Welt irrt. Er denkt noch immer, sie sei damals die Leiche in dem Autowrack gewesen?

Über das Gesicht Jeans zog ein teuflisches Lächeln. Sie soll auch weiterhin für dich tot sein, dachte er. Du sollst von mir die immerwährende Qual haben, an eine Tote zu denken, deren letzte Tat im Leben der Betrug an dir war.

»Sie haben mich gefragt, Monsieur«, sagte er und hob die Schultern. »Ich habe geantwortet.«

»Und das Geld?« rief Bombalo von der Tür.

»Das ist eine lange und tragische Geschichte, meine Herren. Ich möchte nicht so völlig verdorben sein, um Ihnen auch das zu erzählen.«

»Reden Sie!« sagte Donani barsch.

»Gut. Wenn Sie darauf bestehen.« Jean legte die Hände auf den Rücken und wippte auf den Füßen. »Das Konzert in Berlin sollte das letzte sein. Von Berlin aus wollten Carola und ich ins Ausland, wir wollten zusammen leben, irgendwo, ganz allein, und glücklich sein. Ganz klar gesagt: Wir wollten durchbrennen. Deshalb schrieb Carola einen Scheck über ihr ganzes Guthaben aus und gab ihn mir. Wir wollten von Berlin über München nach Zürich und von dort weiter in den Süden. Da geschah der entsetzliche Unfall.« Leclerc legte eine ergriffene Sprechpause ein und senkte das Haupt. »Es war alles zu Ende. Alle Pläne verbrannten in dieser Nacht. Von Carola blieb mir nur der Scheck. Ich flog am nächsten Tag nach München, holte das Geld ab, kündigte bei dem Orchester und bin nun hier.« Er hob die Arme und zuckte mit den Schultern. »Das ist alles. Ich habe Carola für immer verloren ... aber ich habe das Geld, und das ist immerhin ein schwacher Trost.«

Bernd Donani schloß für einen Moment die Augen. Es war ihm unmöglich, Leclerc noch weiter anzusehen, ohne in dieses lächelnde Gigologesicht zu schlagen. Mit geschlossenen Augen wandte er sich ab und ging zur Tür. Bombalo öffnete sie, ließ Donani aus dem Zimmer und schloß sie hinter ihm wieder ab. Leclerc starrte Bombalo aus weiten Augen an.

»Was wollen Sie denn noch hier?« schrie er. »Machen Sie, daß Sie hinauskommen, Sie Fettwanst!«

»In fünf Minuten, mein Söhnchen.« Bombalo lächelte breit und rieb sich die Hände. »Der Schluß unserer Sinfonie gefällt mir noch nicht. Er ist zu abrupt. Ich habe die Kesselpauken am Schluß so gern.«

»Hilfe!« schrie Jean Leclerc und warf die Arme schützend empor. »Hilfe!«

Bombalo kam auf ihn zu und griff nach ihm. Als der erste Schlag klatschte, heulte Jean auf, beim dritten Schlag war er bereits still und ergab sich in das unabwendbare Schicksal.

Nach fünf Minuten verließ Bombalo zufrieden das Zimmer 369. Leise zog er die Tür hinter sich zu, als verlasse er einen Schlafenden oder eine Geliebte. Auf dem Gang rieb er sich wieder die Hände, pfiff vor sich hin und rannte Donani nach, der unten in der Halle auf ihn wartete.

In Starnberg wirkte die Rückkehr Donanis ebenso plötzlich und unerwartet wie seine Abreise. Erna Graudenz kaufte gerade im Milchladen ein, als sie draußen den Wagen Donanis vorbeifahren sah.

»Jesus Maria!« rief sie. »Der Chef ist wieder da! Und diese fremde Frau ist allein im Haus! Das gibt einen Krach!«

Sie bezahlte schnell und rannte zur Villa Alba zurück. Vor dem Eingang traf sie nur noch Bombalo an, der die beiden Reisetaschen aus dem Kofferraum holte. Erschöpft lehnte sich Erna Graudenz gegen den Wagen.

»Der Chef schon oben?« fragte sie atemlos.

»Ja.« Bombalo grinste verschmitzt. »Wer ist denn die hübsche Laus, die sich da in unseren Pelz gesetzt hat?«

»Hat... hat der Chef sie schon gesehen?« stotterte Erna Graudenz. »Die Kinder wollen sie nicht wieder weglassen...«

»Sie stand vor der Tür und begrüßte uns wie die Frau des Hauses.« Bombalo lachte meckernd. »Der Chef war platt. Aber dann wurde er auffallend jugendlich, sprang aus dem noch fahrenden Auto und küßte ihr die Hand.«

»Er küßte ihr die Hand?« Erna Graudenz atmete auf. »Er hat nicht geschimpft?«

»Aber warum denn?« Bombalo faßte die Griffe der Reisetaschen. »Wenn jemand es schon so lange vermißt, daß ihn eine schöne Frau empfängt, der ist für jeden Wink des Schicksals dankbar.«

Im Kinderzimmer saß Donani am Bett der kleinen Babette und mußte immer wieder den dicken Kopfverband betasten und bestätigen, daß Babette wie ein Inder aussehe. Alwine saß auf der anderen Seite des Bettes und webte auf einem kleinen Webrahmen einen Schal aus bunter Wolle.

»Für meine Puppe Fifi«, erklärte sie stolz. »Tante Vera hat uns gezeigt, wie man das macht. Das ist vielleicht schön, Papi! Wir können schon richtig weben. Babette auch. Babs will sogar für Koko einen richtigen Pullover weben.«

»Das ist wirklich schön.« Donani küßte seine Kinder und verließ das Kinderzimmer. Auf der oberen Diele hielt er Carola am Arm fest. Ein Schauder durchlief sie, als sie sich umdrehte und ihm in die bittenden Augen sah.

»Sie wollen doch nicht wirklich gehen?« fragte er.

«Doch, Herr Donani. Ich kam ja nur zufällig hier vorbei, als der Unfall geschah. Ich muß zurück.«

»Sie haben Familie?«

»Nein.«

»Sie sind unabhängig?«

»Völlig.« Ihr Herz stockte. Donani sah an ihr vorbei auf die Kinderzimmertür.

»Die Kinder würden unglücklich sein, wenn Sie weggingen. Und auch ich wäre nicht froh darüber, daß die Bekanntschaft nur so kurz sein sollte. Wenn wir alle, die Kinder und ich, Sie bitten würden, noch zu bleiben? Wenigstens so lange, bis Babette wieder völlig gesund ist.«

»Das kann zwei oder drei Wochen dauern, Herr Donani.«

»Wenn Sie diese Zeit opfern könnten...«

»Es würde kein Opfer sein.«

Donani klatschte wie ein Junge in die Hände. »Sie bleiben also?!« rief er.

»Nur unter der Bedingung, daß ich keinem zur Last falle.«

Donani schüttelte den Kopf. »Wir alle würden uns freuen, bestimmt. Vor allem die Kinder. Sie ... sie haben Schweres durchgemacht in der letzten Zeit. Meine Frau verunglückte tödlich und...« Er unterbrach sich und dachte an die Wahrheit, die ihm Jean Leclerc bestätigt hatte. Die Kinder wollte sie verlassen, dachte er bitter. Und mich, mich, der sie brauchte wie die Luft. Ich kann es einfach nicht begreifen.

Carola hatte sich abgewandt. Es war unmöglich, ihn weiter anzusehen, ihm weiter zuzuhören. Ich werde das nicht aushalten können, empfand sie. Ich werde nicht die Kraft aufbringen, Vera Friedburg zu sein, die gute, fremde Tante, die sich die Geschichte der toten Mami anhört. Das übersteigt die menschliche Kraft. Ebensogut könnte man versuchen, die Sonne zu verdunkeln.

»Sie bleiben also? Bitte!« sagte Donani noch einmal.

Carola nickte stumm. Aus dem Kinderzimmer ertönte der Chor der beiden hellen Stimmen: »Tante Vera! Tante Vera!«

Donani lächelte schwach. »Sehen Sie – Sie dürfen einfach nicht gehen. Aber nun können die Kinder einmal warten. Der Papa will auch etwas von dem unverhofften Besuch haben. Darf ich Sie zu einer Tasse Tee einladen, Frau Friedburg?«

»Nachher. Ich muß Babette erst beruhigen. Es ist nicht gut, wenn sie mit ihrer Kopfwunde so laut ruft und im Bett herumtobt.«

Sie wandte sich ab und ging zurück zum Kinderzimmer. Donani sah ihr nachdenklich nach und strich sich nervös über die weißen Haare.

Sie geht wie Carola, dachte er und empfand dabei einen heißen Schmerz in der Brust. Und sie spricht wie Carola... der fast gleiche Tonfall, das Timbre der Stimme... wenn man die Augen schließt, ist die Täuschung vollkommen. Dann ist es, als lebe Carola noch. Mein Gott – sollte ich in dieser Vera Friedburg eine Auferstehung Carolas erleben?

Langsam ging er die Treppe hinunter zu den Wohnräumen. In der Dielenhalle stand Bombalo und grinste ihn an.

»Sie sehen gar nicht glücklich aus, Maestro«, sagte er und tupfte sich den Schweiß von der Stirn. »Jeder andere Mann fängt an, Choräle zu singen, wenn ein Engel ins Haus schwebt.«

»Laß diesen Blödsinn, Pietro!« Donani vergrub die Hände in den Hosentaschen. »Frau Friedburg kümmert sich lediglich um die Kinder. Sie ist unser Gast. Ich habe sie gebeten, noch zu bleiben.«

»Das war klug, Maestro.« Bombalo lächelte still. »Das war ein genialer Gedanke.«

»Rindvieh!« sagte Donani laut und ging in die Bibliothek. Bombalo rieb sich mit glücklichem Gesicht die Hände.

»Er wird wieder der alte!« sagte er laut. »Man sollte Gott jeden Tag preisen, daß er die Frauen erschuf.«

In den folgenden Tagen lief das Leben in der Villa Alba auf zwei Ebenen ab.

Erna Graudenz war beleidigt. Sie ließ durchblicken, daß sie ja nun überflüssig sei und gehen könne und spreizte wie ein Igel die Stacheln nach außen, wenn sie Carola gegenübertrat. Meist geschah das im Kinderzimmer, wenn Fräulein Graudenz das Essen brachte und Alwine und Babette in lautem Duett verlangten, Tante Vera solle mit ihnen essen und nicht Erna. Dann zog sich Fräulein Graudenz beleidigt in die Küche zurück, aß allein und philosophierte über den Undank, der aller Welt Lohn ist.

An den Abenden, an denen die Kinder schliefen und Fräulein Graudenz ihren Kummer in das Kino trug oder vor dem Fernsehapparat saß, bildeten Donani, Vera Friedburg und Bombalo eine fröhliche Kaminrunde, tranken Wein, tauschten Erlebnisse aus und fanden, daß man sehr gut zueinander paßte und die Zeit viel zu schnell dahinrann. Zwei Wochen waren verflogen wie zwei Tage. Babette bekam den Kopfverband abgenommen. Nur der Gips mußte noch vier Wochen bleiben, und Donani hatte angekündigt, daß der Vertrag zwischen ihm und Vera Friedburg abgeschlossen sei bis zur völligen Heilung Babettes. »Ich habe Ihr Wort, Frau Friedburg«, sagte er, als Carola eines Abends die Sprache auf ihr Weggehen brachte, »daß Sie bis zur endgültigen Gesundung von Babs hierbleiben. Eher lasse ich Sie auch gar nicht gehen!«

Und Bombalo nickte eifrig und ergänzte in seiner überdeutlichen Art: »Und wenn Babette gesund ist, legt sich einer von uns hin... Sie kommen hier so schnell nicht wieder weg.« Donani belegte diese Bemerkung mit einem bösen Blick, aber in Wahrheit hatte Bombalo ihm aus der Seele gesprochen. Es war ein merkwürdiger Zustand, den er vergeblich zu erklären versuchte. Er hatte sich an Vera Friedburg gewöhnt. Ja, es wurde ihm fast undenkbar, daß sie nicht mehr da sein sollte. Sie gehörte in die Villa Alba, als sei sie schon jahrelang hier gewesen. Es war ein Zustand der inneren Verbundenheit, der Donani unheimlich wurde, je deutlicher er ihn erkannte.

Die Kinder waren glücklich, und auch Vera Friedburg schien sich wohl zu fühlen, wie Donani zu erkennen glaubte. Ein Geheimnis umgab sie, das er bisher noch nicht angetastet hatte: Er wußte weder, woher sie kam und wer sie war, noch warum sie damals vor ihm weggelaufen war. Es waren Fragen, die sich Donani aufgespart hatte. Er wollte sie stellen, wenn sich dazu die Gelegenheit bot. Aber so oft er ansetzen wollte, wenn er und Vera Friedburg allein vor dem Kamin saßen, so oft wich er davor zurück, aus Angst, durch diese Fragen die Ruhe in der Villa Alba wieder zu zerstören, die mit Vera Friedburg eingezogen war.

Zu Beginn der dritten Woche von Carolas heimlicher Rückkehr meldete sich ein unerwarteter und Donani auch nicht sehr willkommener Besuch an: Kriminalkommissar Fritz Weghart aus Berlin nutzte eine Untersuchung in München aus, um Bernd Donani in Starnberg zu besuchen.

Donani begrüßte den Kommissar etwas kühl und führte ihn ins Wohnzimmer. Am Fenster saß Vera Friedburg und stickte. Kommissar Wegharts Blick drückte Erstaunen aus, so deutlich, daß sich Donani zu einer Erklärung verpflichtet fühlte.

»Frau Friedburg hat die Betreuung der Kinder übernommen. Sie gehört jetzt zum Hause. Bitte, nehmen Sie Platz, Herr Kommissar.«

Fritz Weghart setzte sich und beobachtete die fremde Frau am Fenster. Sie ist nervös, dachte er. Sie ist so nervös, daß sie die Sticknadel einfach irgendwo einsticht, ohne auf das Muster zu achten. Ihre Finger beben innerlich. Warum ist sie so aufgeregt? Wer ist diese Frau? Es ist nicht die Art Donanis, sich Frauen so schnell anzuschließen, vor allem, wenn er Carola so abgöttisch geliebt hat, wie es alle Welt weiß.

Carola beugte sich über die Stickarbeit. So unbeteiligt sie aussah, so scharf hörte sie hin, was Donani und Weghart sprachen. Das ist der Mann, der gefährlich werden kann, spürte sie sofort. Warum ist er gekommen? Was will er von Donani, so viele Monate nach dem Tod Carolas? Hat er noch immer nicht die Akten geschlossen über diesen Unglücksfall am Wannsee?

»Sie können frei sprechen, Herr Kommissar«, sagte Donani, als er den fragenden Blick Wegharts auf Vera Friedburg sah. »Frau Friedburg weiß, was geschehen ist.«

»Also dann ...« Weghart atmete hörbar durch. »Es ist, daß ich aus der Verehrung heraus, die ich für Sie, Herr Generalmusikdirektor, empfinde, die Akten zwar geschlossen, aber privat noch ermittelt habe. Ihr tragisches Schicksal ist fast mein eigenes geworden. Es läßt mir keine Ruhe, vor allem bei den vielen offenen Fragen.«

»Ihr Eifer und Ihre Verehrung sind lobenswert«, sagte Donani steif, »aber es wäre besser, wenn wir das alles ruhen ließen und uns damit abfinden, daß ein Kapitel meines Lebens abgeschlossen ist. Carola ist tot, und alles, was sich drumherum ranken mag, ist jetzt unwichtig geworden. Man soll den Toten und den Lebenden endlich Frieden lassen.«

Kommissar Weghart beugte sich vor. Mit seinem Verdacht, dem er plötzlich Ausdruck verlieh, traf er Donani wie auch Carola.

»Ich habe gute Gründe, anzunehmen, daß die Tote von damals gar nicht Carola Donani war, sondern eine unbekannte Fremde«, sagte er.

Der Schlag war so stark, daß der Stickrahmen aus der Hand Carolas glitt und auf die Erde fiel. Auch Donani sprang auf und starrte den Kommissar entsetzt an.

»Das ist doch Irrsinn!« rief er. »Wenn dem so ist, müßte meine Frau ja noch leben!«

»Ja... und nein. Auf jeden Fall hat sie noch gelebt, als wir die Tote in den Autotrümmern als Ihre Frau identifizierten.«

»Das ist eine sensationelle Annahme! Sie haben keinen Beweis dafür!« schrie Donani. Carola saß wie erstarrt. Sie war unfähig, sich auch nur zu bewegen.

»Beweise habe ich im Augenblick nur einen – den Körper in dem Grab. Wenn Sie die Genehmigung zur Exhumierung geben...«

»Nie!« rief Donani. »Nie! Mir ist die Ruhe Carolas heilig.«

»Für Sie steht es also außer Zweifel, daß die Tote Ihre Gattin war?«

»Völlig außer Zweifel. Ich weiß es sicher seit drei Wochen. Ich habe mir diese Gewißheit geholt. Das ist allerdings eine rein private Angelegenheit. Ich kann Ihren Verdacht ruhigen Gewissens als utopisch bezeichnen.«

»Und die Geldabhebung?«

»Ist auch geklärt.«

Carolas Augen weiteten sich. Geklärt, dachte sie und spürte, wie sie innerlich zu Eis wurde. Was weiß er wirklich? Wie kann er wissen, was mit dem Geld geschehen ist?

Kommissar Weghart schnellte nun auch aus dem Sessel. »Sie sagen, Sie wissen, wer das Geld hat?«

»Ja.«

»Und wer?«

»Das eben ist eine absolute Privatsache. Es ist alles klar und logisch und gar nicht kriminell.«

Er lügt, dachte Carola. Er kann gar nicht wissen, daß Jean das Geld abgehoben hat. Wenn er das wüßte, wenn er jemals mit Jean Leclerc gesprochen hat, wenn er diese ungeheuerliche Gemeinheit seiner Frau erfahren hat, müßte er auch wissen, daß Carola lebt. Das aber weiß er nicht, und deshalb muß alles, was er jetzt sagt, eine Lüge sein. Eine Lüge, um Carola zu schützen. Mich zu schützen, der er einen Gedenkstein im Garten setzte.

Fritz Weghart ging unruhig hin und her. Einmal blieb er kurz vor Vera Friedburg stehen und starrte auf ihre schwarzen Haare herunter. Sie ist hübsch, dachte er dabei. Nicht so faszinierend wie Carola Donani, nicht so hell, so leuchtend, so sternenhaft, aber von einer stillen, besänftigenden Schönheit, von einer Ruhe und Sanftheit, die Donani suchte und brauchte. Ob er alles von sich werfen will, um zu vergessen und sich ganz dieser neuen Frau zu geben? Wenn dem so ist, sollte man wirklich nicht mehr stören und die Vergangenheit begraben sein lassen auf dem Friedhof von Starnberg. Auch wenn eine falsche Leiche unter der Grabplatte liegt.

»Ich kann Ihre Sicherheit nicht erschüttern, Herr Generalmusikdirektor«, sagte er endlich. »Ich habe auf jeden Fall mein Bestes getan.«

»Das haben Sie wirklich«, sagte Donani ohne jeden Sarkasmus. »Es mag für einen Kriminalbeamten alles ein wenig verworren aussehen – im Grunde ist es so einfach. Machen wir einen dicken Strich unter die Vergangenheit und legen Sie die Akte Donani endlich an jenen Platz, wo sie ruhig verstauben kann.«

Kommissar Fritz Weghart verließ nach zwei Stunden die Villa Alba mit dem Bewußtsein, nicht das Geheimnis gelöst, aber eine neue Erkenntnis gewonnen zu haben: Auch Bernd Donani ist nur ein Mensch wie alle anderen. Eine Vera Friedburg begann, Carola zu verdrängen, und Donani half ihr, indem er die Tote nun auch in seinem Herzen endgültig sterben ließ.

An diesem Abend zog es auch Pietro Bombalo ins Kino. Er hatte von Donani einen zarten Wink dazu erhalten und ihn verstanden. »Du könntest dir mal den neuen Film ansehen«, hatte Donani gesagt. »Er soll sehr gut sein. Tu mal was für deine Bildung.« Bombalo hatte gegrinst und weise geantwortet:

»Maestro – Bombalo ist der letzte, an dem die Karre hängen bleiben soll –«

Nachdem die Kinder schliefen und Vera Friedburg sich umgezogen hatte, entfachte Donani in dem offenen Kamin ein helles Feuer, stellte seinen besten Rotwein warm und schob die schweren Ledersessel näher an das knisternde Holz heran. Er zog sich sogar um, was er abends im eigenen Haus nie tat, weil er sich auf seinen Tourneen immer wie ein männliches Mannequin vorkam und glücklich war, in der Villa Alba so herumzulaufen, wie er es wollte. Heute zog er einen dunklen Anzug an, band einen grauen Schlips um und lockerte seine Erscheinung auf, indem er ins Knopfloch eine kleine rote Rose steckte.

Er war verblüfft, als er Vera Friedburg die Treppe herunterkommen sah, in einem enganliegenden, kurzen, wundervollen Cocktaikleid aus weißer französischer Spitze, die einen faszinierenden Gegenpol zu ihrer südländisch-dunklen Erscheinung und ihren tiefschwarzen Haaren bildete.

Etwas Unausgesprochenes, eine knisternde Spannung lag zwischen ihnen, als Donani ihr die Hand küßte und sie zu dem Kamin geleitete.

Sie saßen sich eine ganze Zeit stumm gegenüber, starrten in die knisternden Flammen und vermieden es, sich anzusehen. Donani brach endlich das lastende Schweigen.

»Diesen Abend habe ich herbeigewünscht«, sagte er langsam. Er beugte sich vor, legte ein neues Holzscheit ins Feuer und lehnte sich dann zurück. Die Flammen zuckten über sein Gesicht und gaben die Falten und Runzeln unbarmherzig preis, die sich in seiner Haut gebildet hatten. Carola senkte den Kopf. Ich werde ihm nie die Wahrheit sagen können, dachte sie. Ich werde bis zum Ende meiner Tage dieses Schauspiel spielen müssen – die gute Tante Vera Friedburg, weiter nichts. Für ihn bin ich tot, ich, Carola Donani. In seinem Inneren bröckele ich ab, ich fühle es ganz deutlich. Er könnte es mir nie verzeihen, daß ich noch lebe. Für ihn bin ich ein Denkmal geworden; sein Leben aber ist weitergegangen und nähert sich einem neuen Höhepunkt, der für ihn Vera Friedburg heißt. Oh mein Gott, wie unbarmherzig kann das Schicksal sein!

Die Stimme Donanis riß sie empor.

»Sie haben heute einiges gehört, Vera, was Ihnen Rätsel aufgeben muß«, sagte er. Zum erstenmal nannte er sie Vera. Es war eine Vertrautheit, die jetzt, in dieser Stunde, ganz selbstverständlich war. »Sie wissen, daß ich meine Frau Carola durch einen schrecklichen Autounfall verloren habe. Ich habe meine Frau sehr geliebt, ich habe sie für meinen privaten Engel gehalten, ich habe nur für sie und die Kinder gelebt, gearbeitet, mich aufgezehrt. Ich kannte nur sie... So groß die Welt ist, für mich bestand sie nur aus Carola. Das war vielleicht ein Fehler. Ich erhob einen Menschen zu einem Halbgott, aber dieser Halbgott wollte nur als Mensch behandelt werden. Diese Erkenntnis kam mir zu spät, als nichts mehr zu retten war. Während ich an Carola glaubte mit der Inbrunst einer Liebe, die halb im Wahnsinn wurzelte, entglitt sie mir unter den Händen. Ich habe das nie gemerkt, ich war blind, weil ich mir zu sicher war, weil es in meinen Gedanken gar nicht die Möglichkeit gab, Carola könnte von mir gehen. Aber sie tat es, ich weiß es jetzt.«

Er schwieg einen Atemzug lang. Um Carola begann sich das Zimmer zu drehen, die Flammen im Kamin züngelten zu ihr hinauf und schienen sie zu verbrennen. Die Beichte Donanis wurde zu der flammendsten Anklage, die je eine Frau von ihrem Mann gehört hatte. Eine Anklage, unter der Carola zusammenbrach.

»Der Tod Carolas löste dieses Problem nicht«, fuhr Donani fort. »Er unterbrach es nur. Meine Verzweiflung war jetzt so groß wie vorher meine Blindheit. Carola tot, das war einfach nicht begreiflich. Und dann kam dieser Kommissar Weghart und schüttete in den Schmerz Gift. Er heilte nicht meine seelische Wunde, er riß sie auf und verätzte sie. Wissen Sie, was es heißt, wenn man erfährt, daß ein Engel nur ein Mensch ist, daß das einzige Lebewesen, aus dem eine Welt besteht, zu einem Betrug fähig war?«

»Ja«, sagte Carola tonlos. »Ich... ich kann es verstehen.«

»Ich habe lange gebraucht, um damit fertig zu werden. Ich habe eine Zeitlang geglaubt, es nie zu können. Ich war am Rande des Wahnsinns, denn ich erkannte jetzt in der Rückerinnerung hundert Anzeichen, die ich früher nie bemerkt hatte. Ich sah plötzlich, daß ich falsch gelebt hatte und daß das Engelbild Carolas sich verzerrte zu einer Fratze.«

»Nein«, sagte Carola kaum hörbar. »Das dürfen Sie nicht sagen. Carola hat Sie ebenso tief geliebt wie Sie Ihre Frau –«

»Das war meine große Hoffnung. Bis zuletzt. Bis zu dem Augenblick, wo ich ihrem Liebhaber gegenüberstand.«

In Carola explodierte das Herz. Sie sank nach hinten, ihr Blick verlor alles Leben ... Sie starrte Donani an und wünschte sich, jetzt, jetzt in dieser Sekunde sterben zu können. Donani sah sie nicht an, er stierte in die Flammen des Kamins, während er weitersprach.

»Der Liebhaber ist ein junger Geiger. Jean Leclerc heißt er. Ein unreifer, begabter, aber charakterschwacher Junge. Ein Typ, dem Frauen verfallen, weil er Jugend, Unbefangenheit, Lebenslust und jene charmante Verworfenheit verkörpert, die auf Frauen wirkt wie Rauschgift. Mit ihm wollte sie mich und die Kinder verlassen. Bei Nacht und Nebel, wie man so sagt, einfach verlassen. Da geschah das Unglück, sie starb. Aber der Tod löschte nicht aus, was ich jetzt weiß: Sie starb nicht mehr als meine Frau, sondern als Geliebte dieses Leclerc. Als der Tod sie griff, hatte sie sich innerlich längst von mir gelöst ... ich habe damals nichts verloren. Nicht mehr ihre Seele, sie war schon woanders. Nicht mehr ihren Körper, er gehörte bereits diesem Leclerc. Ich habe nur einen Namen verloren, den Namen Carola Donani – verloren in dem Augenblick, wo sie auf dem Wege war, ihn selbst wegzuwerfen wie eine faulende Apfelsine.« Donani lehnte sich in den Sessel zurück und faltete die Hände. »Das weiß ich nun. Und es ist merkwürdig ... jetzt ist Ruhe in mir. Jetzt kann ich vergessen, kann neu anfangen. Und der Anfang hat begonnen, als ich Sie, Vera, hier vorfand ... im richtigen Augenblick vorfand, denn ich kam gerade aus der Hölle meiner Selbstzerfleischung, aus Monte Carlo, von diesem Jean Leclerc.«

Er konnte nicht weitersprechen. Die Gestalt vor ihm rutschte aus dem Sessel und glitt auf den Teppich. Carola war ohnmächtig geworden, die Grenze ihrer Kraft war überschritten.

»Vera!« rief Donani betroffen. Er kniete neben dem schlaffen Körper, drückte den schmalen, schwarzhaarigen Kopf an seine Brust und streichelte die kalten Schultern. »Vera, um Gottes willen, was hat Sie so erschreckt? Vera ... ich liebe Sie! Jetzt hören Sie es nicht, und darum wage ich es, Ihnen das zu sagen. Ich liebe Sie! Sie sind Carola so ähnlich und doch so ganz anders. Sie ... Sie könnten mich glücklich machen, endlich wieder glücklich!« Er hob mit beiden Händen ihr Gesicht zu sich und küßte sie innig auf die kalten, farblosen Lippen. Dann hob er sie auf und trug sie vorsichtig in das obere Stockwerk, legte sie auf das Bett des Fremdenzimmers und deckte sie zu.

»Du wirst nicht weggehen, das weiß ich«, sagte er und streichelte ihre schwarzen Haare. »Und du sollst für mich auch kein neuer Engel sein, sondern ein lebender, blutvoller Mensch.« Er eilte hinunter, um einen Kognak zu holen und ihn ihr einzuflößen. Als er zurückkam und die Tür aufreißen wollte, war sie von innen verschlossen. Er rüttelte an der Klinke und klopfte.

»Vera!« rief er leise, um die nebenan schlafenden Kinder nicht zu wecken. »Vera, bitte, öffnen Sie!«

Im Zimmer blieb alles still. Noch einmal klopfte er und rief leise: »Vera!« Dann senkte er den Kopf und ging langsam die Treppe hinunter in den großen Wohnraum.

Morgen, dachte er, morgen wird alles anders sein. Sie muß Zeit haben, das alles seelisch zu verarbeiten. Es ist ein seltenes Abenteuer, die Beichte eines Mannes anzuhören.

Am nächsten Morgen wartete Donani vergeblich im Wintergarten am gedeckten Frühstückstisch. Erna Graudenz antwortete schnippisch auf seine Frage, wo Frau Friedburg bliebe, sie sei nicht befugt, Gäste zur Pünktlichkeit anzuhalten. Schließlich ging Donani selbst hinauf, klopfte an der Tür des Fremdenzimmers, bekam keine Antwort, versuchte, ob die Tür sich öffnen ließ und fand sie unverschlossen.

Das Zimmer war leer. Das Bett war gemacht, die Schranktüren standen offen, Wäschestücke lagen verstreut herum. Alles sah nach Flucht aus, nach einem überstürzten Aufbruch. Vera Friedburg mußte in der Nacht noch das Haus nur mit einer Reisetasche verlassen haben. Ihre gesamte Garderobe war noch vorhanden. Donani lief hinüber ins Kinderzimmer. Alwine war in der Schule, Babette saß im Bett und trank Kakao. Ihr Lächeln wurde hilflos, als sie statt der Tante Vera nur den Papi hereinkommen sah.

»Wo ist Tante Vera?« fragte Babette. »Warum ist Tante Vera heute morgen noch nicht zu mir gekommen?«

»Ja, warum?« Donani setzte sich auf die Bettkante und nahm Babettes kleine Hand. »Vielleicht ist Papi daran schuld.«

»Du... du hast sie entlassen?« rief Babette.

»Nein. Ich wollte, daß sie immer bei uns bleibt.«

»Au fein, Papi! Und wo ist Tante Vera jetzt?«

»Ich weiß es nicht, mein Kleines.« Donani wandte den Kopf ab. Es ist dumm, dachte er, aber ich kann es nicht zurückhalten... ich spüre, wie mir die Tränen kommen.

»Kommt sie wieder, Papi?« fragte Babette und stupste ihn in den Rücken. Donani hob die Schultern.

»Auch das weiß ich nicht, mein Kleines.« Seine Stimme verlor alle Festigkeit. »Ich weiß nur, daß auch sie uns verlassen hat... wie damals Mami.«

Den ganzen Vormittag saß Donani im Musikzimmer und grübelte. Pietro Bombalo schlich auf der Terrasse herum, starrte durch das Fenster auf Donani, bis dieser aufsprang und mit einem Ruck die Gardine vorzog.

Im Kinderzimmer weinten Alwine und Babette und machten vor allem Erna Graudenz das Leben schwer. »Sie kann doch nicht einfach weggehen«, sagte Alwine. »Wir haben sie doch alle so lieb gehabt. Hat sie denn gar nichts gesagt?«

Gegen Mittag kam Bombalo entgegen aller Gepflogenheiten ins Musikzimmer und baute sich vor Donani auf.

»Schluß jetzt«, sagte er. »Soll der ganze Mist wieder von vorn beginnen? Sie ist weg, basta!«

»Mach, daß du hinauskommst«, sagte Donani gefährlich leise und tastete nach einem Aschenbecher. »Ich sage dir: Geh so schnell wie möglich!«

»Und wenn Sie mich jetzt erschlagen, Maestro – ich bleibe.« Bombalos dicke Gestalt straffte sich. »Madonna mia, einer muß doch hier im Haus vernünftig sein. Was ist denn passiert? Tante Vera ist weg. Aber sie kommt wieder.«

Donani schnellte hoch. »Woher weißt du das?« schrie er.

»Man muß die Psyche der Frauen kennen. Das ist alles. Ich war in ihrem Zimmer. Es ist ja noch alles da. Alle Kleider, die Mäntel, die Unterwäsche, die BHs...«

Donani griff wieder nach dem Aschenbecher.

»Reist eine Frau für immer weg, wenn sie alles zurückläßt? Haben Sie schon jemals eine Frau gesehen, die für immer weggeht und nicht ihre Kleider mitnimmt? Ihre Unterwäsche? Verdammt noch mal – und auch ihre BHs? Sogar der Paß ist noch auf dem Zimmer. Maestro, was beweist mehr, daß sie zurückkommt, als dieser Paß? Man reist doch nicht ohne Ausweis durch die Welt.«

Donani starrte Bombalo entgeistert an. Was Pietro da sagte, stimmte genau. Auch wenn Vera Friedburg vor ihm geflüchtet war, sie würde zurückkommen, denn alles, was sie mitgebracht hatte, lag noch auf dem Zimmer.

»Sie... sie wird es sich nachschicken lassen«, sagte er unsicher.

»Und wenn! Dann wissen wir, wo sie ist und fahren hin.«

»Ich soll ihr nachfahren? Ich soll betteln um sie?«

»Ja.« Bombalo nickte. »Auch wenn Sie es jetzt weit von sich weisen, Maestro – ich weiß ja, daß Sie genauso denken. Wir werden ihr nachfahren bis ans Ende der Welt.«

Donani schwieg. Ja, das würde ich jetzt, dachte er. Carola habe ich verloren, weil ich das Leben mit ihr, so, wie es ablief, für etwas Selbstverständliches hielt. Aber eine Liebe will erobert sein, man muß immer wieder um sie kämpfen, damit sie neu und glühend bleibt wie ein Eisen, das man ständig schmiedet, weil man nicht mit ihm zufrieden ist. Für Vera Friedburg werde ich um den Erdball rasen, wenn es sein muß. Ich gebe sie nicht wieder aus der Hand.

»Komm, Pietro«, sagte er plötzlich.

»Wohin?«

»In ihr Zimmer. Ich vermute, daß sie nach Hause gefahren

ist, um mit sich ins reine zu kommen. Sie weiß, was sie tun wird, aber sie wehrt sich noch dagegen. Wir werden sie finden. Auch sie hat ein Geheimnis, ich fühle das. Was weiß ich denn von ihr? Nichts. Gar nichts. Nur ihren Namen. Vera Friedburg. Unverheiratet. Das ist alles. Jetzt werden wir ihr Leben aufrollen. Wir haben doch ihren Paß.«

»Ja! Und?« Bombalo hielt Donani am Ärmel fest. »Wir wissen ja nicht einmal, wo sie wohnt.«

»Aber im Paß steht, wo sie geboren wurde. Und dort gibt es Standesämter, Einwohnermeldeämter, Wohnungsämter. In Deutschland geht kein Mensch verloren; er hat eine Kartei und einen Aktendeckel voll Schicksal. Sie wird Verwandte haben, Bekannte, sie lebt doch in der gleichen Welt wie wir und nicht in einem luftleeren Raum. Pietro!« Donani packte seinen Impresario an den Rockaufschlägen. »Du hast mir in zwei Tagen die Adresse Leclercs verschafft – und es wird keine 24 Stunden dauern, und ich weiß, wo ich Vera Friedburg finde. Und dann – das schwöre ich dir – dann lasse ich sie nicht wieder los!«

Sie rannten wie zwei zu Streichen aufgelegte Jungen die Treppe hinauf und suchten in den Schubladen und zwischen den Wäschestücken Vera Friedburgs. Bombalo fand endlich den Paß, er hatte ihn selbst in der Eile seiner Schnüffelei so weggelegt, daß er ihn neu suchen mußte.

»Hier«, sagte er und hielt den Paß Donani unter die Augen. »Hier können Sie auch lesen, wie alt Vera ist: Genau zweiunddreißig.«

»Sie sieht jünger aus, viel jünger!« Donani nahm den Paß und starrte auf das Bild. Es war eine neuere Aufnahme, das sah er.

»Geboren in Lüneburg«, las er und nickte. »Das ist gut. Lüneburg ist eine kleine Stadt, da kann man die Einwohner noch überblicken. München oder Berlin wäre schlimmer gewesen. Bombalo, ein Ferngespräch nach Lüneburg, Einwohnermeldeamt oder – falls nicht zuständig – Standesamt. Einer wird Auskunft geben können, wo Vera Friedburg jetzt ist.«

Pietro Bombalo telefonierte. Es war nicht so einfach, wie

sich Donani und Bombalo das dachten, denn ein Beamter will – wenn er schon eine Auskunft geben soll – genau wissen, wozu diese Auskunft gebraucht oder mißbraucht wird. Deutsche Beamte sind von Natur aus mißtrauisch. Es dauerte deshalb eine Zeit, bis Bombalo erklärt hatte, daß es sich um eine private Sache des großen Dirigenten Donani handelte, der über diese Frau Vera Friedburg eine Auskunft wünschte. Er gab die Telefonnummer der Villa Alba an und ließ sich versichern, daß bestimmt Rückruf erfolgen würde, sobald man im Melderegister das Gewünschte nachgesehen habe. Es dauerte zwei Stunden, bis das Telefon wieder schellte. Zwei Stunden, in denen Donani wie ein gefangener Tiger hin und her rannte, Sprudelwasser trank und Bombalo an den Rand der Verzweiflung brachte mit der Bitte: »Ruf noch einmal in Lüneburg an. Sie haben es vergessen. Pietro, ruf noch einmal an.«

Das Rappeln der Telefonklingel schnitt diesen Monolog ab, Bombalo stürzte zum Schreibtisch und riß den Hörer hoch. »Ja. Hier bei Donani. Dort Lüneburg? Wundervoll! Haben Sie die Adresse von Frau Friedburg?«

Bombalo griff nach Papier und Bleistift. Die Stimme aus Lüneburg quakte im Hörer und es war, als betäube sie den mitschreibenden Bombalo. Er sank auf den Schreibtischstuhl, sein Gesicht wurde blaß, aus völlig ratlosen Augen sah er Donani an und nickte mehrmals, ehe er wieder auflegte. Stumm schob er den Zettel Donani zu, legte die Hände über beide Augen und ließ sich seufzend nach hinten gegen die Lehne fallen.

Donani überflog den Zettel und die Notiz Bombalos. Auch ihn ergriff es wie ein lähmender Schock.

»Das ist doch nicht wahr!« schrie er plötzlich und hieb mit der Faust auf den Tisch. »Ist denn alle Welt verrückt geworden? Sie war doch gestern hier. Ich habe sie doch auf das Zimmer getragen. Ich habe sie geküßt. Das ist doch nicht wahr!«

Der Zettel flatterte auf den Boden.

Auf ihm hatte Bombalo notiert:

Auskunft des Standesamtes Lüneburg: Fräulein Vera

Friedburg ist vor vier Jahren in Marseille, in der Klinik St. Hubert, an einer Lungenentzündung verstorben. Ihr Grab ist auf dem Stadtfriedhof Marseille.

Bernd Donani hämmerte mit beiden Fäusten gegen seine Stirn. »Ich werde wahnsinnig, Bombalo!« schrie er. »Ich werde wahnsinnig!«

Bertha Portz hatte nach dem plötzlichen Tod ihrer Tochter Carola Donani das Leben ganz auf einen eigenen, ruhigen Abschluß ausgerichtet. Sie lebte in ihrer Wohnung völlig zurückgezogen, schrieb ab und zu den Kindern Carolas nach Starnberg, schickte einige Süßigkeiten, aber das Haus am See betrat sie nie wieder. Wenn sie auch nach dem letzten Gespräch ihre Tochter verurteilt hatte und Mitleid mit Bernd Donani empfand – der Tod hatte alles verwandelt. Nun gab sie Donani eine moralische Schuld an dem Unglück. Carola war an seinem Ruhm gescheitert, das war nun ihre feste Ansicht. Ein Mann kann bis zu einer gewissen Grenze seiner Karriere, seinem Beruf, seinem Vorwärtskommen leben; wird aber diese Grenze überschritten, ist er nur noch Beruf, nur noch Maschine, dann tötet er die Seele seiner Frau und wird – auch wenn er es nicht merkt – zum inneren Mörder des nächsten Menschen, dem sein Leben ausschließlich gehören sollte.

Als Bertha Portz sich zu dieser Feststellung durchgerungen hatte, sah sie keine Möglichkeit mehr, Bernd Donani gegenüberzutreten. Ihre kleinen Enkel, ja, das war eine neue Welt, die heranwuchs und die eines Tages vielleicht aus den Fehlern der vorherigen Generation lernen würde... vielleicht. Bis jetzt hatte es sich immer gezeigt, daß sich die Fehler von Generation zu Generation wiederholen, nur unter anderen Namen und anderen Vorzeichen.

Als es bei ihr an der Wohnungstür klingelte, war sie deshalb verwundert und band ihre Schürze ab. 11 Uhr vormittags. Die Post war vorüber, der Milchmann war längst gekommen, eine Freundin konnte es nicht sein, denn heute abend wurde Tarock gespielt, und man würde sich also nach 20 Uhr sehen.

Sie öffnete die Tür einen Spalt und lugte hinaus. Eine unbekannnte, schlanke, junge, südländisch aussehende Frau stand vor ihr und sah sie aus großen Augen an.

Frau Portz öffnete die Tür nicht weiter. Südländerin, dachte sie. Man hört so vieles in der letzten Zeit. Sie bieten Teppiche an oder Stickereien, und wenn sie erst in der Wohnung sind, betäuben sie einen und rauben alles aus.

Die Furcht der alten Damen überfiel Bertha Portz. Sie musterte die Fremde bewußt streng und abweisend und sagte dann hart: »Ja? Bitte?«

»Darf ich nicht reinkommen?« fragte Carola leise.

Bertha Portz war es, als stürze der Himmel auf die Erde, als ginge die Welt in diesem Augenblick mit einem Schrei unter. Sie schwankte, taumelte zurück, lehnte sich gegen die Wand, schloß die Augen und preßte beide Hände auf ihr Herz.

Das ist das Ende, dachte sie. So gehe ich nun weg... die Toten stehen auf und holen mich. Sie sieht anders aus... ganz fremd, völlig unbekannt... aber ihre Stimme ist es, und ihre Augen sind es auch, und ihre Hände. – So also ist das Ende. Sie kam wieder zu sich, als Carola ihr einen feuchten Umschlag auf die Stirn legte. Mit einem Ruck sprang Bertha Portz vom Sofa auf und schleuderte das Tuch weit weg ins Zimmer. Sie wich zurück bis zum Fenster, um dort hinausschreien zu können, wenn es nötig wäre. Mit dem Erwachen aus der Ohnmacht war auch die lähmende Einrede, die Toten könnten auferstanden sein, der Realität gewichen. Vor ihr stand wieder die fremde, südländische Frau. Sie sprach zwar wie Carola, sie hatte Augen wie Carola – aber nur eine Ähnlichkeit, wie Frau Portz jetzt feststellte. Die Fremde ging auch wie Carola, und doch war sie ganz anders, ganz anders. Es war ein Hauch von Erinnerung an ihr, weiter nichts.

»Was... was wollen Sie hier?« fragte sie laut und hob schützend beide Arme, als Carola einen Schritt auf sie zu machte. »Wer sind Sie...?«

Carola senkte den Kopf und wandte sich ab. Schluchzen schüttelte ihren Körper; sie warf sich in einen Sessel und drückte das Gesicht in die Lehne. Dann, plötzlich, so laut ausbrechend, daß Bertha Portz zusammenzuckte und sich fast duckte, schrie sie: »Mutter! Erkennst auch du mich nicht, Mutter?«

»Sie... Sie sind eine Betrügerin...«, sagte Bertha Portz tonlos. »Meine Tochter ist tot. Ich habe selbst an ihrem Grab gestanden. Gehen Sie! Sofort! Oder ich rufe um Hilfe!«

»Aber ich bin es doch, Mutter! Ich bin es!« Carola hob bittend beide Hände. »Ich bin damals nicht verunglückt. In dem Wagen verbrannte eine andere Frau, eine Unbekannte. Ich habe ein anderes, ein fremdes Leben geführt, ich habe mir das Gesicht verändern lassen. Mutter, glaub es mir doch. Mutter, wie soll ich dir beweisen, daß ich Carola bin?« Sie riß die Handtasche auf und warf ihren alten deutschen Paß auf den Tisch: »Hier ist mein früherer Paß. Mit dem Bild der blonden Carola Donani. Und so bin ich jetzt.« Sie sprang auf und schwankte. Aber ihr ungeheurer Wille, stark zu sein, hielt sie aufrecht. »Das ist aus mir geworden, Mutter! Eine fremde Frau, die als Hure gelebt und die das Leben dann ausgespien hat. Eine Frau, die sich ekelt, wenn sie sich im Spiegel sieht. Eine Frau, die einen Weg zurück sucht und die bereuen und büßen will, wenn das überhaupt möglich ist. Eine Frau, die so weit ist, daß sie in ihrem weiteren Leben als unbekannte Magd dienen will, nur um bei den Kindern zu sein, die sie verraten hat. Jawohl, verraten eines jungen Burschen wegen, der zu lieben verstand und mir einen Himmel aufriß, in dem ich zwar fühlen konnte, aber blind war.« Sie breitete die Arme aus und schloß die Augen. »Willst du noch mehr hören, Mutter? Oder nicht? Dann wirf mich hinaus... ich habe es verdient, in der Gosse zu enden! Ich kann nicht mehr... ich wollte nur noch einmal mit dir sprechen.«

Bertha Portz ging langsam auf Carola zu. Sie ergriff ihre ausgestreckten Hände und zog sie an ihre Brust.

»Setz dich«, sagte sie leise. »Und weine erst einmal –«

»Mama!« Carola preßte den Kopf an ihre Mutter. Ihr Weinen war wild und zerreißend, aber es befreite auch. Die Furcht und die Sünden von Monaten flossen aus ihr und machten sie innerlich freier und bereiter für das kommende Leben. Fünf Stunden dauerte die Beichte Carolas vor ihrer Mutter. Sie erzählte alles, sie verschwieg nichts, nicht das kleinste Detail, und die alte Frau sah in eine Welt, die sie nie gekannt, ja nicht einmal geahnt hatte; die so fremd, so schrecklich war, daß sie stumm zuhörte, an kein Essen, an kein Trinken dachte, sondern nur ihre Tochter Carola anstarrte, ihr Kind, das dem Äußeren nach nicht mehr ihr Kind war.

»Und was nun?« fragte sie, als Carola nach fünf Stunden erschöpft schwieg. »Was soll nun werden? Willst du dich Bernd zu erkennen geben?«

»Um das zu fragen, bin ich zu dir gekommen, Mama.«

»Du mußt ihm die Wahrheit sagen, so, wie du sie mir gesagt hast.«

»Das wollte ich auch... bis gestern abend.« Carola legte den Kopf weit zurück auf die Sessellehne und starrte gegen die Decke. »Da wurde alles anders, da hat er gebeichtet. Sein verborgenstes Inneres hat er bloßgelegt. Und ich habe mit Entsetzen gesehen, daß Carola für ihn wirklich tot ist. Nicht nur körperlich, auch seelisch. Er hat sich von ihr gelöst, ich bin in ihm verblaßt. Ich bin nur noch eine Erinnerung für ihn unter vielen anderen Erinnerungen. Und was das Schrecklichste ist, Mama: Er beginnt mich zu lieben – die andere, die neue Frau, die sich Vera Friedburg nennt. Ich weiß es, er liebt mich. Da bin ich weggelaufen, einfach weggelaufen zu dir. Ich weiß nicht mehr, wie es weitergehen soll. Wenn ich zu ihm sage: Ich bin Carola, dann reiße ich für ihn die Hölle auf. Carola muß für ihn tot sein!«

Bertha Portz legte die alten, welken Hände in den Schoß und sah ihre Tochter voll Mitleid an. »Da gibt es keine Lösung, mein Kind«, sagte sie mit belegter Stimme. »Dann mußt du tot sein. Bleib bei mir.«

»Und meine Kinder? Ich soll nie mehr meine Kinder sehen?«

»Das wird deine lebenslange Strafe sein.«

»Lieber sterbe ich!« Carola sprang auf. »Dann will ich wirklich von allem weggehen! Es ist gut, Mama, daß du mir das sagst. Ich habe keine Angst mehr vor dem Sterben. Ich hätte mich schon damals von den Felsen ins Meer stürzen sollen. Aber damals war ich zu feig dazu. Heute nicht mehr.«

»Ich kann dir nur raten: Bleib bei mir, Carola. Oder...

oder...« Sie stockte und zog Carola mit einem Ruck zu sich heran. »Du liebst deinen Mann. Du hast plötzlich entdeckt, daß du ihn wieder liebst.«

»Mama!« stammelte Carola mit weiten Augen.

»Ja! Das ist es! Das ist stärker in dir als alles andere. Du willst wieder in seine Arme. Du willst ihn lieben und weiter betrügen, immer und immer wieder... du willst diese Vera spielen.«

»Mutter!« Carola riß sich los und sprang auf. »Ich bin doch seine Frau!«

»Seine Frau liegt auf dem Starnberger Friedhof.«

»Dann gibt es wirklich nur einen Weg«, rief Carola. »Ich werde die Geliebte meines Mannes!«

»Daß du dich nicht schämst...«

»Schämen? Warum, Mutter? Ich mache Bernd wieder glücklich, hat er das nicht verdient? Carola konnte es nicht. Wenn es nun Vera kann? Mache ich nicht meine Schuld ein klein wenig wieder gut, wenn ich Bernd durch mich glücklich werden lasse?«

»Und du willst es ihm nie sagen?«

»Nein.«

»Das wird ein schrecklicher Kampf gegen dich selbst und dein Muttergefühl. Du wirst diesen Kampf verlieren oder an ihm innerlich zugrunde gehen. Tu es nicht, Carola. Höre auf mich, auf deine Mutter. Tu es nicht. Sage ihm die Wahrheit.« Die alte Frau hob flehend die Hände. In ihren Augen standen Tränen, sie flossen über das runzelige Gesicht, lautlos.

Carola wandte sich ab. Und wenn ich wirklich daran zerbreche, dachte sie: Ein Jahr werde ich durchhalten. Ein Jahr lang wird Bernd wieder glücklich sein, und ich werde es auch sein. Wie lang und wie herrlich kann ein seliges Jahr sein!

»Ich ziehe mich von allem zurück«, hatte Bernd Donani nach der niederschmetternden Nachricht zu Bombalo gesagt. Die erste Erregung war verrauscht, das nüchterne Denken war zurückgekehrt, aber es war ein schweres, nachtdunkles Denken, ein Abschiednehmen des großen Donani von der großen Welt. Carola war tot, und nun war auch Vera Friedburg eine Tote gewesen, die zwar lebte, aber deren Zwielichtigkeit mit ihrer Flucht zu Ende war. Eine Episode, die für Donani mehr werden sollte, war verflogen. Es blieb ein bitterer Geschmack zurück, eine gallige Verachtung, die die ganze Welt umschloß.

»Ich will von diesen Menschen nichts mehr wissen, Bombalo. Ich erinnere mich, daß ein alter Opernsänger einmal zu mir sagte: ›Herr Donani, noch sind Sie jung, und solange Sie Erfolg haben, sind Sie ein Gott für die anderen. Aber wehe, wehe, dreimal wehe, wenn Sie einmal alt und klapprig werden. Ein Karrengaul ist dann mehr wert als Sie, denn ein Gaul kann noch etwas ziehen. Sie liegen nur auf der Tasche der anderen. Dann werden auch Sie erkennen, was ihr jungen Leute nie begreifen könnt: Die Welt, die Menschen, alles, was hier atmet und sich Gottes Kreatur nennt, ist schlecht!‹ Ich glaube, ich bin weit genug, um das jetzt zu bejahen.«

»Und ich, Maestro?« Bombalo schlug sich an die fette Brust. »Gehöre ich auch dazu?«

»Du auch. Du hast mich jahrelang begaunert.« Donani lächelte schwach und klopfte dem beleidigten Bombalo auf den Arm. »Sei nicht böse, Pietro. Das Gaunern gehört zu dir. Dafür bist du ein Manager geworden. Aber ich will nicht mehr. Sage alles ab. Ich will nur noch hier leben, hinter Mauern und Hecken wie ein Ausgestoßener, und werde glücklich sein, weil ich mich selbst ausgestoßen habe. Du kannst weiter durch die Welt reisen. Ich weiß, daß Johann Weber einen neuen Impresario sucht. Weber ist der kommende Mann am Pult.«

»Ich bin der Schatten Donanis, und ich bleibe es.« Bombalo setzte sich neben Donani auf das Sofa. »Ich habe Geld genug gespart. Wenn ich bei Ihnen bleiben darf... Ich bezahle meinen Unterhalt, Maestro.«

»Du bist ein Rindvieh, Pietro.« Donani legte den Arm um Bombalo. »Du hast keinen Grund, dich zu vergraben.«

»Doch.« Bombalo starrte in den Garten. »Wie kann mir das

Leben noch Spaß machen ohne Sie? Wir sind beide alt geworden, wir können nun auch beide gemeinsam auf das Ende warten.« So weit waren sie bereits, zwei Männer, die sich in die Abgeschiedenheit flüchten wollten, als ein Taxi vorfuhr, im Tor wendete und wieder abfuhr. Donani und Bombalo hörten das Knirschen der Räder und das Brummen des Motors, sie hörten Schritte zur Haustür, ein Schlüssel drehte sich im Schloß, die Tür fiel wieder zu.

»Seit wann kommt Erna Graudenz mit dem Taxi?« fragte Donani. Unwillkürlich sah er auf die Uhr. Zehn Uhr morgens. Das war völlig ungewöhnlich. Um diese Zeit ging Erna Graudenz einkaufen. Bombalo hob die Schultern. »Hatte vielleicht zu schwer zu schleppen. Weiß ich?«

In diesem Augenblick klopfte es an die Tür des Musikzimmers. Donani und Bombalo sahen sich wie erschrocken an. Sie hatten plötzlich einen Gedanken, aber keiner wagte, ihn auszusprechen. Statt dessen riefen sie gemeinsam: »Herein!«

In der Tür stand Carola und lächelte, als sei nichts geschehen. Sie trat ins Zimmer, legte den Mantel ab, und Donani ebenso wie Bombalo waren so verblüfft und gelähmt, daß keiner sich seiner Kavalierspflicht entsann und ihr aus dem Mantel half.

»Ich bitte vielmals um Entschuldigung, Herr Donani«, sagte Carola mit geübt forscher Stimme. »Aber ich hatte eine dringende Familienangelegenheit zu regeln. Nun ist alles klar. Ich kann bleiben, solange Sie mich ertragen können oder auch noch wollen.«

»Natürlich, ja, selbstverständlich.« Donani wischte sich verwirrt über die Augen. »Die Kinder freuen sich bestimmt... und ich auch, natürlich, wir alle freuen uns, nicht wahr, Bombalo?«

»Si, si, Maestro!« stotterte Bombalo. Dann erhob er sich und verließ das Zimmer. Jetzt muß er allein sein, fuhr ihm durch den Sinn. Jetzt ist die Stunde gekommen, wo eine einzige Frau der Welt den großen Donani erhalten kann.

»Sie... Sie waren so plötzlich weg, Frau – Friedburg«, sagte Donani leise. »Wir haben uns große Sorgen gemacht.«

»Ich habe es gewußt. Aber es ging nicht anders. Bitte,

fragen Sie mich nicht, warum. Jetzt ist alles anders. Jetzt kann ich bei Alwine und Babette bleiben.«

»Das ist schön«, sagte er gepreßt.

Sie trägt den Namen einer Toten, dachte er und spürte, wie eisige Kälte ihn durchzog. Sie ist eine Hochstaplerin. Sie sieht aus wie ein Gemälde, aber der Satan hat es gemalt. O Gott, ist diese Qual noch nicht zu Ende? Soll sie weitergehen?

»Hat Sie mein... mein unmögliches Benehmen aus dem Hause getrieben?« fragte er heiser. »Ich habe Sie mit der Geschichte meiner Frau gelangweilt, und ich habe Andeutungen gemacht, die Sie treffen mußten. Ich bitte dafür um Entschuldigung. Ich verspreche Ihnen, daß es nie wieder vorkommen wird und Sie unbelästigt in meinem Haus für die Kinder leben können.«

»Ich danke Ihnen, Herr Donani.« Carola senkte den Kopf. Ich kann ihn nicht länger ansehen, ohne ihm in die Arme zu fliegen, dachte sie erschüttert. Mutter hat recht: Ich werde daran zerbrechen, wenn ich die Geliebte meines eigenen Mannes werde. Ich werde nicht die Kraft haben, in der Anonymität zu lieben. Nicht bei Bernd Donani – denn diese Liebe ist anders, ganz anders als die Leidenschaft, die hinter mir liegt.

»Die Kinder werden sich freuen.« Donani ging wie eine Puppe, mit steifen Beinen, zur Tür. »Babette hat sehr geweint – aber nun wird sie lachen und jubeln.« Er blieb stehen und wandte sich um. Carola stand noch immer mitten im Zimmer und hatte ihm aus weiten Augen nachgestarrt. »Auch ich... ich bin froh, daß alles so ist«, wiederholte er und versuchte den Gedanken zu verdrängen, daß sie in der Haut einer Toten steckte. »In unserem Haus wird neues Leben sein.«

Das klang makaber, und er fühlte, wie Vera Friedburg innerlich zusammenzuckte.

Warum ist das alles so, dachte er. Warum? Wer ist sie wirklich? Wer verbirgt sich in diesem herrlichen Körper, hinter diesem wundervollen, ebenmäßigen Gesicht?

Er ging voraus ins Kinderzimmer, und sie folgte ihm langsam, zögernd, wie von einem starken Magneten gezogen.

Am Abend saßen sie wieder vor dem Kamin und aßen belegte Brote. Der Jubel der Kinder war vorbei, sie schliefen nun, glücklich, daß die Tante wieder zurückgekommen war. Bombalo hatte Erna Graudenz überredet, mit ihm ins Kino zu gehen. Er hatte sogar versprochen, sich anständig zu benehmen. Mit der Dunkelheit war auch über Carola wieder die Angst gekommen. Sie wußte, daß es aus dieser Nacht kein Entrinnen mehr gab. Sie saßen still, nur ab und zu ein paar belanglose Worte wechselnd. Sie tranken ein Glas Wein, sahen sich in den Wortpausen lange und mit verschleierten Augen an. Dann erhob sich Donani, küßte Vera Friedburg die Hand und wünschte ihr eine gute Nacht und einen sorglosen Schlaf. Es war ein Schuß ins Schwarze. Er spürte es am Zittern ihrer Hand, die er noch immer festhielt.

Während er die Treppe hinauf in das obere Stockwerk ging, fühlte er ihren Blick in seinem Nacken. Aber er drehte sich nicht um, er ging mit ruhigen Schritten weiter und drückte die Tür des Schlafzimmers hinter sich zu. Erst hier verließ ihn die Haltung... er hieb mit der rechten Faust in die linke Hand, trat ans Fenster und verfluchte sich und seine steife Moral. Sie ist zurückgekommen, dachte er. Sie wird hierbleiben. Und ich werde sie nie fragen: Wer sind Sie wirklich? Warum tragen Sie den Namen einer Toten? Ich werde in ihrem Bannkreis leben, ich werde wie ein Kaninchen von der Schlange gelähmt sein, ich werde sie anstarren und werde nichts tun, gar nichts, weil ich gegen eine Wand renne, die ich mir selbst aufrichte. Sie wird Unglück bringen, denn sie ist eine Hochstaplerin. Sie trägt ein Geheimnis mit sich, das der Tod deckt.

Unruhig ging er im Zimmer hin und her. Er hörte Bombalo und Erna Graudenz heimkommen, er hörte sie unten noch lachen, dann wurde es still im Haus. Die lange Nacht begann, eine Nacht der Qual... die erste von vielen folgenden Nächten.

Ein Windzug ließ ihn herumfahren. Die Tür hatte sich geöffnet und lautlos wieder geschlossen. Gegen die weiße Tür hob sich in der Dunkelheit eine Gestalt ab... nur ein Umriß, schemenhaft... aber es war atmendes Leben, das dort wartete.

Donani spürte, wie sich seine Kehle zuschnürte. Mit einem schnellen Griff knipste er die Nachttischlampe an.

Vera Friedburg hob den Arm und legte ihn über die Augen, als sei sie geblendet. Sie trug ein langes, zart violettes Nachthemd aus dünnem Nylon. Die schwarzen Haare flossen um das schmale, bleiche Gesicht. Unter dem hauchdünnen Gewebe erkannte Donani ihren Körper ... die Schultern, die Wölbungen der Brüste, den Leib, den Schwung der Hüften, die Ansätze der Schenkel, die langen, schlanken Beine. Ein nackter Elfenkörper unter einem wehenden Schleier.

»Bitte ... mach das Licht aus ...«, sagte sie kaum hörbar. Sie tat einen Schritt ins Zimmer und hob ihm beide Arme entgegen.

Mit einem Laut, der wie ein erstickter Schrei klang, stürzte Donani ihr entgegen, hob sie auf seine Arme, drückte sie an sich.

Der durchsichtige Stoff spannte sich um ihren Körper, ihre linke Brust wölbte sich hervor, als sei sie unverhüllt ... und unter der Brust, ganz deutlich, sah Donani das runde, pfenniggroße dunkle Muttermal –

»Carola!« schrie er auf. Seine Beine knickten ein, der Körper fiel aus seinen Armen auf das Bett, er sank in die Knie und vergrub sein Gesicht in ihrem Schoß. »Carola!« stammelte er. »Du bist Carola ... du bist es ... du bist es ...« In diesem Augenblick wünschte er, vor Glück sterben zu können.

Er wachte auf, weil ihm die Sonne ins Gesicht schien. Er dehnte sich, streckte die Arme und gähnte. Dann erinnerte er sich, und setzte sich mit einem Schwung auf. Carola saß vor dem Frisierspiegel und kämmte sich die schwarzen Haare. Sie hatte über ihr Nachthemd einen Morgenmantel gezogen, und es war der Morgenmantel der früheren Carola Donani, der noch immer im Schrank gehangen hatte. Auch die Pantoffeln trug sie, und sie drehte sich wie immer zu ihm um und lächelte ihn an und sagte: »Guten Morgen, mein großer Junge!«

Und er antwortete: »Guten Morgen, mein Engelchen.«

Pause. Sie sahen sich an und lächelten still. Dann sagte er heiser:

»Es ist kein Traum? Wirklich nicht? Ich träume nicht?«

»Nein, mein Lieber.«

»Und was du mir erzählt hast... das ist keine Phantasie?«

»Nein. Es ist schreckliche Wahrheit und versinkende Vergangenheit.«

Er legte sich zurück in die Kissen und streckte die Arme wieder von sich. »Mein Gott, wie glücklich bin ich!« sagte er. »Und welche Angst habe ich vor allem, was noch kommt. Es wird Untersuchungen geben, Prozesse, Strafen... aber was bedeutet das alles? Ich habe dich wieder, ich habe meine Carola wieder!« Er drehte den Kopf zu ihr und sah sie mit den Augen der Liebe an. »Es gab ja nur ein Leben für mich, und das war mit dir. Nun geht es weiter. O Himmel, es geht weiter... weiter...«

»Ja. Es geht weiter. Ich habe mit Bombalo schon über das Haustelefon gesprochen. Du dirigierst am Sonntag in München.« Sie stand auf, nahm ein bereitstehendes Tablett vom Frisiertisch und kam zu ihm ans Bett. Donani stützte sich auf den Ellenbogen auf.

»Was ist denn das, Engelchen?« fragte er erstaunt.

»Dein Glas Milch. Wie immer. Es geht doch alles weiter.«

»Nein.« Er nahm das Glas Milch und stellte es beiseite, ergriff ihre Handgelenke, zog Carola zu sich aufs Bett und legte die Arme um sie. »Es wird sich alles ändern. Ich lasse dich nicht wieder los. Ich werde dich an mich fesseln, bis du zu mir sagst: Bitte, laß mich los, ich habe keinen Atem mehr...«

Sie lächelte. »Das wirst du nie erleben! Nie!«

Gegen Mittag wagte es Pietro Bombalo, an die Tür des Schlafzimmers zu klopfen und zu fragen: »Maestro, wie ist es mit dem Mittagessen?«

Und aus dem Zimmer antwortete ihm ein Knurren und dann der strenge Ruf:

»Ruhe!«

Zufrieden entfernte sich Bombalo.

Die Zukunft Donanis hatte bereits begonnen.